La mecanógrafa

Kate Atkinson

LA MECANÓGRAFA

Traducción de Patricia Antón

AdN Alianza de Novelas

Título original: *Transcription*

Diseño de colección: Estudio Pep Carrió

Copyright © Kate Costello, Ltd., 2018
© de la traducción: Patricia Antón, 2019
© AdN Alianza de Novelas (Alianza Editorial, S. A.)
Madrid, 2019
Calle Juan Ignacio Luca de Tena, 15
28027 Madrid
www.AdNovelas.com

ISBN: 978-84-9181-440-5
Depósito legal: M. 20.439-2019
Printed in Spain

Para Marianne Velmans

«En tiempos de guerra, la verdad es tan valiosa que debería ir siempre acompañada de una escolta de mentiras.»

Winston Churchill

En el año 1931, siendo sir John Reith director general, los miembros del primer consejo de radiodifusión dedican este templo de las artes y las musas a Dios Todopoderoso y le ruegan que la siembra de esta buena semilla produzca una buena cosecha, que todo lo que es contrario a la paz o a la pureza quede proscrito de esta casa, y que el pueblo, inclinándose a escuchar todo aquello que sea hermoso, honesto y bien reputado, pueda hollar el camino de la sabiduría y la rectitud.

Traducción de la inscripción latina del vestíbulo
de la Casa de la Radio del Reino Unido

C Significa «Cero», la hora todavía durmiente
   en que la vieja Inglaterra muere y despierta una naciente.

De «El alfabeto de la guerra» del Right Club

1981

La hora de los niños

—¿Señorita Armstrong? Señorita Armstrong, ¿me oye?

Sí le oía, aunque no parecía capaz de responder. Estaba gravemente dañada. Rota. La había atropellado un coche. Podía haber sido culpa suya, porque iba distraída: había vivido tanto tiempo en el extranjero que probablemente había mirado en la dirección equivocada al cruzar la calle Wigmore bajo el crepúsculo veraniego. «Entre la oscuridad y la luz.»

—¿Señorita Armstrong?

¿Un policía? O el camillero de la ambulancia. Alguien del servicio público, alguien que debía de haber mirado en su bolso y encontrado algo con su nombre escrito. Había asistido a un concierto, de Shostakóvich. Los cuartetos de cuerda, los quince desgranados en porciones de tres al día en el Wigmore Hall. Era miércoles: el séptimo, el octavo y el noveno. Supuso que ahora se perdería el resto.

—¿Señorita Armstrong?

En junio de 1942 había asistido al estreno de su séptima sinfonía, *Leningrado,* en el Royal Albert Hall. Un conocido le había conseguido una entrada. La sala estaba llena hasta la bandera y la atmósfera era electrizante, magnífica: todo el público se sintió identificado con los sitiados. Y también con Shostakóvich. Como si la música hubiera henchido el corazón a todos a la vez. Fue hace tanto tiempo... Qué poco significaba ahora.

Los rusos habían sido sus enemigos y luego fueron aliados, y después volvieron a ser enemigos. Lo mismo pasó con los alemanes: fueron el gran enemigo, el peor de todos, y ahora eran nuestros amigos, uno de los pilares de Europa. Cuánta palabrería inútil. Guerra y paz. Paz y guerra. Seguiría así siempre, sin fin.

—Señorita Armstrong, solo voy a ponerle un collarín.

Se encontró pensando en su hijo. Matteo. Tenía veintiséis años y era resultado de una breve relación con un músico italiano: ella había vivido en Italia muchos años. El amor de Juliet por Matteo había sido una de las abrumadoras maravillas de su vida. Estaba preocupada por él; vivía en Milán con una chica que lo hacía desgraciado, y a eso era a lo que daba vueltas en la cabeza cuando el coche la atropelló.

Tendida en la acera de la calle Wigmore, rodeada de transeúntes preocupados, supo que lo suyo no tenía solución. Solo tenía sesenta años, si bien era probable que su vida hubiera sido ya bastante larga. Sin embargo, de repente todo parecía una ilusión, un sueño ajeno. Qué cosa tan extraña era la existencia.

Iba a celebrarse una boda real. En el momento preciso en que ella yacía en esa calzada londinense con aquellos amables extraños a su alrededor, en algún lugar calle arriba una virgen se preparaba para ser ofrecida como sacrificio para satisfacer la necesidad de pompa y ostentación. Había banderas británicas cubriéndolo todo. Estaba en casa, sin duda. Por fin.

—Ay, esta Inglaterra —murmuró.

1950

¡Señor Toby! ¡Señor Toby!

Juliet salió del metro y echó a andar por Great Portland. Al consultar el reloj, comprobó que llegaba sorprendentemente tarde al trabajo. Se había dormido, consecuencia de haberse quedado hasta altas horas en la Belle Meunière, en la calle Charlotte, con un hombre que había ido resultando menos interesante a medida que avanzaba la velada. La inercia, o quizá el aburrimiento, la había retenido en la mesa, aunque especialidades de la casa como la *viande de boeuf Diane* y las crepes Suzette habían contribuido.

Aquel compañero de mesa un tanto deslucido era un arquitecto que decía estar «reconstruyendo el Londres de la posguerra». «¿Tú solo?», le había preguntado ella con cierta aspereza. Le permitió que la besara —brevemente— cuando la acompañó hasta un taxi al final de la noche. Más por educación que por deseo. Al fin y al cabo, la había invitado a cenar y ella había sido más mezquina de lo necesario, aunque él no pareció notarlo. En su conjunto, la velada le había dejado una sensación más bien amarga. «Soy una decepción para mí misma», pensó cuando el edificio de la Casa de la Radio apareció ante su vista.

Juliet era productora en la Sección Educativa, y según se acercaba a Portland Place se le cayó el alma a los pies ante la perspectiva de la aburrida jornada que la esperaba: una reunión de departamento con Prendergast, seguida de una grabación de *Vidas pasadas,* una serie de la que se ocupaba en sustitución de Joan Timpson, que tenía que someterse a una operación. («Nada del otro mundo, querida.»)

La Sección Educativa había tenido que trasladarse recientemente desde el sótano de la Casa del Cine, en Wardour Street, y Juliet echaba de menos el chabacano deterioro del Soho. La BBC no tenía espacio para ellos en la Casa de la Radio, por lo que los habían relegado a la acera de enfrente, al número 1, y desde allí contemplaban, no sin cierta envidia, aquel edificio que era su buque insignia, el gran transatlántico de múltiples cubiertas, que a base de frotar ya se había despojado del camuflaje de los tiempos de guerra y cuya proa se abría paso hacia una nueva década y un futuro incierto.

A diferencia de las constantes idas y venidas en la otra acera, el edificio de la Sección Educativa estaba tranquilo cuando Juliet llegó. La jarra de vino tinto que había compartido con el arquitecto le había dejado la cabeza muy embotada, y fue un alivio no tener que participar en el habitual intercambio de saludos matutinos. La recepcionista miró el reloj de manera bastante significativa cuando vio entrar por la puerta a Juliet. La chica tenía una aventura con un productor del Servicio Mundial y parecía creer que eso la autorizaba a ser descarada. Las recepcionistas de la Sección Educativa iban y venían con una rapidez asombrosa. A Juliet le gustaba imaginar que algo monstruoso se las comía —un minotauro que habitaba en las laberínticas entrañas del edificio, tal vez—, aunque en realidad simplemente las trasladaban a los departamentos más glamurosos del otro lado de la calle, en la Casa de la Radio.

—La línea Circle llevaba retraso —dijo Juliet, aunque no sintiera mucha necesidad de darle una explicación a la chica, fuera cierta o no.

—¿Otra vez?

—Sí, en esa ruta el servicio va fatal.

—Eso parece. —(¡Qué descaro, la chica esta!)—. La reunión con el señor Prendergast es en el primer piso. Supongo que ya habrá empezado.

—Yo también lo supongo.

—Un día en la vida laboral —les decía Prendergast, muy serio, a los pocos reunidos en torno a la mesa.

Había varias personas ausentes, advirtió Juliet. Las reuniones de Prendergast requerían cierto aguante.

—Ah, señorita Armstrong, aquí está —dijo Prendergast cuando la vio—. Empezaba a pensar que se había perdido.

—Pero ya me he encontrado —repuso Juliet.

—Estoy reuniendo nuevas ideas para programas. Una visita al herrero en su forja, por ejemplo. La clase de tema que interesa a los niños.

Juliet no podía recordar haber tenido el menor interés de niña en una forja. Ni ahora, de hecho.

—Salir con un pastor y su rebaño —insistió Prendergast—. En la temporada de cría de corderos, tal vez. A todos los niños les gustan los corderos.

—¿No tenemos ya bastante sobre granjas con *Escuelas rurales?* —intervino Charles Lofthouse.

Charles se había dedicado a «pisar el escenario» hasta que la bomba del Café de París de 1941 le voló una pierna y ya no pudo pisar nada más. Ahora tenía una pierna ortopédica que nadie confundiría nunca con una de verdad. Eso hacía que la gente fuera amable con él, aunque no tenían ningún motivo real para serlo, ya que era más bien mordaz y la pérdida de una pierna no parecía haberlo mejorado en lo más mínimo. Era el productor a cargo de la serie *Club de exploradores*. A Juliet no se le ocurría nadie menos adecuado.

—Pero los corderos le gustan a todo el mundo, no solo a los niños del campo —protestó Prendergast.

Era el director general de programación y, por lo tanto, de una forma u otra, todos eran su rebaño, supuso Juliet. Miró distraída hacia la coronilla de Daisy Gibbs, pulcramente esquilada, mientras Prendergast hablaba. Tenía problemas de visión (lo habían gaseado durante la Primera Guerra Mundial) y rara vez lograba mirar a nadie a los ojos. Metodista devoto, era un predicador laico y tenía verdadera «inclinación» pastoral, algo que le había confiado a Juliet en la cafetería, ante una taza de un té penosamente flojo, seis meses atrás, cuando ella regresó a Londres tras haberse ocupado de *La hora de los niños* en Mánchester y comenzar en la Sección Educativa.

—Confío en que usted comprenda el concepto de vocación, señorita Armstrong.

—Sí, señor Prendergast —contestó Juliet, porque parecía una respuesta mucho más simple que «No». La experiencia le había enseñado ciertas cosas.

Trató de pensar a qué perro le recordaba aquel hombre. Un bóxer, quizá. O un bulldog inglés, arrugado y más bien lúgubre. ¿Qué edad tendría Prendergast?, se preguntó. Llevaba en la BBC desde el inicio de los tiempos, pues se había unido a la corporación en su pionera infancia, cuando la dirigía Reith y tenía su sede en Savoy Hill. La Sección Educativa era sagrada para Prendergast: niños, corderos y esas cosas.

—El problema con Reith, por supuesto —añadió—, es que en realidad no quería que la gente disfrutara con la radio. Era terriblemente puritano. La gente debería pasarlo bien, ¿no creéis? Todos deberíamos vivir con alegría.

Prendergast pareció perderse en sus pensamientos —sobre la alegría, o más bien sobre su ausencia, supuso Juliet—, pero entonces, al cabo de unos segundos, recobró la compostura con un ligero estremecimiento. Era un bulldog, no un bóxer, decidió ella. ¿Viviría solo?, se preguntó. El estado civil de Prendergast no estaba claro, y nadie parecía tener suficiente interés en preguntarle sobre el tema.

—La alegría es un objetivo admirable —repuso Juliet—. Pero completamente inalcanzable, por supuesto.

—Vaya, querida. Cuánto escepticismo en alguien tan joven.

Juliet le tenía cariño, aunque quizá fuera la única. Los hombres maduros de cierta clase se sentían atraídos por ella. De algún modo, parecían querer volverla mejor. Juliet tenía casi treinta años y no sentía la necesidad de grandes mejoras. La guerra ya se había ocupado de eso.

—Algo en el mar con los pesqueros de arrastre —sugirió ahora Lester Pelling.

A Juliet Lester le recordaba a una de las desafortunadas jóvenes ostras de Lewis Carroll, tan «ansiosas por regalarse». Era técnico auxiliar de programación y solo tenía diecisiete años; apenas le había cambiado la voz. ¿Qué hacía en esa reunión?

—Exactamente. —Prendergast asintió con expresión benévola.

—Mi padre era... —empezó a decir Lester Pelling, pero lo interrumpió otro afable «Exactamente» de Prendergast, que levantó la mano en un gesto más papal que metodista.

Juliet se preguntó si alguna vez llegarían a saber qué era el padre de Lester Pelling. ¿Un pescador de arrastre, un héroe de guerra, un lunático...? ¿Un hombre rico, un hombre pobre, un mendigo, un ladrón...?

—Historias cotidianas de la gente de campo, ese tipo de cosas —añadió Prendergast.

¿Sabía que Beasley, en la BBC de la Región Central, trabajaba en una idea para una serie por el estilo? Una especie de programa de información agrícola disfrazado de ficción, una especie de «Dick Barton granjero», como Juliet lo había oído describir. (¿Quién demonios querría escuchar algo así?) Sintió cierta curiosidad. ¿Prendergast le robaba las ideas a otra gente?

—Algo sobre el trabajo en una fábrica de algodón —sugirió Daisy Gibbs.

Daisy miró a Juliet y sonrió. Era la nueva secretaria auxiliar de programación, recién llegada de Cambridge y más competente de lo estrictamente necesario. Había algo críptico en ella que Juliet seguía sin comprender. Al igual que ella, Daisy no tenía formación como docente. («No es ningún inconveniente —dijo Prendergast—, en absoluto. Posiblemente todo lo contrario.»)

—Ay, no, señorita Gibbs —repuso Prendergast—. La emisora de la Zona Norte sin duda querrá quedarse con la industria, ¿no es así, señorita Armstrong?

Como ella venía de Mánchester, consideraba a Juliet su experta en todo lo referente al norte.

Cuando terminó la guerra y su país, encarnado en la Agencia de Seguridad, le hizo saber que ya no la necesitaba, Juliet se trasladó al otro gran monolito nacional e inició su carrera en la radiodifusión, aunque incluso ahora, al cabo de cinco años, no conseguía considerarlo una carrera, solo algo que hacía de casualidad.

Los estudios de la BBC en Mánchester estaban encima de un banco, en Piccadilly. A Juliet la habían contratado como Locutora. Así, con mayúscula inicial. («¡Una mujer!», decían todos, como si nunca hubieran oído hablar a una mujer.) Todavía tenía pesadillas con el Departamento de Continuidad: el miedo al silencio o a decir algo mientras sonaba alguna señal, o simplemente a quedarse sin habla. No era un trabajo para pusilánimes. Una noche en la que le tocaba guardia llegó un aviso de la policía: de vez en cuando podía ocurrir que alguien estuviera muy grave y que necesitaran encontrar a un familiar con urgencia. En esa ocasión estaban buscando al hijo de alguien «que supuestamente se encontraba en el área de Windermere» cuando un gato apareció de repente en Continuidad (antiguamente el armario de las escobas). El gato, que era anaranjado —la peor clase de gato, en opinión de Juliet—, había saltado sobre el escritorio y la había mordido, bastante fuerte, de modo que no pudo evitar soltar un pequeño grito de dolor. Luego el animal se puso a dar vueltas por el escritorio y acabó frotando el micrófono con la cara, con un ronroneo tan sonoro que cualquiera que estuviera escuchando debió de pensar que en el estudio había una pantera suelta, y muy satisfecha por haber matado a una mujer.

Finalmente, alguien agarró al maldito bicho por el cogote y lo sacó de allí. Entre estornudos, Juliet consiguió llegar al final del anuncio y después se equivocó al dar entrada a *La trucha* de Schubert. El lema de la corporación era «Perseverancia». Una vez que Juliet estaba presentando a la orquesta Hallé —Barbirolli dirigiendo la *Patética* de Chaikovski—, le sobrevino una tremenda hemorragia nasal justo cuando empezaba a decir: «Emitimos desde la BBC en el Norte». Consiguió hacer acopio de valor recordando que en 1940 estaba escuchando *Las noticias de las nueve* cuando oyó una bomba explotar en directo. («Ay, por Dios, que no hayan volado la BBC», pensó.) El presentador, Bruce Belfrage, hizo entonces una pausa durante la que se oyó el terrible estruendo inmediatamente posterior al estallido de una bomba y luego se distinguió apenas una voz débil que decía: «No pasa nada», y Belfrage prosiguió como si tal cosa; igual que Juliet, a pesar de que su escritorio estaba salpicado de sangre (la suya, que en general resultaba siempre más alarmante que la de otra persona). Alguien le había puesto un manojo de llaves frías en la espalda, un remedio que no estaba comprobado que funcionara.

En la BBC sí había pasado algo, por supuesto, pues en los pisos superiores había siete miembros del equipo muertos, pero Belfrage no podía saberlo, y aunque lo hubiera sabido habría continuado igualmente.

En aquella época Juliet estaba tan acostumbrada a escuchar las poco audibles conversaciones de Godfrey Toby en Dolphin Square que se preguntó si sería la única que había oído aquel débil mensaje de confianza. Quizá fuera esa la razón del atractivo que le había visto a trabajar en la BBC después de la guerra. «No pasa nada.»

Era casi la hora de comer cuando la reunión de Prendergast consiguió llegar a trompicones a un final poco concluyente.

—¿Va a comer en la cafetería por casualidad, señorita Armstrong? —preguntó Prendergast antes de que ella consiguiera escapar.

En el número 1 tenían su propia cafetería, pero no era ni la sombra de la que había en el sótano del buque insignia, al otro lado de la calle, y Juliet intentaba evitar su atmósfera llena de humo y más bien fétida.

—Me temo que he traído unos sándwiches, señor Prendergast —respondió con aire compungido. Con él resultaba muy útil hacer un poco de teatro—. ¿Por qué no se lo pregunta a *Fräulein* Rosenfeld?

Fräulein Rosenfeld, que era austríaca aunque todos insistían en referirse a ella como alemana («Es lo mismo», decía Charles Lofthouse), era su asesora de alemán. Ya cumplidos los sesenta, «la *Fräulein*», como la llamaban a menudo, era corpulenta, vestía muy mal y se tomaba tristemente en serio incluso las cosas más triviales. Vino en 1937 para asistir a una conferencia sobre ética y tomó la sabia decisión de quedarse. Y después de la guerra, naturalmente, no le quedaba nadie con quien volver. Una vez le enseñó a Juliet una fotografía: cinco chicas bonitas disfrutando de un pícnic mucho tiempo atrás. Vestidos blancos y grandes cintas blancas en el largo cabello oscuro.

—Mis hermanas —explicó *Fräulein* Rosenfeld—. Yo estoy en el medio, ahí. —Señaló tímidamente a la menos guapa de las cinco—. Era la mayor.

A Juliet le caía bien *Fräulein* Rosenfeld, tan profundamente europea cuando todos los que la rodeaban eran tan profundamente ingleses. Antes de la guerra, *Fräulein* Rosenfeld era una persona distinta —profesora de filosofía en la Universidad de Viena—, y Juliet supuso que cualquiera de esas cosas —la guerra, la filosofía, Viena…— era capaz de volverte triste y seria, y quizá también de hacer que vistieras mal. Para Prendergast supondría todo un desafío conseguir que la comida fuera alegre.

*

En realidad era cierto: Juliet había traído unos sándwiches, de mayonesa y huevo; esa mañana había cocido uno a toda prisa mientras deambulaba bostezando por la cocina. Estaban solo a principios de marzo, pero ya se notaba en el ambiente un radiante atisbo de la primavera, y pensó que estaría bien comer al aire libre para variar.

En Cavendish Square Gardens no le costó mucho encontrar un banco libre, pues nadie más era tan tonto, claramente, como para considerar que hacía suficiente calor para comer fuera. La hierba lucía un rubor de azafrán y los narcisos brotaban con valentía de la tierra, pero aquel sol anémico no daba calor y Juliet no tardó en sentirse aterida de frío.

El sándwich no fue ningún consuelo: era una cosa insulsa y gomosa, muy lejos del *déjeuner sur l'herbe* que había imaginado esa mañana; aun así, se lo comió como una buena chica. Hacía poco había adquirido un libro de Elizabeth David, *Cocina mediterránea*. Una compra optimista. El único aceite de oliva que pudo encontrar lo vendían en botellitas en la farmacia local.

—¿Es para reblandecer el cerumen? —le preguntó el farmacéutico cuando lo estaba pagando.

Juliet supuso que en algún lugar habría una vida mejor; ojalá pudiera tomarse la molestia de encontrarla.

Cuando se terminó el sándwich, se puso en pie para sacudirse las migas del abrigo y provocó la alarma de una atenta comitiva de gorriones, que levantaron el vuelo todos a una y se alejaron revoloteando con sus polvorientas alas londinenses, listos para volver a las migajas tan pronto como ella se hubiera ido.

Juliet emprendió de nuevo el camino hacia la calle Charlotte; no hacia el restaurante de la noche anterior, sino hacia Moretti, un café cerca del teatro Scala al que iba de vez en cuando. Fue al pasar por el final de la calle Berners cuando lo vio.

—¡Señor Toby! ¡Señor Toby!

Juliet aceleró el paso y lo alcanzó cuando estaba a punto de girar la esquina hacia la calle Cleveland. Le tiró de la manga del abrigo. Un gesto atrevido, le pareció. En cierta ocasión lo había sobresaltado haciendo lo mismo cuando quiso devolverle un guante que se le había caído. Recordó haber pensado: ¿no es así como una mujer indica sus intenciones a un hombre, dejando caer un pañuelo coqueto, un guante insinuante? «Vaya, gracias, señorita Armstrong —había dicho él en aquel momento—. Después me habría estado preguntando desconcertado por su paradero.» El galanteo no se les había pasado por la cabeza a ninguno de los dos.

Ahora había logrado que se detuviera. Se volvió sin parecer sorprendido, por lo que ella tuvo la seguridad de que la habría oído gritar su nombre. La miró fijamente, esperando a que dijera algo más.

—¿Señor Toby? Soy Juliet, ¿se acuerda de mí? —(¡Cómo podía no recordarla!) Los transeúntes tenían que evitarlos al pasar. «Formamos una pequeña isla», pensó—. Soy Juliet Armstrong.

Él saludó con el sombrero —uno de fieltro gris que ella creyó reconocer— y esbozó una sonrisita.

—Lo siento, señorita... ¿Armstrong? Creo que me ha confundido con otro. Que tenga un buen día —zanjó, dio media vuelta y echó a andar otra vez.

Era él, Juliet sabía que era él. La misma figura (un tanto corpulenta), la cara adusta, un poco de sabihondo, las gafas de carey, el viejo sombrero... Y, finalmente, la prueba irrefutable —y bastante perturbadora—: el bastón con la empuñadura de plata.

Lo llamó por su verdadero nombre.

—John Hazeldine.

Nunca lo había llamado así. A sus oídos sonó como una acusación.

Él se detuvo, dándole la espalda. En los hombros de su grasienta gabardina se veía un polvillo de caspa. Parecía la misma que había llevado durante toda la guerra. ¿Nunca se compraba ropa? Juliet esperaba que se volviera y negara otra vez ser quien era, pero se limitó a echar a andar de nuevo al cabo de un instante, dando golpecitos con el bastón en el pavimento gris de Londres. La había rechazado. «Como si fuera un guante», pensó.

«Creo que me ha confundido con otro.» Qué extraño volver a oír su voz. Era él, sin duda, ¿por qué habría fingido lo contrario?, se preguntó Juliet desconcertada mientras se instalaba en una mesa en el Moretti y le pedía un café al malhumorado camarero. Antes de la guerra frecuentaba ese sitio. El nombre era el mismo, aunque el propietario era otro. El local era pequeño y estaba un tanto descuidado, con los manteles a cuadros rojos y blancos nunca del todo limpios. El personal parecía cambiar constantemente y nadie la saludó ni pareció reconocerla, lo que en sí mismo no le resultaba desagradable. Era un sitio horrible, en realidad, pero ella era propensa a ir allí. Era como un ovillo dentro del laberinto que le permitía regresar al mundo de antes de la guerra, a la Juliet de antes de la guerra. La ingenuidad y la experiencia se daban la mano en el ambiente grasiento y viciado del café Moretti. Cuando regresó a Londres, había sentido cierto alivio al descubrir que seguía existiendo. Muchas otras cosas habían desaparecido. Encendió un cigarrillo y esperó su café.

Los clientes que frecuentaban la cafetería eran en gran parte extranjeros de un tipo u otro, y a Juliet le gustaba sentarse y simplemente escuchar, tratando de descifrar la procedencia de los distintos acentos. Cuando empezó a acudir allí, el señor Moretti en persona se ocupaba de la cafetería. Era siempre atento con ella, la llamaba «signorina» y le preguntaba por su madre. («¿Cómo está su *mamma*?») Tampoco era que el señor Moretti conociera a su madre, pero así eran los italianos, suponía Juliet. Sentían más entusiasmo por las madres que los británicos.

Ella siempre respondía: «Muy bien, gracias, señor Moretti», sin sentirse nunca lo bastante audaz como para decir «signor» en lugar de «señor», pues le parecía una intrusión demasiado atrevida en territorio lingüístico ajeno. El hombre anónimo que se encontraba actualmente detrás de la barra del café Moretti decía ser armenio y nunca le preguntaba nada a Juliet, y menos aún por su madre.

Había mentido, por supuesto. Su madre no estaba bien, en absoluto; de hecho, se estaba muriendo, en Middlesex, no muy lejos del Moretti, pero Juliet prefirió el subterfugio de una madre llena de salud.

Antes de estar demasiado enferma para trabajar, su madre fue modista, y Juliet se había acostumbrado a oír a las «damas» que eran sus clientas quejándose de los tres tramos de escaleras que las llevaban a su pequeño piso de Kentish Town a fin de permanecer tiesas y firmes en sus corsés y sus amplios sostenes mientras les probaban prendas llenas de alfileres. A veces Juliet las sostenía para ayudarlas a mantener su precario equilibrio sobre un pequeño taburete de tres patas mientras su madre, de rodillas, las rodeaba poniéndoles alfileres en el dobladillo. Entonces su madre se puso demasiado enferma incluso para los trabajos de costura más simples y las damas dejaron de acudir. Juliet las había echado de menos: le daban palmaditas en la mano y caramelos y se interesaban por sus buenos resultados en la escuela. («Qué hija tan inteligente tiene, señora Armstrong.»)

Su madre había economizado, ahorrado y trabajado durante horas interminables para que Juliet progresara, puliéndola para un futuro brillante; le pagó clases de ballet y de piano, e incluso de dicción, que le daba una mujer en Kensington. A Juliet le concedieron una beca para estudiar en un colegio privado, una escuela llena de chicas decididas y de personal femenino aún más decidido. La directora le sugirió que estudiara lenguas modernas o derecho en la universidad. ¿O tal vez debería hacer el examen para entrar en Oxbridge?

—Buscan chicas como tú —le dijo la directora, pero no dio más detalles sobre a qué clase de chica se refería.

Juliet dejó de ir a ese colegio y dejó de prepararse para aquel futuro brillante para poder cuidar de su madre —siempre habían sido solo ellas dos—, y cuando esta murió, no lo retomó. De algún modo, le pareció imposible. Aquella chica a la que tanto ansiaba complacer, la dotada alumna de secundaria, que jugaba al hockey de extremo izquierdo, que era el alma del club de teatro y que en el colegio practicaba piano casi cada día (porque en casa no había sitio para un piano); esa chica, que era una exploradora entusiasta y que amaba el teatro y la música y el arte; esa chica, transmutada por el pesar, había desaparecido. Y, en lo que a Juliet respectaba, en realidad nunca había vuelto.

Se había acostumbrado a acudir al Moretti siempre que su madre recibía tratamiento hospitalario, y era allí donde estaba cuando murió. Era solo «cuestión de días», según el médico que había ingresado a su madre en una sala del hospital Middlesex aquella mañana.

—Ha llegado la hora —le dijo a Juliet. ¿Entendía lo que significaba eso? Sí que lo entendía, contestó Juliet. Significaba que estaba a punto de perder a la única persona que la quería. Tenía diecisiete años y la pena que sentía por sí misma era casi tan grande como la que sentía por su madre.

Como nunca lo había conocido, Juliet no sentía nada por su padre. Su madre había sido algo ambivalente respecto al tema y Juliet parecía ser la única prueba de su existencia. Fue un marino mercante que murió en un accidente y al que sepultaron en el mar antes de que Juliet naciera, y aunque a veces se entregaba al capricho de evocar sus ojos perlados y sus huesos coralinos, el hombre en sí la dejaba un poco fría.

La muerte de su madre, por otro lado, exigía lirismo. Cuando la primera palada de tierra fue a dar contra el ataúd, Juliet se quedó casi sin aliento. Su madre se asfixiaría bajo toda aquella tierra, pensó, pero ella también se estaba asfixiando. Le vino una imagen a la cabeza: los mártires que morían aplastados por las piedras que se les amontonaban encima. «Eso me pasa a mí —pensó—, la pérdida me aplasta.»

«No busques metáforas complicadas», le decía su profesora de lengua sobre sus trabajos escolares, pero la muerte de su madre reveló que no había metáfora alguna demasiado aparatosa para expresar el dolor. Era una cosa terrible y hacía falta adornarla.

El día en que murió su madre hacía un tiempo horrible, húmedo y ventoso. Juliet se quedó en su cálido refugio en el Moretti todo el rato posible. Para comer se tomó unas tostadas con queso; las tostadas con queso que preparaba el señor Moretti eran infinitamente mejores que cualquiera de las cosas que se hacían en casa («Es queso italiano —le explicó—. Y pan italiano»), y luego luchó con su paraguas todo el camino por la calle Charlotte para volver a Middlesex. Cuando llegó a la sala del hospital, descubrió que no era prudente creerse nada de lo que le dijeran. Resultó que para su madre no había sido «cuestión de días», sino solo de unas horas, y que había muerto mientras Juliet disfrutaba de su comida. Cuando la besó en la frente, todavía estaba caliente y aún se olía el leve aroma de su perfume —muguete— bajo los espantosos olores del hospital.

—No has llegado por muy poco —le dijo la enfermera, como si la muerte de su madre fuera un autobús o el estreno de una obra, cuando en realidad era el desenlace de su drama.

Y ahí acabó la cosa. *Finito*.

También fue el fin para el personal del Moretti, ya que cuando se declaró la guerra los internaron a todos y ninguno de ellos regresó. Juliet se enteró de que el señor Moretti se hundió con el *Arandora Star* en el verano de 1940, junto con cientos de compatriotas encarcelados. Muchos de ellos, como el señor Moretti, se dedicaban al negocio de la restauración.

—Es un maldito incordio —se quejó Hartley—. Ya no puedes conseguir que te sirvan como es debido en Dorchester.
—Pero Hartley era así.

A Juliet le ponía melancólica volver al local de Moretti, y aun así lo hacía. El desánimo que sentía al recordar a su madre le proporcionaba una especie de lastre, un contrapeso a lo que era (en opinión de Juliet) su propio carácter, superficial y más bien despreocupado. Para ella su madre había representado una forma de verdad, algo de lo que Juliet sabía que se había apartado en la década transcurrida desde su muerte.

Se toqueteó el collar de perlas que llevaba al cuello. Dentro de cada perla había un granito de arena. Esa era la verdadera esencia de la perla, ¿no? Su belleza consistía solo en la pobre ostra intentando protegerse. De la arena. De la verdad.

Las ostras la hicieron pensar en Lester Pelling, el técnico auxiliar de programación, y Lester la hizo pensar en Cyril, con quien había trabajado durante la guerra. Cyril y Lester tenían mucho en común. Esa asociación de ideas la llevó a tirar de muchos otros hilos, hasta que finalmente regresó a Godfrey Toby. Todo estaba interconectado, era una gran red que se extendía a través del tiempo y de la historia. Pero a pesar de la conexión de la que hablaba Forster, Juliet pensaba que lo de cortar todos aquellos hilos y desconectarse tenía su qué.

Las perlas que llevaba al cuello no eran suyas, las había cogido del cuerpo de una muerta. La muerte también era una verdad, por supuesto, porque era un absoluto. «Pesa más de lo que parece, me temo. Vamos a levantarla a la de tres... Uno, dos, ¡tres!» Juliet se estremeció ante aquel recuerdo. Mejor no pensar en eso. Mejor no pensar en absoluto, probablemente. Pensar siempre había sido su ruina. Apuró la taza y encendió otro cigarrillo.

El señor Moretti le hacía un café delicioso —«vienés»—, con nata y canela. La guerra también había acabado con eso, por supuesto, y el café que le ponían ahora en el Moretti era turco y más o menos imbebible. Lo servían en una taza como un grueso dedal y era amargo y granuloso, y solo se volvía pasable si le ponías varias cucharadas de azúcar. Europa y el Imperio Otomano en la historia de una taza. Juliet era la encargada de una serie para jóvenes titulada *Observar las cosas*. Sabía mucho de tazas. Las había *observado*.

Pidió otro café espantoso y, temiendo alentarlo de alguna manera, intentó no mirar hacia el extraño hombrecillo en la mesa del rincón. La había estado observando a ratos desde que ella se había sentado, de una forma muy desconcertante. Como muchos otros en el café Moretti, lucía el aspecto desaliñado de la diáspora europea de la posguerra. Tenía además cierto aire de trasgo, como si lo hubieran hecho a base de restos. Podrían haberlo mandado del Departamento de Reparto para interpretar el papel de un desposeído. Un hombre jorobado, ojos como guijarros —ligeramente desiguales, como si uno hubiera resbalado un poco— y la piel llena de marcas, como si la hubieran acribillado a tiros. (Quizá había sido así.) «Las heridas de la guerra», pensó Juliet, y sintió cierta satisfacción ante el sonido de esas palabras en su cabeza. Podría ser el título de una novela. Quizá debería escribir una. Pero ¿no era acaso el empeño artístico el último refugio de quienes no se comprometían?

Juliet estaba considerando abordar al extraño hombrecillo con las formas educadas de una mujer inglesa —«Disculpe, ¿nos conocemos?»—, pese a estar bastante segura de que habría recordado a alguien tan raro, pero antes de que lograra decidirse el hombre se puso en pie bruscamente.

Estaba segura de que se acercaría a hablar con ella y se preparó para alguna clase de conflicto, pero él se dirigió hacia la puerta; Juliet reparó en que cojeaba, y en lugar de apoyarse en un bastón lo hacía en un gran paraguas plegado. Salió a la calle y desapareció. No había pagado, pero desde detrás de la barra el armenio se limitó a verlo marchar con actitud inusualmente impasible.

Cuando llegó su café, Juliet se lo tragó como si fuera una medicina, con la esperanza de que la reanimara para el asalto de la tarde, y luego contempló el poso en el fondo de la tacita, como una vidente. ¿Por qué Godfrey Toby se habría negado a saludarla?

Salía de un banco. Esa era antaño su tapadera: empleado de banco. Era ingenioso, la verdad, porque nadie querría ponerse a charlar con el empleado de un banco sobre su trabajo. Juliet pensaba entonces que alguien que parecía tan corriente como Godfrey Toby debía de ocultar un secreto —un pasado emocionante, una tragedia terrible—, pero con el tiempo llegó a darse cuenta de que su secreto era ser alguien corriente. En realidad, ese era el mejor disfraz, ¿no?

Como él habitaba el supuestamente anodino terreno de Godfrey Toby tan a conciencia, tan magníficamente, Juliet nunca había pensado en él como «John Hazeldine».

En su presencia lo llamaban «señor Toby», pero en realidad todos se referían a él como «Godfrey». No era indicio de familiaridad ni de intimidad, sino simplemente una costumbre que se había impuesto. Llamaron a su operación «el caso Godfrey», y en el registro había unos cuantos archivos que simplemente se llamaban «Godfrey», y no todos remitían adonde debían. Era la clase de cosa que ponía de los nervios a las reinas del registro, desde luego.

Se había hablado de trasladarlo al extranjero cuando se acabara la guerra. A Nueva Zelanda. O a algún sitio parecido, en todo caso. Sudáfrica, quizá. Para protegerlo, por si había represalias. Pero ¿no se arriesgaban todos a una u otra forma de castigo?

Y en cuanto a sus confidentes, los quintacolumnistas..., ¿qué pasaba con ellos? Se ideó un plan para controlarlos en tiempos de paz, pero Juliet no estaba segura de que hubiera llegado a ponerse en práctica. Sí sabía que se había tomado la decisión de dejarlos en la ignorancia después de la guerra. Nadie les habló de la duplicidad del MI5. Nunca supieron que los habían grabado con micrófonos insertados en el yeso de las paredes del piso de Dolphin Square al que acudían con impaciencia cada semana. Tampoco tenían la menor idea de que Godfrey Toby trabajaba para el MI5 y no era el agente de la Gestapo a quien creían estar ofreciendo información como traidores. Y les habría sorprendido mucho saber que, al día siguiente, una chica se sentaba ante una gran máquina de escribir Imperial en el piso de al lado y transcribía esas traidoras conversaciones, con original y dos copias al carbón cada vez. Y esa chica, por sus pecados, era Juliet.

Cuando la operación se dio por concluida a finales de 1944, les dijeron que Godfrey había sido depuesto y «evacuado» a Portugal, aunque en realidad lo habían enviado a París a entrevistar a oficiales alemanes capturados.

¿Dónde había estado desde el fin de la guerra? ¿Por qué había regresado? Y, lo más desconcertante de todo, ¿por qué habría fingido no reconocerla?

«Lo conozco», se dijo Juliet. Habían trabajado juntos durante toda la guerra. Por Dios, si hasta había estado en su casa, en Finchley, una vivienda con una sólida puerta de roble y una robusta aldaba de bronce en forma de cabeza de león. Una casa con cristales emplomados y suelo de parqué. Juliet se había sentado sobre la gruesa felpa de su sólido sofá. («¿Puedo ofrecerle una taza de té, señorita Armstrong? ¿Serviría de algo? Hemos pasado un buen susto.») Se había lavado las manos con el jabón con aroma a fresia en su cuarto de baño, había visto el surtido de abrigos y zapatos que tenía en el armario del recibidor. Vaya, si incluso había vislumbrado el edredón de satén rosa bajo el que dormían él y la señora Toby (si es que esa persona había existido en realidad).

Y juntos habían cometido un acto espantoso, la clase de cosa que te une a alguien para siempre, te guste o no. ¿Por eso renegaba de ella ahora? («Dos terrones, ¿verdad, señorita Armstrong?») ¿O por eso había regresado?

«Tendría que haberlo seguido», pensó. Pero él le habría dado esquinazo. Se le daba bastante bien evadirse.

1940

Uno de los nuestros

—Se llama Godfrey Toby —dijo Peregrine Gibbons—. Se hace pasar por agente del Gobierno alemán, pero es uno de los nuestros, por supuesto.

Era la primera vez que Juliet oía el nombre de Godfrey Toby.

—¿No es un alemán auténtico, entonces? —quiso saber.

—No, por Dios. No hay nadie más inglés que Godfrey.

Pero sin duda Peregrine Gibbons, se dijo Juliet, ya solo con aquel nombre era el paradigma del hombre inglés.

—Tampoco hay nadie más fiable —añadió él—. Godfrey lleva mucho tiempo infiltrado, y durante la década pasada estuvo asistiendo a reuniones fascistas y esas cosas. Tenía contacto con empleados de la Siemens antes de la guerra; sus fábricas de Inglaterra siempre han sido caldo de cultivo de la inteligencia alemana. Es bien conocido entre los quintacolumnistas, se sienten bastante seguros con él. Supongo que está familiarizada con todo lo referente a la quinta columna, ¿no es así, señorita Armstrong?

—Son simpatizantes fascistas, partidarios del enemigo, ¿no, señor?

—Exactamente. Los elementos subversivos. La Liga Nórdica, el Enlace, el Club de la Derecha, la Liga Fascista Imperial y un centenar de facciones más pequeñas. La mayoría de quienes se reúnen con Godfrey son antiguos miembros de la Unión Británica de Fascistas: la gente de Mosley. El mal de nuestra propia cosecha, lamento decir. Y, en lugar de erradicarlos, el plan es dejar que crezcan, pero dentro de un huerto amurallado del que no puedan escapar para esparcir su semilla maligna.

«Una chica podría morirse de vieja interpretando una metáfora como esta», pensó Juliet.

—Muy bien expresado, señor —comentó.

Juliet llevaba dos aburridos meses trabajando en el registro cuando, el día anterior, Peregrine Gibbons la abordó en la cantina para decirle:

—Necesito una chica.

Y, mira por dónde, ahí estaba ella en ese momento. Su chica.

—Estoy preparando una operación especial —le reveló él—. Una especie de estratagema, digamos. Usted será una parte importante de ella.

¿Iba a convertirse en una agente, entonces? (¡Una espía!) No, por lo visto permanecería encadenada a una máquina de escribir.

—En tiempos de guerra no podemos elegir nuestras armas, señorita Armstrong —añadió.

«No veo por qué no», pensó Juliet. Se preguntó qué elegiría ella. ¿Un sable afilado? ¿Un arco de oro reluciente? Quizá las flechas del deseo.

Aun así, la habían seleccionado: era la elegida.

—El trabajo que estamos haciendo requiere una clase especial de persona, señorita Armstrong.

Peregrine Gibbons («Llámeme Perry») te hablaba de forma que te hacía sentir que estabas por encima de los demás, que eras la élite del rebaño. Era atractivo, aunque quizá no tenía madera de protagonista, sino más bien de actor de reparto. Era alto e iba bastante peripuesto con su pajarita y vestido de pies a cabeza de *tweed* de pata de gallo: un traje cruzado de tres piezas, bajo un gran abrigo (sí, también de *tweed),* todo llevado con bastante gracia. Entre otras cosas, como Juliet supo más tarde, de joven había estudiado el mesmerismo, y ella se preguntaba si lo utilizaría con la gente sin que lo supieran. ¿Sería ella la Trilby de su Svengali? (Siempre pensaba en el sombrero *trilby,* por absurdo que pareciera.)

Y al poco estaban en Pimlico, en Dolphin Square, para que él pudiera enseñarle «el tinglado». Había cogido dos pisos, uno junto al otro.

—El aislamiento es la mejor forma de secretismo. Mosley tiene un piso aquí. Será uno de nuestros vecinos. —Aquello pareció divertirlo—. Codo con codo con el enemigo.

Dolphin Square se había construido unos años antes, junto al Támesis, y hasta entonces Juliet solo la había visto desde fuera. Al entrar por la gran arcada que había en el lado del río, ofrecía una vista un tanto sobrecogedora: diez bloques de pisos, cada uno de diez plantas, construidos en torno a una especie de jardín cuadrangular con árboles, parterres de flores y una fuente que en invierno estaba seca.

—De concepción y ejecución bastante soviéticas, ¿no le parece? —comentó Perry.

—Supongo —repuso Juliet, aunque no creía que los rusos hubieran puesto a sus bloques de viviendas los nombres de legendarios almirantes y capitanes británicos: Beatty, Collingwood, Drake y cosas así. Ellos estarían en Nelson House, según Perry. Él viviría y trabajaría en uno de los pisos —Juliet también trabajaría allí—, mientras que en el piso de al lado un agente del MI5 —Godfrey Toby— se haría pasar por oficial nazi y animaría a simpatizantes fascistas a compartir información con él.

—Si le cuentan sus secretos a Godfrey —dijo Perry—, no se los estarán contando a los alemanes. Godfrey será un conducto para desviar su traición hacia nuestro propio depósito.

Las metáforas no eran su fuerte, desde luego.

—Y uno nos llevará a otro, y así sucesivamente —prosiguió—. Lo bueno del asunto es que ellos mismos van a llevar su propio rebaño al redil.

Perry ya estaba instalado en el piso; Juliet vislumbró sus cosas de afeitar en un estante sobre el lavabo en el pequeño cuarto de baño, y a través de la puerta del dormitorio, que estaba entreabierta, alcanzó a ver una camisa blanca colgada en una percha en la puerta del armario: advirtió que era de buena calidad, de sarga gruesa. Su madre habría aprobado la calidad. El resto de la habitación, sin embargo, tenía un aspecto tan austero que podría haber sido la celda de un monje.

—Tengo un piso en otro sitio, por supuesto —dijo Perry—. En Petty France. Pero este arreglo viene muy bien para la operación de Godfrey. Y aquí tenemos todo lo que necesitamos: un restaurante, una galería comercial, una piscina e incluso nuestro propio servicio de taxi.

La sala de estar del piso de Dolphin Square se había transformado en una oficina, aunque, como Juliet observó con agrado, conservaba la comodidad de un pequeño sofá. El escritorio de Peregrine Gibbons era un monstruo de tapa enrollable, un trasto multiuso compuesto de pequeños estantes extraíbles y un sinfín de diminutos armarios y cajones que contenían pinzas sujetapapeles, gomas elásticas, chinchetas y esas cosas, todo minuciosamente organizado (y reorganizado) por el propio Perry. Era un hombre ordenado, observó Juliet. «Y yo soy desordenada», se dijo con pesar. Aquello iba a ser un incordio.

El único adorno del escritorio era un pequeño y pesado busto de Beethoven, que dirigió a Juliet una mirada furibunda cuando se sentó a su propio escritorio, un mueble que, en comparación con el de Perry, era poco más que una mesa de aspecto maltrecho.

—¿Le gusta Beethoven, señor? —le preguntó.

—No especialmente —contestó Perry, que pareció desconcertado ante la pregunta—. Pero es un buen pisapapeles.

—Estoy segura de que a él le encantaría saberlo, señor. —Juliet se percató de que la frente de Perry se frunció un poco y pensó: «Tengo que dominar mi inclinación a la ligereza». Parecía confundirlo.

—Y por supuesto —continuó Perry, deteniéndose un instante, como esperando por si ella tenía alguna otra cosa intrascendente que añadir—, además de nuestra pequeña operación especial —(«Nuestra», pensó Juliet, complacida con aquel posesivo)—, se encargará de tareas generales de secretaría para mí y todo eso. Dirijo otras operaciones además de esta, pero no se preocupe, no voy a abrumarla demasiado. —(¡Falso!)—. Me gusta mecanografiar mis propios informes. —(¡No lo hacía!)—. Cuantas menos personas vean las cosas, mejor. El aislamiento es la mejor forma de secretismo. —«Eso ya lo ha dicho», pensó Juliet. Por lo visto lo entusiasmaba.

Parecía una perspectiva interesante. Juliet había estado trabajando en una cárcel durante los últimos dos meses; el MI5 se había trasladado a la prisión de Wormwood Scrubs para poder acomodar a su creciente plantilla, una exigencia de la guerra. Como lugar de trabajo era desagradable. La gente se pasaba el día subiendo y bajando por las escaleras metálicas, metiendo ruido. Incluso le habían dado una dispensa especial al personal femenino para llevar pantalones, porque los hombres se lo veían todo bajo las faldas cuando subían por esas escaleras. Y los aseos de señoras no eran tales en absoluto, sino unos cubículos horribles diseñados para los presos, con puertas como de establo que la dejaban a una del todo a la vista del busto para arriba y de las rodillas para abajo. Las celdas les servían de despachos y la gente siempre se quedaba encerrada dentro sin querer.

En comparación, Pimlico había parecido una propuesta atractiva. Y aun así... Toda esa cháchara sobre aislamiento y secretismo... ¿Iba a estar encerrada ahí también?

Le parecía raro que fuera a pasar sus horas de trabajo tan cerca de las estancias domésticas de Perry Gibbons, a poca distancia de donde dormía, por no mencionar los actos aún más íntimos de la vida cotidiana. ¿Y si se encontraba su ropa interior secándose en el baño, o le llegaba el olor del abadejo ahumado de la noche anterior? O, peor incluso, ¿y si tenía que oírlo cuando utilizara el baño (u, horror de los horrores, ¡a la inversa!)? Sería más de lo que podría soportar. Pero, por supuesto, la ropa sucia se lavaba fuera de casa y Perry nunca cocinaba. Y en cuanto al cuarto de baño, él parecía ajeno a las funciones corporales, tanto a las propias como a las de ella.

Juliet se preguntaba si no habría hecho mejor en quedarse en el registro, al fin y al cabo. Tampoco es que le hubieran dado elección. Al parecer, la posibilidad de elegir era una de las primeras víctimas de la guerra.

Juliet no había solicitado trabajar en la Agencia de Seguridad; había querido unirse a una de las ramas femeninas del Ejército, no por patriotismo especialmente, sino porque estaba cansada de arreglárselas sola en los meses posteriores a la muerte de su madre. Pero entonces, una vez declarada la guerra, la llamaron para una entrevista, y la convocatoria venía en papel del Gobierno, por lo que supuso que tenía que presentarse.

Cuando llegó estaba nerviosa porque su autobús se había averiado, en medio de Piccadilly Circus, y tuvo que correr desde allí hasta una oficina sombría en un edificio incluso más sombrío en Pall Mall. Había que atravesar el edificio que había delante para descubrir la entrada. Se preguntó si aquello sería algún tipo de prueba. OFICINA DE PASAPORTES, se leía en una pequeña placa de latón en la puerta, pero no parecía que allí hubiera nadie que quisiera un pasaporte ni nadie que los hiciera.

Juliet no había entendido del todo cómo se llamaba el hombre (¿Morton?) que la iba a entrevistar. Estaba arrellanado en la silla con actitud desenfadada, como si esperara que ella lo entretuviera. Normalmente él no se ocupaba de las entrevistas, según dijo, pero la señorita Dicker estaba indispuesta. Juliet no tenía ni idea de quién era la señorita Dicker.

—¿Juliet? —preguntó el hombre con expresión pensativa—. ¿Como en *Romeo y Julieta*? Muy romántico. —Se rio como si se tratara de una broma privada.

—De hecho, tengo entendido que era una tragedia, señor.

—¿Hay alguna diferencia?

No era viejo, pero tampoco parecía joven, y quizá nunca lo había sido. Tenía cierto aire de esteta y era flaco, casi larguirucho: como una garza o una cigüeña. Todo lo que ella decía parecía divertirlo, y también todo lo que decía él mismo. Cogió una pipa que había en su escritorio y procedió a encenderla, tomándose su tiempo, soplando en ella, apretando el tabaco y chupándola y todo ese curioso ritual que los fumadores de pipa parecían considerar necesario, y por fin dijo:

—Hábleme de su padre.

—¿De mi padre?

—De su padre.

—Está muerto. —Hubo un silencio que ella supuso que tenía que llenar, de modo que añadió—: Lo sepultaron en el mar.

—¿De verdad? ¿En la Armada?

—No, en la Marina Mercante —dijo Juliet.

—Ah. —El tipo enarcó levemente una ceja.

A ella no le gustó aquella ceja desdeñosa, así que le concedió un ascenso a su insondable padre.

—Era oficial.

—Claro, claro —repuso el hombre—. ¿Y su madre? ¿Cómo está?

—Está muy bien, gracias —respondió Juliet automáticamente.

Empezaba a dolerle la cabeza. Su madre solía decir que pensaba demasiado. Ella creía que posiblemente no pensaba lo suficiente. La mención de su madre le puso otra piedra en el corazón. En su vida, su madre era más una presencia que una ausencia. Supuso que algún día, en el futuro, sería al revés, pero dudaba que eso constituyera una mejora.

—Veo que fue usted a un colegio bastante bueno —dijo el hombre (¿Marsden?)—. Bastante caro, diría yo, para su madre. Ella cose por encargo, ¿no? Es costurera.

—Modista. Es diferente.

—¿Sí? No estoy al corriente de estas cosas. —(Juliet estaba casi segura de que sí lo estaba)—. Debe de haberse preguntado usted cómo conseguía pagar la matrícula.

—Tenía una beca.

—¿Cómo la hacía sentir eso?

—¿Que cómo me hacía sentir?

—¿Inferior?

—¿Inferior? Por supuesto que no.

—¿Le gusta el arte? —preguntó él de repente, pillándola desprevenida.

—¿El arte?

¿A qué se refería? En el colegio había sido la protegida de una entusiasta profesora de expresión artística, la señorita Gillies. («Tienes ojo», le dijo la señorita Gillies. «Tengo dos», pensó ella.) Antes de que muriera su madre, solía visitar la National Gallery. No le gustaban Fragonard ni Watteau ni todo ese bonito arte francés que haría que cualquier *sans-culotte* que se preciara quisiera cortarle la cabeza a alguien. Le pasaba lo mismo con Gainsborough y sus acaudalados aristócratas posando engreídos ante sus magníficas vistas panorámicas. Y con Rembrandt, por quien sentía una indiferencia particular. ¿Qué tenía de maravilloso un anciano feo que no paraba de pintarse a sí mismo?

A lo mejor no le gustaba el arte; de hecho, se sentía bastante intransigente al respecto.

—Por supuesto que me gusta el arte —contestó—. ¿No le gusta a todo el mundo?

—Se sorprendería. ¿Alguien en especial?

—Rembrandt —declaró, llevándose una mano al corazón en un gesto de devoción.

Le gustaba Vermeer, pero no estaba dispuesta a compartir eso con un extraño. «Siento veneración por Vermeer», le dijo una vez a la señorita Gillies. Parecía que aquello había sido hacía una eternidad.

—¿Y qué hay de los idiomas? —le preguntó el hombre.

—¿Si me gustan?

—Si sabe alguno. —El tipo aferró la boquilla de la pipa entre los dientes como si fuera el mordedor de un bebé.

«Ay, por el amor de Dios», pensó Juliet. Le sorprendía la hostilidad que le despertaba aquel hombre. Más tarde se enteraría de que ese era su fuerte. Era uno de los especialistas en interrogatorios, aunque por lo visto se había ofrecido voluntario para sustituir a la señorita Dicker esa tarde de pura chiripa.

—Pues no, la verdad —respondió.

—¿En serio? ¿No habla idiomas? ¿Nada de francés, o tal vez un poquito de alemán?

—Casi nada.

—¿Y los instrumentos musicales? ¿Toca alguno?

—No.

—¿Ni siquiera un poco el piano?

Antes de que pudiera seguir diciendo que no, alguien llamó a la puerta, y una mujer asomó la cabeza y dijo:

—Señor Merton. —(¡Merton!)—. El coronel Lightwater se pregunta si podría hablar con usted cuando haya terminado.

—Dígale que me reuniré con él dentro de diez minutos.

«Caramba, diez minutos más de interrogatorio», se dijo Juliet.

—Bueno... —dijo el hombre, una palabrita de nada que parecía cargada de significado; más enredo con su pipa no hizo sino añadir peso a la carga.

¿Es que el Gabinete de Guerra había empezado a racionar las palabras?, se preguntó ella.

—¿Y tiene dieciocho años? —Hizo que sonara a acusación.

—Sí.

—Un tanto adelantada para su edad, ¿no?

¿La estaba insultando?

—No, en absoluto —respondió Juliet con firmeza—. Soy del todo normal para mi edad.

El hombre soltó una risa, un auténtico ladrido de júbilo; echó un vistazo a unos papeles que tenía sobre el escritorio, la miró y preguntó:

—¿Fue a la Escuela de Secretariado de Saint James?

Saint James era adonde iban las chicas de buena familia. Juliet había pasado el tiempo transcurrido desde la muerte de su madre asistiendo a clases nocturnas en una destartalada escuela profesional en Paddington, y durante el día trabajaba en el servicio de habitaciones de un hotel igualmente destartalado en Fitzrovia. Había cruzado las puertas de Saint James para interesarse por el importe de la matrícula, de modo que ahora tuvo la impresión de que su respuesta estaría justificada:

—Sí. Empecé allí, pero acabé en otro sitio.

—¿Y lo hizo?

—¿Si hice qué?

—¿Acabó?

—Pues sí. Gracias.

—¿Presta?

—¿Disculpe?

Juliet estaba desconcertada; casi parecía que la estuviera despachando. (¿Me daba por finiquitada?) Porque no creía que estuviera preparada. No lo estaba. Ella misma pensaba que no estaba para nada preparada.

—Que si es rápida... escribiendo a máquina y esas cosas —aclaró el hombre agitando la pipa en el aire.

«Este no tiene ni idea», pensó Juliet.

—Ah, que si tecleo rápido... Pues sí. Tengo un certificado.

No dio más detalles; él la hacía sentir terca y poco cooperativa. Supuso que no era la mejor actitud para un candidato en una entrevista. Pero ella nunca había solicitado un empleo de oficina.

—¿Hay alguna otra cosa que quiera contarme sobre usted?

—No. En realidad, no, señor.

Pareció decepcionado.

Y entonces, como quien no quiere la cosa (también podría haberle preguntado si prefería el pan a las patatas o el rojo antes que el verde), soltó:

—Si tuviera que elegir, qué sería, ¿comunista o fascista?

—No es que haya mucha alternativa, ¿no, señor?

—Está obligada a elegir. Un arma le apunta a la cabeza.

—Podría elegir que me pegaran un tiro. —Se preguntó quién sostendría el arma.

—No, eso no. Tiene que elegir lo uno o lo otro.

El comunismo, en opinión de Juliet, era una doctrina más amable.

—Fascista —farfulló.

Él se rio.

Estaba tratando de sonsacarle algo, pero Juliet no sabía muy bien qué. A lo mejor podía ir a un Lyons a comer, pensó. Darse un capricho. Nadie más iba a hacerlo.

Merton la pilló por sorpresa al ponerse en pie de repente y rodear el escritorio hacia ella. Juliet se levantó también, un poco a la defensiva. Él se acercó más y Juliet se sintió extrañamente insegura respecto a sus intenciones. Durante un instante tuvo la absurda impresión de que iba a tratar de besarla. ¿Cómo reaccionaría ella si lo hiciera? Ya había recibido bastante atención no deseada en el hotel de Fitzrovia, donde muchos huéspedes eran viajantes que estaban lejos de sus esposas; por lo general conseguía ahuyentarlos con un buen puntapié en la espinilla. Pero Merton trabajaba para el Gobierno. Puede que darle una patada comportara alguna sanción. Incluso considerarse traición.

El hombre le tendió la mano y Juliet cayó en la cuenta de que esperaba que ella se la estrechara.

—Estoy seguro de que la señorita Dicker echará un vistazo a sus referencias y esas cosas y te inscribirá en la Ley sobre Secretos Oficiales.

¿El empleo era suyo, entonces? ¿Ya estaba?

—Desde luego —confirmó él—. El puesto era suyo antes de entrar por esa puerta, señorita Armstrong. Solo necesitaba hacerle las preguntas adecuadas. Para estar seguro de que es honrada e íntegra. Y esas cosas.

«Pero yo no quiero este puesto», se dijo ella.

—Estaba pensando en alistarme en el Servicio Territorial Auxiliar —tuvo la audacia de decir.

Él rio como quien lo hace de un crío pequeño y dijo:

—Trabajando con nosotros le prestará mayor servicio al esfuerzo de guerra, señorita Armstrong.

Más adelante se enteró de que Miles Merton (porque ese era su nombre completo) lo sabía todo sobre ella —más de lo que sabía ella misma—, incluidas todas las mentiras y medias verdades que le había contado en la entrevista. No pareció ser importante. De hecho, sospechaba que había ayudado, en cierto modo.

Después fue al Lyons Corner House de la calle Lower Regent y se pidió una ensalada de jamón con patatas hervidas. Seguían teniendo buen jamón. Supuso que no duraría mucho. La ensalada parecía un menú muy pobre teniendo en cuenta que quizá pronto todos morirían de hambre en la guerra, así que además pidió té y dos bollos glaseados. Se fijó en que la guerra ya había diezmado la orquesta del Corner House.

Después de la comida echó a andar hacia la National Gallery. Como había pensado antes en Vermeer, quería ver las dos obras suyas que tenían allí, pero descubrió que todas las pinturas habían sido evacuadas.

A la mañana siguiente recibió un telegrama en el que le confirmaban «el puesto» —la redacción seguía siendo misteriosamente vaga— y con instrucciones de esperar en la parada de autobús que había frente al Museo de Historia Natural a las nueve de la mañana del día siguiente. El telegrama llevaba por firma «Sala 055».

Después de esperar veinte minutos, tal como se le había indicado —con un viento implacable—, un autobús Bedford se detuvo ante Juliet. Era de un solo piso y en un costado anunciaba: «Highland Tours». Juliet pensó: «Madre mía, ¿vamos a Escocia? ¿No debería habérmelo dicho alguien, para llevar una maleta?».

El conductor abrió la puerta y exclamó:

—¿MI5, cariño? Suba.

«Ya está bien de secretismo», se dijo ella.

El autobús se detuvo varias veces para recoger a más gente: un par de hombres jóvenes con bombín, pero sobre todo chicas; jovencitas que parecían recién salidas de una escuela de buenos modales, o de la Escuela de Secretariado de Saint James, de hecho.

—Son debutantes... Un desastre, todas ellas —dijo la chica sentada a su lado en voz bastante alta; era un cisne, pálida y elegante—. ¿Quieres un pitillo?

Ella también hablaba arrastrando las palabras como una debutante, aunque con una voz rasposa de tanto fumar, cierto, pero aun así revelaba el timbre inconfundible de las clases superiores. Le tendió un paquete de cigarrillos a Juliet, quien negó con la cabeza.

—No, gracias, no fumo.

—Lo acabarás haciendo —repuso la chica—. Más vale que empieces ya y asunto resuelto. —Había un diminuto escudo de armas dorado grabado en el paquete de cigarrillos y, más extraordinario incluso, otro igual estampado en el propio cigarrillo—. Morland —puntualizó la chica, que encendió el cigarrillo y le dio una buena calada—. Papá es duque. Los hacen especialmente para él.

—Madre mía —soltó Juliet—. No sabía que hicieran esas cosas.

—Ya lo sé. Es una locura, ¿no? Me llamo Clarissa, por cierto.

—Yo Juliet.

—Ay, qué mala suerte. Apuesto a que todo el mundo te pregunta siempre dónde está Romeo. Mi nombre lo sacaron de una novela malísima.

—¿Y tienes una hermana que se llama Pamela? —preguntó Juliet con curiosidad.

—¡Pues sí! —Clarissa soltó una carcajada; tenía una risa obscena, pese a su sangre azul—. ¿Cómo diablos lo has sabido? Debes de ser de las inteligentes. Los libros son una pérdida de tiempo —puntualizó—. No tengo ni idea de por qué la gente no deja de parlotear sobre ellos. —Echó la cabeza hacia atrás y exhaló el humo en una bocanada admirablemente larga y fina que hizo que fumar resultara de repente tentador—. Todas son de familias que se casan entre sí —añadió señalando a una chica pelirroja que se bamboleaba precariamente pasillo abajo; parecía que el conductor se creía que estaba en el circuito de Brooklands.

La chica pelirroja llevaba un bonito conjunto de jersey y chaqueta de punto verde manzana que claramente no le habían tejido en casa, sino que procedía de una tienda cara. El jersey de Juliet —de punto de arroz rojo cereza— lo había tejido su madre, y se sintió un poco de andar por casa en comparación con las otras chicas. La del conjunto verde claro también llevaba perlas. Cómo no. Un rápido inventario del autobús llevó a Juliet a concluir que bien podía ser la única que no las llevaba.

—Su madre es dama de compañía de la reina —murmuró Clarissa señalando a la chica del conjunto verde claro con el cigarrillo; se acercó más a Juliet y le susurró al oído—: Corre el rumor de que... —Pero en ese momento el vehículo dio un bandazo al doblar una esquina y todas las chicas chillaron del susto extasiadas.

—¡Esto de ir en autobús es la bomba! —exclamó alguien.

Con el movimiento brusco del vehículo, la chica del conjunto verde manzana había aterrizado en el regazo de alguien, y ella y cuantos la rodeaban se reían a carcajadas.

—Son todas ovejas negras de sus casas —murmuró Clarissa.

—Pero tú eres como ellas —se atrevió a decir Juliet.

Clarissa se encogió de hombros.

—Soy la cuarta hija de un duque, eso casi no cuenta. —Captó la mirada de Juliet y soltó una risotada—. Ya lo sé, hablo como una mocosa malcriada.

—¿Y lo eres?

—Oh, totalmente. Toma un pitillo, va. Sé que vamos a ser grandes amigas.

Juliet cogió un cigarrillo del paquete heráldico y Clarissa se lo encendió con su mechero; de oro, por supuesto.

—Eso es —dijo alegremente Clarissa—. Vas por buen camino.

—¡Ya estamos, damas y caballeros! —exclamó el conductor del autobús—. Se acabó el paseo, su condena empieza aquí. ¡Todo el mundo fuera!

El autobús vertió al grupo, un tanto desconcertado, ante las puertas de una prisión. El conductor llamó a golpes a una puertecita de madera tachonada que había a un lado de la verja.

—¡Otro lote para ti! —gritó, y un guarda invisible abrió la puerta.

—¿La prisión de Wormwood Scrubs? —le preguntó Juliet a Clarissa, perpleja—. ¿Vamos a trabajar aquí? —Pensó que allí no habría que temer que el Arte asomara su fea cabeza.

Clarissa apagó el pitillo bajo uno de aquellos zapatos de aspecto tan caro («De Ferragamo, ¿los quieres? Puedes quedártelos») y dijo:

—Bueno, papá siempre me ha dicho que acabaría entre rejas.

Y así dio comienzo la carrera de Juliet en el espionaje.

El Scrubs, como lo llamaban todos, era un sitio caótico, lleno de gente del todo inadecuada para el trabajo en cuestión. El MI5 estaba reclutando gran cantidad de gente nueva, sobre todo chicas, para la División A, de administración. Las debutantes en particular no servían para nada. Algunas se habían traído consigo cestas de pícnic y comían en la hierba como si estuvieran en la regata de Henley. En algunos pabellones aún quedaban presos a la espera de que los trasladaran a otro sitio. Pensaba Juliet que si estos tenían la mala fortuna de vislumbrar a las recién llegadas, qué harían con todas aquellas chicas encantadoras que mordisqueaban muslos de pollo. No tardaría en haber alguna clase de criba, imaginó. Cabía pensar que quienes ganarían esa guerra serían los trabajadores no especializados, no unas niñatas con perlas.

Juliet fue a parar al registro, un hervidero de descontento, y sus jornadas consistían principalmente en mover carpetas de papel de estraza de un cajón archivador a otro o en reorganizar las infinitas fichas según algún sistema arcano e impenetrable.

Y aun así, las esperaban muchas diversiones una vez que escapaban de la cárcel cada tarde. Clarissa era una verdadera amiga (quizá la primera que tenía), pese a los blasones dorados. Salían juntas casi todas las noches, dándose trompazos en las calles sumidas en el apagón, un método de defensa antiaérea; Juliet estaba llena de cardenales por los encuentros nocturnos con buzones y postes de luz. El Four Hundred, el Embassy, el Berkeley, el Milroy, el salón de baile Astoria…: el entretenimiento disponible durante la guerra no tenía fin.

Se veían zarandeadas en pistas de baile abarrotadas por una indistinta sucesión de hombres con uniformes diversos, admiradores tan efímeros como las polillas nocturnas y cuyas caras casi no valía la pena esforzarse en recordar.

En Park Lane había un puesto de café que abría de noche, y se detenían allí a altas horas de camino a casa, o a veces ni siquiera pasaban por la cama, sino que desayunaban en un Lyons —gachas de avena con beicon y pan frito, tostadas con mermelada, y una taza de té, todo por un chelín y seis peniques—, y entonces iban directamente al Scrubs y vuelta a empezar.

No obstante, en cierto modo había supuesto un alivio que Perry Gibbons se le acercara el día anterior mientras almorzaba en la cantina con Clarissa. Era la misma cantina que solía servir las comidas a la población reclusa, y Juliet sospechaba que la comida, malísima, tampoco había cambiado. Estaban tomando una especie de guiso de carne y verdura cuando de repente se lo encontró a su lado, sonriente.

—Señorita Armstrong, no se levante. Me llamo Perry Gibbons. Me temo que necesito una chica.

—Bueno —respondió Juliet con tono precavido—, yo soy una chica, supongo.

—¡Muy bien! Entonces, ¿puede venir a mi despacho después de comer? ¿Sabe dónde está?

Juliet no tenía ni idea, pero aquel hombre tenía una voz firme, con un agradable registro bajo que dejaba entrever tanto amabilidad como una autoridad incuestionable, lo que parecía una combinación perfecta en un hombre (por lo menos en las novelas románticas que le gustaban a su madre), así que se apresuró a contestar:

—Sí, señor.

—Excelente. Pues nos veremos en breve. No se dé prisa, disfrute de su comida. —Le hizo a Clarissa un saludo con la cabeza.

—¿Quién era ese? —quiso saber Juliet.

—El famoso Peregrine Gibbons. Dirige el B5b..., ¿o era el Bc1? Cuesta lo suyo estar al día con tanta «contrasubversión». —Clarissa rio—. Creo que te van a arrancar de aquí.

—No me gusta cómo suena eso.

—Como una rosa —añadió Clarissa para suavizarlo un poco—. Una rosa bonita e inocente.

Juliet no creía que una rosa pudiera ser inocente. Ni culpable, de hecho.

—Y he aquí la magia oculta —dijo entonces Perry Gibbons mientras abría una puerta en el piso de Dolphin Square.

No reveló ninguna clase de hechizo, sino otro dormitorio, más pequeño, con un despliegue de aparatos de sonido y dos hombres que tropezaban entre sí en el reducido espacio mientras intentaban instalarlos. Para ser más precisos, un hombre y un muchacho. El hombre, Reginald Applethwaite («Un poco difícil de pronunciar; mejor llámeme Reg, querida»), procedía del Centro de Investigación de la Oficina Central de Correos Británica en Dollis Hill. El muchacho, Cyril Forbes, era un técnico auxiliar que también trabajaba allí. Era Cyril («rima con viril», pensó Juliet) quien se encargaría del equipo de sonido siempre que se celebrara una reunión de quintacolumnistas en la puerta de al lado.

—Es un RCA Victor, modelo MI-12700 —anunció con orgullo Reg mostrando el equipo de grabación con el entusiasmo de un maestro de ceremonias.

—Es americano —intervino tímidamente Cyril.

—Como el que usan en Trent Park —puntualizó Perry Gibbons, y, al ver la cara inexpresiva de Juliet, añadió—: El centro de interrogatorios. Creo que Merton trabaja allí a veces. Fue él quien la reclutó, ¿no?

—¿El señor Merton? Sí, fue él. —No había visto a Miles Merton desde la entrevista. («Solo necesitaba hacerle las preguntas adecuadas.»)

Reginald y Cyril estaban impacientes por presumir de su destreza técnica y la bombardearon con información sobre el equipo de grabación: «estabilizador flotante inercial..., diafragma de estireno..., transductor de bobina móvil..., micrófono de presión..., agujas de grabación de acero o zafiro...». Hasta que Perry soltó una risa un poco tensa (no se le daba bien reír por naturaleza) y dijo:

—Ya es suficiente, caballeros. No queremos abrumar a la señorita Armstrong. Está aquí para ejercer de mecanógrafa, no de técnica.

Las paredes estaban insonorizadas, le explicó a Juliet mientras la guiaba hacia la puerta siguiente, con Reginald y Cyril pisándoles los talones, todavía charlando alegremente sobre «discos de grabación instantánea» y «micrófonos 88A».

Aquel piso era una réplica exacta pero simétrica del que acababan de dejar, como si hubieran pasado a través del espejo: la alfombra con hojas otoñales y el anodino papel pintado de Harlequin, que Juliet reconoció al instante por el motivo de celosía con rosas, el mismo que eligió su madre para las paredes de su sala de estar en Kentish Town. Aquella visión inesperada hizo que se le encogiera el corazón.

—¡Escuchas a punto!

—Los micrófonos ya están en las paredes —explicó Reg.

—¿En las paredes? —repitió Juliet—. ¿En serio?

—No parece que haya nada aquí, ¿verdad? —dijo Reg dando golpecitos en el tabique.

—Caramba, pues no —repuso ella sinceramente impresionada.

—Qué bueno, ¿eh, señorita? —añadió Cyril sonriendo de oreja a oreja.

Parecía increíblemente joven, como si todavía debiera estar en el colegio. Juliet lo imaginó en el patio, con las rodillas sucias, los calcetines grises por los tobillos, a punto de lanzar una castaña con la honda.

Reg soltó una carcajada.

—Menudo seductor está hecho este jovencito, ¿a que sí?

Cyril enrojeció hasta las orejas.

—No lo escuche, señorita.

—Mejor encierre bajo llave a sus hijas, ¿eh, señor Gibbon? —bromeó Reg.

—Me temo que no tengo ninguna —contestó Perry Gibbons, de nuevo con una risa tensa.

«¿Las encerraría si las tuviera?», se preguntó Juliet. Él le sonrió, como si se disculpara por algo; por su torpeza, quizá. Tenía una sonrisa encantadora y Juliet pensó que debería sonreír más a menudo.

—En la agencia tiene cierta fama de renegado —le contó Clarissa esa noche mientras tomaban algo en el Four Hundred Club—. He estado indagando por ahí sobre Perry Gibbon, por tu bien.

Por lo visto, sus muchos talentos incluían trucos de cartas muy astutos —era miembro del Círculo de Magia—, hablaba suajili (Juliet se preguntó qué sentido tenía; a menos que fueras suajili, claro) y antes jugaba al bádminton a nivel «casi» profesional.

—Además, es un naturalista entusiasta y estudió Literatura Clásica en Cambridge.

—¿Y quién no? —gruñó Hartley.

—Cierra el pico, Hartley —le espetó Clarissa.

Hartley —su nombre de pila era Rupert, pero Juliet nunca había oído que lo llamaran así— se había entrometido en su conversación.

—Ay, no, Hartley no —se lamentó Clarissa al verlo abrirse paso a empujones entre la gente hacia su mesa—. Está hecho un palurdo.

Él se sentó y acto seguido pidió dos rondas de cócteles para ellas, para que se las sirvieran con diez minutos de diferencia. Hartley era un bebedor empedernido; de hecho, eso lo definía. No era nada atractivo, con el pelo rojo oscuro cortado al cepillo y montones de pecas salpicándole la cara y las manos (y era de suponer que también el resto de su persona, aunque eso mejor ni pensarlo), lo que daba la impresión de que en algún punto de su árbol genealógico se había colado una jirafa.

—Le gusta hacerse el payaso —le había explicado Clarissa—, pero en realidad es perspicaz. Tiene sus contactos en la alta sociedad, por supuesto... Su padre está en el Gabinete.

«Ah, conque era ese Hartley», se dijo Juliet. Había llegado al MI5 vía Eton, Cambridge y la BBC, un camino bien trillado.

—Bueno, chinchín —dijo Hartley, y apuró la copa de un trago—. Gibbons es un tío bien raro. Todos andan diciendo que es un erudito, pero a veces uno sabe tanto que se pasa de la raya. Eso hace que sea una persona muy seca. No me sorprendería encontrar un cilicio debajo de todo ese *tweed*.

—En fin, pues mucha suerte con él, sea como sea —le dijo Clarissa a Juliet—. Las chicas del Scrubs creen que tiene AS.

—¿AS?

—¡Atractivo sexual! —intervino Hartley con un bufido. (Algún hechizo maligno había hecho que a él eso se le negara de nacimiento.)

El sexo era un tema que para Juliet seguía siendo mayormente un misterio. Su *éducation sexuelle* (se le hacía más fácil considerarlo algo francés) estaba lamentablemente plagada de lagunas. En la escuela dibujaron diagramas para explicar el sistema de cañerías de las casas en Labores del Hogar. Era una asignatura absurda: cómo disponer las cosas del té en una bandeja, qué darle de comer a un inválido, qué debían buscar a la hora de comprar carne (la ternera debería tener «vetas de grasa»)... Cuánto más útil habría resultado que les hubiesen enseñado algo sobre sexo.

Y las novelas románticas de su madre tampoco habían sido de ayuda, habitadas como estaban por un desfile interminable de jeques y magnates del petróleo en cuyos brazos las mujeres se desvanecían invariablemente. Esas mismas mujeres tenían también tendencia a derretirse en momentos cruciales, pero eso a Juliet solo le hacía pensar en la bruja de *El mago de Oz,* y eso seguramente no era lo que se pretendía.

—Y Gibbons es incapaz de charlar —continuó Hartley—. Eso provoca la desconfianza de la gente. La agencia funciona a base de charlas intrascendentes. No me extraña que se haya aislado de esa manera en Dolphin Square.

—¿O sea que su agente va a vivir aquí? —preguntó Juliet resiguiendo distraídamente con el dedo las rosas y la celosía del papel pintado.

—¿Godfrey? Madre mía, no —contestó Perry—. Godfrey vive en Finchley. Hasta ahora nuestros «espías» se reunían en pubs, restaurantes y sitios así. Creen que este piso lo financia en secreto el Gobierno alemán, específicamente como lugar de encuentro para ellos y su «agente de la Gestapo». Es un reducto seguro.

Había un escritorio, un teléfono y cuatro cómodas butacas en torno a una mesa de centro ante la chimenea. Y muchos ceniceros. En la pared colgaba un retrato del rey.

—¿No les parecerá raro eso a los informantes? —preguntó Juliet.

—Supone cierta ironía, ¿verdad? Pero creerán que forma parte del artificio. —Consultó el reloj y añadió—: Godfrey estará aquí dentro de un momento, viene a inspeccionar el montaje. La operación entera depende de él, ¿sabe?

Volvieron a «su» piso, el de la puerta de al lado.

—¿Qué tal si nos prepara a todos una taza de té, señorita Armstrong? —dijo Perry.

Juliet exhaló un suspiro. Por lo menos en el Scrubs no había sido la criada de nadie.

Llamaron tímidamente a la puerta.

—Ah, aquí está —dijo Perry Gibbons—, puntualísimo como un reloj.

Juliet esperaba a alguien muy fornido, una especie de capitán Drumond, de modo que la decepcionó un poco que en carne y hueso fuera más bien de dimensiones modestas y un tanto anodino. Con el maltrecho sombrero de fieltro y una vieja gabardina, Godfrey Toby tenía cierto aspecto de desgastado. Llevaba un bastón de nogal con la empuñadura de plata, un complemento que en cualquier otro hombre habría parecido afectado pero que en él quedaba natural. Le daba cierto aire desenfadado, casi chaplinesco, lo que posiblemente no casara con su personalidad. («Lo lógico sería pensar que le iría mejor un paraguas —le dijo después Cyril, siempre tan práctico—. No necesita un bastón, a sus piernas no les pasa nada, ¿no? Y un bastón no sirve de gran cosa si llueve, ¿no cree, señorita?»)

Le presentaron a Reg y a Cyril, y a Juliet en último lugar, pues estaba en la cocina afanándose con la bandeja del té (la jarrita de leche en el extremo superior derecho y el azucarero en el inferior izquierdo, según aquellas clases de Labores del Hogar).

Volvieron a repasar todo el montaje, y esta vez le dijeron a Cyril que fuera al piso de al lado para que Reg pudiera hacer una demostración del proceso de grabación. Cyril, que por lo visto no era tan tímido como parecía, se lanzó a interpretar con entusiasmo «la polka del barril de cerveza» durante un rato considerable, hasta que mandaron a Juliet a decirle que parara.

—En lugar de tanques, podríamos enviarlo a él —ironizó Reg—. Eso sí que le metería miedo a Hitler.

Entonces analizaron el papel de Juliet en el proceso. Godfrey Toby escuchó con los auriculares la grabación de Cyril cantando («¡Toda la pandilla está aquí!», concluía el chico en un creciente *fortissimo).*

—Y entonces la señorita Armstrong tiene que teclear lo que oye —explicó Peregrine Gibbons, y Juliet apretó obedientemente unas teclas de la Imperial a modo de demostración—, y así tenemos una transcripción de todo lo que se diga en el piso de al lado.

—Sí, sí, ya veo —repuso Godfrey; se acercó a Juliet y leyó lo que había escrito—: «¡Toda la pandilla está aquí!». Muy oportuno, sin duda.

—Y ahora solo tenemos que esperar a nuestros invitados —concluyó Peregrine Gibbons—. Y entonces dará comienzo nuestra verdadera tarea.

Perry, Godfrey, Cyril, Juliet. «Toda la pandilla está aquí», pensó ella.

*

—De manera que trabajas con el viejo de Toby *el Cojeras,* ¿eh? —dijo Hartley.

Se lo habían encontrado de nuevo en el Café de París. Se estaba volviendo imposible evitar a aquel tipo.

—¿Quién? —preguntó Clarissa.

—Godfrey Toby —respondió Juliet—. ¿Lo conoces? —Clarissa parecía conocer a todo el mundo.

—No, me parece que no. Mi madre siempre decía que hay que desconfiar de un hombre con un nombre compuesto.

Parecía una norma arbitraria por la que regirse, aunque la madre de la propia Juliet mostraba desdén por los hombres de ojos azules, quizá olvidando que le había contado a Juliet que su padre, el marino ahogado, tenía unos ojos «tan azules como el mar» en el que había acabado hundiéndose.

—¿Y qué anda haciendo exactamente el viejo de Toby *el Cojeras?* —quiso saber Hartley.

—Se supone que no debo hablar sobre la operación —repuso Juliet con cierto remilgo.

—Oh, pero aquí todos somos amigos, ¿no?

—¿Tú crees? —murmuró Clarissa.

—Este Toby *el Cojeras* es todo un misterio —continuó Hartley—. Nadie sabe qué ha estado haciendo todos estos años. «El Gran Enigma», así lo llaman a sus espaldas.

—¿El Gran Enigma? —repitió Juliet, pensativa; sonaba a número teatral.

—Godfrey Toby es un maestro de la confusión —declaró Hartley—. No cuesta mucho perderse en su bruma. ¿Y si pedimos otra ronda? Lo que estáis tomando es un *gimlet,* ¿no?

Aquí está Dolly

<u>J. A.</u>   <u>22.3.40</u>

<u>Grabación 1.</u>

<u>18:00</u> Llegada. Están presentes GODFREY, TRUDE y BETTY.

Charlan un poco y hacen comentarios sobre el clima.

GODFREY habla sobre el resfriado de BETTY (que, como
    resultado, desafortunadamente se ha quedado afónica).

Charlan un poco sobre una amiga de BETTY que se llama
    PATRICIA (¿o LETITIA?) y vive en Portsmouth, cerca
    del puerto, y sobre si eso podría serles de utilidad.

TRUDE. ¿Es amiga?
BETTY. Tiene una forma de pensar muy parecida a la
    nuestra. Le he dicho que debería encontrar trabajo en
    un pub. Antes trabajaba en uno, tiene experiencia en eso
    de cuando estuvo en Guilford.
TRUDE. Los pubs de Portsmouth están llenos de marineros.
GODFREY. Sí, sí.

TRUDE. Y de estibadores del puerto. Un par de copas y te lo contarán todo, probablemente.

BETTY. Los movimientos de la flota (¿?) y esas cosas.

Suena el timbre. GODFREY sale de la habitación para ir a abrir. Mucho barullo procedente del pasillo.

BETTY. (susurrando, en parte inaudible) ¿Cuánto creéis que le cuesta este sitio a la Gestapo?

TRUDE. Por lo menos tres guineas por semana, imagino. Los he visto anunciados. (cuatro o cinco palabras inaudibles a causa de la tos de BETTY)

GODFREY vuelve con DOLLY.

GODFREY. Aquí está Dolly.

Más charla sobre el tiempo. Conversación en términos ofensivos sobre el retrato del rey en la pared.

GODFREY. ¿Cómo está Norma? (¿NORMAN?)

DOLLY. Igual. No creo que nos sea de mucha ayuda. Va a casarse en Pascua, con el CAPITÁN BARKER.

GODFREY. ¿Y él se opone a...?

DOLLY. Sí. En Virginia Water. Pareces pachucha (¿?)

BETTY. Es por esta tos (¿?) y este tren de vida (¿?)

¿O quizá Betty estaba pensando en coger un tren? ¿O había olvidado una sartén? «Ay, a ver si habláis con claridad», pensó Juliet con irritación. No paraban de farfullar, y el maldito resfriado de Betty hacía aún más difícil entenderlos. Por supuesto, la mitad del tiempo lo que decían ni siquiera tenía sentido, o se atropellaban unos a otros al hablar (¡era exasperante!). Para Juliet fue un alivio comprobar que, a diferencia de su domesticado grupito de quintacolumnistas, Godfrey articulaba con claridad. Tenía una bonita dicción, más de tenor que de barítono, con un dejo de otro acento: escocés, tal vez, o incluso se podría decir que canadiense, aunque en realidad era de Bexhill. Su voz era dulce, casi melosa, y si no lo conociera, Juliet se lo habría imaginado parecido a Robert Donat.

Accionó la palanquita que levantaba la aguja del disco y luego se quitó los auriculares, bostezó y estiró los brazos por encima de la cabeza. Se había mareado un poco por el esfuerzo de concentrarse. Aún faltaba una hora para el almuerzo, si no moría antes de inanición. En algún lugar del bolso tenía una galleta Ryvita. ¿Debería comérsela o reservarla? Decidió reservarla, y eso la hizo sentirse una persona mejor, pues solía tener una vergonzosa tendencia a los excesos.

Soltó un suspiro, volvió a ponerse los auriculares y accionó de nuevo la palanquita en el equipo de reproducción. La aguja cayó sobre el disco con un chirrido y Dolly empezó a decir algo, pero Betty eligió ese momento para estornudar (con innecesario dramatismo, en opinión de Juliet). «Ay, por Dios —se dijo, con los dedos posados sobre las robustas teclas de la Imperial—. Ya estamos otra vez.»

Al final decidió comerse la Ryvita.

Cyril llamaba a los informantes «nuestros vecinos», y el apelativo no tardó en cuajar; incluso Perry lo usaba. Era una forma conveniente de referirse al desfile de gente que llevaba ya casi un mes acudiendo al piso de Dolphin Square con su parloteo sobre simpatizantes potenciales, los campamentos de la RAF que se estaban levantando, el emplazamiento de los centros de reclutamiento del Ejército; por no mencionar los informes interminables sobre la baja moral y la poca disposición general del populacho a comprometerse con el esfuerzo de guerra. Una fuente de amargura de la que Godfrey Toby se aprovechaba.

Había cháchara y cotilleos a montones, lo cual de algún modo hacía que la cosa fuera incluso más alarmante. Parecían dispuestos a aparentar ser gente corriente y transmitir cualquier migaja de información si creían que eso podía ayudar a la causa del enemigo. Los principales personajes de aquel elenco de perfidia eran Dolly, Betty, Victor, Walter, Trude y Edith. Cada uno informaba a muchísimos otros, filamentos en una ferviente trama de traición que se extendía por todo el país.

Ellos disponían de un horario, trazado por el propio Godfrey, que registraba las posibles idas y venidas de los vecinos. Se había hecho sobre todo en beneficio de Cyril, para que supiera cuándo aparecer por Dolphin Street, pero los ayudaba a todos a quitarse de en medio en los momentos indicados.

—No nos conviene que lleguen a vernos la cara —explicó Perry—. Debemos seguir siendo anónimos; por lo que a ellos concierne, los vecinos somos nosotros.

Godfrey proporcionaba a sus informantes dinero para gastos de transporte y llamadas telefónicas y los invitaba a comidas y a copas. Sin embargo, Trude recibía una paga. Era una noruega bastante desagradable y controladora que se había nacionalizado años atrás y se dedicaba de manera particular a atraer y reclutar a simpatizantes de los nazis. Parecía tener contactos por toda Gran Bretaña y no le importaba trasladarse a Dover, Mánchester o Liverpool con tal de sondear aliados potenciales para su causa. Su madre era medio alemana y Trude había pasado muchas vacaciones en Baviera. Había trabajado en la Siemens, que era donde la había conocido Godfrey («En una especie de club social», explicó Perry), y en muchos sentidos era la artífice de toda aquella operación. Como la primera persona en ser víctima de la peste negra, se dijo Juliet.

—O de Eva y el pecado original —opinó Perry.

—Eso no es muy justo para Eva, señor.

—En general, alguien tiene que cargar con la culpa, señorita Armstrong. Y, por desgracia, las mujeres y los judíos tienden a encontrarse en primera fila.

Edith tenía cincuenta y tantos años y trabajaba en una tienda de ropa de mujer en Brighton, donde patrullaba el canal de la Mancha en sus paseos cotidianos por lo alto del acantilado. Walter era un alemán nacionalizado que trabajaba en las oficinas de la compañía ferroviaria Great Western y sabía mucho sobre vías, trenes y horarios. Victor era operario en una fábrica de aviones. Eran los dos últimos quienes más preocupaban a Perry, puesto que tenían acceso a planos «y esas cosas».

—El sabotaje es uno de nuestros grandes temores.

Betty y Dolly, antiguas camaradas de la Unión Británica de Fascistas, se comportaban como gallinas cluecas en torno a Godfrey, parloteando sobre su estado de salud y la tensión a la que lo sometían las incesantes exigencias del Tercer Reich. Betty tenía treinta y tantos años y estaba casada con un hombre llamado Grieve por quien parecía sentir un profundo desagrado. Dolly, a sus cuarenta y cinco, era una solterona por obligación que trabajaba en una gran lavandería en Peckham especializada en uniformes militares. Se creía capaz de deducir, por la llegada y la salida de dichos uniformes, el despliegue de tropas en todo el sureste de Inglaterra. («Es una imbécil», opinaba Perry.)

Con frecuencia, Dolly traía a las reuniones a su perro, un bicho ruidoso con el don de ladrar en momentos cruciales, lo que volvía incluso más inaudibles las conversaciones de los informantes. El perro se llamaba *Dib*. Betty, Dolly y *Dib*: parecía un número de un espectáculo de variedades, pensaba Juliet. Uno especialmente malo.

Juliet los conocía por sus voces, no por sus caras. La cantinela escandinava de Trude, el cerrado acento de Tyneside de Victor y la quejosa pronunciación de Betty, típica de un ama de casa de Essex. Godfrey siempre tenía buen cuidado de presentar a cada persona que hacía su entrada en el piso, como un maestro de ceremonias anunciando los números en el escenario. «Hola, Dolly, buenas noches... ¿Qué tal está?» o «Ah, aquí llega Victor». Pero no era necesario, en realidad, porque Juliet no tardó en saber reconocerlos.

—Tiene un buen oído —la felicitó Perry.

—Tengo dos, señor.

«Soy demasiado frívola para él», pensaba Juliet. Y que lo fuera suponía mayor responsabilidad para ella que para Perry. Tomarse las cosas a la ligera daba más trabajo que tomárselas en serio. Quizá Perry empezaba a calarla, a entender su personalidad, y a pensar que no daba la talla.

Perry había estado bastante irritable últimamente; no paraba de entrar y salir de Dolphin Square para marcharse a Whitehall, Saint James o el Scrubs. A veces se llevaba consigo a Juliet y la presentaba como «su mano derecha» (aunque era zurdo). Juliet era asimismo su «secretaria para todo» y a veces su «ayuda de campo indispensable, la señorita Armstrong». Parecía considerarla una niña precoz (o un perro especialmente listo), aunque las más de las veces era tan solo una chica, e invisible, por cierto.

La había invitado a acompañarlo a un cóctel en el almirantazgo.

—Es entre colegas —explicó—, pero habrá mujeres, sobre todo esposas.

Resultó una velada bastante reposada, y Juliet tuvo la impresión de que la estaban exhibiendo, como si fuera un accesorio, o quizá una curiosidad.

—Menudo viejo pícaro estás hecho —oyó que un tipo le susurraba a Perry al oído—. Así que por fin te has conseguido un bombón, Gibbons. Quién iba a decirlo.

Perry parecía decidido a que ella supiera quiénes eran todos los presentes.

—Aquel de allí, junto a la ventana, es Alleyne.

—¿Alleyne? —repitió Juliet. Había oído ese nombre. Se daba los aires de un hombre que se sabe apuesto.

—Oliver Alleyne —puntualizó Perry—. Es uno de los nuestros. Y bastante ambicioso. —Esto último lo dijo con pesar; no era de los que alababan la ambición ni admiraban el atractivo—. Su mujer está en el mundo del teatro.

Hizo que sonara deshonroso. «Es un anticuado», se dijo Juliet. Y tremendamente recto. No iba a estar a la altura de lo que esperaba de ella, sin duda.

—Y ese es Liddell, por supuesto —continuó Perry—. Bien arrimado a su amigo Merton, Juliet.

—No es exactamente amigo mío —protestó ella—, sino más bien mi inquisidor español. («Está obligada a elegir. Un arma le apunta a la cabeza.»)

Miles Merton la observaba de un modo inquietante, pero no hizo gesto de reconocimiento alguno y ella le apartó la mirada.

—Tiene una personalidad un poco maquiavélica —murmuró Perry—. Yo en su lugar no me fiaría de él.

—Soy demasiado humilde para que se fije en mí.

—Para Merton, cuanto más humilde, mejor.

Cuando Juliet volvió a mirar, Merton había desaparecido.

—Ese de allí es Hore-Belisha —prosiguió Perry—, y está hablando con Hankey, el ministro sin cartera.

(«Hanky *el Fullero*, lo llamaba Hartley. Cómo no. Hartley era un inmaduro sin remedio.) «Menudo título tan tonto», se dijo ella, como si se hubiera dejado la cartera en el metro. Suponía que aquellos hombres no se movían en metro: todos tenían coches con chófer, organizados por la pobre y explotada secretaria de Hartley; este estaba a cargo del Departamento de Transporte, no tanto por su competencia en dicho papel como por su pasión por los coches.

—Y ese es Halifax, por supuesto, secretario de Estado de Asuntos Exteriores —continuó Perry (sin darle tregua)—, y el de ahí, junto a la puerta… ese es…

Era un educador, pensó Juliet (y ella, su actual discípula). Era su forma de ser. En un hombre atractivo, parecía un desperdicio.

O un cultivador, tal vez, y ella, su campo, a la espera de que la araran y la sembraran. Semejante idea, un poco atrevida, la hizo sonrojarse. Era un hombre extremadamente adulto (treinta y ocho) y forzosamente más sofisticado que sus habituales pretendientes, pilotos y soldados con poca o ninguna experiencia. Juliet estaba esperando a que Perry la sedujera. Bueno, cualquiera, en realidad, pero preferiblemente él. Y la espera se estaba haciendo larga.

—¿Se encuentra bien, señorita Armstrong? Está un poco colorada.

—Aquí dentro hace calor, señor.

—Muchos de estos hombres no tienen moral alguna —le contó él al final de la velada mientras recuperaban su abrigo—. Están con sus mujeres y sin embargo la mitad de ellos tendrán una amante a buen recaudo en algún sitio.

Juliet se preguntó si era esa la función que ella cumplía para él, estar «a buen recaudo» en Dolphin Square. Pero ¿qué era ella, esposa o amante?

Desde luego, mucha gente, vista su reclusión en Nelson House, había sacado la conclusión de que tenía que haber «algo» entre ellos, cuando la pura verdad era que Perry se mostraba reticente con ella hasta un punto desconcertante. Era el perfecto caballero y, a diferencia de los viajantes del hotel de Fitzrovia, no intentaba manosearla; de hecho, a menudo ejecutaban una torpe danza en el pequeño despacho para evitar tocarse siquiera, como si ella fuera un escritorio o una silla y no una muchacha en la flor de la juventud. Tenía la impresión de haber conseguido todos los inconvenientes de ser una amante y ninguna de las ventajas, como la del sexo. (Se estaba volviendo más audaz con esa palabra, visto que no con el acto en sí.) Para Perry parecía ser al revés: él tenía todas las ventajas de una amante y ningún inconveniente, como el del sexo.

Además de transcribir sus conversaciones con «los vecinos», Juliet también pasaba a máquina los informes del propio Godfrey sobre las reuniones, que eran síntesis casi magistrales. A veces él acudía a las transcripciones para «refrescar la memoria», aunque parecía tenerla muy buena, como revelaba su constante seguimiento de las idas y venidas de sus informantes. («¿Y qué tal está ese ingeniero naval al que conoció, Betty...? Se llamaba Hodges, ¿no?», o «Walter, ¿cómo está su suegra, la señora Popper?».)

Y, cómo no, Juliet estaba a la entera disposición de Perry para su propia miscelánea de dictados o tomadura de notas. También invertía muchas horas monótonas pasando a máquina informes sobre «la fiebre de los espías» de agentes de todo el país, que habían entrevistado a gente ansiosa por informar al Gobierno de que creía haber visto un contingente de las Juventudes Hitlerianas cruzando las colinas del sur en bicicleta o a su vecina de al lado, una mujer «de aspecto germánico», tendiendo los pañales de un modo que sugería «un código de señales», así como las quejas habituales sobre gente que tenía un pastor alemán.

Juliet también mecanografiaba la agenda de Perry; no era personal, sino un mero registro de reuniones y actos. ¿Llevaría un diario personal? De ser así, ¿qué anotaría en él? («La señorita Armstrong me parece más atractiva cada día que pasa, ¡pero debo resistir la tentación!»)

Últimamente, Perry había acudido a una serie de reuniones en Whitehall (sin ella), ninguna de las cuales parecía haber tenido el resultado deseado, y ahora, además de las transcripciones de Godfrey, Juliet invertía el tiempo en pasar a máquina series interminables de notas, cartas y entradas de diario que documentaban su frustración: «¿Cómo es que AC sigue sin entender que debemos internar a TODOS los residentes extranjeros? Debemos trabajar sobre la base de que son presuntamente culpables hasta que se demuestre su inocencia». (Un poco duro, opinaba Juliet, pensando en el personal del café Moretti.) «En el seno del Gabinete parece proliferar un liberalismo pasado de moda: ¡va a acabar siendo letal!... El DG está impaciente por que en Irlanda se aplique una censura ABSOLUTA... me reuní con Rothschild en el Ateneo... se suponía que GD iba a ser reclutado por la Abwehr en el 38, ¡pero sigue donde estaba!... hay filtraciones en todas partes... ineptitud burocrática... se sabe que la prostituta LK tiene una aventura con Wilson, del Ministerio de Relaciones Exteriores, y sin embargo... autocomplacencia... atolondramiento...» Etcétera, etcétera.

Etcétera.

Etcétera.

Las conversaciones de Godfrey en el piso de al lado, en su mayor parte terriblemente mundanas, suponían un verdadero alivio.

GODFREY. Y ese tipo... BENSON (¿HENSON?)

BETTY. Ha dicho que MOSLEY no le cae muy bien, por lo
visto hablaba sobre todo desde un punto de vista B. U.
(cuatro palabras inaudibles)

GODFREY. Sí, ya veo.

(Paréntesis para comer unas galletas.)

GODFREY abandona la habitación. Siguen susurros
incomprensibles entre BETTY y TRUDE. GODFREY
vuelve.

GRABACIÓN 13

BETTY. Por lo visto, Chelmsford se ha convertido en caldo
de cultivo para el comunismo. SEÑORA HENDRY
(¿HENRY?)

GODFREY. ¿La escocesa?

BETTY. Sí, trabaja en un pub de allí, el Red Lion, o el Three
Lions, y dice que, según el dueño, un tal BROWN, creo, la
Premier Guaranteed Trust, una compañía judía, lo estafó
con el whisky a 2,15 chelines 6 peniques la botella.

La conversación que sigue solo es audible en parte porque
hablan en susurros. Algo sobre unas personas
profundamente judías, algo sobre la Israel Foundation
británica.

BETTY. Y es difícil tomar represalias cuando la gente dice
que fueron los alemanes quienes la empezaron, porque
entonces llamas la atención.

TRUDE. Yo digo, como quien no quiere la cosa: «Cómo me gustaría que no hubiéramos sido nosotros quienes empezamos la guerra». Eso suele pararlos en seco.

GODFREY. ¿Se ha alterado alguna de las posiciones antiaéreas en el frente de Broadstairs? (Por lo visto TRUDE ha visitado la costa hace poco.)

TRUDE. No. Las operan equipos de tres o quizá cinco. (cuatro o cinco palabras inaudibles) Soldados de Stafford, creo.

GODFREY. Sí, sí, ya veo.

Los informantes divagaban incansablemente, vertiendo sus ideas y pensamientos fragmentarios, y Godfrey lo absorbía todo como una paciente esponja. Ellos se incriminaban constantemente, mientras que él apenas decía nada. Tenía una forma maravillosa de sonsacarles cosas con sus plácidas respuestas («¿Hmm?», «Sí, sí» y «Ya veo»); no era tanto un agente provocador como un *agent passif,* si tal cosa existía. («A veces, no decir nada puede ser tu arma más potente», decía Perry.) Juliet, y quizá solo ella, había empezado a notar la impaciencia de Godfrey. Había aprendido a leer entre líneas. Pero ¿no era ahí acaso donde se decían las cosas más importantes?

BETTY. No sé cuándo podré venir. El martes o el viernes.

GODFREY. Puede llamar por teléfono aquí.

TRUDE. ¿Puede traer la tinta invisible? ¿Si no tiene inconveniente?

BETTY. Sí, tenía intención de traerme de nuevo el otro frasco.

GODFREY dice que escasea y luego le da instrucciones a DOLLY sobre cómo utilizar la tinta.

Sigue una conversación inaudible por culpa del crujido de unos papeles.

(Cigarrillos)

GODFREY. ¿Nos vemos la semana que viene?
TRUDE. No, las dos próximas semanas no. Me voy a Bristol. Pasaré a visitar al granjero ese (tres palabras inaudibles). Tenía mucho que decir sobre Kitzbühel (¿?)

(Se ríen todos juntos)

Debaten un rato las diferentes rutas que tomarán para llegar a casa. Según Godfrey, es buena idea ir variándolas.

GODFREY. Gracias por esta velada tan provechosa.

Se marchan todos juntos.

Fin de la GRABACIÓN 21. 19:45

«Tinta invisible», se burló Juliet para sus adentros. Perry y Godfrey, junto con el Departamento de Ardides del MI5, andaban siempre ideando pequeños regalos y artimañas con los que seguir engañando a los vecinos. Como la tinta invisible («Cuesta conseguirla, hay que usarla con moderación», aconsejaba Godfrey) o un papel de arroz que podía comerse («Si resulta necesario», les decía con tono solemne). Y sellos y sobres, para sus interminables comunicaciones con otras personas. Y dinero para llamadas telefónicas. El piso de Godfrey contaba con un teléfono, un VICtoria 3011, para que pudieran ponerse en contacto con él cuando se encontraba allí. Por lo visto los técnicos de la Central de Correos habían estado un buen rato tratando de inventar un contestador automático a distancia antes de desistir por considerarlo una tarea ingrata.

Los informantes de Godfrey estaban impresionados, como era de esperar, por lo mucho que los valoraba el Tercer Reich. Eran unos crédulos sin remedio.

—Uno cree lo que desea creer —decía Perry.

A veces alguien del MI5 llamaba por teléfono a Juliet para pedirle que le transmitiera un mensaje a Godfrey. Ella lo ponía por escrito y hacía una escapadita al piso de al lado para dejárselo en la mesita del recibidor.

—Cuando vaya allí, señorita Armstrong —le dijo Perry—, podría aprovechar para pasar un poco el plumero, vaciar los ceniceros y esas cosas. Mejor que lo haga usted que tener a una señora de la limpieza fisgoneando por ahí.

Cuando Juliet fue capaz de formular una respuesta («Pero, señor, seguro que el MI5 no me ha reclutado para andar pasando el plumero por ahí, ¿no?»), él ya había salido de la habitación. Volvió al cabo de unos instantes y, alentándola con su encantadora sonrisa, añadió:

—Hay una aspiradora por alguna parte, según tengo entendido.

Llegó Cyril, tan alegre como siempre.

—Buenas tardes, señorita.

—Buenas tardes, Cyril.

—¿Le apetece una taza de té?

—No, gracias, ya casi he terminado.

—Bueno, pues entonces me pongo manos a la obra, que el equipo necesita unos cuantos ajustes.

Para Cyril, el equipo era sagrado, y se ocupaba de él constantemente. También se dedicaba a las escuchas: como entusiasta aficionado a la radio que era, el MI18 lo había captado como «voluntario» para invertir su tiempo libre en interceptar intercambios radiofónicos alemanes, analizar frecuencias de onda corta y transcribir código morse. Ella se preguntaba de dónde sacaría tiempo para dormir.

Juliet siguió tecleando hasta que por fin consiguió acabar con la última grabación. Se frotó las sienes; últimamente tenía más dolores de cabeza que de costumbre, por lo mucho que debía concentrarse para entender qué decían los informantes. Una gran parte del asunto consistía en adivinar. A veces se preguntaba si no estaría inventándose cosas, llenando huecos para que todo tuviera sentido. Tampoco era que nadie fuera a darse cuenta. Y si no lo hacía, quedaría como una idiota y Perry bien podría buscarse otra chica, aunque quien fuera que encontrara debería tener mejor oído que un murciélago.

Juliet había estado un par de días de baja con un resfriado y habían reclutado a otra chica para que ocupara su lugar, Stella Chalmers.

—No sé para qué se ha molestado la señorita Chalmers —comentó Perry enseñándole a Juliet las transcripciones, con más agujeros que una red de pesca—. No creo ni que merezca la pena que archive siquiera estas tonterías. Por lo visto, Cyril la encontró llorando sobre la máquina de escribir.

—Es un trabajo bastante frustrante, señor —repuso Juliet, secretamente complacida con la ineptitud de la pobre Stella; era obvio que no había aprendido a llenar los espacios en blanco.

—Es un trabajo que requiere un buen oído —dijo Perry, y entonces, con una risita tímida, en un supuesto intento de complacerla, se corrigió—: O dos. —Y añadió—: Espero que esté mejor de su resfriado. La hemos echado de menos. —(«Uy, cálmate, corazón desbocado mío», se dijo ella)—. Nadie prepara tan bien el té como usted, señorita Armstrong.

Juliet accionó el rodillo para sacar de la Imperial la última hoja de papel y las dos copias. Como de costumbre, tenía los dedos tiznados de morado por el papel carbón. Le puso la funda a la máquina de escribir y dejó el original de la transcripción sobre el escritorio de Perry para que él la leyera más tarde. Una de las copias se archivaba y la otra se dejaba en una bandeja de salida, de donde la recogería finalmente un mensajero para llevarla a otro sitio. Juliet se imaginaba que se quedaría sin leer en otro archivador, en algún ministerio, o de vuelta al Scrubs. Cuando la guerra acabara, iba a haber una cantidad atroz de papeles.

La sorprendió comprobar que echaba de menos el Scrubs, incluso sus peores aspectos: las debutantes, las horrorosas escaleras metálicas..., hasta los espantosos lavabos le inspiraban cierta nostalgia. Pero aún veía constantemente a Clarissa, pues era arrastrada por su ajetreada vida social tres o cuatro noches a la semana; de hecho, esa noche había quedado con ella.

—¿Está aquí el señor Gibbons? —quiso saber Cyril.

—No, no lo he visto desde primera hora —contestó ella poniéndose el abrigo.

No tenía ni idea de dónde andaba Perry. Lo veía mucho menos de lo que había previsto al principio. A veces, cuando llegaba a trabajar por las mañanas, daba la sensación de que no hubiera habido nadie en el piso en toda la noche, y suponía que se había quedado en «su otra casa», en Petty France. Aunque en realidad no era fácil saberlo, porque Perry tenía la presencia frugal de un asceta, en curioso contraste, por un lado, con su gusto ejemplar a la hora de elegir restaurantes (el Escargot, el Étoile, el Café Royal) y, por el otro, con su estilo bastante ostentoso. Los amplísimos pantalones de pinzas, el desenfadado sombrero de fieltro y la pajarita sugerían que Perry estaba distinto.

Desde luego, a Juliet le parecía bastante voluble. Tenía un lado encantador, y podía llegar a serlo extraordinariamente, y otro más oscuro, cuando parecía malhumorado, casi temible. Un hombre de contradicciones. O de tesis y antítesis. Juliet había estudiado a Hegel para el examen de acceso a Oxbridge al que nunca se había presentado. Quizá llegaría a existir una síntesis, un Perry equilibrado en su día a día con la ayuda de la chica devota que era su asistente. («No sería nada sin usted, señorita Armstrong.»)

Cuando salía del piso, Juliet se encontró a Godfrey Toby de pie en el pasillo, con aspecto indeciso. Tenía en la mano la llave de «su» piso, pero miraba la puerta con expresión ausente, como perdido en sus pensamientos.

—Buenas noches, señor Toby.

—Ah, señorita Armstrong. Buenas noches. —Se levantó el sombrero y, con una ligera sonrisa, añadió—: Llego temprano. Usted y yo parecemos destinados a ser barcos que siempre se cruzan en la noche.

—O la pareja en la casita del tiempo.

—¿La casita del tiempo? —repuso él desconcertado, pero con tono amable.

—Ya sabe, esos higrómetros con forma de casita de la que sale la mujer cuando hace sol y el hombre cuando llueve. Suelen ser alemanes —añadió, sintiéndose de repente ridícula y poco patriótica por haberlo mencionado.

—Ya.

—Quiero decir... que casi nunca estamos en el mismo sitio al mismo tiempo, como si..., como si... —Juliet se devanaba los sesos tratando de explicar algo que ella misma no entendía—. Como si nos fuera imposible existir en el mismo momento.

—Una transgresión de las leyes naturales.

—Sí. ¡Exacto!

—Y sin embargo es evidente que sí podemos existir a la vez, puesto que estamos ambos aquí juntos ahora, señorita Armstrong. —Tras una pausa un poco incómoda, añadió—: Es interesante que el hombre represente la lluvia y la mujer el sol, ¿no le parece? ¿Ya se marcha? ¿La acompaño hasta el ascensor?

—No es necesario, de verdad, señor Toby.

Demasiado tarde, porque él ya la guiaba pasillo abajo.

Juliet se preguntó si habría una señora Toby en su casa de Finchley. O una señora Hazeldine, supuso, pues parecía poco probable que un ama de casa inglesa formara parte de la farsa del MI5. En teoría no debería estar al corriente de su nombre verdadero, pero Clarissa había investigado por ella en las esotéricas profundidades del registro.

Toby parecía la clase de hombre que cultivaba patatas y rosas y mantenía el jardín pulcramente podado. De los que se sentaban junto a la radio por las noches, leyendo el periódico, y asistían a la iglesia los domingos. Lo que Godfrey Toby no parecía, ni en las más descabelladas imaginaciones de Juliet, era un hombre que llevara años trabajando como espía.

Él apretó el botón para llamar el ascensor.

—¿Tiene planes para esta noche, señorita Armstrong?

—Voy a la Royal Opera House. Siempre vamos los jueves.

—Ah, un poco de cultura para iluminar el camino en estos tiempos oscuros. Yo mismo tengo una pequeña debilidad por Verdi.

—Me temo que no se trata de nada tan intelectual como Verdi, señor Toby. La Royal Opera House es ahora una sala de baile de la Mecca. Voy a bailar con una amiga.

Godfrey se quitó las gafas de carey y empezó a limpiarlas con un pañuelo que había sacado del bolsillo del abrigo con una floritura de mago.

—Usted es joven —dijo, ofreciéndole una sonrisa lánguida—, aunque no debe de sentirse como tal. A medida que te haces mayor, y yo ya tengo cincuenta, empiezas a desesperarte ante la malvada insensatez del mundo. Es un pozo sin fondo, me temo.

Juliet no sabía muy bien qué tenía que ver eso con bailar o con Verdi: ninguno de los dos le parecía especialmente malvado. Imaginó que para Godfrey tenía que suponer mucha presión pasarse horas y horas sentado con los «vecinos», fingiendo ser algo que no era.

—Pero parece llevarse usted muy bien con ellos, con los informantes —se arriesgó a decir.

—Ah, sí. Por supuesto. —Soltó una risita—. A veces se me olvida que usted lo oye todo.

—Bueno, todo no, por desgracia —contestó Juliet pensando en los interminables huecos «inaudibles» que salpicaban sus transcripciones.

—Si los conociera sin saber lo que sabe —dijo Godfrey—, le parecerían gente corriente. Y de hecho son gente corriente, solo que se equivocan y persisten en su error, y es una pena.

Juliet se sintió un poco avergonzada, porque había estado pensando en qué vestido ponerse esa noche y no en los pozos insondables del mal. La guerra todavía parecía un inconveniente, más que una amenaza. Los fineses acababan de capitular ante los soviéticos, y Hitler y Mussolini se habían encontrado recientemente en el paso del Brennero para hablar sobre su «amistad», pero la guerra real, esa en la que podías acabar muerto, todavía parecía muy lejana. En ese momento, a Juliet le preocupaba más que empezara a racionarse la carne.

—Sí, mi mujer y yo vamos a echar de menos nuestro asado de los domingos —dijo Godfrey.

De modo que sí había una señora Toby. (O la había según él, que era distinto. «Nunca se fíe de lo que le digan», le había aconsejado Perry.)

—¿Dónde está ese ascensor? —soltó Toby.

(«Pues sí, ¿dónde está?», se preguntó Juliet. Iba a llegar tarde.)

Godfrey dio un golpe seco en el suelo con el bastón de empuñadura de plata, como si con eso fuera a ayudar a que llegara el ascensor. Juliet había visto a un mago hacer lo mismo en un escenario para conseguir que alguien apareciera de detrás de un telón. (¿O fue un conejo de un sombrero? Y quizá lo hizo desaparecer, no aparecer.)

—No tardarán en llegar —dijo él—. Los vecinos, como usted los llama.

El pequeño ascensor anunció su inminencia con un alegre «ding».

—Ah, aquí llega su *deus ex machina,* señorita Armstrong.

Las puertas del ascensor se abrieron para revelar a una mujer y un perro. La mujer pareció alarmada al ver a Juliet y el perro enseñó los dientes con un gruñido más bien desganado. Los ojos de ella fueron de Juliet a Godfrey con nerviosismo, como si tratara de dilucidar qué hacían los dos allí juntos. El perro empezó a ladrar, un sonido que Juliet conocía demasiado bien. «*Dib*», pensó. *Dib* y Dolly. Era la primera vez que ponía cara a alguno de ellos, y eso incluía a *Dib,* que resultó ser un caniche un tanto apolillado.

Dolly fulminó a Juliet con una mirada cargada de desconfianza. Pese a que parecía tener un aura de amargura e insatisfacción, Godfrey la saludó como si fuera una invitada largo tiempo esperada en una fiesta.

—¡Dolly! Llega temprano, venga, venga. Justo le estaba diciendo a esta joven que este ascensor tiene vida propia. —(«Se le da bien la cosa», se dijo Juliet).

Dolly salió del ascensor mirando a Juliet con desdén. Esta ocupó su lugar dentro del ascensor. Godfrey volvió a tocarse el sombrero y preguntó:

—¿Señorita...?

—Armstrong —contestó ella muy servicial.

—Señorita Armstrong, que pase una buena velada.

Antes de que se hubieran cerrado las puertas, Juliet oyó que Dolly le preguntaba a Godfrey con tono suspicaz:

—¿Y esa quién era?

Y la respuesta de Godfrey, como quien no quiere la cosa:

—Oh, solo una vecina. Nadie de quien preocuparse.

Una expedición a ver nutrias

———

-1-

J. A.   7.4.40

GRABACIÓN 1.

17:20

GODFREY, EDITH y DOLLY. Charlan un poco sobre el tiempo y sobre la salud de EDITH.

DOLLY. Sí, él estaba con una joven. (risas)

EDITH. ¿Una joven? Eso es (inaudible por culpa de *Dib*)

GODFREY. Sí, sí.

DOLLY. ¡En actitud muy amistosa! (todos ríen) Y yo pensé: una nueva amiga.

EDITH. Le gustan las jovencitas.

GODFREY. Era una vecina.

EDITH. ¿O sea que conoce a los vecinos?

GODFREY. Somos barcos que se cruzan en la noche.

DOLLY. ¿No tienen ni idea?

GODFREY. ¿Ni idea de qué?

DOLLY. ¡De lo que tramamos aquí!

Risitas.

Charlan un poco sobre encontrar «hombres de las SS
guapos y rubios» para DOLLY y EDITH «tras la invasión».

GODFREY. ¿Otro cigarrillo?
DOLLY. Pues sí, muchas gracias.
GODFREY. Hoy tengo que ver a alguien a las 6 y cuarto.
   Me pregunto cuál será la mejor forma de organizar la
   cosa. Quizá...

A sus espaldas, Peregrine Gibbons se aclaró la garganta como
quien está a punto de anunciar algo, pero en realidad solo
trataba de no asustarla con su entrada en la habitación. Se
movía de una forma muy sigilosa, casi al acecho. Juliet suponía que había aprendido a hacerlo así cuando se dedicaba a
estudiar la naturaleza. Lo imaginaba acercándose con mucha
cautela a un pobre erizo desprevenido y dándole un susto de
muerte.

Perry leyó por encima de su hombro; lo tenía muy cerca,
lo oía respirar.

—¿Quién cree que es esa «joven» de la que hablan?

—¡Soy yo, señor! Anoche me encontré con Dolly cuando
ella salía del ascensor. Godfrey..., el señor Toby fingió no co-
nocerme. Lo hizo muy bien.

—Excelente. —Volvió a aclararse la garganta—. Perdone
la interrupción, señorita Armstrong.

—No pasa nada, señor. ¿Quería algo?

—Hoy es viernes, señorita Armstrong.

—Todo el día, señor.

—Y mañana es sábado.

—Pues sí. —¿Iba a recitarle todos los días de la semana?

—Estaba… pensando.

—¿Sí, señor?

—¿Le gustaría venir conmigo a una pequeña expedición?

—¿Una expedición, señor? —Esa palabra la hizo pensar en Scott y Shackleton, pero le pareció poco probable que planeara llevarla al Polo Sur.

—Sí. He estado pensando en usted.

—¿En mí? —Juliet notó que se ruborizaba.

—Sí, sobre que quizá sus deberes aquí estén imponiéndole límites a sus talentos.

¿Qué significaba eso? A veces hablaba con tantos rodeos que sus intenciones se perdían por el camino.

—Pensaba que a lo mejor podríamos conocernos mejor.

¿Para valorar si tenía aptitudes para poner en práctica las oscuras artes del contraespionaje? ¿Era una iniciación? ¿O una seducción? ¡Jolín!

Había requisado un coche con chófer (a través de Hartley, presumiblemente) para la «expedición», para la que Juliet tuvo que levantarse varias horas antes de lo previsto. Se pasó la primera hora del trayecto bostezando, y durante la segunda no fue capaz de pensar en otra cosa que en el desayuno que no había tomado.

La niebla acababa de empezar a disiparse cuando dejaron atrás Windsor, con la torre circular del castillo surgiendo blanca y fantasmal de la bruma.

—Esta Inglaterra… —dijo Perry.

Juliet pensó que iba a citar a Shakespeare («esta isla coronada»), pero en lugar de hacerlo repitió con mayor énfasis:

—Esta Inglaterra… —(Como si hubiera otra en alguna parte)—. O quizá debería decir esa Inglaterra. —Indicó con la cabeza el castillo de Windsor en la distancia—. Vale la pena luchar por ella, ¿no cree?

Juliet no supo muy bien si la pregunta se la hacía a ella o a sí mismo, pero contestó:

—Sí. —¿Qué otra respuesta había, en realidad?

Llegaron al valle de Hambledon, donde cambiaron la cómoda calidez del interior del coche por la gélida ribera de un río. «Por el amor de Dios, si aún estamos en abril», pensó ella, pero Perry parecía insensible al clima, aunque sus capas de *tweed* debían de abrigar más que el atuendo de Juliet: un abrigo más bien ligero, un jersey fino y su mejor falda; por no mencionar su mejor par de medias y sus zapatos elegantes, pues había esperado contemplar el paisaje desde las ventanillas del coche, no encontrarse plantada allí en medio. Para Juliet, «el campo» era más un concepto que una realidad.

—Nutrias —susurró Perry extendiendo una lona en la orilla.

—¿Cómo, señor? —¿Había dicho «nutrias»? Nada de seducción, entonces.

El tiempo fue pasando, muy despacio. Muy húmedo. Muy frío. Juliet se preguntó si esperar a que aparecieran nutrias formaría parte de algún tipo de entrenamiento; para tareas de vigilancia, tal vez. O para tener paciencia. Le hacía falta cultivar la paciencia, eso sí lo sabía. Y desde luego estar allí sentados en la ribera, inmóviles y conteniendo el aliento, a la espera de que apareciera una pequeña familia de nutrias, tenía un curioso parecido con una misión secreta.

Cuando la primera nutria hizo acto de presencia, Perry la miró y esbozó una alegre sonrisa. Lo cierto era que tenía una sonrisa muy bonita; su rostro entero se transformaba y se convertía en un hombre que parecía capaz de ser feliz, y no era esa la impresión que solía transmitir. Juliet comprendió que las nutrias eran de algún modo una ofrenda para ella.

—«Ni carne ni pescado» —murmuró, y se sintió avergonzada al instante al recordar que en la descripción de Falstaff de una nutria había algo subido de tono, aunque no estaba muy segura de qué era.

Fuera o no vulgar, Perry no captó la cita, porque dijo:

—Bueno, sin duda no es pescado. La nutria europea, *Lutra lutra,* es de la familia *Mustelidae,* que incluye a tejones y comadrejas.

—Por supuesto.

Era la primera vez que Juliet veía nutrias, y las crías eran encantadoras, tan lustrosas y juguetonas. Pero al fin y al cabo no eran más que nutrias, y si Perry iba a ofrecerle algo, habría preferido que fuera el pícnic que esperaba que hubiera traído consigo. Tuvo que ocultar su decepción cuando vislumbró el maletero vacío del coche. Quizá almorzaran después en un pub; imaginó una jarra de clara y un pastel de ternera y cerveza, y eso le levantó el ánimo.

Las nutrias, sin embargo, pese a haber tardado tanto en aparecer, ahora parecían decididas a ofrecer un espectáculo ininterrumpido, y Juliet sintió alivio cuando su ataque de tos las asustó y se deslizaron bajo el agua y desaparecieron. Perry frunció el entrecejo, pero Juliet no supo si el motivo de su decepción era ella o las nutrias.

—Lo siento, señor. Tengo alergia al polen.

No era verdad; a su pesar, gozaba de una salud excelente. Ya debía de ser hora de comer, ¿no? Pero no, porque cuando volvieron al coche Perry dijo:

—Conduzca en dirección a Christmas Common.

Pero en lugar de detenerse en su taberna imaginaria junto al camino, aparcaron en un sendero junto a un campo. Y se le cayó el alma a los pies cuando oyó que Perry le decía al chófer:

—Vamos a dar un paseo, tardaremos un rato.

—Muy bien —contestó el chófer, y sacó del bolsillo unos sándwiches envueltos en papel encerado—. Pues aprovecharé para comer.

—Venga, señorita Armstrong —le dijo Perry—. Sígame.

Llevaba consigo unos prismáticos, y Juliet se preguntó si andaría buscando algo en particular.

—Milanos —declaró él—. Hace mucho que han desaparecido de esta parte del mundo y no creo que volvamos a verlos, pero nunca hay que perder la esperanza.

¿Milanos? ¿Se refería a las aves? Primero nutrias y ahora milanos. Juliet se acordó de pronto de las galletas Milano, y pensar en ellas la hizo sentir muy triste, pues sabía que no iban a encontrar ninguna.

Perry se llevó una mano ahuecada a la oreja.

—¿Oye a ese pájaro carpintero?

—¿Esos golpecitos? —(Tan molestos).

Juliet no sabía nada sobre pájaros. Conocía apenas los corrientes, como palomas y gorriones, pero su conocimiento de la ornitología no iba más allá de las calles de Londres. En lo que a la fauna concernía, era una absoluta ignorante. Por su parte, Perry era un entusiasta de la naturaleza. No encontró milanos, pero sí vio y nombró muchos otros pájaros. Muchísimos.

—Para nuestro trabajo hace falta una buena memoria —explicó.

Pero ella no iba a tener que identificar pájaros, ¿no? (¿o sí?). Perry se agachó y tiró de ella para que hiciera lo mismo.

—Liebres boxeadoras —susurró—. La que lanza puñetazos es la hembra. ¡Maravilloso!

Cualquier idea romántica que Juliet pudiera haber abrigado quedó obnubilada por el frío y el hambre. Perry se explayaba ahora sobre el hábito de regurgitar de los búhos.

—Echan pelo y huesos de ratones de campo y de otras clases —explicó él.

Juliet pensó en las brujas de *Macbeth;* soltó una risa y respondió:

—Que hierva primero el sapo.

—Bueno, sí —repuso Perry, perplejo ante semejante alusión—. A veces se encuentran sapos en sus excrementos, e incluso ratas. Las musarañas también abundan. Se pueden identificar las distintas especies por sus mandíbulas.

No era muy ducho en Shakespeare, comprendió Juliet.

Perry se adelantó a grandes zancadas y ella casi tuvo que ir al trote para seguirle el ritmo, pisándole los talones como un obediente perro cobrador. Soplaba ahora una brisa fría que se llevaba sus palabras y eso hizo que ella se perdiera información sobre los hábitos de cría de los corzos y la arquitectura de las madrigueras de los conejos. Juliet pensó con añoranza en los sándwiches del chófer, aquellos pulcros triángulos blancos.

El paisaje perturbador que atravesaban en ese momento, el cielo opresivo sobre sus cabezas y el terreno escarpado bajo sus pies conspiraban para que se sintiera una desafortunada hermana Brontë, vagando eternamente por los páramos tras haber sido incapaz de alcanzar la plenitud. El propio Perry no carecía del todo de características propias de Heathcliff: la ausencia de frivolidad, la implacable indiferencia ante las necesidades de una chica, la forma que tenía de escudriñar tu rostro como si fueras un acertijo por resolver... ¿La resolvería a ella? A lo mejor no era lo bastante complicada para él. (Por otra parte, a lo mejor era demasiado complicada.)

Se volvió en redondo de repente y Juliet casi tropezó con él.

—¿Se encuentra bien, señorita Armstrong? ¿Qué tal su alergia al polen?

—Ha desaparecido, señor, gracias.

—¡Estupendo!

Y continuaron la marcha, recorriendo campos, cruzando arroyos y ascendiendo colinas resbaladizas por la lluvia de aquella mañana. Los zapatos de Juliet se deterioraban lentamente con cada paso que daba (¡y luego iban a tener que hacer todo el camino de vuelta!).

Gracias a Dios, Perry se detuvo finalmente.

—¿Descansamos un poco?

Volvió a extender la lona al inadecuado abrigo de un seto de espino desnudo. Juliet solo supo que era de espino cuando él se lo dijo. Se estremeció de frío. Desde luego no hacía el mejor tiempo para esa clase de cosas.

—¿Fuma? —preguntó Perry, y sacó un pesado encendedor de algún lugar bajo el *tweed*.

—Sí, señor.

—Pues me temo que yo no —contestó él, de modo que Juliet tuvo que hurgar en el bolso en busca de su propio paquete.

Perry le encendió el pitillo al cabo de varios intentos, pues el viento insistía en extinguir la pequeña llama. No sacó ningún práctico termo de té, por supuesto, y ella estaba lamentándose para sí de su ausencia cuando él se arrodilló a su lado, le puso una mano en el muslo y empezó a frotar, con gesto un poco ausente, la tela de su abrigo como si fuera la piel de un animal (y ella fuera el animal).

«¡Ángela María!», se dijo Juliet, ¿era eso, por fin, lo que le parecía que era? ¿Había alguna clase de protocolo? ¿Era otra prueba? Tuvo la impresión de que quizá se requería alguna clase de protesta («La que lanza puñetazos es la hembra. ¡Maravilloso!»), de modo que dijo:

—¿Señor? ¿Señor Gibbons?

—Llámeme Perry, por favor.

Durante un instante, Juliet pensó que iba a abrirle el abrigo. A desenvolverla como un regalo («Y soy un regalo», se dijo), pero él se contentó con juguetear con un botón. Se quitó el sombrero y lo dejó en el suelo junto a ambos. Se lo iba a llevar el viento, ¿acaso no se daba cuenta?

Le quitó el cigarrillo y lo apagó en el suelo, y Juliet pensó: «Ah, ahí vamos. Esto era iniciación y seducción a la vez».

—Estudié para ser sacerdote, ¿sabe?

La balanza dejó de inclinarse hacia la seducción. Desde luego, tenía cierto aire jesuítico; no le costó imaginarlo con una sombría sotana negra.

—Por desgracia, perdí la fe —declaró, y añadió con tono atribulado—: O no fue tanto que la perdí como que la puse donde no tocaba.

¿Iban a hablar de teología? Perry se inclinó más, como para inspeccionarla, y ella captó el leve aroma a tabaco del *tweed*. La balanza volvió a inclinarse hacia la seducción. Él la miró frunciendo el entrecejo. La balanza se estremeció, indecisa.

—¿Está... intacta, señorita Armstrong?

¿Intacta? Juliet tuvo que pensar un momento a qué se refería con eso. (Se le pasó por la cabeza la palabra en latín, *immaculatus*.)

—Oh —respondió finalmente; la balanza se inclinó mucho hacia la seducción—. Sí, señor.

Volvió a enrojecer y de repente sintió un calor tremendo, pese al mal tiempo. No se trataba de una pregunta que uno hacía si no tenía la intención de hacer algo al respecto, ¿no? Aunque en su imaginación aquella escena entrañaba una luz tenue, sábanas de satén, quizá copas de champán y un discreto velo cubriendo la vulgaridad del acto en sí, más que nada porque seguía sin saber muy bien qué entrañaba exactamente.

Además, en lo que a la práctica se refiere, se había imaginado una cama, no una loma en un campo bajo un cielo tormentoso y grisáceo. Notaba una incómoda mata clavándose en su nalga izquierda. Unas nubes oscuras se cernían por el oeste y se dijo: «Nos va a llover encima». Con el rabillo del ojo, advirtió que el viento se llevaba el sombrero.

—Oh —repitió.

Él se acercó más. Mucho más. A esa distancia no parecía tan atractivo; de hecho, no se veía muy distinto de una nutria. Juliet cerró los ojos.

No pasó nada, de manera que volvió a abrirlos y se lo encontró mirándola fijamente. Recordó que en su juventud él había estudiado el mesmerismo y se dijo: «Madre mía, ¿va a hipnotizarme?». De repente se sintió muy atolondrada, aunque supuso que a esas alturas estaba ya oficialmente muerta de hambre, así que no le extrañó. Y de pronto él se puso en pie y señaló el cielo.

—¡Mire, un gavilán! —exclamó.

¿La cosa acababa ahí, entonces?

Juliet se levantó con esfuerzo y echó la cabeza atrás obedientemente. Unas primeras gotas gruesas le cayeron en la cara.

—Está lloviendo, señor.

Él hizo caso omiso, perdido siguiendo al ave con los prismáticos. Al cabo de un rato se los tendió a ella, que se los llevó a los ojos, pero no vio otra cosa que aquel cielo sombrío.

—¿Lo ha visto? —preguntó Perry cuando ella bajó los prismáticos.

—Sí. Maravilloso.

—No sabe que hay una guerra en marcha —repuso él; por lo visto, el ave le provocó un arranque de melancolía.

—No, supongo que no, señor.

—Perry —le recordó él.

Invirtieron los veinte minutos siguientes en buscar el sombrero, y finalmente desistieron y volvieron al coche.

El chófer se apeó al verlos acercarse. Juliet lo vio esbozar una sonrisita al fijarse en la cabeza descubierta de Perry y las rodillas de los pantalones sucias porque la lona no las había protegido.

—¿Buen paseo, señor?

—Excelente —contestó Perry—. Hemos visto un gavilán.

—¿Lo ha pasado bien, señorita Armstrong?

—Sí. Ha sido muy agradable. Gracias. —«Para ser franca, no lo ha sido en lo más mínimo», se dijo.

En el trayecto de vuelta, Juliet iba en el asiento trasero mientras que Perry se sentó delante, con el chófer.

—Señorita Armstrong..., ¿va todo bien ahí atrás?

—Sí, señor. Perry.

—¿Por qué no se echa una siestecita?

Eso hizo, mientras Perry y el conductor hablaban sobre fútbol, un tema en el que ambos parecían expertos, aunque solo el chófer había chutado alguna vez una pelota redonda.

Cuando llegaron a Londres, Perry la llevó a cenar al Bon Viveur, en Shepherd Market, y Juliet lo perdonó por la larga jornada de hambruna a la que la había sometido. Por supuesto, tuvo que cambiarse primero, porque tenía los zapatos y el abrigo embarrados y las medias llenas de carreras, sin remedio. Ni siquiera una buena cena podría compensar todo eso.

Sin embargo, fue una cena muy muy buena.

—Coma —la animó Perry—. Es probable que aún esté creciendo. Y parece que le hace falta engordar un poco. —(¿Como un ternero?).

Tomaron pollo con una salsa blanca y una especie de budín de mermelada de naranja amarga y bebieron «un Pouilly excelente» que según el sumiller tenían reservado para Perry.

—Está empezando a escasear, señor —murmuró el tipo.

Juliet nunca había tomado un vino «excelente», nunca había cenado a solas con un hombre y nunca había estado en un restaurante caro con servilletas de lino y lamparitas con la pantalla roja sobre la mesa y camareros que la llamaban «señora».

Perry levantó la copa y, con una sonrisa, dijo:

—Por la victoria.

Juliet había pasado la prueba, por lo visto, aunque no conseguía acallar del todo la sospecha de que la hubieran sumido en una especie de trance. ¿Y si Perry la había sugestionado? Había visto a hipnotizadores en acción, y le preocupaba ponerse de pronto a graznar como un pato en la cantina o creerse un gato cuando viajara en el metro. (O algo peor.)

Sin previo aviso, Perry tendió una mano sobre la mesa para coger la suya. Se la apretó, un poco demasiado fuerte para su gusto, y la miró fijamente a los ojos.

—Nos comprendemos mutuamente, ¿verdad que sí, señorita Armstrong?

—Sí —contestó Juliet, aunque no comprendía a aquel hombre en lo más mínimo.

La habían arrancado. O más bien desplumado, porque se sentía más paloma que rosa.

¿Has conocido a un espía?

———

GRABACIÓN 10 (cont.)

(Sonido de un mapa que se desdobla.)

GODFREY. ¿De qué clase de punto de referencia hablamos?
WALTER. De una planta de gas.

Sigue una conversación, inaudible en su mayor parte, sobre un gasómetro. WALTER dice algo sobre una carretera o ratonera (¿?)

(Se pierden dos minutos a causa de un problema técnico. Después, la grabación es muy poco clara.)

WALTER. Verá, es complicado porque aquí... (se pierden 6 palabras) exactamente cómo cruzar (¿?)
GODFREY. ¿Se cruza por aquí?
WALTER. Mire, el punto principal es este. Pero yo diría que van a (inaudible).
GODFREY. Sí, sí.
WALTER. Pero ellos van a (inaudible, pero se oye la palabra «aeródromo»)

GODFREY. (Ruido del mapa.) ¿Esto es la (¿?) del edificio?

WALTER. ¿Qué quiere saber?

GODFREY. ¿Piensa ir a Hertford? (¿O Harford?)

WALTER. Esta planta de aquí queda cerca de Abbots Langley. Cerca del río. Esto es el canal.

GODFREY. Ya veo.

WALTER. Cerca de la vía del tren. Esto es un fortín, y aquí hay una alambrada. Con munición o con pólvora, diría yo. Han puesto un letrero: «Prohibido fumar en un radio de cien metros», ¿sabe?

GODFREY. Sí. ¿Lo han señalado como objetivo?

WALTER. No, este no. Está muy cerca de Abbots Langley. Es probable que se pueda (inaudible).

(Beben. Charlan de cosas intrascendentes.)

GODFREY. ¿Cómo le va a su esposa?

WALTER. ¿Por qué lo pregunta?

GODFREY. Nos interesamos por los asuntos domésticos de nuestros agentes.

«Ojalá Perry se interesara por mis "asuntos domésticos"», se dijo Juliet. («¿Hay algún hombre en su vida, Juliet...? ¿Puedo llamarla Juliet? Me sentiría honrado de ser ese hombre y...»)

—¿Tiene un momento, señorita Armstrong?

—Sí, por supuesto, señor.

—He estado dándole vueltas —dijo Perry— y he llegado a la conclusión de que es posible que ya esté preparada.

Madre mía... ¿para qué? Confiaba en que no fuera para más expediciones a ver nutrias.

Iba a ser espía. Por fin. Su *nom de guerre* sería «Iris Carter-Jenkins». Por lo menos no tenía connotaciones shakespearianas. La gente ya no andaría diciéndole: «Romeo, Romeo, ¿dónde estás que no te veo?».

—La he ascendido un poco. La he sacado de Kentish Town, por así decirlo. Iris se crio en Hampstead; su padre era médico especialista en Saint Thomas. En traumatología: huesos y esas cosas...

—¿Era?

—Murió. Y su madre también. He pensado que así sería más verosímil, más fácil de «interpretar» para usted.

¿Tenía que ser siempre una huérfana, incluso en su vida ficticia?

Su tarea principal, le explicó Perry, sería la de intentar infiltrarse en el Club de la Derecha.

—Esa gente es de mayor categoría que nuestras Betties y Dollies. El Club de la Derecha se nutre de la clase dirigente, y entre sus miembros figuran nombres insignes e importantes. Brocklehurst, Redesdale, el duque de Wellington... Hay un libro en el que, supuestamente, aparecen todos: el Libro Rojo. Nos gustaría muchísimo echarle mano. La Ley de Defensa 18b se llevó por delante a un montón de sus miembros, por supuesto, pero todavía quedan muchos... Demasiados.

»Como aliciente extraordinario para ellos, he hecho que usted, con la identidad de Iris Carter-Jenkins, trabaje en el Gabinete de Guerra, en algún puesto administrativo, ya que sabe de esas cosas. —(«Pues sí, y demasiado bien, para mi desgracia», se dijo ella)—. Tiene un novio en la Marina, un teniente: «Ian»; está en el *Hood,* un crucero de guerra. He dotado a su madre de cierta conexión indirecta con la familia real, así usted será uno de ellos, de su clase, o al menos parecerá serlo.

—¿Y tengo que descubrir qué andan tramando?

—En resumidas cuentas, sí. Ya tengo agentes allí, pero quiero especialmente que aborde a una tal señora Scaife, que está casi en lo más alto del escalafón. Iris ha sido «diseñada» para resultarle interesante. Creemos que responderá bien a ella.

—A mí, querrá decir.

—No, a ella, a Iris. No se deje llevar por su imaginación, señorita Armstrong. Tiene la desafortunada tendencia a hacerlo. Iris no es real, no lo olvide. —(«Pero ¿cómo puede no serlo? Ella es yo, y yo soy real», se dijo Juliet)—. Y no confunda a la una con la otra: eso solo lleva a la locura, créame.
—(¿Había estado loco alguna vez, entonces?).

Llevaba un tiempo un poco refunfuñón, y miraba furibundo el busto en su escritorio de persiana como si Beethoven fuera personalmente responsable de las frustraciones de la guerra.

Esa mañana había irrumpido en Dolphin Square antes del almuerzo, con los faldones de *tweed* aleteando, y se había dirigido a Juliet antes de haber cruzado siquiera el umbral.

—El clima en el Ministerio del Interior es de relajo absoluto. Esta mañana a las nueve tenía una reunión y a Rothschild y a mí nos han hecho esperar casi dos horas. ¡La única persona allí aparte de nosotros era la mujer de la limpieza! ¿No saben que hay una guerra en marcha o qué? —Cuando estaba enfadado, adoptaba una personalidad distinta, y estaba guapísimo.

Juliet lo convenció de que bajara con ella al restaurante de Dolphin Square a tomar un té con pasteles (un «relajo absoluto», probablemente).

—Perdone, señorita Armstrong —se disculpó ante un pastelito de merengue al café—, tengo un pequeño quebradero de cabeza en este momento.

Por supuesto, Perry sabía cosas que otros no sabían, y eso tenía sus consecuencias. Era un hombre lleno de secretos, tanto suyos como ajenos.

Su lista de los rasgos de personalidad de Iris (bastante implacable) continuó una vez que estuvieron de vuelta en el despacho: no había indicio visible alguno de que el pastelito lo hubiera aplacado.

—Va a tener una existencia oficial: carnet de identidad, cartilla de racionamiento y esas cosas, todo a nombre de Iris. Si alguien hurgara en su bolso, digamos, no tendría la menor idea de que usted no es ella. Lo mejor será que use un bolso distinto cuando sea Iris, por si alguien sospecha de usted y echa un vistazo. Cíñase a la verdad, si puede. Eso supone que será menos probable que meta la pata. Por ejemplo, es perfectamente libre de que le gusten el pastel de carne con puré, el color azul, el muguete y Shostakóvich... Dios sabrá por qué. —Soltó una risa, ahora de buen humor.

¡Cuánto sabía sobre ella! Ni siquiera estaba segura de cómo. ¿Cuándo había hablado ella con alguien sobre el pastel de carne con puré? O de Shostakóvich, ya puesta. ¿Qué otras cosas sabría sobre ella?

—De hecho, ahora que lo pienso —prosiguió Perry—, no logro imaginar que a Iris le guste Shostakóvich... Es un poco extravagante para ella. Cíñase a cosas más ligeras si tiene que hablar de música. Ya sabe, como *La viuda alegre,* algo de ese estilo. Todo se basa en los detalles, señorita Armstrong... Nunca lo olvide. En esencia, puede ser usted misma, su propia esencia, por así decirlo, pero sencillamente no puede ser la Juliet Armstrong que trabaja para el MI5. —Y añadió—: Intente no actuar, intente limitarse a ser. Y recuerde: si va a contar una mentira, que sea buena. —La examinó detenidamente—. No puede ser un concepto difícil, el de fabricarse una vida, con sus falsedades y esas cosas. Para algunos fingir de esa manera constituye todo un reto.

«Para mí no», se dijo Juliet.

—Voy a intentarlo —declaró, adoptando un tono enérgico; ya había decidido que Iris Carter-Jenkins era una chica con agallas, intrépida, incluso.

—Buena chica. Espero que sea para usted una especie de aventura. Voy a empezar por mandarla al Salón de Té Ruso, en Kensington. A modo de ensayo, si quiere. No queda muy lejos de donde vive. ¿Lo conoce?

«No», pensó ella.

—Sí —dijo.

—Es un hervidero de ideología nazi; el Club de la Derecha celebra allí sus reuniones. Lo regenta una mujer llamada Anna Wolkoff, la hija del agregado naval del zar. La familia lleva aquí varada desde la revolución. Todos estos rusos blancos emigrados ven en Hitler un medio para reclamar su país. Son unos completos ilusos, por supuesto, porque él acabará por volverse contra ellos.

Juliet conocía bien a los emigrados rusos porque, cuando su madre y ella vivían en Kentish Town, tenían por vecinos a una familia rusa muy descontenta. Parecían sobrevivir a base de repollo hervido y manitas de cerdo, y sus feroces discusiones podían oírse con claridad, aunque no las entendieran. Su madre se mostraba comprensiva pero exasperada.

Juliet sintió una punzada de dolor al recordar la pequeña mueca de irritación que esbozaba su madre cuando oía empezar a los rusos, habitualmente justo después de su cena a base de repollo (o quizá como consecuencia de ella).

—¿Me sigue, señorita Armstrong? ¿Juliet? —se corrigió Perry, suavizando el tono.

El día anterior había admitido que quizá la fustigaba demasiado: por su impuntualidad, su costumbre de soñar despierta, su falta de atención y «esas cosas».

—No es cosa mía reformarla —le había dicho. (No parecía que eso le impidiera intentarlo.)

Juliet seguía esperando a que la sedujera. Había pasado más de un mes de la expedición a ver nutrias. Una chica menos tenaz habría perdido la esperanza a esas alturas.

—Sí, perdone, lo escucho.

—Déjese caer por allí y tómese una taza de té en el salón. Deje que le vean la cara. Le he preparado una pequeña prueba, para que ensaye su personaje, por así decirlo.

—¿Una prueba? —Supuso que en eso consistía la guerra, en una prueba tras otra; tarde o temprano, fracasaría.

Perry abrió un cajón de su escritorio y sacó una pistola. De manera que en aquel enorme mueble de persiana enrollable no había solo clips sujetapapeles y gomas. Era un arma pequeña, de bolsillo.

—Es una máuser de 6,35 milímetros —explicó él.

Durante un vertiginoso instante, Juliet se preguntó si iba a pegarle un tiro, pero Perry añadió:

—Tome, guárdela en el bolso. Utilícela solo como último recurso, por supuesto.

—¿Una pistola?

—Sí, pero pequeña.

Iba a un salón de té, por el amor de Dios, no a una taberna del Lejano Oeste. Aun así, le gustaba la forma en que la pistolita encajaba cómodamente en su mano.

—Puedo darle una clase sobre cómo usarla, si quiere.

A Juliet le pareció que eso podía entrañar más expediciones por terreno hostil, pero Perry soltó una carcajada y añadió:

—Tenemos un campo de tiro a nuestra disposición. De todas formas, seguirá haciendo este trabajo, por supuesto —dijo, indicando la Imperial—. Es posible que suponga jornadas más largas. No la entretengo más; tengo una cita en otro sitio.

Juliet casi había esperado que la llevara a cenar para contarle más cosas de su nuevo papel, pero por lo visto tenía otros planes. Se había cambiado la corbata y ahora lucía una demasiado extravagante para Whitehall o cualquiera de sus (varios) clubes. Debía de haberla traído de su «otra casa» en Petty France, pues en su guardarropa en Dolphin Square (Juliet había investigado a conciencia en su habitación) no había ninguna tan chillona. Sentía curiosidad por saber cómo sería esa otra vivienda suya. ¿Era muy distinta de esa? ¿Era él distinto cuando estaba allí? Como Jekyll y Hyde.

Juliet medio pensaba que iba a internarse en un nido de espías, con gente de conducta dudosa y furtiva que se ocultaba en rincones oscuros, pero en realidad aquello no era más que un simple salón de té. Había una chimenea abierta, bastante deslucida, y poco espacio entre las mesas cubiertas con hule. Las sillas eran de madera curvada, y unas cuantas estaban ocupadas por gente corriente, nadie con aspecto de ser partidario de los fascistas, si bien ¿cómo podía estar segura de que no lo fueran en el fondo?

Llevó a cabo un examen encubierto de los clientes. Un par de matronas inglesas que charlaban en voz baja y una mujer mayor con un peculiar gorro granate que parecía hecho en casa y medias de color pardo, gruesas y llenas de bolitas. También había un hombre con un traje raído y un gran maletín a sus pies. «Un viajante», se dijo Juliet. Sabía reconocerlos.

«Es posible que la aborde alguien», le había dicho Perry; ya tenía gente «dentro». Él o ella le dirigiría una frase que contuviera la pregunta «¿Puedo tentarla?» y Juliet sabría así que se trataba de un agente amigo. Ella debía responder: «Muy amable por su parte, creo que sí». Le parecía un mensaje en clave un poco faustiano, y el asunto en sí, una payasada un tanto absurda.

Leyó la carta. Estaba llena de manchas y contenía artículos misteriosos: *pierogi, blini, stroganoff...* Por lo visto, también servían vodka. Sin embargo, no figuraba en la carta.

—Solo un té, gracias —dijo con cierta formalidad cuando se acercó un camarero a tomarle nota.

Entró un hombre, con bastante buen aspecto y sin el aire maltrecho de un viajante. Se sentó a una mesa junto a la ventana y sonrió a Juliet cuando sus miradas se cruzaron. Ella le devolvió la sonrisa. A su vez, el tipo inclinó un poco la cabeza en un gesto cómplice. «El agente de Perry», pensó ella. Volvió a sonreírle y él hizo lo mismo y se levantó de la mesa. «Oh, allá vamos», se dijo Juliet. El hombre fue hasta ella y le tendió un paquete de cigarrillos.

—¿Puedo tentarla?

—Muy amable por su parte —contestó Juliet—. Creo que sí.

Cogió un pitillo y el tipo se sentó junto a ella y se inclinó para encendérselo con una cerilla.

—Soy Dennis.

—Iris Carter-Jenkins —respondió ella.

Era la primera vez que le decía su nombre en clave a alguien que no fuera su reflejo en el espejo. Casi notó cómo Iris se inflaba y adquiría vida propia, como una mariposa recién surgida de su crisálida.

—¿Y qué hace una chica guapa como usted en un antro horrible como este? —quiso saber Dennis.

¿Basaba acaso su propio personaje en alguien de una película? En un gánster, por lo visto. Más allá de la tentación inicial, Juliet no tenía guion al que ceñirse. Eso formaba parte de la prueba, ¿no?, lo de improvisar.

—Bueno, es que vivo cerca —respondió.

—¿No me diga?

Se había quedado pegado a ella tras encenderle el pitillo, lo que la incomodaba, y se quedó perpleja cuando el tipo posó una mano sobre la suya y añadió:

—Conque cerca, ¿eh? Pues qué bien nos va a venir. ¿Salimos ya de este sitio de mala muerte? —Sacó la cartera—. ¿Cuánto se debe?

Juliet se sintió confundida. ¿Le estaba pidiendo que adivinara el importe de la cuenta? ¿O que contribuyera a ella? Con el rabillo del ojo, advirtió que la mujer del gorro granate se levantaba de su mesa y se acercaba a ellos.

Al llegar a su mesa, asió a Juliet de la otra mano y dijo:

—Es Iris, ¿verdad? Es amiga de mi sobrina…, Marjorie. —Miró a Dennis con una sonrisa—. Lo siento mucho, pero Iris y yo tenemos que ponernos al día con muchas cosas.

—Pues me temo que ya nos íbamos —repuso Dennis levantándose—. ¿A que sí, Iris? ¿Viene?

Tironeó de Juliet para ponerla en pie, pero la mujer del gorro granate seguía agarrándole (bastante fuerte) la otra mano. Ignorando a Dennis, le dijo a ella:

—¿Sabía que Marjorie vive ahora en Harpenden?

—Vaya, pues no —contestó Juliet, decidiendo seguirle la corriente a la mujer («No actúe, sea»)—. Creía que Marjorie estaba en Berkhamsted. —(¿No habría sido ese un intercambio en clave mejor? ¿Menos propenso a interpretaciones erróneas?).

La mujer y Dennis empezaron a jugar al tira y afloja, con Juliet en medio a modo de premio, y ella se preguntó si solo quedarían satisfechos cuando hubieran conseguido partirla en dos. Por suerte, Dennis, captando la tenacidad de su oponente, soltó el trofeo y se batió en retirada a su mesa, murmurando lo que bien podían haber sido obscenidades.

La vencedora se sentó sin que la invitaran a hacerlo y le preguntó a Juliet:

—¿Puedo tentarla con una *verushka*?

Juliet se sintió desconcertada, porque parecía que le estuviera ofreciendo una verruga. (Por suerte, resultó que era una clase de pastel.)

—Aquí es la especialidad —aclaró la mujer—, y está buenísima.

—Es muy amable por su parte —repuso Juliet—. Sí.

—¿Sí o cree que sí?

«Ay, por el amor de Dios —pensó Juliet—. Menuda ridiculez.»

—Creo que sí.

—Bien. Soy la señora Ambrose, por cierto —dijo la señora Ambrose.

—Verá, Iris, querida —dijo la señora Scaife—, el poder que está detrás de la revolución mundial es el de los judíos internacionales. Los judíos han instigado a la rebelión social generalizada desde la Edad Media, ¿no es así, señora Ambrose?

—En efecto —confirmó la señora Ambrose con cara de suficiencia; su nombre real era Florence Eckersley y llevaba años al servicio de Perry.

La señora Scaife mordió un pastelito de requesón. Para una mujer de su envergadura, fue un acto delicado. Parecía adorar el encaje, pues este decoraba su considerable mole en muchas manifestaciones. Tras enjugarse la boca con la servilleta, continuó:

—La Revolución Rusa y la Guerra Civil española son los ejemplos más recientes. ¿Quiere más té?

—Gracias —contestó Juliet—. ¿Le parece que sirva yo? Señora Ambrose…, ¿quiere otra taza?

La señora Ambrose asintió con un murmullo; no fue tan refinada como la señora Scaife a la hora de atacar los pastelitos.

Era una tarde de sábado y ahí estaban ellas, se dijo Juliet, haciendo lo que a las mujeres inglesas se les daba mejor en cualquier parte del mundo: tomar el té y mantener charlas íntimas y agradables, pese a que el tema de conversación fuera en ese caso la traición, por no mencionar la destrucción de la civilización y el modo de vida inglés, aunque sin duda la señora Scaife se declararía una acérrima defensora de ambos.

El marido de la señora Scaife era Ellory Scaife, un contraalmirante retirado y miembro del Parlamento por una recóndita circunscripción de Northamptonshire, así como alma del Club de la Derecha. Actualmente languidecía en prisión junto con sus secuaces partidarios de los nazis como consecuencia de la Ley de Defensa 18b. La señora Scaife («prácticamente una viuda») se había hecho cargo de los intereses de su marido.

—Conviértase en la amiga joven —le dijo Perry—. Vea qué puede averiguar sobre sus actividades. Creemos que esa mujer es importante. Y se rumorea que está en posesión de una copia del Libro Rojo. Husmee por ahí, a ver qué encuentra.

Por lo que sabía la señora Scaife, Iris era amiga de la sobrina de la señora Ambrose, la antes mencionada Marjorie de Harpenden, y tenía «ciertas dudas» sobre «nuestra actitud» respecto a Alemania. Estaba «firmemente a favor de la contemporización» y no le gustaba la forma en que a la gente que no estaba de acuerdo con la guerra le hacían sentir tan desatinada. («Limítese a hacer gala de cierta intolerancia ingenua —aconsejó Perry—, pero que no se le vaya la mano.»)

—Todo forma parte del mismo y único plan —le explicó diligentemente a Juliet la señora Scaife—. Y el plan lo dirigen y controlan los judíos del mundo, según las directrices exactas dispuestas por *Los protocolos de los sabios de Sión*. ¿Tiene un ejemplar?

—Pues no —repuso Juliet, aunque sí lo tenía; Perry le había dejado su volumen para que pudiera «entender la magnitud de las creencias de esa gente».

—Déjeme que le consiga uno —dijo la señora Scaife, que hizo sonar una campanilla que había en la bandeja del té—. Qué bien que la señora Ambrose la haya traído hoy. Es una buena amiga nuestra.

La criada que les había traído el té volvió apresuradamente.

—Dodds, tráigale a la señorita Carter-Jenkins un ejemplar del libro... Ya sabe cuál.

Dodds en efecto lo sabía, por lo visto, y soltó un gritito de asentimiento antes de escabullirse para cumplir con el encargo.

El sol entraba a raudales en el salón del piso de arriba en Pelham Place pese a que el clima seguía siendo frío. Abajo, en la calle, los árboles empezaban a lucir hojas nuevas. Era una época del año llena de esperanza, y, sin embargo, Dinamarca acababa de rendirse y los alemanes habían tomado Oslo e instaurado un gobierno con Quisling al mando. Polonia, Noruega, Dinamarca... Hitler coleccionaba países como si fueran sellos. ¿Cuánto tardaría en tener la colección completa?

El futuro se estaba acercando al paso de la oca, implacable. Juliet todavía se acordaba de cuando Hitler parecía un payaso inofensivo. Ahora ya no divertía a nadie. («Los payasos son los más peligrosos», decía Perry.)

La casa de Pelham Place parecía un emplazamiento extraño para una operación clandestina. El salón de los Scaife era precioso, con alfombras persas y un par de sofás cubiertos por un mar de damasco de seda en rosa salmón. En una mesita auxiliar había un jarrón chino lleno de narcisos y en la chimenea ardía un fuego resplandeciente. Los ventanales eran enormes, cada uno lo bastante ornamentado para semejar el arco de un proscenio. Había un piano de cola... ¿Tocaba alguien? La señora Scaife no parecía una persona capaz de apreciar un nocturno. Juliet notó que doblaba y estiraba los dedos por el deseo de probar aquellas teclas. Se preguntó cómo habría sido criarse en una casa como aquella. De haberlo hecho, ¿habría tenido las mismas creencias que la señora Scaife?

Esta tenía dos hijos ya adultos, Minerva e Ivo. «Qué nombres tan estrafalarios que endosarles a unos críos», pensó Juliet. Minerva «cazaba» (como si eso fuera una profesión) y dirigía un picadero en algún remoto lugar del campo, en Cornualles o Dorset, sitios que Juliet ni lograba imaginarse. A Ivo nunca se lo mencionaba. («Es más bien de izquierdas», explicó la señora Ambrose.) Pese a todos sus defectos, la señora Scaife exudaba cierto instinto maternal que a Juliet le costaba no encontrar atractivo. De no ser por su virulento antisemitismo o su devoción por Hitler, podrían haberse llevado bien. («Pues son reparos considerables», señaló Perry.)

La señora Scaife había perdido ya a su «sirviente» en la guerra, y a su doncella alemana la habían internado, de modo que el servicio había quedado reducido a una cocinera, la pobre de Dodds, y una especie de factótum llamado Wiggins, que recorría con torpeza Pelham Place llenando cubos para el carbón y arrancando malas hierbas de los parterres.

—Mi deseo es salvar Gran Bretaña —declaró la señora Scaife—. De los judíos, los comunistas y los masones. —Y añadió, complacida—: La escoria de la tierra. El verdadero rival es el judeo-bolchevismo, y para que Gran Bretaña vuelva a ser grande debemos erradicar a ese enemigo de nuestras costas.

(«No debe equiparar nacionalismo con patriotismo —le advirtió Perry a Juliet—. El nacionalismo es el primer paso en el camino hacia el fascismo.»)

La señora Ambrose había empezado a dar cabezadas y Juliet se dijo que, si no se andaba con cuidado, a ella le pasaría lo mismo. La señora Scaife seguía con su cantinela, y su proselitismo resultaba soporífero. Judíos por aquí, judíos por allá, judíos por todas partes… Era tal la obcecación que sonaba muy absurdo, como un loco cantando una nana. Debe de ser increíblemente práctico tener un chivo expiatorio para los males del mundo. *(Y, por desgracia, las mujeres y los judíos tienden a encontrarse en primera fila.)*

A Juliet le parecía poco probable que los judíos estuvieran maquinando una «revolución mundial». Aunque, bien pensado, ¿por qué no? Parecía una idea excelente desde donde se encontraba ahora, hundida entre cojines de damasco salmón.

Dejó con sumo cuidado la taza en el platillo, muy pendiente de sus movimientos, como si la torpeza pudiera delatarla. Suponía un pequeño triunfo que la hubieran invitado al sanctasanctórum de Pelham Place, pero seguía siendo una audición bastante enervante.

La criada volvió aferrando *Los protocolos de los sabios de Sión,* que le tendió a Juliet sin decir palabra y con una pequeña reverencia. Luego se escabulló de vuelta a la ratonera donde fuera que viviera antes de que Juliet tuviera ocasión de darle las gracias.

—Esta Dodds es una absoluta negada —comentó la señora Scaife soltando un suspiro. (La dama poseía un rico vocabulario de suspiros.)—. Se muestra tan reacia a ensuciarse las manos con las tareas domésticas que cualquiera diría que es una brahmana. Claro que la muchacha llegó derecha de un orfanato. Tienen un programa en el que las forman para ser empleadas domésticas. Solo os diré que no las forman demasiado bien. Teníamos una criada alemana buenísima, pero, claro, acabó internada. Está en la isla de Man. Era de categoría A, pero ahora, tras todo el revuelo con lo de Noruega y ahora Dinamarca, su estatus ha cambiado a la categoría B. Es una simple criada, por el amor de Dios... ¿Cómo puede suponer una amenaza para alguien?

—¿Ha ido a visitarla a la isla de Man? —quiso saber la señora Ambrose, despejándose de pronto; Perry siempre tenía interés en cualquier comunicación con los internos.

—¡¿A la isla de Man?! —exclamó la señora Scaife con tono de incredulidad.

Fue como si la señora Ambrose le hubiera preguntado si había ido a la Luna a visitar a alguien.

—No, claro que no —se respondió la propia Ambrose con una risita inofensiva—. Qué tonta soy... ¿En qué estaría pensando? —Para aligerar un poco el ambiente, añadió—: Iris también es huérfana. —Lo dijo como si fuera un logro.

La señora Ambrose sacó del bolso la labor de punto. La calceta la acompañaba invariablemente a todas partes, aunque Juliet tenía la impresión de que siempre estaba tejiendo lo mismo, de que la labor nunca aumentaba de tamaño ni adquiría ninguna forma particular.

—Iris tiene algunas... preguntas —dijo entonces—. Dudas, e incluso críticas. Sobre la guerra y nuestro papel en ella.

Juliet era bien capaz de repetir como un loro lo que decían los informantes de Godfrey.

—Sí, es complicado tomar represalias cuando la gente dice que fueron los alemanes quienes la empezaron, porque llamas la atención enseguida.

—Eso es muy cierto —opinó la señora Scaife.

—Bueno, pues yo digo: «Cómo me gustaría que no hubiésemos sido nosotros quienes empezamos esta guerra». Eso suele pararlos en seco.

—Iris trabaja en el Gabinete de Guerra, ¿sabe? —intervino la señora Ambrose.

—¿Sí? —repuso la señora Scaife.

—Es aburridísimo —soltó Juliet—. Sobre todo me dedico a archivar cosas.

La señora Scaife pareció decepcionada y las agujas de la señora Ambrose hicieron una pausa a modo de advertencia.

—Pero así es como se ganan o pierden las guerras, ¿no? —se apresuró a añadir Juliet.

—Sí, supongo que sí —admitió la señora Scaife, pensativa—. Me imagino que verá toda clase de cosas, además.

La señora Ambrose retomó el repiqueteo incesante de las agujas.

—Y el prometido de Iris está en la Marina —murmuró—. Me figuro que él también verá toda clase de cosas.

—Ah, sí, Ian —añadió oficiosamente Juliet—. Está a bordo del *Hood*... Ay, no... ¡No debería haber dicho eso! ¡Probablemente es un secreto! —«Soy la viva imagen de la inocencia», se dijo.

—No se lo contaré a nadie —repuso la señora Scaife con tono tranquilizador; a ella también se le daba bastante bien simular inocencia.

Juliet fingió examinar el espantoso librito.

—Gracias por esto, señora Scaife, tengo muchas ganas de leerlo.

—Oh, llámeme Rosamund, querida —respondió la señora, y Juliet captó una leve oleada de satisfacción por parte de la señora Ambrose, como la de una directora que viera triunfar a una actriz en su papel.

Sonó el teléfono, un ruido impertinente en aquella atmósfera refinada. El aparato se hallaba sobre una pequeña cómoda de estilo Luis XV junto a la ventana, y la señora Scaife se lanzó a contestar desde el damasco salmón.

Juliet hojeaba las páginas de *Los protocolos,* fingiendo interés en su fraudulento contenido mientras estaba pendiente de lo que decía la señora Scaife. El teléfono estaba intervenido, pero de momento las cintas habían proporcionado poca cosa de interés.

La conversación telefónica parecía centrarse, qué decepción, en unas chuletas de cerdo, y supuestamente el interlocutor era el carnicero de la señora Scaife, a menos que «chuletas de cerdo» fuera alguna clase de nombre en clave. Un carnicero del East End había colgado hacía poco un letrero que decía: «SI COME CERDO, BIENVENIDO», un mensaje antisemita que resultó ser demasiado sutil para la mayoría de sus clientes. El Cuerpo de Operaciones Especiales lo arrestó, pero Juliet suponía que ya estaba de vuelta en el oficio.

Sin duda sería la cocinera de los Scaife quien tuviera trato con el carnicero, ¿no? La señora Scaife no parecía esa clase de persona que se ocupa de la tediosa rutina doméstica. Juliet echó un vistazo a la señora Ambrose para comprobar si se le habría pasado la misma ocurrencia por la cabeza, pero seguía plácidamente con su punto derecho y revés. Perry le había contado que era precisamente su pasividad lo que la volvía tan buena: todos la creían una vieja dama inofensiva, pese a sus creencias cristianas extremas y su odio violento hacia los comunistas.

—Llegó a nosotros a través de la Milicia de Patriotas Cristianos —explicó.

—Pues con ese nombre suenan aterradores.

—Sí, un poco sí lo son —admitió él, y sonrió.

Fue un alivio verlo liberarse de su reciente desaliento. Juliet se decía que, si la besara (ella era un obsequio que tenía delante de las narices, la manzana colgando del árbol, la perla de la ostra), quizá sonreiría más, pese a la guerra.

«Clic, clic, clic, clic», seguían haciendo las agujas de la señora Ambrose. Si alguien la oyera sin verla, podría pensar que era un insecto gigantesco e histérico, aunque quizá costaba menos imaginarla como una de las *tricoteuses* en la guillotina, tejiendo con serenidad mientras a sus pies rodaban cabezas sanguinolentas.

El retorno de la señora Scaife al sofá incluyó un recorrido por la habitación, en cuyo transcurso iba señalando sus «mejores piezas».

—Sèvres —declaró indicando una vitrina llena de porcelana tan hermosa que quitaba el sentido, en amarillo y dorado con escenas pastorales. Sacó una tacita de café y un platillo para que Juliet los admirara. La taza estaba adornada con querubines que jugaban con una bonita cabra. «Están retozando», se dijo ella.

En el platillo, más querubines engalanaban de flores un cordero. Juliet lo miró con ojos codiciosos, no tanto por la porcelana como por las arcádicas vidas que transcurrían en ella.

La señora Scaife prosiguió con el repaso de sus bienes y enseres, acariciando con ternura un gran escritorio de marquetería («Sheraton»), señalando con posesivo ademán una variedad de retratos de antepasados, antes de detenerse ante uno de los grandes ventanales.

—Estoy bajo amenaza —dijo como quien no quiere la cosa—. El Gobierno me tiene vigilada, por supuesto. —Indicó la calle con un ademán despreciativo.

¿Sería cierto? Perry no había mencionado a ningún vigilante, pero Juliet supuso que la cosa tenía sentido.

—Pero tengo mis propios «guardias», por así decirlo. Gente que me protege.

El recorrido dio comienzo de nuevo. La señora Scaife volvió a hacer una parada, esta vez ante una fotografía en un marco de plata de los duques de Windsor, que tenía un sitio de honor en una mesilla («Hepplethwaite»).

—Ah, la duquesa —comentó asiendo la fotografía para admirar la pose arrogante de la delgada mujer—. Era muy *comme il faut.* Una de los nuestros, por supuesto. Los restituirán, ¿saben? Una vez que el fascismo haya triunfado aquí.

—¿La reina Wallis? —preguntó Juliet; no sonaba muy regio que digamos.

—¿Por qué no? —quiso saber la señora Scaife, que navegó de vuelta al sofá para echar el ancla («Uf») en el damasco salmón.

—¿Quieren que lea los posos del té? —propuso la señora Ambrose.

Según ella misma admitía, la señora Ambrose era «una especie de clarividente». Aseguraba que Dios le había concedido ese talento, de modo que era compatible con sus creencias cristianas. A Juliet le parecía poco probable, pero por lo visto la señora Scaife sentía atracción por todo lo oculto y se había pasado largas horas encerrada con la señora Ambrose mirando fijamente trozos de cristal y cuencos de agua, a la espera de señales y portentos.

—El Führer cree que nuestro destino está escrito en las estrellas, por supuesto —comentó la señora Ambrose.

Juliet se preguntó si sabría que el MI5 había empleado a un astrólogo para tratar de reproducir lo que el de Hitler le estaría aconsejando, para así saber qué movimientos planeaba llevar a cabo. («Da a entender cierta desesperación», opinó Perry.)

—¡Oh, lea los de Iris! —exclamó la señora Scaife.

Juliet le alcanzó la taza a la señora Ambrose, un poco a regañadientes, y esta observó los posos entornando los ojos.

—Se avecinan dificultades, pero conseguirá superarlas —recitó. («¿Es la sibila de Delfos así de insípida?», se preguntó Juliet.)—. Ha conocido a alguien que va a cambiarle la vida.

—Confío en que sea a mejor —repuso la señora Scaife riendo.

«Ay, menudo disparate», se dijo Juliet.

Juliet se alegró sobremanera cuando oyó decir a la señora Ambrose:

—Deberíamos marcharnos ya, Iris.

—Muchísimas gracias, señora Scaife —dijo Juliet mientras metía *Los protocolos* en el bolso—. Qué amable por su parte invitarme. Y ha sido muy interesante. Me encantaría hablar más con usted.

—Ha sido un placer, Iris, querida. Tiene que volver.

Dodds, la criada timorata, las acompañó hasta la salida y, tras haberles abierto la puerta, les hizo otra reverencia. Juliet le deslizó una solidaria moneda de seis peniques, que la muchacha se metió rápidamente en el bolsillo con otra pequeña genuflexión.

—Bueno, parece que ha pasado la prueba —susurró encantada la señora Ambrose cuando bajaban por las escaleras.

Juliet respiró hondo. Suponía un gran alivio alejarse de la atmósfera opresiva de la casa de la señora Scaife y salir al aire fresco de primavera.

Un hombre con pinta de matón andaba merodeando en la esquina, y Juliet supuso que era uno de los «guardias» de la señora Scaife. Pero por lo que ella sabía, también podría tratarse de uno de los hombres de Perry. Fuera quien fuese, notó que sus ojos las seguían (qué expresión tan horrible, ¡como si se le hubieran desprendido de la cara!) todo el trayecto calle abajo.

—Por cierto —dijo la señora Ambrose—, me debe nueve peniques. Por la *verushka*.

El buzón secreto

————————

GRABACIÓN 6 (cont.)

19:50

DOLLY. (cont.) Se fía de ellos, pero ¿cómo sabe que se
   puede fiar de ellos?
GODFREY. Hmm. ¿Llama por teléfono?
DOLLY. Sí. Y escribe.
GODFREY. ¿Escribe?
TRUDE. Podría enviarle una postal.
GODFREY. Hablamos del tal MONTGOMERY, ¿verdad?
DOLLY. Sí, MONTGOMERY. Creo que reveló ciertas cosas. Le
   pregunté si conocía a alguna persona que fuera
   definitivamente antialemana, y me dijo que había un
   número considerable de comunistas. Le pregunté si
   sabía quiénes eran y me contestó que sí, que conocía a
   un par de ellos. En ese momento no me dijo sus
   nombres. Más adelante podría convencerlo de que lo
   haga, por supuesto. Con eso podríamos seguir adelante,
   ¿no?
GODFREY. Sí, sí.

TRUDE. Es un maldito engorro que usted solo pueda verlo media hora a la semana.

DOLLY. Dice que no habla mucho con otra gente a menos que esté seguro de poder fiarse de ellos.

GODFREY. Supongo que no... (dos palabras) teléfono.

DOLLY. No, no sirve de nada. Voy a verlo el viernes. Me encontraré con él en su trabajo.

GODFREY. Bueno, eso está muy bien.

TRUDE y DOLLY se disponen a marcharse y entonces TRUDE dice...

Juliet bostezó exageradamente. La noche anterior había estado en el Dorchester, donde tocaban Lew Stone y su grupo, y ya era de madrugada cuando ella y Clarissa habían vuelto a casa a tientas en la ciudad oscurecida. Había bebido demasiado y, como resultado, el tedio cotidiano de escribir a máquina parecía pesarle más de lo habitual; tenía que escuchar varias veces para captar incluso las líneas generales de lo que decían los informantes. De modo que agradeció la interrupción cuando sonó el timbre de la puerta.

Por norma, nadie a excepción de un chaval repartidor acudía a Dolphin Square por las mañanas, pero no era ningún chaval, sino un hombre al que Juliet reconoció pero no supo de inmediato de qué.

—Ah, la famosa señorita Armstrong —dijo cuando ella abrió.

(«¿Famosa? ¿Por qué?», se preguntó.) El hombre se quitó el sombrero y entró sin que lo hubieran invitado.

—Oliver Alleyne —se presentó.

Por supuesto. («Es bastante ambicioso», le había dicho Perry.) Lo acompañaba un perro pequeño y con pinta de cascarrabias. Con su ceño y sus bigotes caídos, el animal le recordó a Juliet a un quejoso y furibundo coronel al que conoció la semana anterior cuando acompañó a Perry a Whitehall. («¡Francia va a caer! ¿Es que no lo entienden? ¿Es que nadie lo entiende?»)

—Me temo que el señor Gibbons no está —dijo, aunque el tipo ya cruzaba el recibidor con el perro trotando obedientemente tras él.

Oliver Alleyne entró en la sala de estar con aires de amo y señor.

—De manera que es aquí donde se esconde Perry, ¿eh? Su guarida.

Pareció hacerle gracia semejante idea. Era un hombre muy atractivo, un hecho que dejó a Juliet bastante pasmada. ¿Lo habría dejado pasar de haber sido menos guapo?

—No está.

—Ya, ya lo ha dicho. Está en el Scrubs, acabo de verlo allí. Era con usted con quien quería hablar.

El perro se tumbó y se durmió como si supiera que la espera iba a ser larga.

—¿Conmigo?

Él tuvo la impertinencia de dejar el sombrero sobre el escritorio de Perry, junto al busto de Beethoven. Asiendo este último, comentó:

—Madre mía, este trasto pesa una tonelada. Podrías matar a alguien con él. ¿Quién se supone que es?

—Beethoven, señor.

—No me diga —contestó él con tono despectivo, como si Beethoven fuera un don nadie. Volvió a dejar el busto y se apoltronó contra una esquina del escritorio de Juliet—. Me preguntaba si dispondría de algo de tiempo libre.

—La verdad es que no.

Alleyne cogió el fajo de páginas que ella acababa de mecanografiar.

—Santo Dios, muchacha, esto es un trabajo infame.

Tenía una bonita voz, educada, pero con un leve énfasis en las erres, un deje de la antigua Caledonia. («Es anglo-escocés —le contó después Clarissa—. Su familia tiene enormes propiedades en las Tierras Altas, pero solo van allí a matar bichos..., ciervos, urogallos y esas cosas.»)

Alleyne empezó a leer en voz alta, como si aquello fuera un guion y él un actor mediocre. (Juliet tuvo la certeza de que no lo era.)

«—Pero es posible que eso me lo dijera solo a mí, ya saben, y que no se lo revelara a otros».

Dolly, la de verdad, tenía un desafortunado acento de la región central de Inglaterra, pero Oliver Alleyne la leía a lo Celia Johnson, transformándola en una persona a un tiempo ridícula y extrañamente conmovedora.

«—Se fía de ellos, pero ¿cómo sabe que puede fiarse de ellos?

»—Godfrey. Hmm. ¿Llama por teléfono?

»—Dolly. Sí. Y escribe.

»—Godfrey. ¿Escribe?»

Juliet miró de soslayo al perro de Alleyne, que dormía bajo el escritorio de persiana de Perry. El animal abrió un ojo y le devolvió una mirada especulativa. Fingía dormir, comprendió ella.

—Trude... ¿es la noruega?

—Sí, señor.

—Trude. «Podría enviarle una postal.» —(Su imitación de Trude fue absurda: sonó más a un español fingido que a escandinavo.)—. Madre mía, señorita Armstrong, ¿cómo puede soportarlo?

—En realidad no debería leer eso, me parece, señor.

Juliet no pudo reprimir una sonrisa. La actitud de aquel hombre invitaba a la informalidad, incluso a la familiaridad.

En comparación con Perry, transmitía cierto aire frívolo. Supuso que ella misma era de alma frívola... por qué si no iba a parecerle una cualidad atractiva.

—Tengo permiso —contestó él—. Soy el jefe.

—¿En serio? —preguntó ella con tono dubitativo.

—Bueno, el jefe de Perry, en todo caso.

Perry nunca había mencionado ese hecho. A ella no se le había ocurrido que tuviera un jefe. Eso le hizo verlo con otros ojos.

—Tengo entendido que «la señorita Carter-Jenkins» está llevando a cabo un trabajo magnífico —comentó Oliver Alleyne—. Con su acercamiento a la señora Scaife y esas cosas. Con sus pequeños *tête-à-têtes*.

Sí, según la señora Ambrose le había informado a Perry, Juliet estaba teniendo «mucho éxito» con la señora Scaife. Había pasado ya varias tardes tomando el té en Pelham Place con dicha dama y distintas variantes de las «viudas» de la Ley 18b, mujeres a cuyos maridos, al igual que al contralmirante de la señora Scaife, les habían suspendido su *habeas corpus*. «Mi joven compañera.» Así la llamaba la dama, y añadía, riendo: «Ojalá mi propia hija fuera igual de atenta».

—Gánesela poco a poco —le recomendó Perry—. La estrategia de este juego es la paciencia.

»Está en la posición perfecta para ver quién entra y sale de esa casa, para averiguar qué andan diciendo todos. Limítese a escuchar. Ella acabará por decir algo que nos sea de utilidad; todo el mundo lo hace.

Pero en realidad la conversación nunca iba mucho más allá del horror que era el racionamiento de mantequilla o de dónde conseguir personal bueno teniendo en cuenta que todos se estaban alistando a las fuerzas armadas, con el añadido de los habituales comentarios antisemitas aquí y allá. El Libro Rojo se mencionó en un par de ocasiones, y por lo que decía la señora Scaife, daba la clara impresión de que estaba en algún lugar de la casa, pero no había porporcionado más detalles.

Perry le había dado a Juliet una cámara secreta diminuta, que iba oculta en un mechero; de hecho, era el mismo mechero que Perry había sacado en la expedición a ver nutrias. (¿Le habría hecho fotos a ella a escondidas, sentada en aquella fría lona impermeable?)

—Es de microfilm —explicó Perry—. La han inventado los «cerebritos» del MI5.

Sin embargo, hasta el momento Juliet había tenido pocas oportunidades de utilizar la cámara, pues se pasaba la mayor parte del tiempo acorralada en el salón rosa salmón.

Si deseaba «empolvarse la nariz» (el eufemismo favorito de la señora Scaife para el inevitable resultado de tomar tanto té), la dirigían con firmeza a un lavabo en la planta baja, cuando en Pelham Place todas las cosas interesantes estaban en los pisos superiores. Unos días atrás había cosechado un pequeño triunfo al lograr fotografiar unos sobres que esperaban en la mesa del recibidor a que la pobre de Dodds los llevara a la estafeta de correos.

El MI5 creía que el Club de la Derecha mantenía contacto con sus enlaces en Alemania a través de un tercer implicado en la embajada de Bélgica, y Perry ansiaba saber con quién se estaba carteando la señora Scaife. Había mandado a Juliet a un oscuro departamento de la Oficina Central de Correos para que aprendiera cómo abrir sobres y volver a sellarlos, así como a forzar maletines, baúles y esa clase de cosas. Juliet estaba impaciente por poner en práctica esas nuevas habilidades suyas.

Encima de todo el montón había un tentador sobre dirigido a *Herr* William Joyce («El maldito héroe de los quinta-columnistas», le explicó un asqueado Perry), pero, por desgracia, la cocinera de la señora Scaife había interrumpido los intentos de espionaje de Juliet al emerger ruidosamente de su cueva en la cocina con el menú de la cena para que lo aprobara la señora de la casa.

—Langosta —le anunció a Juliet con un gesto de exasperación y soltando un bufido, como si aquel crustáceo fuera un invitado a cenar especialmente fastidioso con el que tuviera que lidiar.

Para sorpresa de Juliet, la langosta no era parte del racionamiento, simplemente era difícil de conseguir, y la semana anterior la había comido en Prunier con Perry. Cuando la invitó, ella había esperado una velada romántica a la luz de las velas y quizá una segunda ronda de hacer manitas (o de que él aferrara dolorosamente la suya) a través de la mesa. La clase de cena en la que un hombre da rienda suelta a la pasión que siente por una («Señorita Armstrong, ya no puedo seguir guardándome mis sentimientos»), pero en lugar de ello se vio sometida a una conferencia mientras cenaban.

—La langosta europea común, *Humarus gammarus* —recitó Perry mientras les ponían delante el desafortunado crustáceo—. El exoesqueleto es azul en su hábitat, por supuesto; el pigmento rojo solo se libera cuando la cuecen…, por lo general, viva —añadió retorciendo una pinza como quien lleva a cabo una autopsia—. Ahora arranque las patas y chupe la carne.

Si bien un poco a regañadientes, ella siguió sus instrucciones. Al fin y al cabo, parecía un desperdicio que te cocieran viva para nada.

El coqueteo de sobremesa adoptó la forma de diez páginas de dictado durante el café, hasta que acabó bizca. («Le informaron de que en la BBC llevaban tiempo escuchando día y noche y de que no habían oído emitir…», mayúsculas, señorita Armstrong, «… NINGUNA NOTICIA SEMEJANTE».)

Perry daba rienda suelta a la pasión, pero no por ella precisamente.

—Sí, de hecho esta tarde voy a Pelham Place a tomar el té —le dijo a Oliver Alleyne.

La perspectiva del té era aburrida: ya había tomado té suficiente con la señora Scaife como para hundir el *Hood*. «¿Cómo será Ian?», se preguntó. El prometido imaginario de Iris (y el suyo también, a falta de otra alternativa) adquiría mayor prestancia con cada día que pasaba. Un rápido ascenso a capitán, un pecho más ancho, una mata de pelo más espesa... Modales encantadores, pero con un corazón de hierro, allí plantado con gesto viril en el puente mientras el *Hood* surcaba los mares en algún lugar...

—¿Señorita Armstrong?

—¿Qué quiere exactamente, señor?

—A usted —contestó Oliver Alleyne—. La quiero a usted.

—La verdad es que estoy bastante ocupada.

—Por supuesto. Y difícilmente puedo competir con el tremendo dramatismo de este trabajo. —Arrojó de nuevo sobre el escritorio las páginas mecanografiadas, que acabaron desparramadas. «Voy a tener que reordenarlas después», se dijo ella con irritación—. Pero le llevará muy poco tiempo; virtualmente ninguno, de hecho. ¿Qué me dice?

—¿Tengo alternativa, señor?

—En realidad, no.

—Entonces la respuesta es sí, supongo.

—Excelente. Bueno..., al grano. Esto debe quedar entre usted y yo. ¿Me comprende?

—Sí.

—Es un poco delicado. Tiene que ver con nuestro amigo Godfrey Toby.

—¿Con Godfrey?

—Sí. Me gustaría que se anduviera con cien ojos con él, por mí.

«Otra expresión horrorosa», se dijo Juliet

—¿Con Godfrey? —preguntó, desconcertada.

—Sí. Échele un ojo —(¡peor!)—, por si detecta algo raro.

—¿Raro? —repitió ella.

—Fuera de lo corriente, peculiar. Aunque sea ligeramente. —Juliet estaba sorprendida. Godfrey era un modelo de rectitud—. ¿Le ha llamado la atención algo últimamente?

—Bueno…, hace un par de días llegó tarde.

—¿Y no es habitual?

—Solo porque nunca llega tarde. —(«Puntualísimo como un reloj»)—. Pero eso difícilmente es motivo de condena. Yo llego tarde constantemente.

Juliet y Cyril estaban en el piso —él ocupándose del equipo y ella abriéndose paso estoicamente entre las transcripciones de Godfrey del día anterior— cuando oyeron unas voces inquietas en el pasillo. Alguien empezó a llamar con fuerza e insistencia a la puerta de al lado y los golpes se oyeron incluso a pesar del aislamiento acústico (que al parecer era bastante defectuoso).

Cyril salió de su madriguera con cara de preocupación.

—Godfrey se retrasa, señorita. Y él nunca llega tarde. Están ahí fuera esperándolo.

Se acercaron con sigilo a la puerta del piso y apoyaron la oreja. Juliet distinguió la voz aguda y malhumorada de Betty y las quejas con acento del norte de Victor. Parecían molestos y muy nerviosos ante el hecho de que Godfrey no hubiera aparecido; quizá les preocupaba que la Agencia de Seguridad hubiera descubierto su identidad (y por tanto la de ellos mismos, por asociación). Estaban inquietos y revoltosos, como ovejas sin pastor. O ratas sin el flautista de Hamelín. («Son muy leales a Godfrey», le había dicho Perry a Juliet no hacía mucho.)

—Si lo han apresado, luego vamos nosotros —dijo Victor.

—Deberíamos irnos de aquí —sugirió Betty—. Lo llamaré por teléfono.

Siguieron murmullos sobre que eso sería incriminatorio si alguien estuviera escuchando las llamadas de Godfrey, y luego más golpes enérgicos en la puerta vecina, y entonces, para alivio de Juliet, la voz afable de Godfrey se fue oyendo cada vez más a medida que se acercaba, disculpándose por el retraso, seguida por un parloteo aliviado (y un tanto resentido) por parte de los vecinos. Juliet pensó que habían pasado miedo. Se alegró; así debía ser.

—¿Dijo por qué llegó tarde? —quiso saber Oliver Alleyne.

—No fue nada —explicó Juliet—. Un retraso en el metro. No sé ni por qué lo he mencionado.

—¡Pero es precisamente la clase de cosa que me interesa! —exclamó él, y esbozó una sonrisa.

«Una sonrisa lobuna», se dijo Juliet, un cliché de las novelas románticas de su madre, pero acertado de todas formas. Supuso que dependía de si te parecían o no atractivos los lobos. Y desde luego había algo feroz en aquel hombre, como si estuviera a punto de violarte, y se preguntó cómo sería que la besara. Bastante brutal, imaginó.

—¿Señorita Armstrong?

—¿Sí, señor?

—¿Algo más?

—No.

Por supuesto, sí hubo una cosa rara la semana anterior, cuando se encontró a Godfrey en Kensington Gardens. Perry le dijo que se tomara la tarde libre —parecía querer tener para sí el piso de Dolphin Square, pero no le contó por qué y ella no preguntó—, de modo que se fue al centro, dio una vuelta por las tiendas y se tomó un té y un pastel de nueces en Fuller, en el Strand, antes de ir a ver *Rebeca* al cine Curzon, en Mayfair. Decidió volver andando a casa cruzando los parques. Faltaba poco para el anochecer —la hora mágica— y dio un rodeo en torno al palacio de Buckingham porque había vislumbrado un parterre de tulipanes rojos desde el autobús y quería verlos más de cerca. Londres se había vestido de un anodino gris marcial y cualquier toque de color era bienvenido. Probablemente no tardarían en arrancar aquellos tulipanes para plantar en su lugar repollos o cebollas. Y dudaba que unas hortalizas levantaran el ánimo de la misma manera. Cyril le contó que había visto ovejas pastando en Hyde Park, y Juliet se dijo que tenía que intentar verlas. Pensó en los Sèvres de la señora Scaife. Supuso que Hyde Park no se parecería mucho a la Arcadia. Y en efecto así era. No vio ninguna oveja, solo las plataformas que estaban instalando para las ametralladoras.

En Kensington Gardens avistó a Godfrey Toby sentado en un banco, aunque tardó unos instantes en reconocerlo fuera de su hábitat de Dolphin Square. (Deambulaba en libertad, pensó, cual elefante renegado y solitario.) Supuso que iba de camino al piso y estaba aprovechando la oportunidad de disfrutar del aire primaveral antes de encerrarse con los informantes. Teía un periódico a su lado en el blanco, el *Times,* pero no lo estaba leyendo; se limitaba a estar allí sentado como el miembro de una orden contemplativa, con las manos sobre las rodillas y los ojos cerrados. Se lo veía tan sosegado que Juliet no se atrevió a perturbar su paz. Por otro lado, le parecía un poco grosero comportarse como si no estuviera ahí.

Antes de que lograra resolver el dilema, Godfrey se levantó de forma inesperada y se alejó sin que al parecer la hubiera visto. Dejó el periódico en el banco. Tenía aspecto de no haberse leído, y Juliet supuso que Godfrey estaba tan ensimismado que lo había olvidado allí. Si se daba prisa, a lo mejor conseguía alcanzarlo («¡Señor Toby! ¡Señor Toby!») y devolvérselo. Sin embargo, antes de que Juliet pudiera llegar al banco abandonado, apareció un hombre recorriendo a buen paso el sendero. Era grueso e imponente y llevaba un pesado abrigo con el cuello de astracán que lo hacía parecer incluso más grueso e imponente. Pasó ante el banco a grandes zancadas y al hacerlo cogió el *Times* y se lo llevó sin haber bajado el ritmo.

Aunque no tenía nada contra el hurto de periódicos abandonados —¿por qué desperdiciarlos, al fin y al cabo?—, Juliet sintió cierta irritación en nombre de Godfrey. El hombre del cuello de astracán iba tan deprisa que ya casi había desaparecido. Se alejaba en dirección contraria a la de Godfrey, de modo que no hubo forma de devolverle el periódico. Aun así, Juliet correteó en pos de Godfrey, con la idea de saludarlo al menos ahora que su meditación había concluido.

En el sendero reconoció uno de sus guantes —de piel, forrado de lana y bastante gastado— y se agachó para recogerlo. ¿Cuántas cosas más pensaba dejar a su paso? ¿O quizá estaba dejando un rastro, como Hansel y Gretel con sus migajas, con la esperanza de encontrar el camino de vuelta para salir de Kensington Gardens? (Y ahora, gracias a ella, no sería capaz de hacerlo.) Examinó el guante como si fuera una pista de algo. Se suponía que era así como una mujer tentaba a un hombre para que se fijara en ella, ¿no? («Oh, señorita, creo que se le ha caído algo.») En el caso de Godfrey, parecía un motivo poco probable.

Apretó el paso y se las apañó para agarrarlo de la manga del abrigo. Godfrey se volvió, con expresión de auténtico sobresalto, como si pensara que estaba a punto de ser agredido por unos asaltantes de caminos. Levantó el bastón con gesto amenazador, pero entonces la reconoció, y la sorpresa vino a reemplazar la alarma en su rostro.

—Soy yo, señor Toby —dijo Juliet—. Se le ha caído un guante.

—Vaya, gracias, señorita Armstrong —repuso él, al parecer avergonzado ante su reacción—. Después me habría estado preguntando desconcertado por su paradero. —Sacó la pareja del bolsillo y se puso ambos guantes—. Ya está, así ya no pueden perderse.

«¿Por qué no llevaba antes los guantes puestos?», se preguntó Juliet. El crepúsculo había traído consigo un aire frío y ya casi había oscurecido.

—¿Me estaba siguiendo? —preguntó Godfrey con tono agradable.

—No, en absoluto. Iba de camino a casa.

—Ah. Pues quizá podría escoltarla hasta el Albert Hall.

Le ofreció el brazo, y Juliet se preguntó si parecerían una pareja dispareja de paseo por el parque crepuscular. O quizá algo más moralmente cuestionable. («Así que por fin te has conseguido un bombón, Gibbons. Quién iba a decirlo.»)

Charlaron sobre cosas intrascendentes, nada que ella pudiera recordar después, excepto por algo sobre la neutralidad de Holanda («Al final no va a serles de ayuda»), acompañados por el toc toc del bastón de Godfrey en el sendero. Se despidieron en el Albert Hall.

—Bueno, ya estamos —concluyó él.

Fue justo nada más marcharse cuando Juliet se percató de que había olvidado decirle lo del periódico. Supuso que no importaba demasiado.

Y, sin embargo..., no dejaba de pensar en la forma en la que el hombre del cuello de astracán se había abalanzado sobre el *Times* de Godfrey, casi como si lo hubiera estado esperando. Y aunque en aquel momento tuvo la certeza de que a

Godfrey se le había caído el guante, a lo mejor se equivocaba; quizá era una especie de señal. Y esa consternación en su rostro cuando ella lo abordó, como si más o menos se esperara que lo fueran a atacar. El astracán era la piel de un corderito nonato, ¿no? «Que del vientre de su madre fue sacado antes de tiempo», pensó Juliet, que se estremeció ante aquella imagen.

—¿Nada? —preguntó Oliver Alleyne.

—No, señor. Nunca hace nada extraordinario.

Era en realidad una cuestión de lealtad, ¿no? O de confianza, quizá. Juliet confiaba en Godfrey de un modo que, por instinto, no le salía con Oliver Alleyne. «¿Por qué?», se preguntó; le picaba la curiosidad.

—Bueno, nadie es enteramente inocente de todo, señorita Armstrong.

«Un corderito nonato, tal vez», se dijo Juliet. Alleyne le brindó una sonrisa un tanto perversa. Según le contaría Clarissa después, estaba casado con una actriz. «Bastante famosa, Georgina Kelloway.» (A lo mejor eso explicaba la tendencia de su marido.) Juliet la había visto en el escenario en una obra de Noel Coward. Le había parecido un poco sobreactuada, si bien era cierto que el papel lo exigía, supuestamente. En esa obra no había inocencia.

Oliver Alleyne recuperó el sombrero del escritorio de persiana.

—Bueno, yo ya me voy. —El perro despertó al instante y se sentó muy tieso, expectante—. Y, por favor, como le he dicho antes, que esto quede entre usted y yo, señorita Armstrong. Es totalmente confidencial. No se lo mencione a nadie.

—¿Ni siquiera a Perry?

—A Perry menos aún. Godfrey es el hombre de Perry.

—Y yo soy la chica de Perry —puntualizó ella.

—No creo que usted sea la chica de nadie, señorita Armstrong.

Fue hacia la puerta. El perro se quedó donde estaba.

—¿Señor Alleyne? Se olvida su perro.

Él se volvió para mirar al animal.

—Oh, es una perra, y no es mía. Pensé que a lo mejor podría hacerme el favor de cuidarla durante una breve temporada.

—¿Yo? —preguntó Juliet con cara de susto.

—Se llama *Lily*. Por lo visto, es una schnauzer miniatura.

«Rima con máuser», se dijo ella.

La perra, que había estado mirando con inquietud a Oliver Alleyne, centró ahora su atención en Juliet. Ella no se había planteado nunca que un perro pudiera parecer indeciso.

—La dueña ha tenido que irse al extranjero. Con la condición de que nos ocupemos de su perra.

—O sea que se trata de una mujer... ¿Se lo ha pedido usted? ¿O el MI5?

—Supongo que la perra es una especie de... rehén, podría decirse. —El animal le dirigió una mirada inquisitiva, como si se preguntara qué significaba la palabra *rehén*—. Para asegurarnos de que su dueña regrese a estas costas. No necesita saber más, se lo aseguro.

—Yo no sé nada de perros.

—Bueno, pues es su oportunidad para aprender —contestó él alegremente—. Le pagaremos, por la comida y esas cosas. Le estamos muy agradecidos. Y una cosa más, señorita Armstrong: asegúrese de que a esa perra no le pase nada. Es realmente importante.

Juliet lo acompañó hasta la puerta del piso. Él volvió a esbozar aquella sonrisa un tanto perversa. Su efecto empezaba a desdibujarse.

—Y señorita Armstrong, respecto a ese otro asunto con nuestro amigo…, *semper vigilans,* señorita Armstrong, *semper vigilans.* Y ya no la interrumpo más en su trabajo.

El esfuerzo bélico

-17-

(cont.)

D. No, solo me lo preguntaba.

G. Queda un poco lejos, ¿no?

T. Sí, la verdad es que sí. No se me ocurre nadie más que pudiera resultar interesante.

G. ¿No se le ocurre nadie que haya muerto? (¿? No estoy muy segura de esta frase)

T. No. (risas) Tampoco es que hubiera servido de mucho, ¿no? Es una pena que ese hombre haya muerto, ¿verdad?

G. (inaudible)

D. ¿Qué hombre?

T. (¿?) (risas)

G. Sí, una verdadera lástima. Habría sido una baza muy buena.

T. Sí, muy útil.

G. ¿Cómo era ese número de teléfono?

T. BUNTINGFORD (¿?) 214 BUNTINGFORD (¿HUNTINGFORD?)

G. Y seguro que dijo que...

T. Sí, sí.

Según las directrices de arriba, había que hacer todo lo posible por ahorrar papel, de modo que ahora Juliet abreviaba escribiendo las iniciales de los nombres y mecanografiaba en ambas caras. Menos material del que disponer si ganaban la guerra, suponía, y menos que destruir si la perdían. («Tendremos que deshacernos de todo —dijo Perry—. Quemaremos el edificio hasta los cimientos si hace falta.»)

GODFREY sale a comprar sándwiches. TRUDE y DOLLY emprenden una búsqueda frenética de micrófonos. Se desternillan de risa. GODFREY vuelve con los sándwiches y les pregunta si han llevado a cabo una «búsqueda concienzuda». Más risas. Parecen creer que la Gestapo graba sus conversaciones (no el MI5). Hacen comentarios sobre la (buena) calidad de los sándwiches.

(Paréntesis para comer unas galletas.)

D. Olvidaba decirles que he recibido una contribución de 5 libras de la SEÑORA BRIDGE, para el fondo de la Gestapo.

G. Oh, eso causa toda clase de problemas con lo de llevar los libros de contabilidad y esas cosas. No quieren fondos de fuentes externas. Mucho papeleo, ya saben.

Juliet se echó a reír.

—¿Señorita?

—Ah, hola, Cyril... No lo había visto entrar. Le están dando dinero a Godfrey para el «fondo de la Gestapo».

—¿Y eso qué es?

—Sabe Dios... Algo que ha inventado su febril imaginación colectiva. Y encima eran solo cinco libras.

—Con eso podríamos salir todos una noche a pasarlo bien, señorita.

La mismísima palabra *Gestapo* parecía provocar la excitación de los vecinos. Betty y Dolly en particular andaban siempre preguntando si podían echar un vistazo a la «credencial de la Gestapo» de Godfrey, el documento de identidad supuestamente emitido por la «*Polizeidirektion* de Berlín» en 1938. Huelga decir que el MI5 tenía un departamento de falsificaciones muy bueno.

Godfrey hablaba bien alemán; a oídos de Juliet sonaba fluido, desde luego. Le contó que había pasado algún tiempo en el país, cuando era joven.

—En Heidelberg. Y en la guerra, por supuesto.

¿Y qué hacía en la guerra?

—Esto y aquello, señorita Armstrong. Esto y aquello.

Trude conversaba a veces en alemán con él, pese a que el de ella no era muy bueno. (A ella le gustaba pensar que sí, por supuesto.) A Betty y a Dolly les encantaba oírlo hablar en ese idioma, porque las tranquilizaba con respecto a su legitimidad, y a la suya propia. Eran servidoras del Tercer Reich y Godfrey era la prueba de ello.

-18-

GRABACIÓN 7 (cont.)

Hablan en voz baja sobre cierta gente, pero apenas se oye algo consecutivo. Sobre las 14:45 hablan sobre la llegada estimada de VICTOR. A las 16:05 TRUDE sale un momento a comprar algo. Más charla. TRUDE ya está de vuelta.

GRABACIÓN 8.
16:25

TRUDE y EDITH hablan con frivolidad con GODFREY sobre
lo que deberían hacer con el cuerpo de él en caso de que
muriera. TRUDE dice que menos mal que no se ha muerto
todavía. GODFREY ríe. Ambos hablan en broma sobre cómo
deshacerse del cuerpo.

T. Tengo una buena idea para esconder un cuerpo.
    Podemos meterlo en una carbonera bajo la acera.

(Todos ríen)

G. ¿En qué carbonera?
T. La del Carlton Club.

(Risas)

G. ¿Y qué debería hacer yo si ustedes murieran?
T. ¡Lo mismo!
E. ¡No tardaríamos en llenar todas las carboneras!
T. ¡De judíos!

Suena el timbre de la puerta. GODFREY va a abrir.
GODFREY vuelve.

G. Aquí llega VICTOR.

—¿Escuchó esto ayer, Cyril? ¿La parte en que hablan de cómo
deshacerse de un cuerpo?
    Cyril se echó a reír.

138

—¿Lo de la carbonera del Carlton Club? Si Godfrey desaparece, ya sabremos dónde buscar.

—Diría que es bastante ingenioso.

—Habría que hacerlo justo antes de una gran entrega de carbón, ¿no? Así tardarían mucho tiempo en descubrir el cuerpo. Aunque en esta época del año, con el calor ya casi encima, no sería tan buena idea.

—Veo que le ha dado muchas vueltas a esto, Cyril.

—Pues sí. Me encantaría meter a la Trude esa en una carbonera. Es una tipa muy desagradable.

—Sí, un poco —convino Juliet—. No me gustaría encontrármela en un callejón oscuro.

Hacía falta cambiar la cinta de la Imperial. Juliet se preguntó cuánto más daría de sí antes de que las palabras de los vecinos se desvanecieran. El paso del tiempo haría lo mismo algún día. Todos sucumbirían a él, todos acabarían por desvanecerse, ¿no?

-23-

GRABACIÓN 9

GODFREY cuenta monedas.

G. Y dos de tres peniques, con eso hacen 5/6. ¿Cuánto se tarda en llegar a Liverpool?

V. ... cinco minutos (¿25?), a veces. Desde un apartado de correos en la estafeta de James Street... Whitehall 4127.

G. ¿Cuánto vale?

V. Más o menos 2/6.

Sigue un gran trajín de papeles y la conversación se vuelve inaudible durante varios minutos.

19:50

GODFREY se fija en que está lloviendo y sugiere que las mujeres vayan al restaurante italiano de enfrente, y él se unirá después con VICTOR.

TRUDE y EDITH se marchan.

—Ha hecho buenas migas con ellos, ¿no? —comentó Cyril mirando por encima del hombro de Juliet.

¿Quién examinaba el contenido de aquellas conversaciones? Debería ser Perry, evidentemente, pero a menudo leía los informes del propio Godfrey en lugar de enfrentarse al aburrimiento de las transcripciones (no podía culparlo por ello). Esos últimos días Juliet dudaba que estuviera leyendo algo, puesto que parecía lleno de melancolía. («Disculpe, señorita Armstrong, el abatimiento me tiene entre sus fauces.») «Otra vez», pensó ella.

—Sí, luego suelen salir por ahí —le dijo a Cyril.

Estaba ese restaurante italiano de enfrente que parecía muy del agrado de Godfrey, y otro suizo allí cerca también. Y había un pub que les gustaba a todos, el Queen's Arms, aunque allí tendía a ir más con los hombres que con las mujeres.

—Yo no lo llamaría «hacer buenas migas» exactamente —dijo Juliet mientras le ponía la funda a la Imperial—. Imagino que hacerlos sentirse cómodos con él forma parte del trabajo, ¿no?

—Ya, pero entonces no podemos grabarlos, ¿no, señorita? No mientras se comen sus *spaghetti,* quiero decir. —Cyril pronunció esa palabra con tono de desprecio. La comida extranjera no tenía sitio en su vocabulario, siendo como era un chico de Rotherhithe acostumbrado al pastel de anguila y el puré de patata.

—No, supongo que no. —Juliet se levantó y cogió el abrigo—. Ha llegado pronto, ¿no, Cyril?

—No, señorita. Diría que usted va tarde. ¿Se ha enterado de la noticia?

—¿Lo de que Churchill va a ser primer ministro? Sí.

—¿Adónde va esta noche, señorita?

—Voy al cine, Cyril —contestó Juliet mirándose en el insuficiente espejo del recibidor para comprobar que se estuviera poniendo recto el sombrero.

—¿Qué va a ver?

—Pues no lo sé, la verdad. Voy con una amiga y ella ha elegido la película. ¿Le parece que este sombrero queda bien?

—Está estupenda, señorita.

Estaba enamoriscado de ella, Juliet lo sabía.

—Ya, pero ¿y el sombrero? —Frunció el entrecejo mientras observaba su reflejo; supuso que Cyril no sabía gran cosa sobre sombreros de mujer—. ¿A qué hora tiene que llegar Godfrey?

—A las seis en punto.

La rutina de Godfrey se había vuelto más complicada ahora que había empezado a ver a los vecinos también durante el día. («Tienen mucho que decir.») Y había empezado asimismo a tocar en su puerta, con un golpeteo en clave, para comunicarles que había llegado.

Lily había estado siguiendo a Juliet por ahí, esperanzada, mientras esta se preparaba para irse.

—Lo siento, ahora no podemos salir de paseo —le dijo a la perra, arrodillándose para darle un beso de compensación en su sedosa cabeza.

—Hoy te vienes a casa conmigo, *Lil* —le dijo Cyril al animal—. Jugaremos y lo pasaremos bien, ¿eh? Cógelo, *Lily* —exclamó mientras le arrojaba un muñequito que había tejido su abuela, una matriarca misteriosamente poderosa que lo había criado en ausencia de unos padres que parecían ser unos irresponsables.

La abuela en cuestión tejía febrilmente para *Lily:* un duende, un osito, un policía y muchos otros juguetes de lana que la perra había hecho pedazos encantada. La incorporación de *Lily* había supuesto un bienvenido cambio en el pequeño club de Dolphin Square. Pese a su aspecto de cascarrabias, era una perrita alegre, ávida de complacer y presta siempre a perdonar. Cyril llegaba más pronto todos los días para poder retozar con ella en la alfombra de hojas otoñales, y Perry pasaba un montón de tiempo investigando su naturaleza canina y llevando a cabo pequeños experimentos conductuales. («A ver, Juliet, quiero que se plante detrás de esa puerta y diga "Camina" en un susurro neutral, sin entonación, para ver cómo responde.») A veces la perrita miraba a Perry con tanta curiosidad que Juliet se preguntaba si no se habrían intercambiado los papeles y fuera *Lily* la que estuviera estudiando a Perry.

Juliet sabía ahora un poco más sobre la procedencia del animal gracias a Perry, así como sobre el pedigrí de su antigua dueña. Esta, según Perry, era «húngara y una chiflada». En su opinión, todos los húngaros estaban locos, y la cosa tenía algo que ver con la caída del Imperio Austrohúngaro, pero en realidad Juliet no había estado escuchando.

La dueña de *Lily,* la húngara chiflada, se llamaba Nelly Varga y, según Perry, la habían pillado espiando para los alemanes.

—La «convertimos».

¿Y eso qué significaba?

—Se le dio la posibilidad de elegir entre ir a parar discretamente a la horca, como los espías alemanes a los que ya hemos capturado, o trabajar para nosotros. La amenaza de la soga puede resultar muy persuasiva.

—Ya me lo imagino.

—Y ahora está en una misión para nosotros, en Francia. Y necesitamos que vuelva, y eso —añadió Perry señalando hacia la perra *(Lily* ladeó la cabeza)— es la garantía de que lo hará. Le prometimos que no sufriría ningún daño. Está obsesionada con ese animal; es la única manera que tenemos de controlarla, en realidad.

—Aparte de la soga.

Los alemanes estaban llamando a la puerta de Bélgica, y después de Bélgica le llegaría el turno a Francia. No parecía probable que Nelly Varga fuera a escapar de las fauces de hierro que estaban devorando Europa. Juliet confiaba en que no lo hiciera; sería desgarrador verse obligada a devolverle la perra.

Entretanto, la perra también había sufrido una «conversión». Alegremente ajena a su condición de rehén, parecía haber cedido por entero su cariño a Juliet y Cyril. Incluso el monástico e incólume Perry se vio atraído por la calidez que irradiaba el animal, y a menudo se lo encontraban sentado en el sofá con *Lily* en el regazo, acariciándole sus suaves orejas con gesto ausente. «Me ayuda a pensar», decía tímidamente cuando lo pillaban dando semejantes muestras de afecto.

—Bueno, yo ya me voy, Cyril. —Había desistido con el sombrero, que no iba a quedarle bien hiciera lo que hiciese.

—Buenas noches, señorita. Disfrute de la peli.

Sí, habría sido agradable disfrutar «de la peli», pensó Juliet. Sentarse en el ambiente cálido y viciado del Odeon de Leicester Square a ver un largometraje o a dormir discretamente para recuperar horas de sueño, o incluso a soñar despierta con «Ian», pero, por desgracia, el Club de la Derecha le había encomendado una misión.

Tras su debut en Pelham Place, la habían invitado a una reunión en la habitación estrecha y llena de humo que había sobre el Salón de Té Ruso. La mayoría de los asistentes eran viudas de la Ley 18b, un tema que, naturalmente, daría lugar a montones de quejas. La señora Ambrose estaba presente, por supuesto, luciendo una boina de ganchillo en un alarmante tono fucsia. Se pasó la reunión entera tejiendo, y alzaba de vez en cuando la vista de la calceta para sonreír beatíficamente al resto de los participantes.

La señora Scaife no solía asistir a las reuniones, pero sí había acudido un par de veces con Juliet al Salón de Té Ruso, donde tomaron lo que preparaba la madre de Anna Wolkoff, la cocinera del local, que emergía cual troglodita de la cocina del sótano con el *gulasch,* un término que Juliet, al oírlo por primera vez, confundió con *gulag.*

—Y un poco sí lo era —le comentó después a Perry—. Me da miedo pensar de qué era la carne, tenía un sabor muy de animal encerrado en un zoológico.

En la reunión del Club de la Derecha solo había dos personas de edad cercana a la de Juliet: un joven imberbe que no paraba de soltar polémicas peroratas y que bien podría haber formado parte de un encuentro comunista; y una mujer muy guapa y con cierta altivez francesa («belga, en realidad») que no paraba de fumar y estaba aquejada de una lasitud que parecía incapaz de vencer. Dijo que se llamaba «Giselle». (A Juliet le hizo pensar en una gacela.) Giselle despertaba de vez en cuando de su letargo (se movía como un gato especialmente perezoso) para dar muestras de su desprecio por algo. Sin un orden particular, «detestaba» al duque de Kent (no se sabía el motivo), las líneas de metro District y Circle, el pan inglés y la boina de la señora Ambrose (esta última censurada con un teatral susurro al oído de Juliet: «Qué espanto de gorro»).

Habían invitado a Juliet a participar en su campaña de «pegado», para la que formaron parejas, como si fueran a hacer un juego de fiesta. Fue un alivio que su pareja fuera la señora Ambrose, y pensó que así podrían hablar abiertamente, pero la señora Ambrose se ciñó firmemente a su papel mientras hacían su recorrido por el centro de Londres.

Avanzaban con cautela bajo el oscurecimiento impuesto por la guerra, pegadas a paredes y barandillas, evitando a los policías y a los vigías que alertaban de ataques aéreos.

—Judíos —dijo con desdén la señora Ambrose mientras pegaba en la puerta de un puesto de vigilancia antiaérea un panfleto que rezaba: «ESTA ES UNA GUERRA DEL JUDÍO». («De cuál», se preguntó Juliet fijándose en aquella errata.)

Andaban poniendo «pegatinas», cubriendo su propia propaganda («¡LA GUERRA DESTRUYE A LOS TRABAJADORES!») en cualquier sitio que resultara conveniente: sobre carteles del Gobierno, en cabinas telefónicas, en los postes de los pasos de cebra, en sastrerías Montague Burton y en restaurantes Lyons Corner House.

—Allí donde haya judíos —dijo la señora Ambrose.

No por vez primera, Juliet se encontró preguntándose si la señora Ambrose estaría realmente en contra de los nazis. Desde luego no parecía defender a los judíos, e interpretaba su papel de manera tan convincente que Juliet se olvidaba fácilmente de que era «una de los nuestros» y no «una de ellos». De haber estado sobre un escenario, podrían haberla acusado de sobreactuar. («Tiene unas dotes extraordinarias para el "oficio" —decía Perry—. Es señal de ser buen agente cuando no tienes ni idea de en qué bando está alguien.»)

A Juliet le parecía que, en lo que respectaba a las creencias, los límites eran un poco borrosos: Perry había sido antaño miembro de la Unión Británica de Fascistas («Era útil, me ayudaba a entenderlos») y Hartley (¡Hartley, nada menos!) miembro del partido comunista cuando estuvo en Cambridge. «Pero antes de la guerra todo el mundo era comunista», protestaba. Y Godfrey, por supuesto, llevaba años introduciéndose en los círculos fascistas a cuenta del MI5 y había días en que casi parecía tenerles cariño a sus informantes.

—Espabila un poco, querida —dijo la señora Ambrose—. Eres muy lenta. Tienes que pegar el panfleto y a correr.

La señora Ambrose no parecía capaz de correr ni aunque la persiguiera un toro.

En otra ocasión, Juliet fue con Giselle, quien por lo menos ni siquiera fingió ponerse a pegar panfletos y fue derecha a un pub.

—Necesito una copa —dijo—. ¿Puedo tentarla?

¿Y eso qué significaba? ¿Estaban hablando en clave? ¿Era siempre la misma? Si lo era, menuda formar de actuar en secreto. Juliet titubeó. Supuso que tenía que decirlo:

—Es muy amable por su parte —repuso con cautela—. Creo que sí.

Giselle frunció el entrecejo.

—No me estaba ofreciendo a invitarla.

En el pub había barullo y estaba lleno de gente, en gran parte marinos que andaban lejos del mar, y las dos chicas provocaron buena cantidad de comentarios procaces, que Giselle desestimaba con impresionante altivez y encogiéndose de hombros.

Se las apañaron para llegar hasta una mesa en un rincón, desde donde Juliet fue despachada a la barra en busca de ron, que además pagó. Estar con Giselle era un tanto agotador.

¿Cuál sería su historia? («Antes era modelo de Worth», le había confiado la señora Ambrose.) Se tomaron el ron y se fueron casi tan rápido como llegaron, pues había demasiado ruido para mantener una conversación. Iban a coger trenes distintos, y Giselle se despidió de Juliet en lo alto de las escaleras mecánicas sin la menor muestra de agradecimiento.

—Ah, *mademoiselle* Bouchier —diría Perry después—. Es bastante aficionada al alcohol, me temo. Y a otras cosas también, por desgracia.

—¿La conoce?

Perry miró a Juliet frunciendo el entrecejo.

—Claro que la conozco, es una de nosotros. Es una agente excelente. ¿No se identificó ante usted?

—Más o menos, supongo. —(¿Cuántos agentes tenía Perry en el Club de la Derecha? La mitad de los miembros, al parecer).

Perry frunció el ceño aún más mientras le daba vueltas a su incompetencia, supuso ella.

—¿Está segura de que toda esta clandestinidad es su fuerte?

—Sí, estoy segura —respondió Juliet—. Absolutamente segura.

Al cabo de un par de semanas de otras actividades maliciosas del estilo, le dieron una insignia a Juliet. La propia Anna Wolkoff se la puso. Era una mujer de cejas feroces y aspecto de rusa acongojada, que al sujetar el distintivo al vestido de Juliet suspiró trágicamente cual mujer presenciando cómo talan su huerto de cerezos.

—Ahora ya es una de nosotros, Iriska. —Dio un paso atrás para admirarla y luego la besó en ambas mejillas.

En la insignia, roja y plateada, figuraba un águila destrozando una serpiente, con las iniciales M y J debajo.

—«Muerte a Judá» —le explicó amablemente la señora Ambrose cuando Juliet le preguntó al respecto.

—¿Qué es eso tan feo que lleva en el vestido? —quiso saber Perry.

—Me he ganado una insignia. Es como volver a ser una exploradora. Parece todo bastante ridículo.

—Esa gente es más peligrosa de lo que parece. Si somos pacientes, acabaremos por atraparlos. La paciencia y la dedicación hacen al buen pescador.

«¿En qué me convierte eso a mí? —se preguntó Juliet—. ¿En la carnada? ¿Con qué se atraería a un traidor? ("¿Puedo tentarle?").» Con carne podrida, supuso.

—En cierto modo, es como ser Jekyll y Hyde —dijo ella.

—El bien y el mal, la oscuridad y la luz —reflexionó Perry—. No se puede tener lo uno sin lo otro, diría. —(¿Estaría describiendo su propia personalidad?) Y añadió—: Quizá somos todos dualistas.

Juliet no estaba muy segura de qué era un dualista. Suponía que no era alguien en un duelo de espadas al amanecer. A lo mejor alguien incapaz de decidir entre distintas alternativas.

En el Odeon, empezó a sonar el himno nacional al acabar el programa, y Juliet se puso en pie con esfuerzo, soñolienta. Giselle, a su lado, se desenroscó lánguidamente en el asiento como una cobra aletargada. Juliet acababa de lanzarse a cantar «Dios salve a nuestro magnánimo rey» cuando Giselle le clavó su huesudo codo en el costado.

«Madre mía», pensó Juliet, pues los del Club de la Derecha no se alzaban para cantar por el rey, sino que sustituían el himno por su propia versión de «Tierra de esperanza y gloria». La pareja de estridentes viudas de la Ley 18b que las acompañaban se habían lanzado ya a entonar «Tierra de esperanza y judíos» con sus voces atipladas de iglesia. («Todos los chicos judíos te alaban / en tanto que te desvalijan.»)

—Canta —le siseó Giselle.

—«Tierra de finanzas judías / engañada por mentiras judías» —entonó Juliet en voz baja.

Se le antojó una parodia tremenda, un contrapunto musical y moral en todos los sentidos posibles del himno nacional. El público que las rodeaba las miró con alarma, pero parecía demasiado sorprendido para decir nada.

Esa no era la única infracción que cometían en los cines. Soltaban abucheos y burlas en medio de los noticiarios —«amigos de los judíos», «belicistas», etcétera) y luego salían corriendo del cine antes de que nadie pudiera hacer nada al respecto.

—Ponían *Luz de gas,* con Anton Walbrook, que estaba increíble en el papel —le contó Juliet después a Perry (y también estaba como un tren, aunque eso no se lo dijo por si se lo tomaba como una crítica a su propio aspecto)—. Convence a su mujer de que se está volviendo loca.

Perry soltó una risa sin mucha alegría.

—Y ha disfrutado usted con eso, ¿no?

—¿No lo sabía? —le contó Hartley después a Juliet—. Su mujer perdió la chaveta y se ahorcó en el armario.

Pues más que un Heathcliff era un Rochester.

—Esa fue su primera mujer, por supuesto —prosiguió alegremente Hartley (¿cómo que su primera mujer?)—. Nadie sabe qué fue de la segunda.

Un Barbazul, entonces. En el piso de Dolphin Square no había habitaciones cerradas con llave, por suerte, y Juliet no encontró ninguna esposa ensangrentada colgando de un gancho de carnicero, ni en un armario, de hecho. Quizá las tenía en «su otra casa» en Petty France.

—Qué sorpresa —dijo Clarissa—. Los hombres como Perry no suelen casarse.

-6-

15.5.40

G. ¿Eso fue cuando iba con la señora Shute?

T. ¿Con GLADYS? Sí.

G. ¿Y acabaron caladas hasta los huesos? (ambos ríen)

(Fuman)

18:30 Suena el timbre.

G. Aquí llega BETTY.

T. ¿Ha conseguido ese empleo en el NAAFI?

B. Aún estoy esperando que me digan algo.

G. Ya veo.

B. Y todavía tengo que acabar donde estoy, de modo que hasta dentro de una semana no podría empezar.

G. ¿En el NAAFI?

B. Sí. (Inaudible)

T. A ella le caerían diez años por esa carta.

B. Sí que le caerían, sí.

T. ¿Y qué saca usted recibiéndola?

(Todos ríen)

G. ¿Alguien de los presentes tiene sangre galesa?

B. Muchas generaciones atrás, pero no me siento orgullosa de ello.

T. Fui a Mánchester a ver a la mujer esa.

G. ¿La alemana? ¿Y se llama BERTA?

T. GRAN BERTA, y le van los cañonazos. (risas)

B. Se parece a su madre. He visto una fotografía.

T. ¿Tiene cara de alemana?

B. Diría que sí. (risas) ¿Escribirá? Distrito SW6... ¿Eso es Fulham?

(Paréntesis para comer unas galletas)

B. ¿Les he hablado del judío ese que se pasó a verme? Me dijo que podía conseguirme cualquier prenda de ropa interior.

G. Sí, sí.

B. Tienen de todo, en alguna parte.

T. Ese no es el peor de todos. (inaudible) Venenosos (¿?)

B. Bueno, pues una amiga mía conoce a una judía que a menudo (inaudible) en las vacaciones de Pascua. ¡Esa no es una festividad judía!

G. Ellos tienen la Pascua judía, para celebrar la salida de Egipto.

T. Bueno, pues no tardarán en tener que salir por piernas de aquí también, ¿eh? Recibirán su merecido.

G. ¿Hmm?

Cuanto más se acercaba la guerra a sus costas, más nerviosos se ponían los informantes. Y más confiados se volvían.

—Menudos gallitos, ¿eh? —comentó Cyril.

Godfrey y Perry habían tramado un plan: recompensar su lealtad con pequeñas insignias de cruces de hierro para la solapa, y varias las recibió Juliet una tarde de manos de un joven repartidor.

—¿Le manda algo un admirador, señorita? —quiso saber Cyril al ver la caja de cartón sobre su escritorio.

—No creo que sea de un admirador, Cyril —contestó ella cuando abrió la caja—. Por lo menos yo confío en que no.

—Medalla de segunda clase al mérito en la guerra —se burló con una risita Godfrey, que llegó antes (golpeteando con el bastón) para recogerlas—. Una *Kriegverdienstkreuz.* ¿Le deletreo eso, señorita Armstrong? ¿Para la transcripción?

—Sí, por favor, señor Toby.

—¡Por los servicios al Tercer Reich!

Godfrey le sonrió como si compartieran un secreto más allá de las paredes de Dolphin Square. (Ella volvió a pensar en el paseo por Kensington Gardens durante el crepúsculo, en el guante caído; «Quizá podría escoltarla hasta el Albert Hall».)

—Las insignias son para llevarlas ocultas, por supuesto —añadió él—. Les diremos que el Gobierno alemán quiere demostrarles que aprecia su trabajo. Y si hay una invasión, les darán ocasión de identificarse como amigos de los nazis, y no como enemigos.

«Pero eso no es muy buena idea, ¿no?», se dijo Juliet, desconcertada. Los alemanes tendrían una cohorte ya formada de colaboradores esperándolos.

—¡Pero nosotros también podremos identificarlos por sus insignias! Además disponen de direcciones a las que acudir en caso de que nos invadan los alemanes. Puntos de encuentro, supongo que podría decirse, pero en cuanto aparezcan allí serán arrestados.

Juliet no recordaba haber leído nada semejante en ninguna transcripción. Quizá habían hablado de eso delante de un plato de espaguetis.

—¿Y entonces qué, señor Toby? —quiso saber Cyril.

—Oh —respondió Godfrey como quien no quiere la cosa—, les pegaremos un tiro a todos los informantes en cuanto el primer nazi ponga un pie en suelo británico.

«¿Quién empuñará la pistola?», se preguntó Juliet. Costaba imaginar a Godfrey vendándole los ojos a Betty o a Dolly y empujándolas contra la pared.

—Yo lo haría —declaró Cyril—. No me importaría. Son traidores, ¿no?

Últimamente habían deliberado en varias ocasiones sobre qué harían en caso de invasión.

—Es fundamental que defendamos la BBC —dijo Perry—. Los alemanes no deben ponerles las manos encima a los transmisores de radio.

Juliet se imaginó con la máuser, luchando heroicamente hasta la muerte ante la Casa de la Radio, en Portland Place. Le gustó bastante esa imagen de sí misma.

—¿Señorita Armstrong?

—¿Sí, señor?

—¿Le parece que escuchemos el discurso de Churchill en la radio? Tengo ginebra que me he traído del Gabinete de Guerra.

—Excelente, señor.

La jornada laboral había llegado a su fin y tenía planeado ir al Embassy Club con Clarissa, pero supuso que incumpliría sus deberes patrióticos si no escuchaba al nuevo primer ministro. Aunque habría preferido bailar y olvidar las tribulaciones de su país, en especial porque lo único que podía ofrecerles era un mísero cóctel de sangre, esfuerzo, lágrimas y sudor. «Tenemos ante nosotros una prueba de la naturaleza más penosa.»

Sin embargo, fue un discurso muy emotivo, y Juliet se sintió de pronto tremendamente adulta y seria, aunque la causa bien pudo haber sido la ginebra.

—¿Cree usted que podremos hacerlo? —le preguntó a Perry.

—Solo Dios lo sabe. La situación es grave. Lo único que podemos hacer es esforzarnos al máximo en intentarlo.

Entrechocaron los vasos.

—Por la victoria —brindó Juliet.

—Por el valor —dijo Perry—. La consigna es el valor, señorita Armstrong.

Y apuraron sus ginebras.

Mascarada

—¿Una fiesta?

—Una velada. Vendrá, querida, ¿verdad? —quiso saber la señora Scaife.

—Me encantaría —contestó Juliet—. ¿Será en Pelham Place?

La señora Scaife rio.

—No, no, Dios me libre. Una amiga me ha prestado una sala.

La «velada» iba a consistir en una reunión de «personas de ideas afines».

—Se avecinan tiempos fantásticos para nosotros, Iris, querida.

La idea de asistir sola la hacía sentir un tanto nerviosa. Se había acostumbrado a la presencia imperturbable y lanosa de la señora Ambrose, e incluso a la magnífica indiferencia de Giselle, pero ahora Iris tendría que ir por su cuenta. Sería su debut en solitario.

La «sala» resultó ser un lugar magnífico: el salón de baile de una casa fabulosa en Pall Mall, y Juliet se preguntó quién sería la amiga de la señora Scaife que le había proporcionado un sitio tan opulento. Unas enormes columnas de un mármol que recordaba a la carne formaban una doble columnata, con los capiteles muy separados entre sí y engalanados de acanto dorado. Las paredes del salón estaban revestidas de relucientes espejos que reflejaban las gigantescas lámparas de araña. Era la clase de estancia donde los hombres firmaban tratados que condenaban tanto al vencedor como al vencido, o donde las muchachas de incógnito perdían su zapatito de cristal.

La pega de panfletos, las intimidaciones y esa clase de cosas no tenían la menor trascendencia, ¿no? Incluso eran un mecanismo de distracción. El verdadero poder del Club de la Derecha residía en otra parte. En Whitehall, en la trastienda de clubes londinenses muy conservadores, en salones relucientes como ese. Las Betties y Dollies de este mundo eran sus tropas, que rezongaban sobre el tiempo, el precio del autobús y el racionamiento; pero ahí solo había generales. Constituirían el nuevo orden mundial si llegaban los alemanes.

Perry le había comprado a Juliet un vestido nuevo para la fiesta, un modelo cortado al bies que revelaba bastante y que él la había animado a adquirir. De hecho, la había acompañado a Selfridges, y la vendedora le había susurrado al oído en el probador: «Qué tipo tan generoso, es una chica con suerte», y Juliet había contestado: «Bueno, a lo mejor es él quien tiene suerte». Soy un obsequio. Una manzana esperando en el árbol a que la cojan. Una rosa. Una perla.

—Y he pensado que esto ayudaría —añadió Perry sacando un estuche pequeño de piel verde.

Juliet lo abrió y vio unos pendientes de brillantes acurrucados en el interior de satén blanco.

—Oh.

—Son brillantes —explicó él, como si ella quizá no lo supiera—. Muy valiosos, o eso me han dicho. Están asegurados, pero intente no perderlos. Hay que devolverlos mañana.

—Oh. —No eran un regalo, entonces; «¿Por qué no me da una calabaza y seis ratones blancos y listo?», se dijo Juliet.

—Se los regaló su padre cuando cumplió veintiún años, si se lo preguntan.

—Solo tengo dieciocho.

—Ya, pero parece mayor.

(Se preguntó si eso la hacía más o menos atractiva para él.)

—Y usted dijo que mi padre había muerto —le recordó Juliet.

—Es verdad.

Ella se sorprendió; Perry nunca olvidaba nada. Ese día, durante el tentempié de media mañana en la diminuta cocina de Dolphin Square, una taza se le había escurrido entre los dedos, y él se había quedado un rato allí plantado mirando fijamente los pedazos desparramados por el suelo.

—No estoy siendo yo —había dicho finalmente.

Sí es él, se dijo Juliet, pero tiene dos identidades distintas, como una puerta de doble hoja. Doctor Jekyll, ¿puedo presentarle al señor Hyde? Un dualista.

Perry salió de la cocina y dejó los pedazos para que ella los recogiera.

Entonces Perry suspiró y recobró la compostura.

—Los pendientes son una reliquia de familia, entonces… De la de su madre.

Sentada bajo el secador tremendamente caliente de una peluquería en Knightsbridge mientras una muchacha le hacía la manicura, Juliet, más que como Cenicienta, se sintió como una víctima a la que preparaban para el sacrificio.

—Ah, Iris, querida —exclamó la señora Scaife poniendo rumbo hacia ella y dejando una estela de encaje ondulante—, cómo me alegra que haya podido venir. Qué pendientes tan preciosos.

—Me los dejó mi madre cuando murió.

La señora Scaife rodeó y ciñó con un brazo los hombros de Juliet en un gesto de ánimo.

—Mi pobrecita y querida Iris.

La propia señora Scaife lucía perlas, una gargantilla de tres vueltas al estilo de la reina María. Siempre llevaba algo al cuello, un pañuelo de seda o alguna esclavina. Juliet pensó que quizá quisiera ocultar una cicatriz, pero la señora Ambrose le aclaró llanamente: «Arrugas».

En el otro extremo de la sala habían instalado una barra profesional, con relucientes cromados y cristal en incongruente y moderno contraste con todo aquel mármol, pero la señora Scaife asió una copa de jerez de la bandeja de una camarera que pasaba. («Más recta esa espalda, que esto no es un Lyons.») Le tendió la copa a Juliet.

—Tome, querida. Y ahora hay un montón de gente a la que quiero que conozca.

«Ay, madre —se dijo Juliet—. Allá vamos.»

La señora Scaife enfiló la proa de su generoso pecho hacia la multitud y abrió un canal a través de ella, con Juliet siguiéndola obedientemente. La presentó a varias personas como «nuestra nueva soldado de asalto» y todos rieron como si fuera una descripción encantadora. Perry le había dicho que debía tratar de recordar los nombres de todos los que le presentaran, pero había mucha gente y la retahíla de nombres era incesante, con un lord por aquí, un honorable por allá, un juez, un miembro del Parlamento, un obispo y... ¿Clarissa?

—Lady Clarissa Marchmont. Clarissa, querida, deja que te presente a Iris Carter-Jenkins.

—Mucho gusto, Iris. Qué agradable encontrar otra cara joven aquí, ¿no le parece, señora Scaife? —Llevaba un vestido precioso («Schiaparelli, y antiquísimo, por supuesto, no tengo nada nuevo desde que se declaró la guerra; no tardaré en vestir harapos»)—. Mire, Iris, qué tal si deja ese jerez y vemos si el camarero de la barra puede prepararnos un par de cócteles. ¿Puedo tentarla?

—¿Por qué no me lo dijiste? —murmuró Juliet mientras daban decorosos sorbitos a algo indescriptiblemente dulce y alcohólico y observaban a los presentes.

—¡No lo sabía! Fue algo de ultimísima hora. No te preocupes, no soy una de las chicas de tu querido Perry —añadió Clarissa riendo.

—Perry no es mío. —(Ojalá).

—Le pareció que yo podía resultar útil, por mi padre.

—¿Tu padre? ¿El duque?

—Si te parece… Está allí. —Clarissa indicó con la cabeza unos hombres enzarzados en una ferviente conversación—. Parecen un grupo de pingüinos, así vestidos de gala, ¿no crees? Una… ¿cuál es el nombre colectivo?

—Colonia, me parece.

«Los pingüinos son animales muy cómicos», se dijo Juliet. Y aquellos hombres no tenían nada de gracioso. Llevaban las riendas del país, de un modo u otro. ¿No hablaban acaso en ese instante sobre cómo se repartirían el poder si Hitler acababa marchando por Whitehall?

—Mi padre es un derechista recalcitrante, proalemán hasta la médula —le contó Clarissa—. Los dos conocimos a Hitler, ¿sabes? En el 36, en las Olimpiadas. —(¿Los dos?)—. De modo que, evidentemente, yo encajaba bien en el papel. Tú estás representando bien el tuyo no pareciendo demasiado sorprendida. Toma, un pitillo, ¿quieres?

Juliet cogió un cigarrillo del paquete con el emblema dorado familiar.

—Pero tú no eres…, ya sabes…, ¿no?

—¿Una de ellos? Madre mía, no. Por supuesto que no. No seas tonta. Mis hermanas sí lo son, por cierto. Y mi madre también. Y la pobre Pammy, cómo no… Ella siente veneración por el viejo Adolf, hasta sueña con tener un hijo suyo. Ah, mira, ahí viene Monty Rankin, tengo que saludarlo. Bonitos pendientes, por cierto… Espero que puedas quedártelos.

Clarissa se alejó y Juliet se quedó con sensación de estar expuesta, y no solo por la ligereza de su vestido. Se abrió paso entre la multitud, captando retazos de conversación por el camino: «Los alemanes ya están en el Meuse… Los franceses tratan de volar cabezas de puente… Sus tropas son de ciudadanos de las excolonias… No hay lealtad… Los holandeses están acabados… Mientras hablamos, Guillermina va a bordo de un barco con rumbo hacia aquí». Daba miedo lo mucho que sabían. Quizá lo sabían todo.

Juliet se encontró en una antesala donde había más bebida, y también comida. Tenía un aspecto delicioso; ahí no había ni rastro de racionamiento. Luego había otra especie de antecámara; aquel lugar podría albergar hordas de refugiados y evacuados sin que nadie advirtiera siquiera su presencia. Más allá había una escalera, no una grandiosa de mármol como la que ascendía con ostentación desde el vestíbulo, sino una más corriente, pero aun así con una suntuosa alfombra, de modo que no estaba destinada a los criados. Juliet tuvo la audacia de subir por ella («Compórtese en todo momento como una más del círculo», le había aconsejado Perry) y se encontró en lo que parecía ser el verdadero corazón de la casa. Un salón, un comedor y un estudio con lujosos armarios, cómodas y estanterías. Perry le había dicho que llevara la cámara que iba oculta en el mechero, que ahora le pesaba en su bolsito de fiesta. («Mire a ver si encuentra algo, documentos y esas cosas. Un ejemplar del Libro Rojo, quizá. Quién sabe.»)

Entró en una biblioteca con volúmenes encuadernados en piel del suelo al techo en las paredes y una enorme mesa de estilo refectorio que ocupaba la habitación casi de un extremo a otro. Estaba cubierta de documentos y papeles, buena parte de ellos en alemán (se hablaba lo suyo de *das Reich* y *der Führer*). «Allá vamos», se dijo, sacando la cámara, pero no había llegado a hacer ni una sola foto cuando oyó una voz grave y melodiosa a sus espaldas:

—¿Le vendría bien un cigarrillo con eso?

Se le cayó el alma a los pies o más abajo... ¿Se había acabado el juego? ¿Iba a acabar flotando en el Támesis como un tronco? ¿O arrojada a la eterna oscuridad de una carbonera?

«Valor», pensó, y se volvió para enfrentarse al hombre alto y sorprendentemente feo que tenía detrás. Algo en él le resultaba familiar, y tardó unos segundos en ubicarlo. ¡Era el hombre del abrigo con el cuello de astracán! Esa noche no llevaba ningún cuello de astracán, pues lucía, por supuesto, una pajarita blanca, pero aun así era reconocible. Juliet notó que palidecía. ¿Era eso lo que se sentía al desvanecerse? No en un sentido trascendental y romántico: tenía el corazón a punto de fallar de puro miedo.

—Oh, sería maravilloso, por lo visto me he dejado los míos en alguna parte —se las apañó para contestar.

—¿Se encuentra bien?

—Sí, gracias.

El hombre sacó una pitillera esmaltada. Por lo visto iba simplemente a ofrecerle un cigarrillo.

—Gracias.

Él le quitó el encendedor de la mano y accionó la rosca. Para alivio de Juliet, brotó una llama estable.

—Creo que no nos conocemos —dijo el hombre.

—Soy Iris Carter-Jenkins —respondió ella, pero él no correspondió a la presentación, sino que preguntó:

—¿Puedo escoltarla hasta el piso de abajo? Parece perdida.

—Pues sí, ¿verdad? —Juliet soltó una risa alegre; su corazón no se había calmado todavía y se sentía mareada.

El hombre la condujo al piso de abajo por la misma escalera alfombrada.

—Me temo que he de dejarla aquí, tengo una cita en otra parte —dijo, y entonces, en voz tan baja que ella tuvo que inclinarse hacia él para oírlo, añadió—: Tenga mucho cuidado, señorita Armstrong.

—Por Dios, ¿qué es eso que bebe? Es de color morado. —Un hombre. Uno de los pingüinos de la colonia.

—Creo que se llama «Aviación» —contestó Juliet.

—¿Puedo tentarla para que se tome otro?

—No —zanjó Juliet—. Creo que no, gracias.

Como le habían indicado, a la mañana siguiente de la velada organizada por la señora Scaife, Juliet fue a devolver los pendientes a la joyería. Y quiso el destino que, al entrar en la tienda, se encontrara nada menos que con la señora Scaife en persona. Le pareció una extraña coincidencia, pero supuso que si algo tenían las coincidencias era precisamente eso, que siempre parecían extrañas.

A través del escaparate vio a uno de los matones de la señora Scaife montando guardia ante la tienda. Juliet estaba bastante segura de que, siempre que se iba de la casa de la señora Scaife, la seguían, de modo que, como Perry le había indicado, se había acostumbrado a dar un rodeo desde Pelham Place. A veces subía a un autobús en Fulham Road y volvía a bajarse en la parada siguiente, o cogía el metro en South Kensington. Y, por supuesto, siguiendo las instrucciones de

Perry, cuando fuera en taxi, supuestamente debía apearse en la estación Victoria y recorrer andando el resto del camino hasta Dolphin Square. Era emocionante, como si estuviera en una novela de Buchan o en alguna historia de Erskine Childers.

Se preguntó si la habrían seguido hasta ahí desde Dolphin Square. Aunque no podían saber a qué se dedicaba ella allí, ¿no? Eso explicaría la casualidad de que la señora Scaife estuviera exactamente en el mismo sitio en el mismo momento. Semejante idea la puso muy nerviosa. («Es importante no dejarse llevar por delirios y neurosis», decía Perry. Pero también: «Nunca se fíe de las coincidencias.»)

También le perturbaba a Juliet la esclavina de la señora Scaife: de piel de armiño o comadreja, y le ceñía tanto el cuello que parecía a punto de estrangularla. La carita puntiaguda del animal estaba congelada en un gruñido y miraba fijamente a Juliet con sus ojillos negros de cristal como si quisiera que confesara su verdadera identidad.

—¡Ah, Iris, querida, qué casualidad verla aquí! ¿Se encuentra bien? Está un poco pálida. ¿Ha venido a curiosear? Yo solo traigo unas piezas para que me las limpien.

Juliet venía sintiéndose muy Juliet, y una Juliet que no estaba en su mejor momento tras todo el alcohol consumido la víspera, en la velada de la señora Scaife. Le llevó un esfuerzo considerable transformarse tan bruscamente en Iris.

—Sí —contestó—. De hecho, estoy buscando una pulserita de bautizo. Para el bebé de mi hermana. Voy a ser la madrina.

Qué agradable resultaba decir «mi hermana»; era el mayor deseo de una hija única. «Podría ser madrina —se dijo—. Se me daría muy bien.»

—Oh, qué cosa tan tierna. Nunca había mencionado que tuviera una hermana. —La señora Scaife se volvió hacia el hombre tras el mostrador—. ¿Podría buscarle un bonito surtido de pulseritas de bautizo a la señorita Carter-Jenkins?

Una vez que la bandeja de terciopelo con pulseritas de plata se hubo dispuesto a su gusto, la señora Scaife añadió:

—Me encantaría quedarme a ayudarla a elegir, pero tengo un almuerzo en el Ritz con Bunny Hepburn. La cocinera se ha tomado una semana de vacaciones, ¿se lo puede creer? Debo irme ya. Ha sido una delicia volver a verla, querida. ¿Por qué no viene a tomar café conmigo mañana por la mañana?

—¿Señora? —preguntó el hombre tras el mostrador cuando la señora Scaife hubo salido de la tienda—. ¿Puedo tentarla con alguna de estas pulseras?

—No —respondió Juliet—. Me temo que no. Lo lamento muchísimo, pero debo irme, tengo un poco de prisa.

Y la tenía. Salió pitando hacia Pelham Place. El almuerzo de la señora Scaife duraría varias horas, y era la oportunidad perfecta para buscar el Libro Rojo. Lo único que necesitaba era que la pobrecita de Dodds la dejara entrar.

*

—Hola, Dodds.

—Hola, señorita —repuso la criada con timidez, asomada a la imponente puerta principal, custodiando el umbral; la pintura negra de la hoja era tan reluciente que Juliet veía su cara reflejada en ella—. La señora Scaife no está, señorita.

—Oh, no pasa nada. Me temo que me dejé algo cuando estuve aquí el otro día.

—No he encontrado nada, señorita.

—Era algo muy pequeño, un anillo. Creo que se me debió de caer en el sofá. ¿Puedo pasar a ver si lo encuentro, Dodds?

—No se me permite dejar entrar a nadie cuando la señora Scaife no está, señorita.

—Me lo dio mi madre antes de morir —dijo Juliet en voz baja; se dijo que habría sido una gran actriz dramática, aunque la mención de su madre le produjo una tristeza genuina; si su madre le hubiera dado en efecto un anillo, jamás se lo habría quitado.

Dodds titubeó, sin duda pensando en su propia madre muerta. Eran compañeras de pesar, dos chicas huérfanas que se abrían paso en un bosque oscuro y amenazador.

—Por favor, Dodds.

—No sé...

—Por favor...

Era como tratar de convencer a un animalito salvaje de que te comiera de la mano. Juliet nunca había hecho nada semejante. Supuso que Perry sí.

—Entraré y volveré a salir en menos que canta un gallo, de verdad.

Dodds exhaló un suspiro.

—¿Me lo promete, señorita?

La enorme puerta se abrió a regañadientes.

Juliet hurgó entre los cojines de damasco salmón bajo la supervisión de una inquieta Dodds. Era enervante.

—¿Sabe qué, Dodds? Estoy muerta de sed. ¿Cree que podría prepararme una tacita de té?

—No debería dejarla aquí sola, señorita. La señora Scaife me mataría si se enterara.

Pobre muchacha, no tenía voluntad propia, porque siempre debía hacer lo que le dijeran. La cosa iba un paso más allá de la servidumbre, ¿no? Y sin duda debía de tener un nombre, ¿no?

—¿Cómo se llama, Dodds?

—Dodds, señorita.

—No, me refiero a su nombre de pila.

—Beatrice, señorita.

Eran todas iguales, ¿no? Lo único que las diferenciaba era su suerte. La madre de la propia Juliet había sido sirvienta antes de ser modista. Juliet podría haberse convertido fácilmente en «Armstrong» y haber atendido el más nimio de los deseos de alguna mujer rastrera y consentida como la señora Scaife.

—¿Beatrice?

—¿Sí, señorita?

Juliet sacó el monedero del bolso. Contenía cinco billetes nuevos de una libra que había retirado del banco esa mañana para Perry. Se los tendió a la muchacha, que los miró fijamente con una especie de espanto fascinado.

—Cójalos.

Dodds la miró con recelo.

—¿Para qué, señorita?

—Para nada.

—¿Para nada, señorita?

—Muy bien, pues ¿qué tal para tardar un rato excesivamente largo en preparar un té?

—No puedo, señorita.

(«Honrada e íntegra», se dijo Juliet. Miles Merton habría reclutado a Beatrice Dodds.)

«La verdad nos hace libres», decían, pero Juliet nunca había dado mucho valor a ese dicho. Ahora, no obstante, se dijo que a lo mejor valía la pena intentarlo, de modo que dijo:

—Beatrice, mi nombre no es Iris Carter-Jenkins. Me llamo Juliet. Juliet Armstrong. Trabajo para el Gobierno —añadió con solemnidad; era cierto, pero tuvo la extraña sensación de que era mentira, como si representara un papel al ser ella misma—. Si me ayuda, le estará haciendo un favor enorme a su país. —Hizo una breve pausa para causar mayor impresión y soltó—: Creo que la señora Scaife es una traidora.

A Dodds no le hizo falta mayor explicación. Ignorando el dinero, dijo:

—Voy a prepararle un té, señorita. —Hizo una pequeña reverencia, más dirigida al rey y a su país que a Juliet, y con una sonrisita heroica, añadió—: Me temo que quizá me lleve un buen rato, señorita.

En cuanto Dodds —«Beatrice», se recordó Juliet— se hubo escabullido, abandonó la farsa de buscar entre el damasco salmón y centró la atención en el resto de la habitación. Empezó por lo más prometedor: el escritorio. Abrió un cajón tras otro y rebuscó en todos ellos. No sabía qué tamaño tenía el Libro Rojo: podía ser tan grande como una Biblia familiar o tan pequeño como la libretita de notas de un policía; pero no había rastro de él entre los abundantes artículos de papelería de la señora Scaife, ni entre las invitaciones ni en el montón de facturas y recibos. Al parecer, la señora Scaife tardaba lo suyo en pagar a los tenderos.

Su exploración del salón —detrás de los cuadros, bajo las esquinas de las alfombras e incluso una cuidadosa búsqueda por la vitrina de Sèvres— no reveló nada. En el pasillo se encontró a Beatrice esperándola con nerviosismo. Para disgusto de Juliet, no parecía haber preparado el té.

—¿Ha encontrado lo que andaba buscando, señorita?

—No. Por desgracia, no.

—¿Y qué es lo que busca, señorita?

—Un libro. Rojo.

—¿El Libro Rojo?

—¡Sí! —¿Por qué no se le había ocurrido preguntárselo a la muchacha para empezar?—. ¿Lo ha visto?

—Creo que sí, señorita. La señora Scaife lo guarda en...

La interrumpió el sonido inconfundible de la puerta principal abriéndose y la voz de la señora Scaife exclamando:

—¿Dodds? Dodds, ¿dónde se ha metido? —Era como si la historia estuviera condenada a repetirse sin fin (pero es que era así, ¿no?).

Juliet y Beatrice se miraron horrorizadas mientras la señora Scaife entraba en el vestíbulo del piso de abajo sin parar de lamentarse:

—En el Ritz se equivocaron con mi reserva y ahora dicen que no tienen mesas libres, y Bunny Hepburn no ha servido de nada, cómo no...

Etcétera. «Madre mía, nos va a pillar», pensó Juliet.

Beatrice fue la primera en reaccionar.

—Arriba —la apremió indicando la escalera que llevaba al segundo piso—. Suba y escóndase.

—Y le he dicho al *maître*: «Mi marido es contraalmirante, ¿sabe?». —Eran las palabras de la señora Scaife, flotando escaleras arriba seguidas de los ruidos de su propio y menos grácil ascenso.

Justo cuando puso el pie en el primer peldaño, Juliet se acordó de pronto de su bolso, que había dejado a plena vista sobre la alfombra, junto al sofá salmón. No el bolso de Iris, sino el de Juliet. ¿Qué iba a pensar la señora Scaife de que el bolso de una extraña se hubiera materializado en su salón?

La señora Scaife era muy observadora, y el bolso era llamativo: de cuero rojo con correa y un cierre con forma de hebilla; sin duda lo reconocería como el que llevaba Iris cuando se encontraron en la joyería. Si miraba dentro, descubriría que llevaba el documento de identidad y la cartilla de racionamiento de Juliet, no los de Iris. ¡Por no mencionar su pase de seguridad! Por lo menos la máuser no estaba ahí dentro, pues era de Iris, y Juliet siempre llevaba las llaves de Dolphin Square en el bolsillo del abrigo, por comodidad. Aun así, no haría falta ser un genio para comprender que «Iris» era en realidad alguien que se llamaba Juliet Armstrong, y a quien habían mandado a espiar a la boca del lobo.

Oyó a la señora Scaife acercarse. Su voz le provocó tal terror que bien podría confundirse con un malévolo ser de un cuento de hadas.

—Dodds, tráigame un té, ¿quiere? ¿Dónde se ha metido?

Juliet le aferró la mano a Beatrice cuando la muchacha se disponía a volver (la notó temblando de miedo) y siseó:

—Mi bolso… está en el salón.

Beatrice esbozó una mueca, asintió para confirmar que lo había entendido y dijo en un susurro apremiante:

—Suba. —Y empujó a Juliet escaleras arriba. Parecía a punto de desintegrarse de puro terror.

«Esto es como una versión siniestra del escondite», se dijo Juliet mientras subía corriendo por las escaleras. Se metió en la primera habitación que encontró —el dormitorio de la señora Scaife, al parecer—, una estancia grande y un tanto sombría a causa de las gruesas cortinas que tapaban las ventanas en saledizo. Captó un olor a polvos cosméticos y a algo con un toque medicinal, todo mezclado con un aroma a azucena, pese a que no había flores en la habitación.

Juliet oyó los pesados pasos de la señora Scaife subiendo los peldaños y su voz estridente llamando a Dodds.

—Dodds, ¿me oyes? ¿Se te ha comido la lengua el gato? —(«Qué espanto solo de pensarlo», se dijo Juliet. ¿Y por qué haría el gato algo así, por accidente o a propósito?)—. Súbeme el té a mi habitación, Dodds. Voy a echarme un poquito.

«Ay, por el amor de Dios», pensó Juliet. Qué mujer tan exasperante. ¿Qué demonios iba a hacer ella ahora?

—¿Y esto qué es? Ha estado comprándose baratijas otra vez, ¿no?

—Oh, eso —repuso Juliet mirando la tacita de café amarilla y dorada con bonitos querubines que examinaba Perry sobre su escritorio—. La encontré en una tienda de segunda mano. Creo que puede tratarse de porcelana de Sèvres auténtica. Me la llevé por seis peniques, una ganga.

«Botín de guerra», pensó Juliet en su momento mientras bajaba por la parra virgen del exterior del dormitorio de la señora Scaife con la tacita huérfana arrebujada cual precioso huevo en el bolsillo. Lamentó no haber podido llevarse también el platillo. Quizá podría birlarlo la próxima vez que estuviera allí, para completar el juego. Quizá podría afanarse la bonita colección entera, pieza a pieza. Llevarse la tetera sería incómodo, sobre todo si tenía que volver a salir por la ventana del dormitorio de la señora Scaife.

Se las apañó para escapar abriéndose paso entre los pesados cortinajes de la ventana en saledizo y saliendo a lo que resultó ser un balcón de hierro forjado peligrosamente pequeño, justo a tiempo de oír cómo decía la señora Scaife:

—Deje la bandeja ahí, Dodds, sobre la otomana.

La habitación daba al jardín trasero y una vieja y resistente parra virgen recorría el balcón. La altura desde el segundo piso parecía tremenda, y Juliet se preguntó qué pensaría la señora Scaife si se la encontrase tendida en su jardín con el cuello roto.

Iris era una chica con agallas, se recordó al tender la mano para agarrarse a la enredadera y pasar con torpeza sobre la barandilla del balconcito. Wiggings, el prehistórico factótum de la señora Scaife, eligió ese momento para aparecer, armado con unas tijeras de podar de puño largo que parecían demasiado grandes para él. Juliet contuvo el aliento. ¿Qué haría el anciano si alzaba la mirada y la veía ahí colgada como un mono? Por suerte, mantuvo la vista fija en el jardín. Anduvo un rato por ahí y luego, como si abandonara la idea de ponerse a trabajar, se alejó de nuevo con paso inseguro. Juliet volvió a respirar.

Comenzó a deslizarse con cautela por la parra para descender hasta el jardín. En el gimnasio del colegio habían aprendido a trepar por una cuerda, aunque nunca creyó que fuera una actividad que le haría falta más adelante. Le parecía que entre la escuela y el club de exploradoras había recibido un entrenamiento tan bueno como cualquier otro para la Agencia de Seguridad. Era emocionante, todo eso del espionaje, como una aventura salida de aquella revista ilustrada solo para chicas, *The Girl's Own Paper*.

—Me he encontrado a la señora Scaife en el centro y me ha invitado a tomar el té en Pelham Place —le comunicó con entusiasmo a Perry a su regreso a Dolphin Square—. Y el Libro Rojo está allí, según la criada de la señora Scaife... Se llama Beatrice y creo que podría sernos de utilidad. —Y añadió casi sin aliento—: He tenido que huir por una ventana del piso de arriba.

—Madre mía —repuso Perry—. Mire qué pasa cuando se la deja suelta, señorita Armstrong.

Juliet pensó con irritación que ese debería haber sido el momento en que los brazos fuertes envueltos en *tweed* de su futuro amante la hubieran estrechado mientras la miraba a los ojos para decirle...

—Se la ve un poco despeinada, señorita Armstrong... ¿Necesita que le preste un peine?

—Tengo uno en el bolso, gracias, señor.

O por lo menos Iris lo tenía. No quería echar por tierra su momento de heroísmo confesando que se había dejado su bolso en Pelham Place. Sin duda podría recuperarlo sin necesidad de que Perry se enterara de que era una tonta descuidada, ¿no? Él la había avisado de la oleada de robos de bolsos en las proximidades de la estación Victoria. En el peor de los casos, siempre podría echarle la culpa a algún robo fortuito en la calle.

Pero ¿qué pasaba con la señora Scaife?, ¿lo habría descubierto ya? ¿Llevaba el bolso un gran letrero en el que decía «Ábreme y descubrirás pistas de la identidad verdadera de Iris»? «Confiemos en que no», se dijo. Beatrice Dodds parecía una chica con recursos, y a ella también le interesaba borrar cualquier posible indicio de la presencia de una intrusa.

Juliet volvió a Pelham Place a la mañana siguiente, tras la invitación extendida por la señora Scaife en la joyería.

Le abrió la puerta una criada nueva, alta, pálida y con aspecto enfermizo, como si se hubiera criado en la oscuridad como una seta.

—¿Dónde está Dodds? —quiso saber Juliet.

—¿Quién?

—Dodds. La criada de la señora Scaife.

—La criada de la señora Scaife soy yo.

—Pero ¿dónde está Beatrice? ¿Beatrice Dodds?

—Nunca he oído hablar de ella, señorita.

—¿Iris?, ¿es usted? —les llegó la voz de la señora Scaife desde el piso de arriba—. Suba, querida.

La señora Scaife mandó a la chica pálida y flacucha a preparar café. Cuando volvió, venía tambaleándose por el peso de la bandeja.

—Déjela ahí, Nightingale, o se le va a caer —le indicó la señora Scaife.

—¿Dónde está Dodds? —preguntó Juliet alegremente, fingiendo una indiferencia que no sentía.

—¿Dodds? Pues se largó sin tomarse ni la molestia de despedirse, ¿se lo puede creer? Estaba aquí, y de repente ya no estaba.

—¿Ha desaparecido?

—Se ha evaporado. Pero se llevó una pieza de Sèvres como recuerdo de su tiempo conmigo…, una tacita de café. Resulta que era una simple ladrona cuando cualquiera la habría tomado por una mosquita muerta.

—¿Y sus pertenencias se las llevó consigo? —quiso saber Juliet—. ¿Su ropa y… esas cosas?

—No, lo dejó todo atrás, en su habitación. No había nada de valor. Me he tomado la molestia de hacer limpieza y deshacerme de todo.

Mientras servía el café, Nightingale miró de soslayo a la señora Scaife. Juliet sospechó que era ella quien había hecho limpieza. «Pobre chica», pensó. Se la veía frágil como un pajarito.

La señora Scaife le tendió una taza a Juliet.

—Tómese un bollito. Los ha hecho Nightingale, tiene mucha mano con la repostería. Más vale que la cocinera se ande con cuidado cuando vuelva.

La bandeja, se fijó Juliet, estaba puesta para tres.

—¿Va a venir la señora Ambrose? —quiso saber.

—No, una nueva amiga; llega un poquito tarde.

Justo en ese momento sonó el timbre, y Juliet oyó a Nightingale guiar a alguien hacia el piso de arriba. Sentía curiosidad por la identidad de aquella nueva amiga, pues la señora Scaife solía ceñirse al cercano círculo de viudas de la Ley 18b. Casi derramó el café al oír una voz quejosa y con acento escandinavo que le resultaba muy familiar. ¡Trude! Los dos mundos de Juliet colisionaron de manera inesperada en aquel mar de damasco salmón. «Esta gente no es como sus Betties y sus Dollies», le dijo en su momento Perry refiriéndose al

Club de la Derecha, y, sin embargo, ahí estaba Trude, un puente entre mundos. Aquello hizo que los informantes le parecieran de pronto más poderosos, más pérfidos.

—Ah —le dijo la señora Scaife a Trude—, aquí está. Me preocupaba que al final no hubiera podido venir.

—Me he perdido —contestó Trude—. Todas estas calles son iguales.

Su tono era quisquilloso, como si la señora Scaife tuviera la culpa de la topografía del distrito SW7. En carne y hueso la sorprendió. Juliet se la había imaginado flaca, incluso escuálida, dada la personalidad tan mordaz y áspera que insinuaban las grabaciones, pero en persona era robusta y regordeta. «De huesos grandes», solía decir la madre de Juliet de sus damas «más gruesas».

—Bueno, pero ya está aquí —la aplacó la señora Scaife—. Deje que le presente a Iris Carter-Jenkins, una de nuestras jóvenes amigas más leales. Iris, esta es la señorita Trude Hedstrom.

Se dieron un apretón de manos. La de Trude parecía un filete flácido de pescado mojado.

Con tono confidencial, como si pudiera haber alguien escuchando («yo», se dijo Juliet), la señora Scaife dijo:

—La señorita Hedstrom está llevando a cabo un trabajo excelente. Es la cabecilla de una red de espías alemanes desplegada por todo el país. Transmiten información muy valiosa al Gobierno alemán.

—¡Oh, qué fascinante! —exclamó Juliet—. ¿Informa directamente a Berlín?

—A un agente de la Gestapo aquí. Pero no puedo hablar al respecto. Es una tarea de alto secreto y extremadamente peligrosa.

—Vaya, bien hecho —repuso Juliet—. Siga adelante con ello.

«Menuda importancia se da», pensó. Imaginó hasta qué punto sería horrible Trude si le dieran verdadero poder: una mujer *Gauleiter* mangoneando por ahí para hacer valer su (considerable) peso.

Juliet se moría de ganas de volver a Dolphin Square y contarle a Perry lo de la invitada de la señora Scaife, pero tuvo que soportar una buena dosis de cotorreo sobre la inminencia de la victoria alemana en Europa y lo precioso que estaba el campo bávaro en aquella época del año (la señora Scaife, al igual que Trude, había veraneado varias veces en Alemania). En cierto punto, Trude declaró de repente con vehemencia:

—Confiemos en que los alemanes nos bombardeen como hicieron con Róterdam.

—Madre santísima, ¿por qué? —quiso saber la señora Scaife, desconcertada ante la ferocidad de aquel exabrupto.

—Porque entonces los cobardes del Gobierno capitularán y harán las paces con el Tercer Reich.

—Coja un bollito —le dijo la señora Scaife para tranquilizarla.

¿Quién podía asegurar que, en cuestión de semanas, el precioso salón de Pelham Place no estaría lleno de oficiales de la Wehrmacht repantigados en el damasco salmón y disfrutando de la repostería de la señora Scaife? Los alemanes habían cruzado el Meuse. Lo que Churchill había tildado de «tiranía monstruosa» estaba a punto de abatirse sobre el continente entero, un delta de sangre recorriendo la llanura aluvial que era Europa.

—¿Y a qué se dedica usted? —preguntó Trude centrando de pronto su aterradora atención en Juliet.

—Oh, ya sabe... a esto y aquello.

Nightingale acompañó a Juliet hasta la puerta. No era tan aficionada a las reverencias como Dodds. Había ido en busca de *Lily* para dársela. La perra siempre se veía relegada a las dependencias del servicio cuando Juliet visitaba Pelham Place. La señora Scaife consideraba que los animales eran «impredecibles». (¡Como si la gente no lo fuera!)

—Nightingale —dijo Juliet bajando la voz—, ¿había un bolso entre las cosas de Dodds?

—Sí, señorita.

—¿Uno de cuero rojo, con correa y con un cierre en forma de hebilla?

—No, señorita, no había nada parecido.

El juego del engaño

La batalla por la conquista de Francia había dado comienzo. Las divisiones Panzer alemanas se abrían paso en las Ardenas. Amiens estaba sitiada y Arras rodeada, pero en Londres había llegado el verano y, las tardes de sábado, seguía siendo un placer sacar a pasear a la perra por el parque. Juliet estaba haciendo precisamente eso por Kensington Gardens.

Lily se distraía fácilmente y alarmó a Juliet al salir repentinamente disparada para perseguir (inútilmente) a un perro de caza. Juliet trotó obedientemente tras ella y, justo cuando se las apañaba para recuperar al animal y volver a ponerle la correa, vislumbró la figura anodina y aun así inconfundible de Godfrey Toby. Caminaba despacio pero con determinación en torno al Round Pond.

Decidió seguirlo, aunque no estuviera haciendo nada dudoso más allá de pasear por el parque. Le habían encomendado echarle un ojo, de modo que eso iba a hacer. Le echaría dos, incluso; cuatro si se contaban los de la perra.

Lo siguieron durante largo rato, hasta dejar atrás el Albert Hall y la parte posterior del Museo de la Ciencia; luego salieron a Exhibition Road y finalmente doblaron a la izquierda en Brompton Road. Iba balanceando su bastón con la empuñadura de plata o dando a ratos golpecitos con él en la acera como si siguiera algún ritmo. En cierto punto, Juliet tuvo la audacia de acercarse tanto que lo oyó silbar *You Are my Sunshine,* si no se equivocaba. Nunca le había parecido un hombre de los que silban; ni siquiera uno melodioso.

Si se daba la vuelta de pronto y la pillaba, como en el juego del escondite inglés, siempre podía decir que iba hacia Harrods. Probó a adoptar una pose de sorpresa fortuita: «Ah, hola, señor Toby, ¡qué casualidad encontrarme con usted!». Tampoco era que le hiciera falta una excusa, pues aquel era su barrio, al fin y al cabo. Quizá era el propio Godfrey quien se dirigía a Harrods. A lo mejor era el cumpleaños de la misteriosa señora Toby y él iba a comprarle un detalle conyugal: un perfume o unos pañuelos bordados. «No se deje llevar por su imaginación, señorita Armstrong.»

Sin embargo, no se volvió ni una sola vez y, para sorpresa de Juliet, cambió de rumbo bruscamente hacia el Oratorio de Brompton. ¿Era católico? En todo caso, Juliet habría dicho que era de la Iglesia baja anglicana.

Lo siguió al interior con cierto recelo. Había unas cuantas personas diseminadas por los bancos, casi todas arrodilladas en silenciosa oración.

Sin hacer ruido, metió a la perra en uno de los bancos del fondo. Desde ahí vio a Godfrey, ahora con el sombrero en la mano, recorrer un pasillo lateral en dirección al altar, más como paseante que como un hombre con la intención de rendir culto. «Toc, toc, toc», sonaba el bastón contra el suelo de piedra.

Y entonces, con una levísima pausa y un gesto de prestidigitador admirable, sacó un papel del bolsillo del abrigo y pareció introducirlo en lo que Juliet supuso que era un hueco entre la pilastra y una de las muchas y ornamentadas hornacinas conmemorativas de la pared.

Luego prosiguió con paso tranquilo y cruzó ante el coro y presbiterio para regresar por el pasillo del otro lado.

Juliet agachó a toda prisa la cabeza y fingió rezar. *Lily* parecía creer que aquello era un juego estupendo y no paraba de darle golpecitos con una pata, hasta que ella tuvo que rodearle la panza y ceñirla contra sí. Notó que el cuerpo de la perra temblaba de excitación. No se atrevió a levantar la vista hacia Godfrey, por si él le clavaba los ojos. (¡Menuda idea tan horrible!) Lo imaginó cerniéndose de repente sobre ella («Vaya, señorita Armstrong, qué sorpresa, qué curioso encontrarla aquí, no me parecía que fuera católica practicante»), pero, cuando por fin hizo acopio del valor suficiente para alzar la mirada, ya no había rastro de él.

Se incorporó en el banco, y estaba a punto de investigar el pequeño juego de manos de Godfrey cuando el tipo del abrigo con cuello de astracán volvió a hacer su aparición. Juliet se postró de nuevo; empezaba a sentirse casi una devota. El hombre se dirigió con paso ligero hacia la hornacina en cuestión y, sin titubear lo más mínimo, sacó lo que fuera que Godfrey había dejado allí antes de volverse en redondo y encaminarse de nuevo a la salida con la misma energía. El tipo del cuello de astracán abandonó la iglesia con la misma rapidez con la que había llegado, y si la había visto, no dio muestras de ello.

Juliet pensó en la advertencia que le había hecho en la fiesta de la señora Scaife: «Tenga mucho cuidado, señorita Armstrong». Aquel hombre le daba un miedo que ni la guerra conseguía darle.

-11-

GRABACIÓN 7

G.   ¿En qué consiste la batería costera 236? ¿Es parte de
      la Real Artillería?

D. Creo que es alguna clase de infantería. Quizá forma parte de la Primera División de Infantería.

G. ¿No están en Francia?

D. Bueno, pues no lo sé. Quizá son de la División Highland.

(Se pierden dos minutos a causa de un problema técnico.)

Los ladridos frenéticos del perro de DOLLY hacen que gran parte de la conversación resulte inaudible.

G. ¿Querrá un hueso? (¿?)

E. Los sobres.

G. Sí, muy bien, los sobres.

D. Ay, sí, los sobres, por supuesto. No he conseguido averiguar sus números de teléfono. Seguiré intentándolo, pero de momento no he tenido suerte. Y no estaba allí para contestar al teléfono cuando me llamaron.

—Los nazis ya están llamando a nuestra puerta, ¿no es así, señorita? —dijo Cyril.

Semejante declaración vino seguida de un golpeteo bastante enervante en su propia puerta que les hizo dar un respingo a ambos.

—Ahí está Godfrey —añadió Cyril; otro tamborileo en la puerta—. Debe de querer hablar con nosotros —especuló.

—Voy a abrir —repuso Juliet.

En efecto, se trataba de Godfrey.

—Señorita Armstrong —saludó levantándose el sombrero cuando ella le abrió la puerta.

—¿Quiere pasar, señor Toby?

—Pues no, si no le importa. Me quedaré aquí. Nuestros amigos llegarán en cualquier momento, y no queremos que nos pillen cuchicheando. Al fin y al cabo, usted es el enemigo, señorita Armstrong. —Sonrió.

¿La habría visto en el Oratorio de Brompton? ¿Sabría que había presenciado su extraña cita secreta y el curioso tejemaneje con el trozo de papel? Era un tema complicado para sacarlo en una conversación. («Sospecho que podría ser un agente doble, señor Toby.») Y quizá no se había tratado de algo deshonesto, sino de un acto de guerra necesario. Era un espía, al fin y al cabo, y su supervisor era Perry, no Alleyne.

—Un penique por sus pensamientos —dijo Godfrey; no era un hombre que le hiciera ascos a un cliché si era necesario.

—Perdone, señor Toby.

—Me he quedado sin papel y lápiz, y me preguntaba si podría pedírselos. Imagino que está siempre bien provista.

—Sí, por supuesto, voy a buscárselos.

—Ah, y un poco de tinta invisible, si la tiene.

—Pues sí.

Juliet reunió los artículos en cuestión y se los dio a Godfrey. Este suspiró inesperadamente y dijo:

—Es un poco cansino, ¿verdad?

—¿La guerra?

—Me refiero a todo este resentimiento —aclaró él al ver la inexpresiva reacción de Juliet—. Esta gente —añadió indicando la puerta de al lado— abriga tanto… rencor, ¿no le parece?

—Sí, supongo.

—La naturaleza humana prefiere lo tribal. Y el tribalismo engendra violencia. Siempre ha sido así y siempre lo será.

Juliet reprimió un bostezo y se alegró al oír que se abrían las puertas del ascensor. Godfrey le hizo un saludo silencioso y desapareció en el interior de su piso.

Ella mantuvo abierto el resquicio en su propia puerta el tiempo suficiente para oír la voz de Victor al acercarse.

—¡Señor Toby! Necesito contarle…

Y Godfrey susurró:

—Shhh, las paredes tienen oídos, Victor. Entre, entre.

Juliet cerró del todo la puerta sin hacer ruido.

—¿Duda alguna vez de Godfrey? —le preguntó a Cyril.

—¿Yo, señorita? No, nunca. ¿Por qué?, ¿usted sí?

—No, claro que no. Vaya, ¿es ya la hora, Cyril?

—Sí, de nuevo a ver a la señora Scaife, ¿no es así, señorita?

—Para mi desgracia.

—¿Tiene algo que contarme, señorita Armstrong?

Oliver Alleyne estaba apoyado, con indolencia, en el capó de un coche aparcado en la calle Chichester, en la entrada trasera de Dolphin Square. *Lily* se acercó más a Juliet y se apoyó contra su pierna como si necesitara su presencia para tranquilizarla.

—¿El señor Toby?

—¿Algo sospechoso?

—No —contestó Juliet—. Nada.

—¿Seguro?

—Sí, seguro, señor.

—¿Puedo llevarla a algún sitio, señorita Armstrong? ¿A Pelham Place, quizá?

—No, gracias, señor. La perra necesita pasear, lleva todo el día aquí dentro. ¿Cree que su dueña va a volver?

—Quién sabe, señorita Armstrong. Ahora mismo está todo en un estado lamentable por allí abajo.

El día anterior a Perry se le había vuelto a caer una taza.

—Qué torpe soy —dijo a modo de explicación.

Sin embargo, desde donde se encontraba en la habitación de al lado, a Juliet le sonó como si alguien arrojara algo de forma deliberada. No tardarían en quedarse sin loza en el piso. Ya se había llevado la tacita de Sèvres a Kensington, para salvaguardarla.

—Diría que ambos necesitamos un breve respiro de todo esto, señorita Armstrong. Unas pequeñas vacaciones.

¡Unas vacaciones! Se imaginó un fin de semana en Rye o incluso unos días en Hampshire. Un hotel o una casita donde abrirían una botella de vino a la luz de las velas y se sentarían en una alfombra ante un fuego crepitante y él la rodearía con el brazo y diría...

—¿A Verulamium? Queda cerca de Saint Albans —dijo él.

Juliet había aprendido la lección con lo de las nutrias y preparó sándwiches y un termo para el viaje.

Los soltaron ante unas ruinas decepcionantes bajo un cielo amenazador, y Perry le dijo al conductor:

—Vuelva a recogernos dentro de tres horas.

(«¡Tres horas!», se dijo Juliet.)

Perry le contó que aquello era una villa romana.

—Tiene un suelo de mosaico muy bien conservado, que cubre el hipocausto. Viene de *hypocaustum*, que a su vez procede del griego clásico *hypo*, que significa «debajo», y *caust*, que significa «quemado». ¿Qué palabra nuestra le parece que deriva de ahí?

—No tengo ni idea —respondió ella «cáusticamente».

Tampoco es que Perry se diera cuenta. Para él, los adverbios constituían una parte demasiado sutil del lenguaje. ¿No veía acaso que ella estaba madura, lista para él? Y no como una rosa o una paloma. Era un obsequio, una perla, la manzana que lo tentaba desde el árbol; un hecho del que Perry parecía alegremente ajeno mientras se explayaba sobre Watling Street, la antigua vía romana que quedaba en algún punto bajo sus pies.

Empezó a llover, una suerte de calabobos miserable, y Juliet anduvo penosamente por las ruinas tras su estela, llena de resentimiento, hasta que transcurrieron las tres horas de purgatorio y el conductor volvió, oliendo a cerveza y tabaco.

Pues menudas vacaciones. Aquello, por lo visto, no les hizo ningún bien, en particular a Perry.

—Por cierto, mientras estaba fuera, han llamado de Garrard —dijo Perry a su regreso—. Dicen que no les han llegado de vuelta los pendientes.

—Ay, tenía intención de contarle que...

Perry hizo un ademán de rechazo. Al parecer, la guerra se había llevado por delante los brillantes.

—Hay que darse a la fuga. Nuestras tropas se dirigen a la costa. Se acabó. Europa ya no existe. Se le rompe a uno el corazón, ¿no?

-8-

GRABACIÓN 5
15:20

GODFREY se interesa por el hijo de la señora TAYLOR, la amiga de EDITH, a quien habían llamado a filas en el Cuerpo de Transmisiones.

E. Le dije a su madre...
G. ¿A la señora TAYLOR?
E. Sí. Que era asombroso que hubiera tantos pacifistas en el Ejército.
G. ¿Sí?
E. (varias palabras inaudibles) ¿Se acuerda de aquellos hombres que se fueron a trabajar en la Rolls-Royce?

G. Los belgas.

E. Tenían muy mala opinión de la Fuerza Aérea británica.

15:30

Suena el teléfono.

G. Hola... ¿Hola? (cuelga el auricular)

E. ¿Quién era?

G. Nadie. Se han equivocado de número.

«¿Quién lo habrá llamado por teléfono?», se preguntó Juliet. «Sí, de acuerdo, entendido», le oyó decir en un tono de voz distinto del que utilizaba con los informantes. Quizá quien llamaba era el hombre del abrigo con el cuello de astracán.

No le caía bien Oliver Alleyne, no confiaba en él del todo, pero suponía que era su deber decirle algo sobre los encuentros clandestinos de Godfrey. A veces se sorprendía preguntándose si todo aquello era lo que parecía. ¿Y si había en juego un engaño aún más grande? ¿Y si Godfrey era realmente un agente de la Gestapo? Un agente de la Gestapo que fingía ser un agente del MI5 que fingía ser un agente de la Gestapo. Pensarlo le daba dolor de cabeza. Y qué perfectamente situado estaría, en su papel de titiritero de una red de partidarios. La araña en el centro de la telaraña.

Ojalá pudiera hablar con Perry de ello, pero Oliver Alleyne le había dicho que no le contara nada a nadie. «Practico para engañar —se dijo Juliet—. Que rima con amañar.»

Tras vacilar unos instantes escribió a máquina una nota enigmáticamente breve para Alleyne: «Tengo algo que hablar con usted». Se la daría al chico de los recados la próxima vez que pasara por allí. En el sobre, escribió: «Para entregar directa y personalmente a O. Alleyne».

Prosiguió con la tarea de pasar a máquina, en esa ocasión un informe de Giselle (si es que eso podía llamarse informe). Era un batiburrillo casi ilegible, como si le hubieran permitido acceder al caótico funcionamiento del cerebro de un gato, aunque sí había una caricatura bastante bien hecha de un hombre gordo vestido de etiqueta y con un puro igual de gordo en la boca. Debajo, Giselle había garabateado: «*La Proie du soir*». *La Proie*... ¿significaba «presa»? En Dolphin Square no había ningún Larousse. Juliet supuso que era un retrato del traficante de armas sueco al que Giselle se había pasado la velada seduciendo. Con éxito, al parecer.

Fue cuando consideró hacer la pausa de las once para tomarse un tentempié (aunque solo fueran las diez y media) cuando oyó un ruido extraño procedente del dormitorio de Perry. A su llegada a Dolphin Square esa mañana no había rastro de vida en el piso, de modo que supuso que Perry no estaba. El ruido era una especie de resoplido, como si un animal —una rata grande o un perro pequeño— anduviera haciendo estragos por ahí dentro. *Lily* también lo había oído; se puso en pie, atenta, y miró fijamente la puerta ladeando la cabeza.

Juliet se levantó del escritorio y llamó a la puerta con cautela, aunque si se trataba de una rata o un perro era poco probable que le importara que ella llamara o dejara de llamar. No hubo respuesta, de modo que abrió la puerta con cuidado, medio esperando que saliera algo corriendo, pero no fue así. *Lily*, menos intimidada, abrió de par en par de un empujón y entró en el dormitorio de Perry. Juliet siguió a la perra.

No se trataba de un animal, sino de Perry, ¡que había estado allí todo el tiempo! Estaba arrodillado junto a la cama, como si rezara. Se volvió para mirarla y Juliet se percató de que tenía el rostro surcado de lágrimas. ¿Estaba enfermo? Parecía herido en cierto sentido, aunque no por nada que saltara a la vista. *Lily* le lamió la mano para animarlo, pero él siguió sumido en la desdicha.

—¿Hay algo que pueda hacer, señor? —preguntó Juliet.

—No puede ayudarme —contestó Perry con tono sombrío—. Nadie puede.

—¿Está teniendo una crisis espiritual? —se aventuró a preguntar ella con ternura, pues parecía lo propio cuando se trataba de crisis espirituales.

Pero él soltó una risa (un poco de loco). Juliet paseó los ojos por la habitación (qué expresión tan horrorosa) para ver si contenía alguna pista de aquel colapso repentino. Pero la habitación no reveló nada: una cama hecha con pulcritud (al estilo militar), los artículos de aseo cuidadosamente ordenados, la camisa blanca colgando de la puerta del armario... ¿Este venía con el piso o era quizá donde se había ahorcado la misteriosa «primera mujer»? Perry debió de llevarse una buena sorpresa al abrir la puerta.

Perry soltó un gemido de desdicha y Juliet, incapaz de pensar en otra cosa, le preparó una taza de té y la dejó en silencio sobre la alfombra, a su lado, donde él siguió en actitud de súplica. Luego cerró la puerta sin hacer ruido y continuó con su trabajo. Resultó que descubrir a un hombre de rodillas, llorando, era sorprendentemente eficaz para disuadirla a una de abrigar sentimientos románticos hacia ese hombre. Y el armario también lo era, por supuesto.

Una hora más tarde, Perry salió; parecía haber recuperado su habitual actitud reservada, aunque aún se lo veía un poco angustiado y apesadumbrado.

¿Era una coincidencia que el episodio hubiera ocurrido tras una visita el día anterior de una pareja de oficiales del

Cuerpo de Operaciones Especiales? Se habían encerrado con Perry en la sala de estar, de la que habían desterrado sumariamente a Juliet.

—A lo mejor tiene algo que hacer en la cocina —había sugerido vagamente Perry.

«Pues a lo mejor no», pensó ella y, todavía molesta por haberla obligado a soportar Verulamium el día anterior, respondió:

—Sacaré a la perra a dar un paseo.

Dejó la puerta de la sala de estar abierta un resquicio, de modo que llegó a oír lo que uno de los oficiales de Operaciones Especiales le decía:

—Señor Gibbons, ¿podría decirnos dónde estuvo anoche?

Juliet sintió envidia del buen oído de la perra. Cuanto llegó a captar fue que Perry musitaba algo sobre «el Gabinete de Guerra». Le puso la correa a *Lily* y salió. Sabía exactamente dónde había estado Perry la noche anterior porque lo había visto.

Juliet había estado en el Rivoli Bar del Ritz tomando cócteles con Clarissa y expresando de forma contundente sus sentimientos con respecto a las ruinas romanas.

—Ah, los romanos —repuso Clarissa con tono de desdén, como si fueran unos amigos de la familia pesadísimos.

Al final de la velada, Juliet había visto salir a Perry del bar del sótano; «el Ritz bajo el Ritz», había oído que lo llamaban. Alguien le había contado que también se lo conocía como «el Antro Rosa», supuestamente porque era rosa, aunque Clarissa se desternilló de risa ante semejante idea. Juliet se sorprendió, pues Perry no parecía hacer otra cosa que trabajar y nunca se lo habría imaginado bebiendo en un bar, menos aún si era rosa.

—Ven —le dijo Clarissa asiéndola del brazo para llevarla en dirección opuesta a Perry—. Vayamos por aquí; no creo que tenga muchas ganas de vernos.

¿Por qué no? Cuando miró por encima del hombro, Juliet vio que un hombre con uniforme de la Marina se estaba acercando a Perry. Era uno de esos tipos a los que él solía tildar con desdén de «afeminados». En un par de ocasiones en que Juliet lo había acompañado en el coche por la noche, Perry señaló a los «mariquitas» de Piccadilly, «a la caza de clientes como vulgares fulanas». Ella no acabó de entender a qué se refería. Estaba al corriente de que había fulanas en Piccadilly... pero ¿hombres? Ni siquiera sabía que semejantes cosas existieran, e incluso ahora lo único que podía hacer era conjeturar al respecto.

«Se distinguen por la forma en que caminan», le contó Perry. A Juliet le pareció asqueado, y, sin embargo, ahí estaba, permitiendo que el marinero se acercara a encenderle el pitillo. Perry ciñó las manos del muchacho entre las suyas para proteger el mechero. Era un gesto que haría un hombre con una mujer, no con otro hombre. El resplandor de la llamita iluminó las facciones de Perry, revelando una expresión torturada en su rostro, como si se viera obligado a hacer algo que le desagradaba.

«Además, él no fuma», se dijo Juliet.

Muere y deja vivir

Godfrey no había quedado con sus informantes, de modo que Juliet y Perry estaban solos en Dolphin Square, trabajando hasta tarde en diligente previsión.

—Hay que ser hormiguitas, señorita Armstrong —dijo Perry—. Hay que ser hormiguitas.

Al terminar, escucharon las noticias de las nueve sentados en amigable compañía en el sofá y con sendos vasos de whisky.

—¿Señorita Armstrong? —dijo Perry.

—¿Hmm?

—¿Puedo preguntarle una cosa?

—Sí, por supuesto.

Perry frunció el entrecejo como si le costara formular la frase siguiente y entonces, sin previo aviso, se dejó caer de rodillas como un penitente en la alfombra ante ella, y Juliet se dijo: «Ay, no, ya estamos... No irá a ponerse a rezar otra vez, ¿no?». Pero él no hizo eso, sino que dijo:

—Señorita Armstrong..., ¿me concederá el honor de convertirse en mi esposa?

—¿Perdón?

—¿Quiere casarse conmigo?

—Debería quedarse a pasar la noche aquí —dijo Perry—. Tiene sentido, ¿no? Por el apagón y esas cosas...

Juliet había quedado tan perpleja ante su propuesta que no había dicho ni que sí ni que no; solo había musitado algo que él pareció interpretar como su visto bueno.

—¿En el sofá? —preguntó ella.

Perry se rio y dijo que tenía una cama en perfecto estado que podían compartir.

—Al fin y al cabo, ahora estamos prometidos.

Parecía un tanto eufórico, como si hubiera encontrado la solución a algo que lo angustiaba.

—¿Lo estamos? ¿Prometidos? —repuso ella débilmente. «Pero yo no quiero ser una mujer casada», se dijo.

Perry le tendió uno de sus pijamas, uno de seda azul pastel con ribetes granate, bastante bonito, si bien un poco grande, y Juliet entró al (helado) cuarto de baño para cambiarse. Cuando volvió a salir al austero dormitorio, se encontró a Perry con un atuendo similar, sentado en la cama y hojeando lo que parecían documentos oficiales; órdenes de detención, por la pinta que tenían.

—Ah, señorita Armstrong —dijo como si se hubiera olvidado de ella.

Dio unas palmaditas en la cama a su lado, como si estuviera animando a *Lily* a subir y ponerse a su lado. No eran las sábanas de satén y las copas de champán de su imaginación, pero posiblemente la cosa no fuera a mejorar. Se metió entre las frías sábanas y permaneció ahí tendida, expectante. Él se inclinó sobre ella y Juliet cerró los ojos, pero cuanto recibió fue un beso seco en la mejilla.

—Pues buenas noches —dijo Perry, y apagó la luz de su mesita de noche.

Y así pasaron la noche, recatadamente tumbados codo con codo, tan castos como efigies en una gélida tumba. Juliet no iba a verse labrada, sino que permanecería en barbecho, agostada. El beso había supuesto un beneplácito que, más que abrirla, la sellaba.

Permaneció tendida largo rato, hasta que la perra se encaramó a la cama y empezó a lamerle la cara y el cuello, más cariñosa que el hombre que tenía al lado sumido en un sueño profundo. ¿Era Perry un católico torturado? ¿Habría hecho voto de celibato hasta la luna de miel? (Quizá la pasaran amargamente en Saint Albans.)

El armario se alzaba imponente en la oscuridad y la hizo pensar en la primera esposa. ¿Y qué fue de la segunda?, ¿cuál había sido su desventurado destino? Si se casaba con Perry, ella sería su tercera esposa. A lo mejor sería como Ricitos de Oro, y a la tercera encajaría con Perry a la perfección. («Desde luego hay que reconocerle que se esfuerza», comentó Clarissa.)

Juliet observó con impotencia el perfil dormido de Perry en la penumbra. ¿Era mucho pedir un poco de pasión? ¿Una pequeña dosis de romanticismo y desvanecimiento? Quizá el sexo era algo que debía aprenderse y luego practicarlo hasta que se te diera bien, como el hockey o el piano. Pero una clase introductoria sería de ayuda.

Debió de haberse quedado dormida finalmente, porque despertó con un respingo cuando llamaron con insistencia a la puerta. Perry saltó de la cama como un gato escaldado, casi como si anticipara problemas. Apenas había luz en el cielo, de modo que parecía probable que se tratara de alguna clase de emergencia. ¿Habría caído París?

Oyó voces en el recibidor, y luego volvió Perry, con expresión divertida pero también de alivio.

—Será mejor que se ponga algo encima. Solicitan su presencia.

No era París, entonces.

—¿Qué pasa? —quiso saber Juliet, todavía grogui.

—Han venido unos policías de Scotland Yard. Parecen creer que está usted muerta.

—¿Cómo?

Perry le tendió su batín. La perra, que había estado durmiendo a los pies de la cama, bajó de un salto y la escoltó hacia el exterior de la habitación con las uñas repiqueteando en el frío linóleo.

Lily gruñó cuando vio a los dos hombres, uno alto y el otro bajo, que esperaban en la sala de estar. Se presentaron como agentes de policía de Scotland Yard. Juliet pensó en la tacita de Sèvres. No estarían ahí por eso, ¿no?

A falta de su batín, Perry se había puesto su enorme abrigo de *tweed* sobre el pijama. Estaba un poco ridículo. «No puedo casarme con este hombre», se dijo ella.

—Aquí la tienen —anunció Perry con una alegría nada propia en él; la presentó—: Mi prometida, la señorita Armstrong.

«Ay, Dios, ¡prometida!», pensó Juliet. ¿De verdad era eso ahora?

—Ya lo ven —les dijo Perry a los agentes—, la señorita Armstrong parece en muy buen estado de salud para ser un cadáver. —Rio—. Aunque sí debo admitir que es un poco lenta recién levantada.

El agente bajo la recorrió con la mirada, fijándose en el batín y en lo despeinada que estaba. La observaba con cierto desdén. «No es lo que parece», se dijo Juliet con irritación. (Ojalá lo fuera.)

—Quizá la señorita Armstrong podría enseñarnos alguna clase de identificación —intervino el agente alto, que le dirigió una sonrisa alentadora a Juliet.

—¿Cariño? —Perry le sonrió, expectante.

(«¿Cariño?», se dijo Juliet. ¿Cuándo se había dirigido a ella de esa manera?)

Perry le apoyó una mano en los riñones, un gesto que se le antojó íntimo y aleccionador a la vez. La presencia de la ley parecía ponerlo inexplicablemente nervioso. Se acordó de la visita de los de Operaciones Especiales unos días atrás.

—¿Señorita Armstrong? —insistió el agente bajo.

—Yo sé quién soy. —(«¿De verdad lo sé?»)—. ¿No es eso prueba suficiente? Y Perry…, el señor Gibbons también sabe quién soy.

Miró a Perry, que asintió muy servicial.

—En efecto —dijo.

—Como digan, pero ¿tiene algo que pueda probarlo?

—¿Como digamos? —Perry frunció el entrecejo—. Sin duda con mi palabra basta, ¿no? Soy un alto cargo del MI5.

Ambos agentes lo ignoraron, y de nuevo el bajo insistió:

—¿Señorita Armstrong?

—Bueno, verán… —repuso Juliet—. El caso es que hace unos días me robaron el bolso, cerca de la estación Victoria, en un café. Fui tan tonta como para dejarlo en el suelo mientras me tomaba una taza de té, y de repente había desaparecido. No sé si están al corriente, pero ha habido una oleada de hurtos de bolsos en esa zona, y por supuesto llevaba dentro esa clase de cosas: documentos de identidad y demás…

—«Si va a contar una mentira, que sea buena», recordó.

—¿Y dio parte de ese robo? —quiso saber el agente bajo.

—Pretendía hacerlo, pero es que hemos estado muy ocupados. Al fin y al cabo, hay una guerra en marcha.

Miró a Perry con expresión atribulada.

—Perdona…, cariño, no quería que te enteraras. Me habías advertido de que tuviera cuidado y sabía que te enfadarías conmigo.

Perry le revolvió los rizos con ternura.

—No seas tontita, nunca me enfadaría contigo.

Se comportaban de un modo tan alejado de sus identidades reales que bien podrían haber estado representando una obra. Y no precisamente una que fuera a cosechar elogios de la crítica.

—¿Podría describirnos su bolso, señorita Armstrong? —pidió el agente alto; de los dos, era al parecer el más inclinado a mostrarse amable.

—De cuero rojo, con correa y un cierre en forma de hebilla. ¿Lo han encontrado?

—Me temo que sí —respondió el agente bajo—. Estaba con el cuerpo de una joven que apareció ayer.

—¿El cuerpo? —intervino Perry—. ¿Está muerta?

—Eso me temo, señor.

—¿Fue alguna clase de accidente?

—Murió asesinada —soltó con brusquedad el agente bajo.

«Beatrice», pensó Juliet, y dejó escapar un gritito de dolor.

—¿Juliet? —dijo Perry con un tono de preocupación enternecedor, y, dirigiéndose al agente, repitió—: ¿Asesinada?

—Me temo que sí, señor —contestó el agente más alto y agradable—. ¿Tiene alguna idea de quién podría ser esa joven, señorita Armstrong?

Juliet notó que la mano de Perry se tensaba en su espalda, así que supuso que no debía revelar nada.

—No —susurró—. Me temo que no. Ni idea.

¿Había tratado acaso Beatrice de devolverle el bolso? ¿La habrían asesinado por eso? ¿La habría seguido uno de los gorilas de la señora Scaife para matarla? Era demasiado horroroso para pensar en ello siquiera.

—Así que, como es natural, señorita Armstrong —dijo el agente bajo asumiendo el protagonismo en la pareja—, al principio dimos por hecho que la joven era usted, puesto que el bolso contenía sus documentos de identidad.

A Juliet le dio la sensación de que estaba a punto de vomitar.

—¿De modo que no saben quién es esa persona?, ¿esa joven? —le preguntó Perry al agente bajo.

—Pues no. ¿Y usted? ¿Sabe de quién puede tratarse, señor?

—Claro que no. Solo puedo suponer que le robó el bolso a la señorita Armstrong, o que un hombre al que ella conocía se lo dio. ¿Puedo preguntar cómo murió?

—Estrangulada, con un pañuelo para la cabeza —contestó el agente bajo.

Juliet soltó un gemido amortiguado. La perra la miró con preocupación.

—¿Y dónde la encontraron? —persistió Perry; tenía una naturaleza forense implacable.

—En la carbonera del Carlton Club.

—¿El Carlton Club? —repitió Perry, que cruzó una mirada con Juliet; era evidente que había leído la transcripción de la conversación entre Trude y Godfrey.

—¿Señor? —dijo el agente bajo—. ¿Significa eso algo para usted?

—No, en absoluto.

—Creemos que pasó allí varios días hasta que la encontraron.

«Tres días», pensó Juliet. Solo hacía tres días que había visto a Beatrice por última vez en Pelham Place.

—¿Se encuentra bien, señorita Armstrong? —preguntó el agente alto.

—Sí —contestó Juliet en voz baja; «No, en absoluto», se dijo.

—Es obvio que la señorita Armstrong no ha tenido nada que ver con esto —zanjó Perry.

—Es obvio que no, señor.

*

Los agentes, tanto el alto como el bajo, se marcharon por fin, pero ninguno de los dos parecía enteramente satisfecho.

Perry cerró la puerta principal y se volvió hacia Juliet:

—¿Qué demonios está pasando?

—No me robaron el bolso —contestó ella apresuradamente—. Me lo dejé en casa de la señora Scaife, pero preferí no contártelo porque se trataba de mi bolso, no el de Iris, y creí que podría recuperarlo. Y pensé que te enfadarías conmigo por haber sido tan descuidada... Los pendientes de brillantes iban en ese bolso, no tuve tiempo de devolverlos porque me encontré a la señora Scaife en la joyería Garrard. La chica muerta debe de ser Beatrice Dodds, la criada de la señora Scaife. Creía que se había fugado, pero ahora me parece que es posible que intentara devolverme el bolso y que la descubrieran y la mataran.

—No se inquiete, señorita Armstrong. —(Vaya, ya no era su «cariño» ni la tuteaba)—. Siéntese, ¿quiere? —Continuó, pensativo—: Fue Trude quien bromeó con Godfrey sobre la carbonera en el Carlton Club, y sabemos que está conchabada con la señora Scaife. ¿Pudo haber sido Trude quien mató a Beatrice?

—Probablemente fue uno de los matones de la señora Scaife... Suelen seguir a la gente cuando sale de Pelham Place. Y Beatrice sabía dónde estaba el Libro Rojo. Quizá lo llevaba en su bolso..., bueno, en mi bolso. A lo mejor trataba de hacérmelo llegar.

—No podemos dar nada por seguro. De hecho, no sabemos con certeza que se trate de esa criada.

—Beatrice.

—Tenemos que estar seguros. Alguien va a tener que identificarla.

—La señora Scaife, supongo —repuso Juliet—. Deberíamos contarle todo esto a la policía, ¿no?

—Madre mía —soltó Perry—, no queremos a la policía dando tumbos por Pelham Place, interfiriendo en la operación. Cuanta menos gente sepa nada de esto, mejor. Si en efecto se trata de esa chica, entonces habrá que proporcionarle una identidad distinta. Por lo menos de momento. Tiene que ir a la morgue.

—¿Yo?

Beatrice Dodds, si se trataba de ella, no era más que una forma incorpórea bajo una sábana blanca en la Morgue Pública de Westminster.

El empleado del depósito de cadáveres se mostró reacio a enseñarle el cuerpo a Juliet.

—¿No puede identificarla por la ropa, señorita? No es la clase de cosa que una joven dama debería ver.

«Y aun así es la clase de cosa que le ha ocurrido a una joven dama», pensó ella. No tenía ni idea de qué ropa llevaría Beatrice entonces, aparte del uniforme blanco y negro de criada, pero no era con eso con lo que la habían encontrado, según el empleado de la morgue.

—Tengo que verle la cara.

—¿Está segura, señorita?

—Sí.

Durante un instante, Juliet sintió que flaqueaba, pero entonces se dijo: «No, debo hacerlo». La consigna era «valor».

—¿Lista?

—Sí.

Beatrice tenía aspecto de que la hubieran moldeado en arcilla, bastante mal, además, y de que la arcilla hubiese empezado a licuarse un poco. Alguien la había lavado, pero tenía la carbonilla incrustada en la piel y el cabello castaño tiznado y mate. Algo había empezado ya a devorarla, y Juliet se preguntó qué clase de criaturas vivirían en las carboneras a la espera de tan espantoso alimento.

Sin embargo, era innegable que se trataba de Beatrice Dodds. «No voy a vomitar —se dijo Juliet—. No voy a deshonrarla con mi repugnancia.»

—¿Señorita? —preguntó con suavidad el empleado de la morgue, que cubrió de nuevo con la sábana el rostro menudo y trágico de Beatrice. («Cubre su rostro; mis ojos deslumbra.»)

«Yo he hecho esto —pensó Juliet—. De no haberle pedido ayuda, Beatrice probablemente seguiría viva. Y ahora es un cadáver en descomposición.»

—¿Señorita Wilson?

—¿Sí?

—¿Se trata de su hermana, señorita Wilson? —preguntó el empleado en voz baja.

Juliet supuso que estaba acostumbrado al dolor ajeno. Ella fingía ser «Madge Wilson», aunque nadie en la morgue le había pedido «pruebas» al respecto. Qué fácil parecía convertirse en otra persona durante una guerra.

—Sí —murmuró—. Es mi hermana Ivy. Ivy Wilson. —Tenía en su poder una partida de nacimiento a nombre de «Ivy Wilson», falsificada por el MI5.

—¿Está segura, señorita? Ya sabrá que hubo cierta confusión al principio, ¿no?

—Qué desagradable —musitó ella—. Pero es Ivy, seguro. —Notó un sollozo brotándole en el pecho.

—Me temo que hay ciertos formularios que debe rellenar —dijo el empleado—. Y ya sabrá que tendrá que llevarse a cabo una investigación... Es posible que la policía no haga entrega del cuerpo de su hermana hasta que haya concluido con sus pesquisas.

—Sí, por supuesto. Necesitamos saber qué pasó. No sé cómo va a poder soportar esto mi madre.

El empleado la condujo a la puerta de al lado, que daba a una antesala espartana en la que Juliet procedió a rellenar los formularios que él le ponía delante. Las paredes estaban pintadas de un verde hospitalario y la mesa y las sillas eran metálicas. Era un sitio horrible al que llevar a los dolientes. Completó los formularios y firmó al pie como «Madge Wilson». Una impostora, una farsante que ponía fin con su firma a la vida de otra impostora. Juliet era posiblemente la única persona en el mundo a la que le importaba Beatrice Dodds. Y ahora la pobre muchacha ya ni siquiera tenía su propio nombre: la habían borrado de la faz de la tierra tan eficazmente que era como si nunca hubiera existido.

—Perdone, pero me siento un poco mareada —murmuró Juliet—. ¿Cree que podría traerme una tacita de té? Debe de ser la impresión, supongo. Un té calentito y con azúcar..., dicen que eso es lo mejor, ¿no?

—Sí, señorita, desde luego que lo es. Espere aquí, volveré en un santiamén.

«Es un buen hombre», se dijo ella. En efecto se sentía un poco mareada: no había esperado que ver a Beatrice fuera tan espantoso.

Lo que quedaba de sus posesiones mundanas se hallaba en un burdo paquete de papel de embalar sobre una mesa en un extremo de la habitación. Alguien había escrito «Juliet Armstrong» con tinta negra sobre el papel, para luego tacharlo y añadir: «Mujer desconocida». «La vida entera de una persona metida en un paquete», se dijo. Pensó en Pelham Place, un sitio atiborrado de «las mejores piezas» de la señora Scaife.

Haría falta una gran cantidad de papel de embalar para envolver la vida de la señora Scaife.

Juliet cogió el paquete y descubrió que era mucho más pesado y sólido de lo que había esperado; casi le pareció que lo que sostenía en los brazos fuera la carga de la propia Beatrice. Abandonó la habitación y enfiló el pasillo hacia la salida. Cuando doblaba la esquina, oyó la voz del empleado de la morgue llamándola:

—¡Señorita Wilson, señorita Wilson!

De vuelta en Dolphin Square, Juliet desplegó papel de periódico sobre la alfombra de la sala de estar y abrió el paquete con las prendas baratas de Beatrice. Cayó una cascada mugrienta de hollín y carbonilla. Lo más sucio de todo era un pañuelo para la cabeza. ¿Era el arma homicida? ¿No debería haberlo conservado como prueba la policía? Era de seda, de Hermès, claramente caro. La última vez que Juliet lo había visto rodeaba el cuello seco y arrugado de la señora Scaife. ¿Sería posible que esta, y no uno de sus gorilas, hubiera matado a Beatrice? Parecía poco probable, pero la señora Scaife tenía la envergadura suficiente para hacerlo y Beatrice era una cosita frágil y menuda. Pero ¿qué pasaba entonces con la carbonera del Carlton Club? ¿Se habría quejado la señora Scaife ante Trude, mientras tomaban té con bollitos, de que tenía un cadáver no deseado entre manos? ¿Y le habría dicho Trude: «¡Oh, sé muy bien cómo puedes deshacerte de él!»?

El bolso en sí estaba vacío: no contenía Libro Rojo alguno. Ni pendientes de brillantes, por supuesto.

—¿Juliet? —dijo Perry apareciendo en el umbral—. Madre mía, qué sucia está usted. ¿Y esas son las cosas de la pobre chica?

—De Beatrice. Sí.

—¿Es ese su bolso? Supongo que no habrán aparecido los pendientes, ¿no?

—Me temo que no.

Perry se encogió de hombros.

—Garrard los tenía asegurados. Bueno, estamos haciendo uso de nuestras influencias para pasar por alto los trámites policiales habituales. La han llevado a una funeraria en Ladbroke Grove, y la enterrarán el viernes en Kensal Green.

—Es huérfana —repuso Juliet—. Supongo que a nadie le importará gran cosa.

—Lo siento —dijo Perry—, de veras que sí. Pero, ya sabe, se requieren sacrificios por el bien común y esas cosas.

—Se me ha ocurrido algo —dijo Perry.

Tendió una mano sobre el mantel blanco y almidonado para coger la de Juliet. Estaban en el Simpson's. La había llevado a cenar para «alegrarla un poco» tras lo de la morgue. No parecía que la muerte de Beatrice lo conmoviera, como si la chica fuera tan solo una baja más de la guerra. Una muchacha, una doña nadie, un ratón.

—Y, por supuesto, estamos celebrando nuestro compromiso —añadió Perry.

Le había comprado un anillo: un modesto zafiro que le había dejado ya un círculo negruzco en el dedo. Él no paraba de asirle la mano del anillo y sostenerla en alto como si quisiera que todos vieran que era su prometida. Mejor eso que ser «un bombón», supuso. Aunque, bien pensado, quizá no.

El gran carrito plateado de trinchar la carne se acercó de modo amenazador. Un camarero levantó la tapa para revelar un enorme trozo de ternera tan crudo y sanguinolento que casi parecía que el corazón del pobre animal todavía estuviera latiendo. Para que luego hablaran del racionamiento. Les cortaron sendas tajadas y se las sirvieron en los platos.

—Se le había ocurrido algo —le recordó Juliet.

—Sí, gracias. Estaba pensando que, si se trata de un caso de confusión de identidades, quien quiera que fuese el que mató a esa chica...

—Beatrice —dijo Juliet con tono cansino.

—Sí..., pues es posible que creyera que la estaba matando a usted. La chica llevaba su bolso, sus documentos de identidad. Debe tener un cuidado especial estos próximos días, hasta que esa gente esté entre rejas y a buen recaudo.

Ella pensó que desde luego se hacía extraño que, durante unos días, «Juliet Armstrong» hubiera dejado de existir oficialmente. Quizá había desertado para poder retozar con querubines, cabras y corderos. En su ausencia, ¿habrían hecho acudir a Iris para suplantarla? ¿Habría representado bien su papel? ¿Habría descubierto Perry a la impostora? ¿Le parecería que era...?

—Coma —dijo Perry alegremente—. No vamos a ver mucho de esto de aquí en adelante, y esos huesos necesitan un poco de chicha.

A Juliet se le revolvió el estómago, pese a que solía tenerlo a prueba de bomba, y dejó caer secretamente la mayor parte de la carne («chicha», pensó asqueada) en la servilleta sobre sus rodillas. Luego se levantó y dijo:

—Si me disculpa un momento...

Se llevó la servilleta al aseo de señoras y se deshizo del carnoso contenido en una papelera. Se preguntó qué pensaría la pobre mujer de la limpieza si se la encontraba.

«Considérelo una aventura», le había dicho Perry al inicio de todo aquello. Y a ella le había parecido que lo era. Una especie de diversión, algo salido de una obra de Buchan o Erskine Childers, había pensado. O de *The Girl's Own Paper*, aquella revista ilustrada solo para chicas. El Salón de Té Ruso, la pega de panfletos, la huida deslizándose por la parra virgen... Pero no era una aventura, ¿no? Había muerto una persona. Había muerto Beatrice. Un gorrión. Un ratón. Alguien insignificante para todos excepto para Juliet.

La suerte está echada

Perry parecía otra vez de buen humor. Juliet sintió alivio al comprobar que la nube que lo amenazaba se había disipado. Cada vez costaba más seguirle el ritmo al vaivén de sus estados anímicos.

—Tenemos a un tipo americano en el punto de mira —dijo él—. Se llama Chester Vanderkamp. —Pronunció aquel nombre con desagrado, pues les tenía aversión a los estadounidenses—. Trabaja en la embajada americana, en el Departamento de Cifrado.

—¿De cifrado? —repitió Juliet—. ¿De mensajes en clave, telegramas secretos y esas cosas?

—Sí, todo pasa por sus ojos, toda la correspondencia que entra o sale de la embajada. Se opone ferozmente a que Estados Unidos entre en la guerra; una tónica impuesta por el embajador ese tan contemporizador que tienen, por supuesto. —Perry sentía una animadversión particular hacia Kennedy—. Admira a los alemanes. Les tiene ojeriza a los judíos, dice que ellos mangonean la industria, el Gobierno, Hollywood, etcétera... la diatriba habitual. Este tal Vanderkamp codifica y descodifica algunos de los telegramas más delicados, y por lo visto se lleva copias a casa consigo; tiene un piso en Reeves Mews, a la vuelta de la esquina de la embajada.

—¿Cómo sabe todo eso? —preguntó Juliet.

—*Mademoiselle* Bouchier ha estado «cortejándolo» por petición nuestra.

—¿Giselle?

—Es nuestra Mata Hari particular. Se le dan de maravilla las conversaciones íntimas en la cama. Por desgracia para nosotros, gran parte de la correspondencia es entre Churchill y Roosevelt, sobre cómo podría apoyarnos Roosevelt. Si los aislacionistas y contemporizadores de América se hacen con ella, van a darse un verdadero festín. Supondrá el fin de Roosevelt. Y probablemente también de nuestras esperanzas de conseguir que los americanos entren en la guerra. Y hay también gran cantidad de material que resultaría sumamente dañino para nuestras tropas en Europa…, secretos militares y esas cosas.

—Caramba.

—Pues sí, caramba, señorita Armstrong. La mala noticia es que el tal Vanderkamp está considerando compartir toda esa información no solo con los americanos, sino también con los alemanes.

—Y sin embargo usted parece tremendamente alegre —terció Juliet.

Perry esbozó su adorable sonrisa. «Bésame —pensó ella—. Dame alguna esperanza.»

—Porque el señor Vanderkamp desea conocer a la señora Scaife. Le han hablado de los contactos que tiene ella en el extranjero. Está en sintonía absoluta con sus ideas políticas. Podemos pescarlos a ambos con las manos en la masa e impedir que se sigan mandando esos telegramas del carajo. Y así mataremos dos pájaros de un tiro.

—Qué imagen tan horrible —opinó Juliet.

—Van a necesitar un intermediario —añadió Perry.

—¿Yo?

—Exacto. Usted.

—De modo que ese americano... Ese tal Chester Vander-kamp... —dijo la señora Scaife mientras echaba terrones de azúcar en el té con gesto pensativo.

—Sí.

—... tiene información que quiere compartir con nosotros, ¿no es eso?

—Sí. Información importante. Tiene copias descodificadas de gran cantidad de telegramas diplomáticos entre Roosevelt y Churchill. —(«Cientos de ellos», según Giselle, que también había transmitido la innecesaria información de que era «aburridísimo en la cama»)—. Por lo visto contienen mucha correspondencia sobre el apoyo de Roosevelt.

—¿Y está dispuesto a compartirlos con nosotros?

—Está dispuesto a entregárnoslos. A entregárselos a usted, señora Scaife. Quiere asegurarse de que los deja personalmente en sus manos.

—Bueno, pues tengo a alguien que puede llevarlos en valija diplomática a Bélgica, y de allí a la embajada alemana en Roma. Y supongo que los alemanes los difundirán al mundo entero. Y si no es así, lo hará nuestro buen amigo William Joyce. Los alemanes entienden el valor de la propaganda. Y los aislacionistas americanos, también.

—Mataremos dos pájaros de un tiro, señora Scaife. Dos pájaros de un tiro.

—Pero él no puede venir aquí... Me tienen vigilada. Y quizá a él también lo vigilen.

—A mí no me vigila nadie, señora Scaife —repuso Juliet—. ¿Y si nos encontramos con él en mi piso? Puedo ser su intermediaria. ¿Quiere más té? ¿Le parece que lo sirva yo?

El plan se había puesto en marcha. El encuentro entre la señora Scaife y Chester Vanderkamp iba a tener lugar en dos días en un piso del MI5 en Bloomsbury (un sitio lúgubre, un himno a los horrores del barniz marrón oscuro y las ventanas mugrientas) que harían pasar por la vivienda de Juliet. El piso tenía micrófonos ocultos y el intercambio de telegramas quedaría grabado. Cuando estos hubieran cambiado de manos, Juliet daría la señal y la policía arrestaría a la señora Scaife y a Chester Vanderkamp.

Las once de la mañana del día siguiente era la hora designada para efectuar las detenciones. Juliet había vuelto a quedarse a pasar la noche en Dolphin Square. Le habían endosado el mismo beso seco de buenas noches y había vuelto a quedarse tendida como una efigie mientras Perry se sumía en un sueño aparentemente tranquilo a su lado. Se despertó temprano, preparó un té y se lo tomó mirando el jardín a través de la ventana de la sala de estar. El cielo de primera hora de la mañana parecía nacarado. El agua de la fuente brincaba juguetona. Ya no había magnolias ni lilas, pero las flores de verano llenaban de color los arriates.

—Ah, ya está levantada —dijo Perry, dándole un susto—. Y ha preparado té. Espléndido. ¿Lista para el desenlace?

Juliet se sorprendió al ver que la señora Ambrose había acompañado a la señora Scaife al piso de Bloomsbury.

—La señora Ambrose es una servidora muy leal —declaró la señora Scaife.

—Amiga, no servidora —corrigió gentilmente la señora Ambrose, que al pasar junto a Juliet en el pasillo añadió en susurros—: Quería estar presente en la matanza.

—Madre mía —soltó la señora Scaife, mirando alrededor con algo parecido a la repugnancia—. ¿De verdad vives aquí, Iris, querida?

Juliet rio.

—Es horroroso, ¿a que sí? Pero estoy de alquiler temporalmente. La semana que viene me mudo a un piso en Mayfair.

—Oh, pues me parece mucho más apropiado. Deja que te preste a Nightingale para que te ayude con tus cosas.

En ese preciso momento, la policía estaba llevando a cabo una redada en la casa de la señora Scaife, en Pelham Place, en busca de pruebas que la incriminaran. Juliet se preguntó si Nightingale tendría algo que decir al respecto.

Siguió una cháchara interminable sobre el avance de los alemanes y lo que significaría para la gente como los miembros del Club de la Derecha.

—Medallas, supongo —opinó la señora Scaife.

—¿Una cruz de hierro? —sugirió la señora Ambrose, al parecer muy satisfecha ante su ocurrencia; había sacado la labor de punto y sus agujas traqueteaban como un tren expreso.

—¿Un té? —ofreció Juliet—. Estoy segura de que el señor Vanderkamp no tardará en llegar.

Juliet puso el hervidor al fuego en la diminuta y maltrecha cocina y salió de puntillas al recibidor para comprobar qué tal andaba Cyril. Lo habían reclutado para la misión y ya estaba instalado dentro del armario del recibidor monitorizando el equipo de grabación.

Cyril le hizo un gesto con el pulgar para arriba y musitó:

—Esto es como el agujero negro de Calcuta.

—Te traeré a escondidas un poco de té —susurró Juliet.

—¿Con quién está hablando ahí fuera, Iris, querida?

—Hablo sola —exclamó Juliet.

Tras servir el té con el habitual trasiego de azucarero y cucharas, sonó el timbre de la puerta.

—Señor Vanderkamp… Adelante —dijo Juliet.

Era más bajo de lo que esperaba, pero de aspecto dinámico y deportista, y a diferencia de los varones nativos que Juliet conocía, parecía irradiar la salud y la energía del Nuevo Mundo. Lo condujo hasta la sala de estar y se llevaron a cabo las debidas presentaciones.

—Tengo entendido que tenemos conocidos comunes —dijo la señora Scaife, siempre la perfecta anfitriona.

—Tengo entendido que así es, señora —contestó Vanderkamp, el huésped perfecto.

Las ratas ya estaban en la trampa. Tenían unos modales excelentes, tratándose de ratas.

Hubo más trasiego con las tazas de té, más cháchara sobre la inminente victoria nazi.

—Será un gran día cuando los alemanes marchen por Whitehall y nos ayuden a restablecer la cordura en este país, ¿no le parece, señor Vanderkamp? —comentó la señora Scaife—. Entonces echaremos a todos los judíos y a los extranjeros y recuperaremos nuestra verdadera soberanía.

—Bravo por ustedes —declaró Chester Vanderkamp.

Y entonces, por fin, hicieron su aparición los telegramas. Vanderkamp abrió su maletín y sacó un sobre de papel manila. Luego extrajo los telegramas del sobre y apartó las cosas del té para poder desplegarlos sobre la mesa. La señora Scaife se inclinó para examinarlos. Juliet fingió indiferencia y se levantó de la silla para acercarse a la ventana. Desde ahí había una buena vista de la calle. No había ni rastro de ningún gorila de la señora Scaife. Se habían «ocupado» de ellos, supuestamente. Sí vio a un hombre de pie en la acera de enfrente. Uno de los hombres de gris. Miraba fijamente hacia la ventana. Juliet lo miró a su vez.

—Maravilloso —comentó la señora Scaife—. No puedo decirle hasta qué punto va a ser esto útil para nuestra causa.

—Me alegro de serles de ayuda —repuso Vanderkamp recogiendo los telegramas para volver a meterlos en el sobre.

Juliet se sacó el pañuelo de la manga.

—Aquí tiene —añadió Vanderkamp tendiéndole el sobre a la señora Scaife.

Esta cogió el sobre. Juliet se sonó la nariz; le parecía una señal más bien mundana.

—No estarás pillando un resfriado, ¿verdad? —preguntó una solícita señora Scaife mientras aferraba el sobre contra el generoso pecho.

—No —respondió Juliet—. Qué va.

«¿Dónde están?», se preguntó. Desde luego se estaban tomando su tiempo. Pero entonces se oyó un estrépito tremendo cuando alguien echó la puerta abajo. ¿Hacía falta ser tan melodramáticos? Si hubieran llamado al timbre, los habría dejado pasar y santas pascuas.

Un enjambre de policías entró en el piso. La señora Scaife soltó un gritito y se puso en pie con esfuerzo, y Chester Vanderkamp exclamó:

—¿Qué narices pasa aquí?

Juliet reconoció al agente alto de la otra mañana, que se levantó el sombrero para saludarla.

Vanderkamp fue arrestado y esposado. Miró fijamente a Juliet, con cara de incredulidad.

—Zorra —espetó.

—Eh, eh —intervino el agente alto—. No hace falta usar esa clase de lenguaje.

La señora Scaife, entretanto, se había disuelto en un charco de encaje en el sofá.

—Iris, querida —dijo con un hilo de voz—. No entiendo nada.

Antes de que Juliet pudiera abrir la boca, apareció Perry, seguido por Giselle. Esta última parecía distraída, como alguien que se sorprende al encontrarse de pronto en un escenario. Perry le dijo a la señora Scaife:

—Ya la tenemos, señora. Hemos grabado este encuentro y en su casa hemos encontrado cartas dirigidas a Joyce y otras sabandijas fascistas, incluso una misiva de «una admiradora» a *Herr* Hitler, y —hizo una pausa dramática nada propia de él antes de añadir— el Libro Rojo.

Resultó que era más granate que rojo, pero Juliet supuso que ninguno de los presentes iba a andarse con sutilezas respecto al tono. Perry sostuvo en alto dicha *pièce de résistance* y se volvió hacia Juliet.

—Estaba en casa de esta señora, justo como dijo usted, señorita Armstrong.

La señora Scaife miró a Juliet boquiabierta.

—Iris, querida, ¿qué pasa aquí?

Tendió una mano para coger la de la señora Ambrose como si fuera un salvavidas y añadió:

—Señora Ambrose... Florence..., ¿qué está ocurriendo?

La señora Ambrose no dijo nada. Juliet se preguntó si la señora Scaife habría leído su horóscopo ese día y, de ser así, qué diría. «Hoy van a darle una sorpresa.»

La señora Scaife se volvió hacia Giselle con expresión desvalida.

—¿Usted también?

—*Oui. Moi aussi* —repuso ella con indiferencia.

«Esto parece una pantomima», pensó Juliet, y se preguntó quién entraría ahora en escena. Un mayordomo, quizá, o un brigadier de pacotilla, pero resultó que Giselle era el último miembro del elenco reunido. Señalando a la señora Scaife, Perry le dijo al policía más cercano:

—Deténgala. Llévela a Bow Street.

—Pero si yo no he hecho nada —protestó la señora Scaife.

De repente parecía vieja e indefensa. Juliet casi sintió lástima por ella. Casi.

—Todo acto tiene sus consecuencias, señora —sentenció Perry con seriedad.

—¿Qué hay de estas otras damas? —quiso saber un policía—. ¿Las arrestamos también, señor?

—No —contestó Perry—. Son agentes del MI5.

—¿Todas, señor?

—Sí.

«Qué absurdo», se dijo Juliet. Vislumbró un asomo de sonrisa en la cara del agente alto y se preguntó si opinaría lo mismo.

—¡Te voy a matar, traidora! —le gritó Chester Vanderkamp a Juliet cuando se lo llevaban.

—Yo que usted no me preocuparía —le dijo el agente alto a Juliet—. No es probable que lo haga.

Y ahí acabó la cosa. El fin de la operación supuso el fin de su carrera como espías, por lo visto. Perry los llevó a todos a tomar un almuerzo tardío en Prunier, incluido Cyril, que se quedó sin habla por el restaurante y por la comida y por estar rodeado del harén de mujeres de Perry.

—Un grupito de bellezas —comentó un *maître* adulador mientras los sentaba; la señora Ambrose le dirigió una mirada fulminante.

Giselle fumaba un pitillo tras otro. Parecía preocupada y lo único que hizo con el pollo que tenía delante fue picotearlo. Juliet se preguntó si volverían a tomar langosta, pero el camarero le dijo en voz baja a Perry que tenían una *poularde au riz suprême*. Los pollos habían llegado «esta misma mañana en el tren de la leche de Hampshire», según él, y Juliet se echó a reír al imaginar el andén de algún amodorrado apeadero lleno de pollos armando barullo y cloqueando como viajeros esperando la llegada del tren.

Perry la miró arqueando una ceja. Juliet supuso que, siendo como era su prometida, debía comportarse con dignidad. Gracias a Dios, no les había anunciado su compromiso a los reunidos, porque ella no habría sido capaz de soportar sus miradas de curiosidad. (¿Era así como solían sentirse las futuras novias? Probablemente no.) Menos mal que era un hombre al que le gustaban los secretos. Su anillo de compromiso se había visto relegado «por seguridad» a uno de los múltiples cajones del escritorio de persiana de Perry.

—Si no te comes eso, ya me lo acabo yo —dijo Juliet deslizando hacia sí el plato de Giselle.

—Vas a ponerte gorda —repuso Giselle.

—Qué va —contestó ella; el vacío insondable que tenía dentro jamás podría llenarse—. ¿Qué va a ocurrirles? ¿A la señora Scaife y Vanderkamp? —le preguntó a Perry.

—Supongo que los juzgarán a puerta cerrada en el tribunal. Mosley también ha sido arrestado, junto con unos cuantos más. Es probable que a la señora Scaife la internen en Holloway junto a sus colegas.

—Pensaba que igual la ahorcaban —dijo Juliet; una soga bien prieta en torno a aquel cuello arrugado en lugar de un pañuelo de Hermès.

—No queremos mártires. Probablemente tendremos que entregar a Vanderkamp a los americanos. Supongo que lo mandarán a casa con una buena reprimenda y lo despacharán a algún país sudamericano perdido de la mano de Dios. Se pondrán furiosos si se enteran de que no hemos contado con ellos para la operación.

Al final de la comida, la señora Ambrose dijo:

—Bueno, se está haciendo tarde —dijo como si estuviera yéndose de una reunión del Instituto de la Mujer—. Me mudo a Eastbourne para vivir con mi sobrina.

—Pensaba que vivía en Harpenden —dijo Juliet.

—Tengo más de una sobrina —contestó ella con una risita.

Antes de irse, le ofreció a Juliet el resultado de su labor: una pieza tan sorprendentemente informe que se hacía imposible adivinar para qué era. Juliet pensó que serviría como camita para *Lily*.

Giselle despertó de su letargo y declaró que debía decirles *adieu*. ¿No era un *au revoir*, entonces?

Cuando se hubo marchado, Perry le explicó que pasaba al servicio activo del Ejército.

¿Al frente? «A matar gente, al enemigo», pensó Juliet. No era de extrañar que hubiera parecido más abstraída incluso de lo habitual.

Finalmente, las detenciones habían resultado un anticlímax bastante decepcionante. Juliet había esperado algo más que la fría mano de la ley. No habría estado de más un poquito de violencia. «A lo mejor también me gustaría estar en el "servicio activo", matar al enemigo», se dijo.

—El tiempo y la marea no esperan a nadie —sentenció Perry—. Ni a una mujer, ya puesto. Hay que volver al trabajo, señorita Armstrong.

Juliet soltó un suspiro y dijo:

—Vamos, Cyril. Volvamos al ataque.

Juliet hurgó en el bolsillo del abrigo en busca de la llave de Dolphin Square. Sus dedos se cerraron sobre el pequeño estuche de piel verde. Se había guardado ahí dentro los pendientes cuando se encontró con la señora Scaife en la joyería Garrard, y no se veía con ánimos de devolverlos. Y, por supuesto, estaba también todo el drama que habían supuesto los arrestos y demás. A una chica podía perdonársele un pequeño olvido.

—¿Va todo bien, señorita? —le preguntó Cyril cuando ella hacía girar la llave en la cerradura.

—Sí, va todo bien, Cyril.

La guerra se extendía ante ellos, internándolos en lo desconocido, y sin embargo daba la sensación de que todo el drama hubiese concluido.

Juliet colgó el abrigo y le quitó la funda a la Imperial. Se sentó ante ella y flexionó los dedos como si estuviera a punto de tocar el piano.

-9-

GRABACIÓN 3 (cont.)
18:10

Están presentes GODFREY y TRUDE. Conversación en términos generales sobre el tiempo. Charlan un poco sobre una amiga de TRUDE, la señora SHUTE, que tiene una hija que se casa con un hombre del Cuerpo de Inteligencia del Ejército. TRUDE se propone ir a visitar a la señora SHUTE la semana próxima.

G. ¿A Rochester? Sí... ¿Y hablar con la hija?

T. ¡Para felicitarla! (Risas)

G. ¿Tiene la impresión de haber hecho progresos? Me preguntaba si (¿?) ha hecho que se sienta un poco apática.

T. (Sorprendida) ¡No! (exclama algo entre risas. Algo inaudible que suena a noticias [o primicias]) Es la misma historia que te meten a la fuerza en cada noticiario.

G. Sí, sí.

—Vuelta a la rutina, ¿eh, señorita? —comentó Cyril.

—Eso me temo, Cyril.

Cuánto se equivocaban. Nada más alejado de la palabra «rutina» para describir el horror de lo que sucedió después.

1950

Un problema técnico

Juliet regresó del Moretti preparándose mentalmente para la grabación de *Vidas pasadas* de aquella tarde. La recepcionista descarada ya no estaba; se la habría comido para almorzar el minotauro del sótano, probablemente. Daisy Gibbs revoloteaba por ahí en su lugar. Cualquier monstruo se lo pensaría dos veces antes de comérsela; Juliet pensó que sería comestible, pero imposible de digerir.

—Oh, aquí está, señorita Armstrong. Me preguntaba dónde andaría.

—Estaba almorzando. No llego tarde, o no mucho, al menos. ¿Hay algún problema? ¿Con *Vidas pasadas*?

—Es posible.

Daisy sonrió. Era enigmática e impasible a un tiempo, y eso hacía complicado entenderla. Para la Agencia de Seguridad sería una joya. Nunca se sabía con certeza si estaba siendo irónica o simplemente pecaba de insegura; otro buen rasgo para la Agencia.

—Tenemos un problemilla de última hora, me temo —continuó Daisy, que añadió—: Hemos sufrido una baja femenina.

Abría camino hacia el despacho de Juliet como si ella no supiera muy bien cómo llegar hasta allí.

—¿Jessica Hastie? —aventuró Juliet.

—Sí. Creo que el papel de la esposa del molinero no cuaja. También interpretaba el de la niña, que por lo visto ahora tiene la lepra. Me he fijado en que usted ha cambiado un montón el guion.

—Pues sí —admitió Juliet—. No aparecía ninguna enfermedad y diría que en la Edad Media no había más que enfermedades.

—Sí, y por lo visto estamos ignorando la peste negra por completo —dijo Daisy—. Estaba deseando oír hablar de eso. En todo caso, he hecho copias nuevas.

—¿Y dónde está la señorita Hastie?

—Creo que ha empinado demasiado el codo en el almuerzo. La he dejado a buen recaudo en un estudio vacío. Digamos que estaba creando problemas en el camerino común.

El camerino en cuestión era diminuto, y Juliet fue capaz de imaginar el pánico que una Jessica Hastie como una cuba podía causar allí dentro.

—Me temo que tiene fama de borrachina. Iré a verla. Empezaremos a tiempo, no te preocupes.

—No estoy preocupada, todo irá bien —repuso Daisy.

Vidas pasadas, como su título bien indicaba, era un programa sobre la forma en que la gente vivía en el pasado, aunque por un instante Juliet confió en que tuviera que ver con la reencarnación. La imaginación colectiva de los críos podía dispararse con algo así. Por supuesto, todos querrían ser perros en su próxima vida, los chicos al menos. (Juliet visitaba un buen número de aulas como parte del trabajo.) «Queremos reflejar vidas prosaicas —le dijo Joan Timpson—. Volver real al hombre de la calle a través de los siglos: al hombre corriente (y a la mujer, por supuesto) y a la sociedad en que vivía.» En la Sección Educativa se hacía un énfasis sutil —y quizá no tan sutil— en la ciudadanía. Juliet se preguntaba si era para contrarrestar el instinto hacia el comunismo.

La mayor parte de la historia se adaptaba drásticamente para ofrecerla a los chavales. Solían hacer pasar los datos concretos por «tiempos difíciles», había dicho Joan Timpson, complacida con aquella alusión a Dickens («¡Confío en no ser un Gradgrind!»). Juliet suponía que la guerra había conseguido que el mundo estuviera harto de hechos. Habían tenido toneladas de ellos.

Vidas pasadas ya había recorrido al galope la Edad de Piedra, los celtas, los romanos, los sajones, los vikingos y los normandos y ahora llegaba a la Edad Media con el episodio de ese día, titulado «La vida en un pueblecito medieval inglés». Joan Timpson prometió volver a tiempo para los Tudor. («No me pierdo eso por nada del mundo.») Juliet se preguntó dónde se detendrían.

—En la guerra —le dijo Joan con convicción—. Con la guerra se detuvo todo.

—Bueno, todo no —objetó Juliet.

Más tarde, frente a unas copas en el Langham, Charles Lofthouse le contó:

—Tengo entendido que el señor Timpson sufrió una muerte truculenta en el bombardeo de Londres. —Imprimió un énfasis dramático al adjetivo. La pérdida de la pierna en la guerra lo había vuelto sorprendentemente indiferente al sufrimiento de los demás.

—Pues Joan parece una persona muy optimista.

—Es pura fachada, querida.

Pero ¿no lo era todo acaso?

Juliet encontró a Jessica Hastie en un estudio vacío en el último piso. Rara vez se utilizaba y en varias ocasiones había resultado útil para separar a un individuo de la manada. Jessica Hastie roncaba plácidamente, con la gran cabeza apoyada sobre el escritorio en el cubículo de control. A Juliet le pareció una lástima (por no decir una imposibilidad) perturbar su sueño, de modo que apagó las luces y cerró la puerta.

—Podrás apañártelas con el papel de la mujer del molinero, ¿verdad? —le preguntó a Daisy.

—Supongo. —La chica era imperturbable.

El episodio se grabó. A diferencia de lo que ocurría con otras emisiones de la Sección Educativa, ninguno de aquellos programas era en directo. Grabarlos salía más caro, y Juliet se preguntaba si Joan Timpson tendría alguna dispensa especial.

—Bueno, ya sabe —dijo Prendergast sin concretar—, pobre Joan.

Cómo no, a Joan le gustaba usar demasiados efectos de sonido: la falange de hombres con armadura (algo que la entusiasmaba especialmente) que apareció armando ruido en *Vidas pasadas* desde la desaparición de la Novena Legión Romana habría vencido por sí sola a cualquier técnico de efectos especiales no muy avezado. Al otro lado de la calle tenían unos paneles de control que parecían salidos del puente de mando de una nave espacial de otro planeta. Para la Sección Educativa no existía nada tan sofisticado.

El guion para el episodio del pueblecito medieval («otra historia cotidiana de gente de campo», pensó Juliet) lo había escrito una mujer llamada Morna Treadwell y era atroz. Juliet se pasó media noche en vela reescribiéndolo, con la ayuda de un buen whisky escocés y un paquete de tabaco Craven «A». Los niños se merecían algo mejor que la interpretación de Morna Treadwell de la vida cotidiana medieval. Morna era amiga del subdirector general y por lo visto le hacían muchos encargos, pese a que no era capaz de escribir bien ni aunque se empeñara. Al parecer nunca escuchaba los programas cuando se emitían, pero, claro, por qué iba a hacerlo alguien que no fuera un crío encadenado a un pupitre.

El pueblecito en cuestión incluía una casa solariega, una iglesia, un molino, un prado comunal (con lago) y siervos a montones (y contentos, algo bastante improbable). Los siervos araban y plantaban sin parar y charlaban mucho sobre el cultivo en fajas y los diezmos. No ocurría mucho más. Los estirados modales de la mujer del molinero no la hacían muy popular; una bondadosa pareja perdía un cerdo. Oh, y un trovador de lo más irritante no paraba de interrumpir a todo el mundo con su laúd y sus cancioncillas que semejaban parábolas. Ni rastro de una trama como Dios manda, vaya. «La historia siempre debía contar con una trama», se dijo Juliet mientras tachaba a diestro y siniestro las palabras de Morna Treadwell. ¿Cómo si no podía llegar a entenderse?

Sacrificó al trovador. Podían introducir más adelante un laúd, si era realmente necesario (aunque ¿cuándo era necesario un laúd?). Se sintió satisfecha de haber incluido un conmovedor final que aludía a los estragos de la plaga que se avecinaba, pese a que iban a ignorarla para ir derechos a la Guerra de las Dos Rosas. Una criada de la casa solariega vislumbraba una rata en la despensa y acto seguido la picaba una pulga. «Dichosos bichos», soltaba. («¿Podían decir "dichosos" en la Sección Educativa?», Juliet no recordaba si figuraba en la lista de palabras prohibidas. Probablemente sí.) «No pasa nada», le decía la cocinera a la criada. Pero sí pasaba algo, y sin duda las cosas iban a empeorar un montón para muchísima gente; para la mitad de la población mundial, según la historia. Ni siquiera la guerra había conseguido algo así.

—¿Señorita Armstrong? Monturas y jinetes a punto en los cajones de salida —anunció Daisy por el micrófono del estudio; le hizo un breve saludo militar a Juliet en el cubículo de control.

El reparto, sin el trovador y sin contar a Daisy, consistía en dos actores y una actriz. La actriz superaba con creces la edad de jubilación y uno de los actores, «artista» de una compañía con un repertorio decididamente caduco, era una ruina temblorosa que apenas se tenía en pie ante el micrófono. El tercer miembro del reparto era un tipo llamado Roger Fairbrother, al que la guerra había causado daños inespecíficos y que, en ausencia de Jessica Hastie, hacía el papel de cocinera con su voz bastante aguda. La radio permitía cierto grado de desfase en cuestión de género.

¿De verdad era ese el mejor elenco que podían conseguir? ¿Los pobres y los cautivos, los ciegos y los oprimidos? Con semejante compañía, la altiva mujer del molinero de Daisy destacaba lo suyo. Daisy también resultaba convincente en el papel de niña pequeña con lepra, con sus exaltados chillidos cuando una turba la echaba del pueblo. La turba en cuestión estaba formada por los otros tres miembros del reparto, con el añadido de una mecanógrafa que pasaba por allí y sobre la que Daisy se abatió como un ave de presa para arrastrarla hasta el estudio. Desde el principio, obligar a echar una mano en el aspecto interpretativo a cualquiera que anduviese por allí había sido moneda corriente en la Sección Educativa, si bien no siempre para la mejora artística del programa.

El final feliz lo proporcionaría el regreso del cerdo pródigo de la bondadosa pareja. Y, en la que constituía una de las modificaciones más dramáticas de Juliet, la esposa del molinero, en lugar de percatarse sin más de hasta qué punto era errónea su actitud arrogante, encontraba su merecido castigo a manos de los siervos, que la sumergían en el lago del pueblo. Lo cual probablemente no era nada correcto, pero a los críos les encantaría. Porque en realidad ellos también eran siervos, ¿no? Eran esclavos del Estado en sus competencias en el sistema educativo.

—Has actuado como un auténtica estrella —felicitó Juliet a Daisy cuando la grabación concluyó—. A lo mejor te has equivocado de vocación.

—A lo mejor no —respondió Daisy; qué chica tan impenetrable.

Lester Pelling («rima con lemming», pensó Juliet) estaba añadiendo efectos de sonido. Sujetaba el rotulador borrable entre los dientes mientras escuchaba con expresión de furibunda concentración el disco en el plato, como si pudiera adivinar en él su futuro.

Juliet titubeó, pues Lester había levantado la aguja y se disponía a hacer una marca con el rotulador, y no quería molestarlo. Pero alguna clase de sexto sentido lo hizo volverse. Se quitó los auriculares.

—Ah, hola, señorita —dijo con cierta timidez, como si lo avergonzara que lo vieran trabajando.

—Perdón, no quería interrumpir.

—No pasa nada. Justo estaba añadiendo el cerdo. Ya he puesto gallinas y vacas.

—¿Tienes gansos?

—No.

—Pues necesitamos gansos, sin duda —insistió Juliet—. En la Edad Media tenían montones de gansos.

—Tampoco tengo música. No sabía qué hacía falta.

—Cromornos y chirimías, supongo. Y un par de cornamusas —repuso Juliet sacando aquellos términos de algún oscuro rincón de su memoria; ¿eran instrumentos reales o se los estaba inventando?, sonaban ridículos—. Y un laúd —añadió un poco a regañadientes.

—Iré un momento enfrente, a la sección de efectos especiales.

—No, tranquilo. Ya voy yo a la Casa de la Radio, tú sigue aquí con lo tuyo.

—Por cierto, me gustaría ser productor de programas —soltó de pronto Lester, que añadió con timidez—: Como usted.

—¿En serio? No es tan bueno como dicen, ¿sabes?

No debería desalentarlo; el chico aún tenía esperanzas. Volvió a pensar en Cyril, que también fue técnico de sonido. ¿Se negaría también a reconocerlo Godfrey Toby si lo abordaba? Recordó con cariño que Cyril tenía el carácter optimista de un terrier, incombustible incluso ante el horror. («Vamos, señorita. Podemos hacer esto.»)

—¿Señorita? ¿Señorita Armstrong?

De repente le pareció imprescindible ser positiva. A diferencia de Cyril, Lester tenía todavía algún futuro.

—Por supuesto, Lester, no es tan raro que alguien en un puesto como el tuyo consiga un ascenso. La compañía puede ser buena en ese aspecto. Ahora eres un soldado raso, pero podrías salir de aquí como jefe del regimiento.

—¿En serio?

—¿Por qué no?

Pareció henchirse. Sonrió de oreja a oreja, mostrando unos dientes terriblemente irregulares. «Pura alegría», se dijo Juliet. Debería llamar a gritos a Prendergast para que lo viera. No lo hizo.

—Gracias, señorita.

—No hay de qué.

Daisy Gibbs la detuvo cuando se iba para darle un sobre.

—Ha llegado esto para usted, señorita Armstrong.

—Puedes llamarme Juliet, ¿sabes?

—Sí, lo sé.

Juliet examinó el sobre mientras la chica de efectos de sonido trataba de localizar una chirimía. Llevaba su nombre escrito en el anverso: «Señorita J. Armstrong». ¿Lo había abierto alguien? No había indicios de que lo hubieran hecho y sin embargo no conseguía acallar sus sospechas. Los mensajes caídos del cielo eran rara vez tranquilizadores y a menudo fastidiosos. Cuando lo abrió, con cierta cautela, vio que dentro había una hoja de papel doblada, sin membrete, y con una única frase escrita en ella. «¿En serio? —pensó—. Por lo menos podrían haber...»

—¿Señorita Armstrong? He encontrado la chirimía. He tenido que ir a la sección de música. —La chica de efectos de sonido parecía sin aliento, como si hubiera perseguido a la chirimía por todo el edificio. («Sería un bonito nombre para una gacela —se dijo Juliet—. O para una clase superior de conejo.»)—. Y había un mensaje para usted del señor Pelling, o, más que un mensaje, una pregunta: «¿Se trata de un molino de agua o de uno de viento, y puede conseguir el efecto de sonido?».

—Bien hecho con lo del molino —le dijo Juliet a Lester—. Me había olvidado por completo de él. Me he decidido por uno de viento, porque produce un bonito... ¿cuál es la palabra? Silbido. Ya sabes, con las aspas. Este es de Norfolk de antes de la guerra, por lo visto. Estaba en la sección de ambientes. Vamos a tener que ideárnoslas nosotros para el sonido de la silla esa de castigo con la que sumergían a las mujeres en el agua, porque no parece que sea algo que se pida mucho en la Casa de la Radio.

En Mánchester solían hacer los efectos en directo con dos chicos de la sección y depósitos de agua, máquinas de viento y reclamos para pájaros; los chicos imitaban de forma muy auténtica (e irritante) a las gaviotas. Nadie hacía las escenas marinas mejor que ellos. A veces ambos salían de su pequeño cubículo dando tumbos y con aspecto de haber sobrevivido a un terrible desastre marítimo. Fue entonces cuando Juliet se trasladó de Continuidad a *La hora de los niños,* por supuesto. Se suponía que debían compartir episodios con otras regiones, pero el norte se mostraba especialmente territorial con su programa. Allí era más divertido. *La hora de los niños* se ideó como entretenimiento, mientras que la Sección Educativa tenía siempre un propósito claro. Juliet estaba descubriendo que con el tiempo se cobraba su precio.

—¿Lo echa de menos, señorita? ¿El norte? —le preguntó Daisy una vez, nostálgica por algo que no conocía; era hija de un pastor del Wiltshire rural. (Pues claro, ¿qué iba a ser si no?)—. ¿A toda esa gente auténtica?

—No es más auténtica que la de aquí —dijo Juliet, aunque su respuesta no la convenció ni a ella.

Su madre era —había sido— escocesa (aunque nadie lo habría dicho al verla) y en cierta ocasión ambas hicieron el largo viaje hasta su tierra natal. Juliet era entonces muy pequeña y recordaba bien poco de aquella hégira. Un castillo agobiante y los tonos grises del carbón que lo tiznaba todo. Esperaba que hubiera parientes, pero no recordaba ninguno. Y por lo visto tampoco los había por parte de su padre. «Tienes sus rizos», decía su madre. Parecía una herencia muy escasa.

Cuando solicitó el puesto de locutora en la BBC de Mánchester, se mostraron ansiosos por saber si tenía vínculos con el norte de Inglaterra; parecía alguna clase de requisito que hacía falta cumplir. Juliet dudaba que las inciertas raíces caledonias de su madre les parecieran suficiente (era una región distinta y demasiado al norte), de manera que se sacó de la manga «Middlesbrough». La gente siempre decía que quería la verdad, pero en realidad quedaba perfectamente satisfecha con una reproducción.

Lester Pelling esperaba pacientemente; a que ella se fuera, supuso Juliet.

—Te dejo seguir con lo tuyo. ¿Necesitas ayuda en algo?

No la necesitaba.

Cuando ya se iba, se acordó de una cosa.

—¿Qué era tu padre, Lester?

—¿Perdón?

—¿Qué era tu padre?

—Un cabrón —contestó él en voz baja, pillándola por sorpresa.

En la Sección Educativa nadie soltaba tacos aparte de un ocasional «maldita sea» ante un problema técnico y, sin embargo aquella era la segunda obscenidad que Juliet había oído en media hora. A su vuelta de la Casa de la Radio, Charles Lofthouse había soltado al verla: «Fuchs está bien jodido». Sin duda quería escandalizarla, pero ella lo miró con frialdad y contestó:

—No me diga.

Él sostenía en alto la primera plana de una edición matutina del *Evening Standard* para que Juliet la viera.

—Le han caído catorce años. Deberían haberlo ahorcado, creo yo.

—Rusia era nuestra aliada cuando él les pasó información secreta. No se puede ser un traidor si no se trata del enemigo.

—Eso es sofistería —gruñó él—, y una defensa ingenua en el mejor de los casos. ¿En qué bando está usted, señorita Armstrong?

Puso la misma cara de desdén que un villano de comedia y Juliet reparó de pronto en lo mucho que le desagradaba a aquel hombre y se preguntó por qué no se habría dado cuenta antes.

—No se trata de bandos —terció con irritación—, sino de la ley.

—Si usted lo dice, querida…

Lofthouse se alejó cojeando y Juliet tuvo que contenerse para no arrojarle uno de los discos que llevaba en los brazos. Se preguntó si se podría decapitar a alguien lanzando un disco de aluminio con un baño de acetato a través del aire en el ángulo exacto. Una muerte por chirimía.

—¿Y aparte de ser un cabrón? —le insistió a Lester Pelling.

—Perdone, señorita. Se me ha escapado.

—No te preocupes, he oído cosas peores. En la reunión de esta mañana has sugerido un día en la vida de un pescador de arrastre y luego has dicho que tu padre era… Simplemente tengo curiosidad; las frases sin terminar me…

—Pescadero. Vendía pescado, señorita.

—Vale, pues solo era eso.

—Y era un cabrón —lo oyó murmurar a sus espaldas cuando salía de la habitación.

Acababa de sentarse de nuevo a su escritorio cuando un chico de los recados de la BBC —eran los cadetes de la compañía— le hizo entrega de otro sobre. «Juliet Armstrong», llevaba escrito a mano con letra bastante mala y pinta de extranjera. Exhaló un suspiro: «¿iban a bombardearla el día entero con mensajes?». Sin embargo, aquel parecía distinto del que le había entregado antes Daisy. Dentro del sobre había una única hoja de papel arrugado, una hoja pequeña arrancada de una libreta. Con la misma mala letra de su nombre en el sobre, alguien había escrito: «Pagarás por lo que hiciste».

Juliet se puso en pie de un salto, como si la hubiera mordido una rata apestada, y echó a correr pasillo abajo hasta que alcanzó al recadero y, con tanta aspereza que el pobre se encogió, le espetó:

—¿Quién te ha dado esa nota?

—En recepción, señorita —repuso él, y añadió dócilmente—: ¿Quiere mandar una respuesta?

—No.

—¿Quién te ha dado esto? —interpeló a la recepcionista descarada, a la que por lo visto había devuelto intacta el minotauro, y le plantó el sobre en las narices.

—Alguien —contestó la chica sin dejarse intimidar.

—¿No podrías ser más específica?

—Un hombre. Bajo.

—¿Algo más? —insistió Juliet.

—Tenía un ojo vago.

—¿Y cojeaba? —sugirió Juliet, acordándose del extraño hombrecillo en el café Moretti.

—Pues sí. Era de lo más peculiar. Un amigo suyo, ¿no?

«Soy Ariadna, princesa del laberinto», pensó Juliet. (¿Había alguna diferencia entre laberinto y dédalo? ¿Cuál?) «Y no pienso levantar un semidivino dedo para salvarte cuando llegue la hora de sacrificarte a ese ser que es medio toro, medio hombre.» ¿Qué parte era el toro, la de arriba o la de abajo? No se acordaba. Fuera como fuese, el minotauro parecía un mito muy fálico. En *La hora de los niños* emitieron la historia de Dédalo y su laberinto, en una versión aséptica y condensada. Gozó de popularidad. Ícaro, su hijo, voló demasiado alto, cómo no, y cayó. Era la trama perfecta. En cierto modo, era la única trama posible.

«El presidente del Tribunal Supremo dictó sentencia con estas palabras: "Ha defraudado la hospitalidad y la protección que le proporcionó este país con la mayor traición posible".» Juliet estaba leyendo su propio ejemplar de la última edición del *Standard* mientras cenaba.

«Pagarás por lo que hiciste.» Fuchs iba a pagar ahora. «Pero ¿quién quiere que pague yo? —se preguntó—. ¿Y con qué? ¿Con dinero manchado de sangre? ¿Con un kilo de carne? ¿Y quién exigía una recompensa? ¿Y por qué?» Su vida parecía plagada de delitos, costaba saber por cuál quería alguien que le rindiera cuentas en ese momento. Todavía le daba vueltas en la cabeza al desplante de Godfrey Toby. No cabía la menor posibilidad de que no la hubiera reconocido. La guerra fue una marea que se retiró, subió de nuevo y ya le lamía los tobillos. Soltó un suspiro y se regañó por aquella metáfora tan mediocre.

¿Tendría algo que ver con la inesperada reaparición de Godfrey? La culpa tejió una alianza entre ambos. ¿Habría recibido él también una advertencia de que le llegaría la hora de la verdad? Y ¿podía una volverse loca con tantas preguntas?

Cortó otra rebanada de pan y la untó con una gruesa capa de mantequilla. La lata de espaguetis que había previsto cenar quedó abandonada, por suerte. De regreso a casa tuvo que pasar por la sección de alimentación de Harrods a comprar provisiones para la visita inesperada que debía llegar más tarde. Harrods le quedaba de camino, pues su piso de alquiler estaba en una de las calles más recónditas de South Kensington que seguía esperando estoicamente recuperarse de la guerra. Vivió allí durante todo el conflicto y le parecía una falta de lealtad marcharse ahora. Incluso al mudarse a Mánchester para empezar en la BBC había mantenido el piso, realquilándoselo a una enfermera jefe del hospital Saint George que parecía la decencia personificada, pero había resultado una alcohólica recalcitrante, lo que vino a confirmar la antigua creencia de Juliet de que las apariencias siempre engañaban.

En Harrods compró pan, mantequilla, jamón, que le habían cortado de la pata con ella delante, un grueso taco de queso cheddar, media docena de huevos, un frasco de cebolla en vinagre y un racimo de uvas. Lo puso todo en la cartilla de Hartley, pues él tenía alguna clase de trato especial que soslayaba el racionamiento. Guardó el recibo cuidadosamente en el bolso. En contabilidad se quejarían de que hubiera ido a Harrods en lugar de a un sitio más barato, pero a Hartley no le importaría.

Se comió unas uvas, puso el hervidor de agua en el fogón y preparó un fuego en la chimenea y lo encendió. Su visitante todavía tardaría una hora más. Deseó, y no por primera vez, que en la habitación hubiera espacio para un piano. Lo tenía muy olvidado, por supuesto. A veces iba a la Casa de la Radio y practicaba en un piano en una de las salas de ensayo. Tenía un gramófono, pero no era lo mismo; de hecho, era exactamente lo contrario. Escuchar y no tocar, al igual que leer era lo opuesto de escribir.

Puso el tercer concierto de Rachmaninov —su propia grabación al piano de 1939 con la orquesta de Filadelfia— y sacó el sobre del bolso para volver a leer la nota que le había dado Daisy: «El flamenco llegará a las 9 de la noche». No estaba muy en clave que digamos, ¿no? Cabía esperar que lo mejoraran, que utilizaran alguna clase de código cifrado si iban a ponerlo por escrito. ¿Se suponía que pretendían ocultar el mensaje por si caía en manos de alguien sin querer? O queriendo, de hecho. Pensó en Daisy... «¿Lo habría leído?» Parecía tan inocente como un corderito, pero eso no significaba nada, ¿no?

¿Y quién en su sano juicio se creería que iban a mandarle un flamenco? Un loro quizá sí, o un periquito, pues en la sección de mascotas de Harrods tendrían ambos, probablemente, pero ¿un flamenco? ¿Por qué no poner simplemente «un paquete»? La nota la había escrito Hartley, por supuesto, lo que le irritó incluso más.

Arrojó el papel al fuego. No era ningún flamenco, evidentemente, sino un checo al que traían de Viena, pasando por Berlín, en un transporte de la RAF. Un científico, que tenía algo que ver con los metales, aunque a ella no le apetecía mucho saberlo en realidad. Llegaría en avión al aeropuerto de la RAF en Kidlington y a la noche siguiente ya estaría de camino a algún otro lugar: Harwell, o Estados Unidos o algún sitio más recóndito.

El MI5 le había pedido recientemente a Juliet que convirtiera de vez en cuando su casa en un piso franco para ellos. Como había trabajado para la Agencia de Seguridad durante toda la guerra, parecían creer que tenían alguna clase de derecho sobre su honradez. Era un cometido aburrido, que se parecía más a hacer de canguro que al espionaje.

El concierto de Rachmaninov llegó a su fin y Juliet encendió la radio y se quedó dormida casi de inmediato. Despertó cuando las campanadas del Big Ben anunciaban *Las noticias de las nueve*. Otra vez Fuchs. Alguien llamaba a la puerta de su piso, tan suavemente que resultaba casi inaudible.

—Hay un timbre —dijo Juliet cuando abrió la puerta.

Esperaba los habituales y anodinos hombres de gris, pero esos eran de la RAF: un jefe de escuadrón y un coronel (como determinó al verle los galones). «Caramba», pensó.

El coronel tenía un rostro curtido y apuesto y debía de haber sido guapísimo durante la guerra, pero ahora no estaba para cumplidos.

—¿Señorita Armstrong? La contraseña de hoy es «bermellón» y este es el señor Smith. Tengo entendido que va a pasar la noche aquí.

—Sí, en efecto —respondió ella abriendo del todo la puerta.

Los dos oficiales se hicieron a un lado para revelar al checo, menudo y bastante desastrado, de pie entre dos policías de la RAF. Más bien parecía un preso que un desertor. Llevaba un abrigo claramente demasiado grande para él y aferraba una maltrecha maletita de cuero. Juliet se fijó en que no llevaba sombrero. Un hombre sin sombrero parecía sorprendentemente vulnerable.

—Será mejor que pase —le dijo.

Sirvió comida a su invitado.

—Un banquete de medianoche —dijo con tono alentador—. Coma, señor Smith. —Qué ridiculez llamarlo así—. Puede decirme su nombre, ¿sabe? Su nombre —repitió más alto; parecía no hablar apenas inglés; se señaló a sí misma y dijo—: Me llamo Juliet.

—Pavel.

—Bien —contestó ella alegremente.

«Pobre tipo», pensó. Se preguntó si realmente habría querido huir o lo habrían «persuadido» de alguna manera.

Él picoteó de la comida con gesto tristón. Pareció deprimirlo aún más y se encogió cuando probó una cebolla en vinagre. No quería té y le preguntó si tenía cerveza. Juliet no tenía. Le ofreció un whisky y él lo apuró deprisa y con el ceño fruncido, como si le recordara algo que no quisiera recordar.

Después sacó una fotografía pequeña y arrugada de la cartera y se la enseñó a ella. Una mujer, de cuarenta y tantos quizá, avejentada por la guerra.

—¿Es su esposa?

Él se encogió de hombros a modo de ambivalente respuesta; luego volvió a meter la foto en la cartera y se echó a llorar de un modo silencioso y reticente que fue peor que si se estuviera ahogando en sollozos. Juliet le dio unas palmaditas en la espalda.

—No pasa nada. Todo va bien o lo irá, estoy segura.

Estaba blanco de puro agotamiento. Juliet puso una pantalla protectora ante el fuego (supuso que no estaría bien que muriera abrasado bajo su vigilancia) y le hizo la cama en el sofá. Se tumbó vestido, hasta con los zapatos puestos, y aún aferraba la maleta cuando se quedó dormido, casi de inmediato. Juliet le quitó con suavidad el asa de los dedos, lo arropó bien y apagó la luz.

Al deslizarse entre las frías sábanas, Juliet pensó con envidia en el fuego en la habitación de al lado. La temprana promesa de primavera de aquella mañana hacía mucho que había vuelto a dejar paso al invierno. Debería haberse preparado una botella de agua caliente. Era en esas noches frías cuando una necesitaba un cuerpo a su lado, para darte calor si no otra cosa, aunque no el del checo arrebujado en la otra habitación; Dios no lo quisiera. Pensó en la pobre mujer arrugada de la fotografía. Supuso que estaría muerta.

Hacía una buena temporada que Juliet no compartía la cama con nadie. Hubo unos cuantos, aunque pensaba en ellos más como equivocaciones que como amantes, y ninguno fijo desde que, más que disfrutar, soportara una relación algo tortuosa con el segundo violonchelo de la orquesta BBC Northern. Era un refugiado, judío. Fue uno de los que se dedicaron a escuchar a escondidas en la Habitación M en Cockfosters y no le hizo ningún bien oír a los nazis todo el día. Además de que, por supuesto, se enteró de muchas cosas sobre los campos.

Salir de gira con la orquesta Northern se convirtió en parte del trabajo de Juliet y sus recuerdos de la relación consistían básicamente en sexo furtivo en las incómodas camas individuales de las casas de huéspedes en pequeñas poblaciones industriales. «Santo Dios», recordaba haberle dicho al chelista cuando salían del paso inferior de una estación en algún pueblucho de mala muerte y contemplaban el ennegrecido panorama. Supuso que, siendo judío como era, lo de «santo Dios» quizá tenía un significado distinto para él.

Tenía la sensación de que su pasado compartido de escuchar a hurtadillas al enemigo les proporcionaba algo en común, pero en realidad su relación estuvo condenada al fracaso desde el principio. Ambos estaban todavía convalecientes de la guerra y para ella fue un alivio abandonarle.

Ahora, sin embargo, lo echaba de menos. A lo mejor le tenía más cariño del que creía. Y últimamente empezaba a preocuparla estar convirtiéndose en aquella temida criatura: una solterona. Quizá la transformación no tardaría en completarse y sería precisamente eso. Se recordó que a una persona podían esperarle destinos peores. Podía no quedar otra cosa de ti que una fotografía arrugada. O solo un nombre. Y hasta podía no ser siquiera tu propio nombre.

Se levantó de la cama y abrió el armario donde guardaba un par de botines de ante, unos resistentes, con cremallera y forrados de borreguito, que resultaron muy útiles en los crudos inviernos de después de la guerra. Sacó la máuser que le había dado Perry de su escondrijo en el botín izquierdo. La guardaba cargada, pero ahora, a la luz de la reciente resurrección de Godfrey Toby, le hizo sentir ciertas náuseas. («Me temo que debemos acabar con ella.») Dejó la pequeña pistola sobre la mesita de noche. Más valía prevenir que curar.

Al principio, el oficial al mando de Godfrey fue Perry, pero Perry abandonó el servicio activo en 1940 y Juliet prácticamente no lo había visto desde entonces. Últimamente escribía libros y daba conferencias sobre la naturaleza. La *Guía de los bosques británicos* para niños: ese lo leyó, como un acto de amistad, mucho después de que hubieran dejado de ser amigos, si era eso lo que habían sido. De un tiempo a esa parte aparecía regularmente en *La hora de los niños*, donde se le conocía como «Señor Naturaleza».

Juliet tenía una radio junto a la cama, una pequeña Philetta que encendió en ese momento, con el volumen bajo para no molestar a su invitado. Como a muchos otros, el parte meteorológico marítimo que emitían en la radio la tranquilizaba por las noches. «Parte para Viking, norte de Utsire, sur de Utsire, mar del Norte entre Escocia y sur de Noruega: vientos del sur, con marejada o fuerte marejada al principio en las Utsire, con rachas fuertes y episodios de mar gruesa y rolando a suroeste con episodios aislados de muy gruesa, lluvia generalizada al principio, seguida de chubascos aislados, visibilidad en general buena…» Antes de que la letanía llegara a Islandia ya estaba profundamente dormida. No soñó que navegaba, ni con el tiempo en el mar, sino con Godfrey Toby. Los dos paseaban por un parque bajo el crepúsculo, cogidos de la mano, y cuando ella se volvía para mirarlo, donde debería haber estado su rostro solo había un agujero negro. Pese a aquel inconveniente, podía hablar y decía: «Me temo que debemos acabar con ella».

Juliet despertó sobresaltada. Se dio cuenta de que algo tenebroso se arrastraba hacia ella. Era algo cruel, que trataba de surgir para encontrar la luz del día. Era la verdad. Juliet no estaba segura de querer verla. Sintió miedo por primera vez en mucho tiempo.

Despertó por segunda vez en algún lugar del oscuro páramo de la madrugada.

«Ay, madre mía —pensó—. Jessica Hastie. ¿Seguiría dormida en el estudio?»

Cuando Juliet despertó, en la radio sonaba *Bright and early* con Marcel Gardner y la orquesta Serenade. Le pareció una forma innecesariamente alegre de empezar la jornada. Se levantó, preparó té y descubrió que Pavel ya estaba despierto. Había quitado las sábanas del sofá y hecho un pulcro montón con ellas y estaba sentado mirándose las manos como si fuera un condenado en una celda, y aquel, el día de su ejecución.

—¿Un té? —ofreció ella alegremente, e hizo la mímica de una taza y su platillo.

Él asintió con la cabeza. «Un "gracias" no estaría mal», pensó Juliet, aunque fuera en una lengua extranjera.

Desayunaron las sobras de la víspera. Dormir no parecía haber mejorado el aspecto de Pavel. Pálido e inquieto, no paraba de señalarse el reloj mirándola con expresión inquisitiva.

—¿Cuándo? ¿Se refiere a cuándo van a venir?

—Sí, cuándo.

Juliet contuvo un suspiro. La verdad es que llegaban tarde, pero él se preocuparía aún más (si era posible) al saberlo, de modo que le dijo, muy segura de sí:

—Pronto, muy pronto.

No tenía teléfono. Recientemente había tomado las medidas necesarias para que se lo instalaran, pero por lo visto había algún tipo de retraso. Salir a una cabina telefónica significaría dejar solo a su visitante en el piso, y quién sabía qué clase de desastre podía suponer eso.

—¿Pongo un poco de música? —preguntó sosteniendo en alto un disco para ilustrarlo.

Él se encogió de hombros por toda respuesta, pero aun así Juliet sacó la Novena Sinfonía de Dvořák de su funda y la puso en el plato. Le pareció apropiada, pues era de un compatriota que escribía sobre un nuevo mundo, pero la música no produjo efecto alguno en él, en ningún sentido. A lo mejor prefería su viejo mundo, al fin y al cabo.

Pavel empezó a pasearse de aquí para allá por el pequeño piso como un animal de zoo atribulado, investigando cuanto encontraba a su paso, pero sin verdadera curiosidad. Deslizó un dedo sobre los lomos de los libros, cogió un cojín y examinó su jarrón de flores en punto de cruz (bordado por la madre de Juliet) y siguió el dibujo de estilo chino en un plato de desayuno. Tenía los nervios terriblemente a flor de piel. Cuando cogió la tacita de Sèvres y empezó a pasársela con gesto ausente de una mano a otra, como si fuera una pelota de tenis, Juliet se vio obligada a intervenir.

—Haga el favor de sentarse, ¿quiere? —le dijo, quitándole con suavidad la tacita para dejarla en un estante alto como si la rescatara de las manos de un niño.

Dvořák siguió soñando. Dvořák terminó. Seguía sin haber rastro de ellos. Debía de pasar algo.

—¿Un té? —ofreció Juliet.

Esa mañana ya había preparado dos teteras y Pavel se limitó a mirarla furibundo por toda respuesta.

—No es culpa mía, colega —murmuró ella.

Alguien llamó con energía a la puerta y ambos casi dieron un brinco del susto.

—Ahí tiene —dijo Juliet—. Ya están aquí.

Pero cuando abrió la puerta, resultó ser un chico de los recados de Curzon Street. Era de una clase inferior que la de los chavales de la BBC.

—Hay un timbre.

—Bermellón —dijo el chico a modo de presentación—. Tengo un mensaje para usted.

—Adelante.

—Tiene que llevar al flamenco al hotel Strand Palace.

—¿Ahora?

Fue evidente que el chico rebuscaba en su memoria.

—No lo sé —concluyó finalmente.

—Gracias. Ya puedes irte —repuso Juliet, y al ver que no mostraba indicios de marcharse, añadió—: No voy a darte propina.

—Vale —contestó él, y bajó dando brincos por las escaleras, silbando.

—Bueno, nos vamos —le dijo a Pavel—. Coja sus cosas.

Juliet hizo la mímica de coger una maleta y un abrigo. «Encontraría trabajo en el teatro —se dijo—. Se me daría mejor que a algunos que yo me sé.» Volvió a pensar en Jessica Hastie y sintió una punzada de culpabilidad.

Su pupilo recuperó sus escasas posesiones. El enorme abrigo le daba un cierto aire extraño de crío, como si hubiera asaltado un baúl de disfraces. «Iba a pasar frío sin un sombrero», pensó Juliet. ¿Qué había sido de él? ¿Era el sombrero lo primero que un hombre perdía en una crisis? ¿O lo último?

La única posibilidad que tenía era parar un taxi en la calle, de modo que lo hizo bajar por las escaleras como si fuera un niño y lo llevara a una agradable excursión con su clase y no como si lo estuviera abandonando a su suerte.

Lo hizo quedarse oculto en la entrada de un bloque de pisos al comienzo de una calleja mientras ella salía a la calle principal a buscar un taxi. Tuvo que internarse tanto en la ajetreada calzada de Brompton Road que se maravilló de que no la arrollara un autobús.

Por fin consiguió que un taxi se acercara a la entrada del oratorio, hizo subir a Pavel y luego, en voz muy baja, le dijo al conductor:

—Al hotel Strand Palace, por favor.

—No me sirve que lo diga en susurros, querida —repuso él. Era un profesional del *cockney,* por lo visto—. Estoy sordo de ese oído, por el bombardeo alemán —añadió, como si debieran darle una medalla por haber sobrevivido a él. (Sí, sin duda era un profesional.) Si fuera por eso, sencillamente tendrían que darles medallas a todos.

Juliet le repitió pacientemente la dirección.

—¿El hotel Strand Palace? —bramó el taxista, tan alto que casi todo South Kensington debió de oírlo.

Juliet tuvo ganas de estrangularlo.

Tras echar rápidos vistazos en todas direcciones, subió al taxi. Estaban a punto de arrancar cuando alguien abrió de un tirón la puerta trasera del lado de ella. Pavel soltó un chillido de zorro y Juliet pensó en la pequeña máuser y en lo útil que resultaría en momentos como ese (para pegarle un tiro al taxista, por lo menos), pero entonces se percató de que la persona que había secuestrado su taxi era Hartley.

—¿Podemos irnos ya? —quiso saber el taxista—. ¿O van a ser más?

Era uno de esos hombres malhumorados y agresivos. Juliet sospechó que no estaba sordo en absoluto.

—Sí —espetó—. Podemos irnos. —Había experimentado un instante de terror—. Por el amor de Dios, Hartley. —Lo miró con el ceño fruncido; Pavel estaba encogido en el otro extremo del asiento, más conejo que zorro—. Le has dado un susto de muerte.

»Es un amigo —añadió con tono tranquilizador, hundiendo un dedo ilustrativo en el pecho de Hartley—. Un amigo. Y un idiota.

—¿Soy amigo tuyo? —preguntó Hartley con tono de curiosidad.

—No. Intentaba hacer que se sintiera mejor.

Hacía mucho que Juliet y Hartley habían dejado de fingir entre ellos. Daba gusto poder comportarse sin muestras de respeto hacia alguien.

Hartley apestaba a ajo, algo muy desagradable en el confinado espacio de un taxi. Siempre tuvo gustos extravagantes cuando se trataba de comida: pepinillos y ajo, quesos muy olorosos, y en una ocasión Juliet fue a su celda en el Scrubs en busca de algo y encontró sobre su escritorio lo que parecía un frasco de tentáculos. («Calamares —aclaró él alegremente—. Han llegado por avión desde Lisboa.»)

—Llegas con retraso —dijo.

—El que llega con retraso eres tú —terció Juliet, y le ofreció a Pavel un caramelo de menta de una cajita que llevaba en el bolsillo, como protección contra el ajo, pero él la rechazó con un ademán como si le ofreciera veneno.

El pobre hombre era diez veces más listo que ellos dos juntos (veinte veces más listo que Hartley solo) y sin embargo estaba enteramente a su disposición.

Hartley, que se había instalado ahora en el asiento abatible, sonreía a Pavel como un idiota.

—¿Ha causado problemas?

—No, claro que no. Es incapaz de matar una mosca —contestó ella, y añadió—: Llego tarde al trabajo.

Hablar de moscas la hizo acordarse de la Edad Media y *Vidas pasadas*. El episodio tenía que emitirse esa tarde y todavía no lo había escuchado. Todo iba con retraso por culpa de la operación «sin importancia» de Joan Timpson. Estaba en el hospital Barts, pero no había ido a visitarla. Debería hacerlo. Lo haría.

—Bermellón —le dijo *sotto voce* a Hartley.

No quería que el taxista lo pregonara a voz en cuello por toda Trafalgar Square, que recorrían en ese momento de modo muy laborioso.

—¿No puede ir un poco más deprisa? —preguntó, pero el tipo la ignoró, de modo que le repitió en voz baja a Hartley—: Bermellón.

—Sí. La contraseña para... —Hartley señaló con la cabeza a Pavel—. ¿Qué pasa con ella?

—¿La han cambiado hoy?

—Sí.

—¿A cuál?

Hartley articuló algo sin emitir sonido alguno. Parecía un pez angustiado. «Aguamarina», consiguió descifrar ella por fin. ¿Estaban utilizando los colores y habían llegado a esas alturas a los tonos más raros del espectro? ¿Cuál vendría después, *caput mortuum,* heliotropo? Los colores del día. El año anterior todo eran animales marinos. Pulpo, gamba, delfín. El pescado del día. Juliet pensó en Lester Pelling y su padre el pescadero.

—Deberías saberla —dijo Hartley—. ¿Cómo es que no la sabes?

—A lo mejor porque resulta que ya no trabajo para ti. Ni siquiera me pagas, aparte de los gastos. Y está claro que eres un incompetente o la sabría. —Pavel soltó un pequeño gemido y Juliet añadió con irritación—: No le gusta que los adultos se peleen. —A lo mejor también podía pegarle un tiro a

246

Hartley—. El chico de los recados ha dicho «bermellón» esta mañana, solo es eso.

—Oh, esos chicos mensajeros tienen fama de negligentes —repuso Hartley—. Por no decir de completos estúpidos.

Hartley estaba en pleno intento de dirigir al taxista a la entrada lateral del hotel en la calle Exeter. El tipo no parecía dispuesto a dejarse guiar y salieron a Burleigh y luego al Strand antes de que consiguieran convencerlo por fin de que realmente querían ir adonde decían. Rodearon por completo el edificio, a ratos en dirección contraria y entre bocinazos, cuando por fin se detuvo ante la puerta.

—Bajaré yo primero para comprobar que no haya moros en la costa —dijo Hartley.

Qué hotel tan feo. Desde ahí, al otro lado del Strand, Juliet veía el Savoy, muchísimo más bonito. Era uno de los sitios que frecuentaba Giselle durante la guerra. Fue muy generosa con sus favores sexuales, en teoría para conseguir información, aunque Juliet sospechaba que lo habría sido de todas formas. Entonces cayó en manos del Cuerpo de Operaciones Especiales, que la hizo saltar en paracaídas en Francia. Nunca volvió a saberse de ella, de modo que se suponía que la habían capturado y le habían pegado un tiro o bien había acabado en uno de los campos. Juliet se preguntaba a veces si…

—¿Vamos? ¿Por favor? —preguntó Pavel, interrumpiendo sus pensamientos.

—No. No vamos. Todavía no.

Transcurrieron diez minutos.

—El taxímetro sigue en marcha —dijo el taxista.

—Ya lo sé, gracias —respondió ella con aspereza.

Quince minutos. La situación era ridícula. Pavel estaba cada vez más nervioso, parecía a punto de salir disparado. El taxista ajustó el retrovisor para mirarlo y preguntó:

—¿Está bien? No irá a vomitar, ¿verdad?

—No, por supuesto que no. —Pero sí que estaba un poco verde, así que Juliet tomó una decisión—: Continúe. Llévenos a la calle Gower.

Pero Hartley eligió ese momento para reaparecer. Abrió la puerta del taxi y le dijo a Juliet:

—Tenemos vía libre —y le indicó a Pavel con el ademán de un lacayo que se apeara del coche—: ¿Bajamos?

—Creo que va a hacer falta un poco más de persuasión —dijo Juliet.

Los anodinos hombres de gris sí hicieron su aparición ese día. Estaban sentados en el vestíbulo; uno tomaba té, el otro leía el *Times*. No se les daba muy bien fingir. «Yo lo habría hecho mucho mejor», se dijo Juliet.

Miró alrededor y se percató de que Hartley se había esfumado y de que tenía que hacer aquello sola.

Al ver a Juliet, ambos hombres se pusieron en pie y dejaron sus objetos de atrezo. «Bueno, vamos allá», pensó ella. Asió del brazo a Pavel como si estuvieran a punto de acometer la danza de los Gordon Highlanders. Estaba nervioso, Juliet notaba cómo temblaba a través del grueso estambre de su abrigo. A cualquiera que observara su vacilante avance debían de parecerle una pareja muy curiosa. Juliet lo miró a los ojos.

—Valor —musitó, y asintió con la cabeza.

Pavel le devolvió el gesto, pero ella no supo si la había entendido. Lo guio con suavidad hacia los hombres de gris.

—Señorita Armstrong —dijo el que tomaba té—. Gracias, a partir de ahora nos ocupamos nosotros de él.

Se lo llevaron. Iba apretujado entre ambos. «Pobre flamenco», pensó ella, siempre destinado a ser el embutido en el sándwich de otro. ¿Comía flamenco la gente? No parecía un ave muy apetecible.

Pavel se volvió para mirarla con una expresión muy parecida al terror en el rostro. Ella le sonrió y le hizo un gesto con el pulgar hacia arriba, pero no pudo evitar pensar que quizá debería haberlo puesto hacia abajo. Parecía un hombre camino del patíbulo.

—Lo llevan a algún lugar en Kent —le susurró Hartley al oído.

—No te me acerques a hurtadillas de esa manera. ¿Qué hay en Kent?

—La casa de campo de alguien. Ya sabes: un buen fuego, sofás mullidos, whisky después de cenar. Lo harán sentirse cómodo y luego vaciarán el contenido de su cerebro.

—No le gusta el whisky, prefiere la cerveza.

—Tengo entendido, aunque no lo has sabido por mí, que va de camino a Los Álamos. Es un regalo para los yanquis. Buena jugada la nuestra, ¿eh?

—Mucho. Y buena jugada también quedarnos primero con el contenido de su cerebro. Supongo que eso no vamos a contárselo a los americanos. Diría que se enfadarían un poco.

—Sí, diría que sí. Salió de allí con los planos originales, no dejó copias atrás, ¿sabes? Los sóviets tendrán que empezar otra vez de cero con su investigación —concluyó Hartley, que añadió esperanzado—: ¿Quieres una copa?

—No... o bueno, sí, pero solo un café. Necesito hablar contigo.

—La gente siempre dice eso —repuso él con tono sombrío—, pero en realidad lo que necesitan es no hablar.

—Aun así —repuso ella señalando una mesa en el rincón, lejos del ajetreo de idas y venidas del hotel.

Una vez que la camarera hubo depositado ante ellos una jarrita de café, Juliet dijo:

—Godfrey Toby.

Hartley sacó una petaca y añadió un chorrito de algo en su taza. Luego le ofreció la petaca en silencio a Juliet. Ella captó el olor a brandy y negó con la cabeza.

—Godfrey Toby —repitió.

—¿Quién?

—No seas idiota, Hartley, sé que te acuerdas de él.

—¿De veras?

—Durante la guerra fingió ser agente de la Gestapo y arrasó con los quintacolumnistas. Al principio estaba al mando de Perry Gibbons, pero fue Godfrey quien montó la operación. Yo trabajaba con él en Dolphin Square y estás perfectamente al corriente de que lo hacía. En realidad se llamaba John Hazeldine.

—¿Cómo?

—John Hazeldine —repitió pacientemente Juliet.

—Oh, el viejo Toby *el Cojeras*... ¿por qué no lo has dicho antes?

—Preferiría que no lo llamaras así.

—¿Toby *el Cojeras*? —Pareció dolido ante su regañina—. Es un apodo cariñoso.

—Apenas lo conocías.

—Y tú tampoco.

«Yo sí», pensó ella. («¿Puedo ofrecerle una taza de té, señorita Armstrong? ¿Serviría de algo? Hemos pasado un buen susto.»)

—Estuvo en Berlín después de la guerra.

—¿En Berlín? —repitió ella, sorprendida.

—O quizá fue en Viena. —Hartley apuró la taza de café—. Sí, creo que estaba allí. Después de la guerra hubo que hacer mucha limpieza. A Godfrey se le daba bien, lo de hacer limpieza. —Soltó un suspiro y continuó—: Yo estuve en Viena, ¿sabes? Era un sitio infernal. Aunque eso sí, podías comprar cualquier cosa, no había nada que no tuviera precio. Pero no podías confiar en nadie.

—¿Y ahora puedes?

Hartley la miró de refilón.

—Confío en ti.

Juliet supuso que estaba borracho; siempre lo estaba en mayor o menor medida, incluso a aquellas horas.

—He oído decir que después de la guerra lo mandaron a las colonias —dijo Juliet—. ¿Crees que realmente corría peligro de que hubiera represalias?

—Todos corremos ese peligro, constantemente.

—Ya, pero me refiero a represalias por la guerra. De sus informantes.

Hartley soltó una risa desdeñosa.

—Todo eso de la quinta columna fue una tormenta en un vaso de agua. Un puñado de amas de casa frustradas, eso era la mayoría. Gibbons estaba obsesionado con ellos. En todo caso, andabais investigando a la gente equivocada: deberíais haber tenido vigilados a los comunistas, ellos eran la verdadera amenaza. Todo el mundo sabe que es así, ¿no?

Hartley empinó la petaca y la agitó para que le cayeran en la boca las últimas gotas.

—Supongo que debería informar a los mandamases de que todo ha ido como la seda. Gracias a Dios.

—¿Qué tal andan los mandamases?

—Igual que siempre, con sus secretos y sus artimañas. Todo lo que cabe esperar de la Agencia de Seguridad. ¿Ya sabías que Oliver Alleyne es ahora el subdirector general?

—Sí, me enteré. Siempre fue un hombre astuto. —Juliet recordó haber oído decir a Perry: «Es bastante ambicioso».

—Sí, es un cabrón escurridizo. Después de la guerra le fue muy bien. Merton, por supuesto, ha partido peras con la agencia: ahora tiene un cargo en la National Gallery.

—¿En serio?

—¿No estáis en contacto?

—¿Por qué íbamos a estarlo?

«Merton y Alleyne», pensó Juliet. Sonaba trillado, como una pareja de cómicos o un dúo musical anticuado: Merton al piano y Alleyne (un contratenor, casi seguro) interpretando el arreglo de Schubert de «¿Quién es Sylvia?» («No se deje llevar por su imaginación, señorita Armstrong»). Los hombres que conocía conformaron la guerra de Juliet (y suponía que su paz también). Oliver Alleyne, Peregrine Gibbons, Godfrey Toby, Rupert Hartley, Miles Merton. Sonaban como personajes de una novela de Henry James. Una de las más tardías e impenetrables, probablemente. «¿Y cuál es el más impenetrable de todos ellos?», se preguntó.

Se debatió entre enseñarle o no la nota a Hartley. «Pagarás por lo que hiciste.» Quizá se sintiera obligado a informar de la cuestión a alguien —Alleyne, tal vez—, y ella no quería eso.

—En todo caso —concluyó—, no me interesan los cotilleos de la agencia. —(No era del todo cierto.)—. Puedes pedirme un taxi, Hartley. Algunos tenemos empleos de verdad a los que acudir.

—Ah, la vieja Corporación de Radio —comentó Hartley—. La echo de menos. ¿Tú crees que volverían a aceptarme?

—Es probable. Para serte franca, aceptan a cualquiera.

Salieron del hotel, por la puerta principal esta vez. Hartley se adelantó al portero y abrió la portezuela de un taxi ya aparcado ante el Strand Palace.

—A la BBC, lo más deprisa que pueda —le indicó al taxista y, una vez que Juliet estuvo dentro, le dio una palmada al costado del vehículo como quien azuza a un caballo.

Fue justo nada más alejarse el taxi del bordillo cuando Juliet reparó en que era el mismo conductor de antes. Soltó un suspiro.

—Es uno de ellos, ¿verdad? —dijo con irritación—. Trabaja para ellos.

Pero el taxista se limitó a señalarse la oreja.

—No oigo nada, querida.

—Ya, por el bombardeo de Londres, supongo. Deberían darle una medalla. Por cierto, no pienso pagarle. Lo hará Hartley.

Se le apareció la súbita imagen de la cara de Pavel, con su expresión de terror. Y de los hombres de gris. No le habían dado contraseña alguna, de ningún color. Qué absurdo resultaba todo.

*

—Madre mía, ¿dónde se había metido, señorita Armstrong? —soltó Daisy—. Estaba a punto de mandar al Ejército en su busca. No habrá tenido un accidente, ¿no? ¿Una cita de la que olvidó hablarnos? Le he dicho a todo el mundo que había ido a ver al oculista.

—No tienes por qué mentir por mí. Sencillamente tenía unas cuestiones que resolver.

—Estaba preocupada. La verdad es que parece un poco atribulada.

—Estoy bien.

—Debería hacerse con un teléfono, ¿sabe? Ya verá que es muy útil.

Juliet frunció el entrecejo.

—¿Cómo sabes que no tengo teléfono?

—Bueno, habría llamado si lo tuviera, ¿no?

Su lógica era aplastante y sin embargo...

—Necesito escuchar el *Vidas pasadas,* Daisy.

—¿El *Pueblecito medieval?* Se ha emitido esta mañana.

—¿Cómo ha podido pasar? Ni siquiera lo he oído.

—*Vidas pasadas* siempre se emite por las mañanas. ¿No lo sabía?

—Por lo visto no.

—El señor Lofthouse ha comprobado que estuviera bien.

—¿Charles?

—Lo habría hecho yo —repuso Daisy—, pero he tenido que llevar a casa a la señorita Hastie. Ha pasado aquí toda la noche. Estaba como una mona cuando la han liberado. Se ha perdido usted el numerito.

«He tenido el mío propio», se dijo Juliet.

Juliet almorzó en la cafetería. No era viernes y sin embargo había pescado o por lo menos un intento de pescado: pequeñas formas irregulares rebozadas en algo tan naranja que resultaba insultante y asadas en el horno. El pescado bajo el rebozado naranja era gris y gelatinoso. La hizo volver a pensar en Lester Pelling y su padre el pescadero. Aunque fuera un cabrón, pensó que se habría negado a vender un pescado como ese, si es que era pescado. Unas patatas demasiado cocidas y guisantes de lata completaban el cuadro.

Prendergast apareció ante ella. Se sentó enfrente y miró su plato.

—He comido mejor —dijo Juliet.

—Pues yo he comido peor —terció él con tono tristón.

La observó comer. Era perturbador. Juliet dejó los cubiertos y preguntó:

—¿Quiere hablarme de algo?

—Primero debe terminar su comida.

—No creo que pueda comer más.

—Vaya, pues suele tener buen apetito.

«Madre mía —pensó ella—, ¿era esa la fama que tenía?» Aunque era cierto que tenía buen saque: había superado las penas comiendo, había superado lo que supuestamente era amor comiendo, había superado la guerra comiendo (cuando podía). A veces se preguntaba si tendría algún vacío dentro que intentaba llenar, pero en realidad sospechaba que sencillamente tenía hambre a menudo. Pero aquel pescado se pasaba de la raya.

—Me está empezando a doler la cabeza.

—Vaya, pobrecita. —La compasión contrajo las facciones de Prendergast—. La señorita Gibbs ha dicho que tenía cita en el oculista. Confío en que todo vaya bien.

—A mi vista no le pasa nada malo —repuso Juliet con irritación y luego se arrepintió—. Perdone, he tenido una mañana complicada.

—Quizá debería dejarla en paz. —Prendergast observó el azucarero con una extraña ternura que a Juliet le pareció que iba destinada a ella.

—No, no pasa nada.

—¿Ha oído hablar del Sindicato de Actores Británico? Por lo visto el señor Gorman es uno de sus miembros.

—No conozco a nadie con ese nombre.

—¿Ralph Gorman? Su especialidad es el laúd. Lo contrataron para hacer algo ayer que luego se canceló en el último momento.

—¿Supone un problema?

Prendergast pareció consternado, pero Juliet sabía que era habitual en él.

—No, no. Es solo que hay que calmar algunas susceptibilidades. Ya sabe cómo son estas cosas. Y luego está la pequeña cuestión de Morna Treadwell. ¿Sabe quién es?

—Sí.

—Por lo visto ha escuchado el programa esta mañana de casualidad, con uno de sus guiones. Al parecer no lo ha reconocido.

—Lo mejoré. Era terrible.

—Sí, lo hace fatal, ¿verdad? Pero ya sabrá que goza de las simpatías del subdirector general.

—Puede gozar de todo lo que quiera del subdirector, pero aun así no sabe escribir.

—Por lo visto su guion, el que usted mejoró, es bastante... ¿cómo debería expresarlo...?

—¿Bueno? —sugirió Juliet.

—Sensacionalista —terció él haciendo gala de delicadeza—. Supone más susceptibilidades que calmar, me temo. Se ve que en la centralita de enfrente, en la Casa de la Radio, han recibido unas cuantas llamadas de maestros. Sobre niños que andaban alterados y esa clase de cosas. Creo que ha aludido usted a la lepra.

«Algún día —se dijo Juliet— todo saldría en la televisión y sería mucho mejor.» Sin embargo, no era una idea que pudiera compartir con Prendergast, pues le habría horrorizado: era incapaz de ver más allá de la radio. A ella le habían ofrecido un curso de producción televisiva en Alexandra Palace. Tampoco fue capaz de reunir el valor suficiente para contarle eso.

—Pues menos mal que no tienen que lidiar con la peste negra —soltó con bastante aspereza.

—Ya, ya, lo sé. Y usar de esa manera el término «dichoso» no acaba de ser... —se interrumpió y pareció internarse en un etéreo mundo paralelo al que Juliet se había acostumbrado; por fin volvió a poner los pies en la tierra y preguntó, solícito—: ¿Puedo tentarla con un postre? A lo mejor la ayuda con el dolor de cabeza. Hoy tienen un bizcocho de melaza muy bueno.

—No, gracias. ¿Hay algo más, señor Prendergast?

—Bueno, luego está la señorita Hastie, por supuesto. Supongo que sí sabe quién es, ¿no? Por lo visto se ha pasado toda la noche encerrada en un estudio.

—Pues no fui yo quien la encerró. —(¿O sí? Creía recordar haber encerrado una vez a Hartley en su celda en el Scrubs.)—. Imagino que esa susceptibilidad sí estaría muy alterada.

—No sabe hasta qué punto —contestó Prendergast con una espasmódica contracción en sus facciones caninas, y añadió con tono tristón—: Un catálogo de contratiempos considerable.

—¿Quiere despedirme? —preguntó Juliet—. Pues hágalo. La verdad es que no me importaría.

Él se llevó ambas manos al corazón, horrorizado.

—Madre mía, señorita Armstrong, por supuesto que no. Ni soñaría con hacer eso. Solo es el ruido y la furia, nada más.

Juliet sintió una punzada de decepción. La idea de coger la puerta y largarse le había parecido tremendamente atractiva. Desaparecer como por arte de magia. Pero ¿adónde iría? Supuso que siempre había un sitio adonde ir. O eso esperaba.

De regreso a su despacho, Juliet pasó ante una de las salas de ensayo, y cuando lo hacía, la puerta se abrió y dejó escapar unos estridentes compases de *El marinero Bobby Shafto*. La puerta volvió a cerrarse y Bobby Shafto y su pelo rubio se desvanecieron. Enfrente, en la Casa de la Radio, las salas de ensayo se habían construido para tal menester en el núcleo mismo del edificio y con un círculo protector de oficinas en torno a ellas. El sonido y su contrapartida, el silencio, lo eran todo. Pero ahí, la naturaleza caprichosa del bloque suponía que estuvieran tropezándose siempre con los programas de los demás.

«Cantemos todos juntos», se dijo Juliet. La Sección Educativa parecía obsesionada por una vieja Inglaterra de canciones y baladas marineras y tradicionales. Y llenas de doncellas, toneladas de doncellas. Cosas como *Una mañana temprano*, y *Oh, no, John, no, John, no* (¡qué canción tan irritante!) y *Planchando alegremente*. Menuda ridiculez. Estaban reinventando Inglaterra o inventándola, probablemente. La asaltó un recuerdo: durante la guerra, cuando pasaban en coche ante el castillo de Windsor al amanecer, Perry Gibbons se volvió hacia ella para decirle: «Esta Inglaterra… vale la pena luchar por ella, ¿no cree?». Juliet supuso que dependía de en qué bando estuviera uno.

Fräulein Rosenfeld avanzaba penosamente por el pasillo hacia ella, entorpecida en cierto sentido, entre otras cosas por el voluminoso diccionario Langenscheidt que la acompañaba a todas partes. También llevaba consigo un grueso libro de texto con las palabras «Alemán de nivel medio» escritas en la cubierta. El dobladillo de la gastada falda plisada a cuadros escoceses se había deshecho en algunos puntos y Juliet quiso encontrar aguja e hilo para volver a coserlo. La *Fräulein* despedía un particular aroma almizclado, a nuez moscada y a la antiquísima madera de roble de las iglesias, que no resultaba desagradable del todo. Una siempre podía confiar en que estuviera en el edificio, pues no parecía tener otro lugar adonde ir. Juliet se preguntaba a veces si pasaría las noches arrebujada en alguna sala de audición en lugar de irse a casa.

Como era inevitable, el curso de alemán de nivel medio se le escurrió de los brazos y cayó al suelo con las páginas aleteando como un pájaro gordo y muerto. «"Alemana de nivel medio" sería un buen nombre para la propia *Fräulein*», se dijo Juliet. Le recogió el libro y volvió a ponérselo en los brazos, donde se sostuvo en precario equilibrio. «Debería invitarla a comer —pensó—, quizá calle arriba, en Pagani.» La *Fräulein* habría encajado terriblemente bien en el café Moretti, pero no le habría supuesto mucho placer que digamos.

—¿Eso qué es? —preguntó *Fräulein* Rosenfeld arrugando el rostro avejentado y pecoso al oír la música que había vuelto a escapar de su confinado espacio.

—*Bobby Shafto el marinero* —contestó Juliet—. Se ha hecho a la mar con hebillas de plata en las rodillas.

Semejante explicación pareció dejar satisfecha a *Fräulein* Rosenfeld, que asintió y emprendió de nuevo su pesada marcha. El peso de Europa recaía en su joroba de viuda. Y era un peso considerable.

—Señorita Armstrong, señorita Armstrong.

Unos susurros apremiantes detuvieron de nuevo su avance por el pasillo. La puerta de una pequeña sala de reproducción se hallaba abierta, y cuando se asomó, vio a Lester Pelling con la cara más blanca que la leche y aspecto de estar sufriendo un infarto.

—¿Te encuentras bien, Lester?

—Se me ha ocurrido escuchar *Vidas pasadas*. —Aún llevaba puestos los auriculares—. Se ha emitido esta mañana.

—Eso parece.

—Y yo no estaba aquí porque la señorita Gibbs necesitaba que le echara una mano con la señorita Hastie. Estaba como una mona —añadió, asustado de pronto al recordarlo.

—¿Y? —lo animó con suavidad Juliet.

—Según la señorita Gibbs, usted estaba en el oculista, así que lo ha escuchado el señor Lofthouse.

—Sí, lo sé.

—Bueno… —Lester pareció envalentonarse—. No me cae bien, señorita. El señor Lofthouse. No me cae nada bien.

—No pasa nada, Lester, a mí tampoco.

—Y no es solo la pierna, sus oídos tampoco funcionan como deberían. Tiene que oír esto, señorita Armstrong.

Se retorcía las manos. Juliet no veía hacer eso a nadie desde la guerra. Lester era un crío cuando la guerra, claro.

Juliet empezaba a alarmarse.

—¿Qué pasa exactamente, Lester?

En silencio, el chico le tendió unos segundos auriculares y volvió a ponerse los suyos. Hizo bajar suavemente la aguja en el disco.

—Es más o menos por aquí, creo.

Escucharon los dos juntos.

—Ay, Dios mío —soltó Juliet—. Ponlo otra vez.

Volvieron a escuchar. Se oyó lo mismo. La voz de Roger Fairbrother —molinero, primer siervo y cocinera suplente— que, con su tesitura delicada y femenina, entonaba: «Joder, me cago en la leche, joder».

Se quitaron los auriculares y se miraron fijamente. Cualquiera que hubiera entrado en ese momento habría supuesto que los habían convertido en piedra en un instante de absoluto espanto. En Pompeya, quizá.

Volvieron lentamente a la vida.

—Tenía algunos problemas con su papel —recordó Juliet—. Estaba un poco aturullado, desde luego. Estuvo en Dunquerque, tengo entendido. Prendergast me ha contado que ha habido montones de quejas, se ha limitado a ponerle peros a «dichoso» y no ha dicho mucho más. Aunque también es cierto que, según dicen, uno oye lo que espera oír. —«Creemos lo que queremos creer», le había dicho Perry una vez.

—Pues no creo que los críos esperaran oír eso —terció Lester señalando el plato.

Ambos lo miraron como si pudieran ver las palabras dando vueltas ahí.

—Joder, me cago en la leche, joder —murmuró Juliet.

Lester se encogió, no tanto ante las palabras (al fin y al cabo, su padre era un cabrón) como ante sus consecuencias. De esa diferencia bien podía salir un debate ético interesante, pero no era el momento, desde luego.

—Supongo que el ritmo de la frase resulta admirable —comentó Juliet.

—¿Qué opina que deberíamos hacer?

—Creo que no deberíamos decir ni pío.

—¿Y limitarnos a guardarlo?

—Madre mía, no. Todo lo contrario, tenemos que deshacernos de esto. Y luego, si alguien se queja, lo negaremos. O diremos que lo mandamos al Departamento de Programas Grabados y que ellos lo perdieron. De todas formas, tampoco lo habrían archivado. Todo lo que hacemos nosotros va derecho a la papelera. Oh, maldita sea, ¿por qué no podíamos emitirlo en directo? Podríamos haber dicho que la gente se equivocaba y punto. Ahora hay una prueba.

—Tenemos que destruir este disco.

—Sí.

—Me lo llevaré a casa, señorita —se ofreció valientemente Lester, como si fuera una bomba y se presentara voluntario para desactivarla—. Yo me ocupo de esto.

Juliet oyó mentalmente la voz de Cyril ante la escena de un desastre distinto. «Vamos, señorita, podemos hacerlo. Usted cójala de la cabeza y yo la cogeré de los pies.» Notó que se mareaba de repente.

Se oyó el traqueteo del carrito del té en el pasillo, avanzando hacia ellos como una máquina de asedio, y ambos se sumieron en un silencio tenso. «Podrían haber sido conspiradores —pensó Juliet—, trazando un plan para volar por los aires la BBC, para acabar el trabajo de Hitler por él.»

—No —dijo soltando un suspiro—, la responsabilidad es mía. Me ocupo yo. De hecho, es posible que me vaya a casa pronto. Me duele un poco la cabeza. Tú no te preocupes… en el mar pasan cosas peores. Todo saldrá bien.

Salió del edificio con la obscena grabación plenamente a la vista, como si la llevara a la Casa de la Radio. Cuando empezaba a cruzar la calle, la última persona que deseaba ver en ese momento se le acercó desde la otra acera. Charles Lofthouse.

—Juliet —dijo con tono agradable cuando se encontraron en el centro de la calzada—. ¿Va a la Casa de la Radio? Confío en que no se tratará de ningún problema...

—¿Por qué debería haber algún problema, Charles?

Juliet asía el disco contra el pecho, protegiéndolo. Pasó un coche, muy cerca, para su gusto. «Uno de los dos va a acabar muerto», se dijo. (Preferiblemente Charles.)

—Tengo que darme prisa, Charles. Nos vemos mañana.

—Claro.

Un taxi soltó un bocinazo y viró para esquivar a Charles, que cojeaba despacio hacia la otra acera. El taxista gritó alguna obscenidad y Charles hizo un ademán desdeñoso. Juliet se fijó en que lo estaba pasando mal ese día con la pierna. Ella había salido brevemente con un piloto durante la guerra. Se estrelló en la costa cuando volvía de una incursión y perdió una pierna. No le dio mucha importancia y no paraba de bromear al respecto desde la cama del hospital («Lo mío sí que va ser dormir a pierna suelta», «Voy a meter mucho menos la pata», y cosas así), pero aquello terminó arruinándole la vida, y cuando le dieron de alta del hospital metió la cabeza en el horno de gas de la cocina de su madre. Juliet se puso furiosa con él por haberse suicidado. «Al fin y al cabo, solo es una pierna», discutía con la presencia fantasmal del piloto. Como si no tuviera dos. «Me habría quedado a su lado», pensaba. Pero quizá era fácil decirlo *a posteriori*. Al fin y al cabo, apenas lo conocía y, de todas formas, aparte de su madre, nunca había permanecido al lado de nadie. A veces se preguntaba si no tendría algún defecto mortífero en las entrañas, como la grieta en la copa dorada, que el ojo no capta a simple vista pero que no se puede ignorar una vez se conoce su existencia.

Subió al taxi que siempre parecía aguardar en la calle Riding House, pese a que allí no había parada. Por suerte no lo conducía el taxista de aquella mañana. Era imaginación suya que quien iba al volante del taxi que casi arrolló a Charles Lofthouse hacía unos instantes era el conductor de esa mañana, ¿no? Empezaba a verlo por todas partes. Así se volvía loca la gente. Recordaba haber visto *Luz de gas* durante la guerra.

Por otra parte, estaba bastante segura de que Charles Lofthouse había oído el lapsus lingüístico de Roger Fairbrother y aun así dejado que el programa se emitiera. No lo culparían a él, sino a ella, ¿no? «Menudo gilipollas retorcido», pensó. Aprendió a soltar tacos en el norte, donde términos como «cabrón» o «gilipollas» formaban parte de la lengua franca. Ella se ocupaba de las retransmisiones en exteriores y hablaba con mineros y pescadores de arrastre sobre sus vidas. «Joder» tampoco la asustaba. Sintió una punzada de simpatía hacia el pobre Roger Fairbrother. «Joder, me cago en la leche, joder.»

Cambió de idea con respecto al taxi y se apeó en la calle Great Titchfield, para irritación del conductor, y luego cogió otro en New Cavendish. Antes de apearse, echó un rápido vistazo calle abajo. Tenía la angustiosa sensación de que la estaban observando. ¿Cómo si no habría sabido el extraño hombrecillo del Moretti (si había sido él) adónde mandarle aquella nota? «Pagarás por lo que hiciste.» «¿Tengo que hacerlo?», se preguntó. La guerra había dejado un montón de deudas por pagar, ¿por qué debería ser ella quien recibiera la factura? O quizá alguien le estaba tendiendo una trampa, llevando a cabo alguna clase de juego para volverla loca. Luz de gas. Pero todavía quedaba la cuestión de quién era. Y por qué.

«Solo son las cuatro», se dijo cuando el taxi se alejaba. Había tiempo de sobra para añadir más contratiempos al catálogo de Prendergast.

*

Preparó una tetera y se tragó un par de aspirinas; ahora le dolía la cabeza de verdad. La comida de la noche anterior estaba todavía sobre la mesita junto a la ventana, con bastante mala pinta a esas alturas. Utilizó los huevos y el queso para prepararse una tortilla. Se comió la tortilla. A veces lo mejor era simplemente ir paso a paso. El extraño hombrecillo que la miraba fijamente en el Moretti el día anterior estaba tomando una tortilla, que se embutía en la boca con el tenedor como si nunca le hubieran enseñado modales. O como si hubiera pasado hambre en algún momento de su vida.

Encendió la radio, con la intención de oír las noticias, y dio con el final de *La hora de los niños*. Perry Gibbons. Cómo no, quién sino él. La vida no era más que una larga cadena de coincidencias. Estaba hablando sobre escarabajos. «Si miráis atentamente, niños, descubriréis que hay insectos con caparazón por todas partes.» «¿En serio?», se dijo Juliet paseando la vista por la habitación con cierta aprensión.

Llevaba preguntándose si se tropezaría con Perry desde su regreso de Mánchester. Aparte de vislumbrarlo a lo lejos en alguna ocasión, no lo había visto desde que él abandonó la agencia durante la guerra. («Me temo que voy a abandonarla, señorita Armstrong.») Pero ¿dejó realmente la agencia? ¿O solo fingió hacerlo? Esto último resultaba más eficaz en muchos sentidos. Equivaldría a que la gente te creyera muerto, ¿no? Quedarías libre para seguir con tu vida. Se acordó del fraile en *Mucho ruido y pocas nueces* aconsejándole a Hero que fingiera su propia muerte. («Vamos, señora, morid para vivir.») Juliet vio la producción de la obra la temporada anterior, en Stratford (con Anthony Quayle y Diana Wynyard, ambos muy buenos). Hero tenía un final más feliz que el de la tocaya ficticia de Juliet cuando probaba el mismo truco. «Oh, daga bienhechora.»

La muerte era un recurso extremo. A lo mejor solo hacía falta difundir el rumor de que habías partido hacia Nueva Zelanda o Sudáfrica. O, en el caso de Perry, de que habías dejado el MI5 en 1940 para formar parte del Ministerio de Información y nunca mirar atrás.

Parecía haber alguna clase de membrana osmótica entre la BBC y la Agencia de Seguridad, pues los empleados pasaban de un mundo a otro sin obstáculos. Hartley fue productor en la sección de entrevistas antes de la guerra y ahora Perry colaboraba regularmente con la radio. A veces cabía preguntarse si el MI5 estaría utilizando la BBC para sus propios propósitos. O, de hecho, si sería al revés.

La hora de los niños llegó a su fin con su despedida habitual: «Buenas noches a los niños de todas partes». «Entre la oscuridad y la luz», esa era la hora de los niños según el poema de Longfellow. Era un poemita alegre y sensiblero, pero a Juliet siempre le provocaba una inesperada oleada de melancolía. Quizá era nostalgia de sus tiempos en Mánchester, cuando a veces era ella la encargada de despedirse por las noches.

El Big Ben dio la hora y empezaron las noticias de las seis. Juliet se vio impelida a dejar de lado el sentimentalismo: fue en busca de su caja de herramientas doméstica y sacó el martillo que utilizaba para colgar cuadros, que casi parecía de cocina. Puso el disco del *Pueblecito medieval* sobre el escurridero de madera y lo hizo pedazos. Nunca pasaría a la historia. No era la primera vez que destruía la prueba de un delito y supuso que no sería la última.

Llegó al hospital Barts a mitad del horario de visitas, cargada con lo que quedaba de las uvas de la cornucopia de Harrods, cortadas de forma que parecieran intactas.

—Oh, qué amable por tu parte —exclamó Joan Timpson—. Qué buena pinta tienen. ¿De dónde las has sacado?

—De Harrods —admitió Juliet.

—No deberías haber hecho ese gasto.

—No seas tonta —repuso Juliet, difícilmente podía decirle que las había pagado el MI5—. Bueno, ¿cómo te encuentras?

—Mucho mejor, gracias, querida.

«No parecía estar mejor», pensó Juliet. Tenía un aspecto horroroso.

—¿Qué tal el *Pueblecito?* —quiso saber Joan—. ¿Ha ido bien la jornada?

Juliet se disponía a irse a la cama cuando alguien aporreó la puerta. Captó cierta desesperación en quien llamaba. «Hay un timbre», pensó.

Se acercó a la puerta y preguntó:

—¿Quién es?

—Soy Hartley. Abre.

Lo hizo, pero a regañadientes. Estaba como una cuba y lo atribuyó a la botella de ron casi vacía que llevaba en la mano. Tenía amplitud de miras en lo que respectaba al alcohol: cualquier cosa le servía.

—¿Está aquí?

—¿Quién? —quiso saber Juliet, desconcertada.

—El puto flamenco… ¿quién si no?

—¿El checo? ¿Pavel? No, por supuesto que no.

—¿Estás segura? —Hubo cierta urgencia en aquella pregunta.

—Claro que estoy segura. Creo que me daría cuenta. No lo habrás perdido, ¿no?

—Ha ahuecado el ala. No llegó a aparecer en Kent.

Juliet pensó en los anodinos hombres de gris. Inglaterra no era el único país que los producía.

—Ni siquiera tú serías tan descuidado, Hartley.

—Yo no fui el último que estuvo con él —terció él poniéndose arrogante—. Ni quien regentaba el piso franco. Fuiste tú.

Juliet soltó un suspiro.

—Será mejor que pases. No estás en condiciones de hacer nada.

Hartley entró en la pequeña sala de estar y se dejó caer pesadamente en el sofá. Su presencia llenó el piso de un modo que la del checo no había conseguido. La diferencia entre presencia y ausencia. Entre leer y escribir. Entre interpretar y escuchar. Entre vivir y morir. El mundo no era más que dialéctica interminable. Era agotador.

—Estaba a punto de preparar leche con cacao.

—¿Cacao? —repitió Hartley con tono de incredulidad.

—Sí, te sentará bien.

Pero cuando volvió con las dos tazas, Hartley se había dormido, todavía sentado. Juliet lo empujó para hacerlo caer de costado y fue en busca de una manta. «Debería alquilar ese sofá», se dijo antes de apagar la luz.

Ya llevaba dos noches con hombres durmiendo en el sofá. El primero, un absoluto extraño; el segundo, irritantemente familiar. «Me estoy labrando una reputación», pensó, aunque en realidad a nadie en el edificio podía importarle menos lo que hiciera. Sus vecinos eran en su mayoría excéntricos o refugiados, lo cual, en la práctica, era lo mismo.

Cerró con llave la puerta de su dormitorio por si un aturdido Hartley se tambaleaba hasta allí en plena noche y confundía la habitación con el cuarto de baño.

Dejó la pequeña máuser junto a la radio Philetta. Más valía estar preparada, aunque no tuvieras ni idea de para qué te preparabas. Y en el peor de los casos, siempre podía pegarle un tiro a Hartley, que roncaba como un tren de mercancías en la habitación de al lado. Nunca supo muy bien qué pensar de Hartley. En realidad no era un hombre centrado. No le inquietaría gran cosa jugar con el otro bando.

«Pagarás por lo que hiciste.» La guerra era una herida suturada con torpeza y daba la sensación de que algo la estuviera abriendo. O alguien. ¿Sería Godfrey Toby? «Tengo que encontrarlo —pensó—. A lo mejor tengo que encontrarlos a todos. Seré la cazadora, no la presa. Diana, no el ciervo. La flecha, no el arco.»

«No pasa nada.» Pero sí pasaba, ¿no?

Por la mañana, cuando Juliet despertó, Hartley ya no estaba. La única prueba de que había estado en su casa era la botella de ron vacía.

La niebla del sueño todavía le embotaba el cerebro, volviéndolo un batiburrillo de flamencos perdidos y laúdes innecesarios, por no mencionar hombres extraños con ojos como guijarros.

«Pagarás por lo que hiciste.» ¿Era el hombre del Moretti quien exigía el pago o solo el mensajero? ¿Podía ser uno de los quintacolumnistas de Godfrey? Ella solo conocía los rostros de Trude y Dolly, eran las únicas a quienes había visto en carne y hueso. Las fichas de todos los informantes debían de estar en algún lugar en las profundidades del archivo… ¿incluirían fotografías? Godfrey podía haberlos engañado fácilmente para que creyeran que a los nazis, si los invadían, les sería más fácil identificarlos si había pruebas fotográficas. «Acérquese, Betty, y sonría a la cámara.» «Tengo mi listita —se dijo Juliet—, y ya es hora de hacer algo con ella. —Y se recordó—: Cazadora, no presa.»

La urgente necesidad de encontrar a Godfrey casi la abrumaba. Él conocería las respuestas a sus preguntas. Él sabría qué hacer. («Me temo que debemos acabar con ella.») Al fin y al cabo, se le daba muy bien «hacer limpieza».

Quizá toda aquella cháchara sobre reubicarlo al final de la guerra había sido una simple artimaña. ¿Y si Godfrey estaba exactamente donde había estado siempre? Oculto a plena luz del día. En Finchley. Vive para poder morir, Godfrey.

De camino al metro, Juliet sintió un escalofrío de miedo: un instinto animal le decía que alguien la acechaba. Al echar una ojeada por encima del hombro, no vio a nadie que pareciera seguirle el rastro. No fue consuelo alguno, pues solo quería decir que si alguien la seguía, se le daba muy bien hacerlo.

Dando un rodeo, salió del metro en Regent Street y fue hasta Oxford para coger otra línea. Por el camino entró en un Woolworth's por la puerta principal y salió por la trasera, una finta algo burda para despistar a quien fuera que pudiera estar siguiéndola. Estaba totalmente alerta, y cuando una mujer de aspecto soso y encallada en la mediana edad chocó con ella, se vio obligada a contener un grito de alarma. La mujer llevaba un pañuelo para la cabeza con estampado de loros en amarillo y verde y una maltrecha bolsa de la compra de piel sintética en el brazo. ¿Eran el amarillo y el verde los dos colores que nunca deberían verse juntos, o eran el rojo y el verde? La madre de Juliet tenía una lista bastante extensa de lo que debía hacer y evitar una modista —nada de topos y rayas juntos y esas cosas— y le insistía a Juliet en que la recordara. Fuera cual fuese la combinación, aquel pañuelo era atroz. La bolsa de la compra de la mujer era tan grande que podría ocultar un arma. Incluso en las fauces de su propia paranoia, Juliet reconoció que era un disfraz improbable para una asesina. Temió estar empezando a internarse en los confines más oscuros de su imaginación.

Lo que sí era capaz de imaginar era el caos que provocaría si blandía su propia arma en la calle Oxford. Y no podía pegarle un tiro a cada sosa ama de casa que viera, pues se pasaría ahí el día entero. Nunca se había percatado de que hubiera tantas deambulando por las calles de Londres a la luz del día. Hordas de ellas entraban en John Lewis, donde había rebajas, todas con el mismo uniforme de gabardina holgada y sombrero estrepitosamente pasado de moda. «Ha sido la guerra —se dijo Juliet recordando la fotografía de la arrugada mujer del flamenco—, nos ha convertido a todos en refugiados.»

Cuando llegó el metro, subió a un vagón y luego volvió a bajar justo cuando se cerraban las puertas. Nadie hizo lo mismo y el andén continuó desierto, sin ni una sola ama de casa sosa a la vista. «Estoy siendo ridícula», se dijo. Cuando llegó el siguiente tren, subió y se sentó. Al mirar a través de la ventanilla cuando el tren se ponía en marcha, vio al hombre del Moretti, con su inconfundible piel picada de viruela y los ojillos como guijarros. Estaba sentado en un banco ante un cartel del vino tónico Sanatogen (del que hacía muy mala propaganda), con el gran paraguas negro a su lado como un bastón. Le hizo un pequeño gesto al reconocerla, pero ella no supo decir si era una amenaza o un saludo. Fuera como fuese, la desconcertó muchísimo.

Y entonces ocurrió algo más desconcertante incluso. La mujer con la que había chocado en el exterior de Woolworth's, la del pañuelo de loros y la bolsa de la compra de piel sintética, salió de la nada y se deslizó en el banco junto al hombre del Moretti. Ambos la miraron en silencio, como un par de rencorosos sujetalibros. Entonces el tren se internó en la negrura del túnel y desaparecieron de la vista.

¿Quiénes eran? ¿Alguna clase de extraño equipo de marido y mujer? ¿Qué diantre estaba pasando? Juliet no tenía ni idea. «Rima con "mosquea"», se dijo.

La misma puerta de roble, el mismo llamador de latón con forma de cabeza de león. Juliet hasta reconoció la hortensia que crecía junto a la entrada, aunque seguía aletargada, a la espera de la primavera. Levantó la cabeza de león y la dejó caer contra el roble. Nada. Volvió a llamar y se dio un susto cuando la puerta se abrió bruscamente. Una mujer joven y un tanto agobiada, con un delantal y una creativa mancha de harina en la mejilla, la viva imagen de la feminidad de posguerra, dijo:

—Ah, hola. ¿Puedo ayudarla?

—Me llamo Madge Wilson —se presentó Juliet—. Estoy buscando a la gente que vivía antes aquí.

De las profundidades de la casa llegó un chillido airado y la mujer rio con cara de disculpa.

—Oiga, ¿por qué no entra? —(«Pero si soy una absoluta extraña —pensó Juliet—. Por lo que sabe, he venido a asesinarla.») Limpiándose las manos en el delantal, la mujer añadió—: Disculpe mi aspecto, es mi día de hornear cosas.

Con total confianza, guio a Juliet por el pasillo y dijo por encima del hombro:

—Me llamo Philippa… Philippa Horrocks.

La casa olía en realidad a pañales sucios y leche agria. Juliet sintió ganas de vomitar.

Habían dejado abierta la puerta que daba a la sala de estar y al pasar Juliet vio el interior. La habían redecorado desde la última vez que estuvo allí. Durante un vertiginoso instante volvió al pasado, sentada sobre la gruesa felpa del sofá de Godfrey Toby. («¿Puedo ofrecerle una taza de té, señorita Armstrong? ¿Serviría de algo? Hemos pasado un buen susto.») Se quitó aquella imagen de la cabeza.

Cuando entró en la cocina, descubrió el origen de los chillidos: un furibundo crío manchado de yema de huevo y bien sujeto a una trona.

—Timmy —declaró Philippa Horrocks como si fuera algo de lo que sentirse orgullosa.

—Qué pequeñín tan robusto —comentó Juliet con un estremecimiento interno; la mayoría de críos le parecían algo repelentes.

—¿Puedo ofrecerle un café? —preguntó Philippa Horrocks.

Juliet reparó en que no se veía nada en el horno ni llegaba olor alguno de él. Pues menos mal que era el día de hornear cosas. («Todo se basa en los detalles», decía Perry.)

—No, gracias. En realidad he venido en busca de los Hazeldine. Vivieron aquí durante la guerra. Eran amigos de la familia y trato de ponerme en contacto con ellos para invitarlos al trigésimo aniversario de boda de mis padres. «Si va a contar una mentira, que sea buena.»

—De perla —dijo Philippa Horrocks.

—¿Perdone?

—De perla. Ya sabe: los veinticinco son bodas de plata, y los treinta, de perla.

—Sí, sí —repuso Juliet, que pensó: «Ya parezco Godfrey Toby».

—Nosotros celebramos las de madera el año pasado. Los cinco años. —A Philippa Horrocks le tembló un párpado.

—Enhorabuena.

—Hazeldine —dijo Philippa Horrocks haciendo mucho alarde de estar pensando—. ¿Está segura? Compramos esta casa en una subasta en el 46 y el dueño anterior vivió aquí muchos años.

—¿Se apellidaba Toby?

—No. Su apellido era Smith. —«Cómo no», se dijo Juliet—. ¿Seguro que no quiere un café? Yo voy a tomarme uno.

—Oh, pues adelante, no me deja alternativa. Con dos terrones de azúcar, por favor.

Además de Timmy, estaban los mellizos, Christopher y Valerie, que habían empezado la escuela ese año y ya dominaban el primer libro de la colección *Janet y John*. Su padre, el marido de Philippa, se llamaba Norman y era actuario. («¿Qué es un actuario?», se preguntó Juliet. Parecía algo salido de un zoo, como un casuario y un dromedario.) Se mudaron allí desde Horsham. Philippa era ama de casa, pero durante la guerra estuvo en el WAAF, el Cuerpo Auxiliar Femenino de la Fuerza Aérea: ¡la mejor época de su vida! No lograba decidirse entre plantar bocas de dragón o begonias en sus arriates para el verano.

—¿Sabe de jardinería, Madge?

—Oh, yo soy de begonias. Siempre —repuso Juliet.

«Y cada día imagino que cientos de personas mueren de puro aburrimiento», pensó. Se acabó el café, que era de un frasco de Camp, hervido en un cazo con leche evaporada Carnation. Estaba realmente asqueroso.

—¡Qué rico! Y ahora, lo siento mucho, pero tengo que irme ya.

La acompañaron a la puerta con la misma educación con que la recibieron. Timmy, al que habían liberado de su cautiverio, iba en los brazos de Philippa Horrocks. Las mejillas arreboladas del crío parecían tan duras y brillantes como manzanas.

—Le están saliendo los dientes —comentó su madre riendo—. Siento mucho no haber podido ayudarla, Madge. Confío en que sus padres pasen un aniversario estupendo.

—Gracias y, por cierto —añadió Juliet deteniéndose en la entrada, junto a la hortensia—, las flores de esta planta van a ser de color rosa. ¿Sabe cómo volverlas azules?

—No —contestó Philippa Horrocks—, no sé cómo.

Pero Juliet se marchó sin revelarle el secreto.

Se quedó un rato en la esquina para comprobar si alguien entraba en la casa o salía de ella. Nada. Nadie entró ni salió; todos los habitantes de la calle bien podían haber sido víctimas de un hechizo que los hiciera dormir.

—¡Iris! ¿Eres tú? —exclamó alguien a sus espaldas.

Juliet se llevó un susto tan grande que pensó que iba a morirse allí mismo, en las calles de Finchley.

—¡Iris Carter-Jenkins! Qué gracia encontrarte aquí.

—Señora Ambrose —repuso Juliet—. Cuánto tiempo.

—No sabía que Finchley fuera tu territorio.

—He venido a visitar a un amigo —respondió Juliet—. Creía que se había mudado usted a Eastbourne, señora Ambrose... ¿o debería llamarla señora Eckersley ahora?

—«Florence» está bien.

La señora Ambrose llevaba un gorro de plumas. Las plumas eran de un azul intenso, pero Juliet supuso que eran de gallina y estaban teñidas y que no se arrancaron sin permiso del cuerpo de un martín pescador o un pavo real. Se preguntó si la señora Ambrose, con su pasión por los gorros caseros, habría matado y desplumado al ave ella misma.

¿Podía aquella repentina aparición de la señora Ambrose ser realmente una coincidencia? Primero, Godfrey Toby; luego, la señora Ambrose. (Le costaba pensar en ella con otro nombre.) ¿Qué dijo Perry sobre las coincidencias? Ah, sí: que nunca se fiara de ellas. ¿Quién sería el próximo en salir de la caja que supuestamente contenía el pasado? Claro que no existía razón alguna para que Godfrey y la señora Ambrose se hubieran conocido durante la guerra, ¿no? La única relación entre ambos era la propia Juliet. Dicha idea no ayudó a calmar sus nervios; más bien todo lo contrario, en realidad.

—No encajaba bien en Eastbourne —explicó la señora Ambrose—. Necesito un poquito de vida alrededor. He abierto una tiendecita de lanas muy cerca de aquí, Ballards Lane arriba, y la llevo con mi sobrina Ellen.

«¿Cuántas sobrinas tiene exactamente esta mujer?», se preguntó Juliet. (¿Y cuántas de ellas eran reales?)

—¿Vas a coger el metro? —añadió—. ¿Te acompaño hasta allí?

«¿Para qué, para alejarme de aquí?», se preguntó Juliet cuando la señora Ambrose la asió del codo y, como la celadora de una prisión, la hizo dirigirse hacia la boca de metro sin parar de parlotear sobre merino y mohair y las virtudes de las lanas Patons con respecto a las Sirdar. Cuando llegó al andén, Juliet notaba el brazo dolorido. ¿Seguía trabajando la señora Ambrose para la Agencia de Seguridad? Era plausible, pues siempre hizo gala de una gran ambigüedad y hasta su nombre en clave parecía aludir a ella en cierto modo. «Eckersley», por otra parte, no indicaba nada más que sobrinas y tiendas de lanas. Juliet siempre se cuestionó la lealtad de aquella mujer, por supuesto. («La señal de que alguien es un buen agente es no tener ni idea de en qué bando está.»)

La recepcionista de la Sección Educativa enarcó una muda ceja desdeñosa cuando entró Juliet.

—¿Me está buscando alguien?

—Todo el mundo —contestó la chica encogiéndose de hombros con gesto servil.

—He salido a documentarme un poco, ya que no me lo preguntas. Para el programa *Observar las cosas*.

—¿Y qué ha observado? —preguntó la chica con indiferencia.

—Finchley.

La recepcionista alzó la vista con el entrecejo fruncido.

—¿Finchley?

—Sí, Finchley —repuso Juliet—. Tremendamente interesante.

—Y todo es pasajero, al fin y al cabo, ¿no? —reflexionó Juliet.

Estaba tomando un café un tanto desesperanzado con Prendergast. La cosa había empezado como una conversación relativamente alegre sobre las reacciones en las aulas para una serie para adultos titulada *¿Puedo presentarle a?*, pero entrar a valorar el episodio «¿Puedo presentarle a sir Thomas More?» de algún modo los hizo acabar de capa caída.

—La gente se deja atrapar irremediablemente por el dogma y la doctrina...

—Por los «ismos» —añadió Prendergast negando con la cabeza con gesto tristón.

—Exacto. Fascismo, comunismo, capitalismo. Perdemos de vista el ideal que los impulsó y sin embargo mueren millones en la defensa, o en el ataque, de esas creencias.

Juliet pensó en el flamenco fugitivo. «¿Dónde estaría?»

—¿Muere gente por el capitalismo? —preguntó Prendergast con tono de curiosidad.

—Bueno, la gente siempre ha muerto cuando otros explotan el fruto de su trabajo para su propio beneficio. Y eso se remonta a los faraones e incluso antes, supongo.

—Cierto, cierto. Muy cierto.

—Y sin embargo, ¿qué significa todo eso a la larga? Por supuesto, la religión es la peor infractora —dijo Juliet, que, al recordar la «vocación» metodista de Prensergast (aunque ¿cómo podía olvidarla una?), añadió—: Perdón.

—Oh, no se preocupe por mí, señorita Armstrong —repuso él alzando una mano en aquel gesto papal suyo, que esta vez indicaba dispensa—. ¿Qué es la fe si no puede estar a la altura de un desafío?

—Pero la doctrina es solo un refugio, ¿no? Si tuviéramos que admitir que en esencia nada tiene significado, que nos limitamos a atribuirle un significado a las cosas, que no existe nada parecido a la verdad absoluta...

—Nos sumiríamos en la desesperación —concluyó en voz baja Prendergast con una expresión mustia en su cara de bulldog.

—*L'homme est condamné à être libre* —declaró Juliet.

—Lo siento, mi francés está un poco oxidado.

—El hombre está condenado a ser libre.

—¿Estamos hablando del existencialismo? —quiso saber Prendergast—. ¿De esos tipos franceses?

«"¿Puedo presentarle a Sartre?"», pensó Juliet. Ese episodio no lo habían hecho. Demasiado duro para los adultos; para cualquiera, en realidad. *«Huis clos*. A puerta cerrada», así tradujeron el título. La obra se emitió en la tercera cadena después de la guerra. Con Alec Guinness y Donald Pleasence. Era buena.

—No. No del existencialismo, la verdad. Más bien del sentido común —respondió Juliet evitando el «ismo» del pragmatismo para calmar a Prendergast.

Él posó una mano sobre la suya, con gesto bondadoso.

—Todos hemos caminado por valles tenebrosos. ¿Se deja llevar por el desaliento, señorita Armstrong?

Casi nunca. De vez en cuando. A menudo.

—No, en absoluto. Además, si nada tiene ningún sentido, tampoco lo tiene el desaliento, ¿no?

—Pero puede dejarlo a uno bastante a la deriva —dijo él—. Pensar y esas cosas.

Guardaron silencio, cada uno reflexionando sobre su propio estado, ya fuera a la deriva o no. Juliet apartó suavemente la pesada zarpa de Prendergast de su propia mano y él se enardeció y soltó:

—Creo que Sócrates dio en el clavo, por así decirlo.

Habían cerrado el círculo, supuso Juliet, y retomaron *¿Puedo presentarle a?* Era un título evidente para una serie sobre los grandes personajes de la historia, en cierto modo distinto del *¿Quieres conocer a...?* para niños. (*¿Quieres conocer a un bombero? ¿Quieres conocer a una enfermera?* Y cosas así.)

—Sí, su episodio estuvo bien —admitió.

—En ciertos sentidos era un hombre bastante radical, ¿eh? —comentó Prendergast—. Parece que los adultos respondieron bien a eso.

—Ya tienen una edad en la que empiezan a pensar por sí mismos —ironizó Juliet.

—Antes de que imperen los «ismos».

—A mí me gustó el de Charles Dickens —comentó Juliet—. El de Miguel Ángel fue «decepcionante». Según el Comité de Maestros, el folleto que lo acompañaba no incluía suficientes fotografías, y supongo que ahí está el truco. El de Christopher Wren salió bastante bien. Incluía el Gran Incendio de Londres, por supuesto. Los desastres siempre resultan muy populares.

—¿Y el de Florence Nightingale? —quiso saber Prendergast.

—Flojo.

—¿Y Chaucer?

—Aburrido. Según el público adulto, claro. Los maestros no parecían tener una opinión al respecto.

—¿Oliver Cromwell?

—Ese guion era mío —repuso Juliet.

—¿En serio? Ah, pues sobresaliente, ese era muy bueno.

—Si usted lo dice...

—Qué graciosa es, señorita Armstrong.

¿Eso era un cumplido o un insulto? Bueno, no importaba demasiado qué fuera. La repentina aparición de Daisy junto a su codo le impidió darle más vueltas. Cualquiera diría que aquella chica se movía sobre unas ruedecitas silenciosas. Su rostro era una máscara de tragedia.

—¿Pasa algo, Daisy?

—Lamento mucho la interrupción, señorita Armstrong, pero me ha parecido mejor darles la mala noticia de inmediato.

—¿Cuál? —insistió Juliet con un deje de impaciencia.

Estaba acostumbrada a las malas noticias; al fin y al cabo, vivió una guerra. Pero Prendergast no lo estaba, pues se llevó una mano a la boca, como si previera un nuevo espanto.

—Se trata de la señorita Timpson —explicó Daisy, haciendo una pausa dramática, un recurso que empleó para interpretar a la niña con lepra.

—¿Está muerta? —adivinó Juliet, robándole a Daisy su momento de gloria.

—¿Muerta? —repitió Prendergast horrorizado.

—La verdad es que tenía mal aspecto, la vi anoche mismo —dijo Juliet.

—Pobre Joan —repuso Prendergast, negando con la cabeza sin dar crédito—. Creía que solo iban a quitarle un juanete. Supongo que ahora está en un lugar mejor.

—Confiemos en que así sea —declaró Daisy con solemnidad; en una funeraria la habrían contratado al instante.

«Qué putada», pensó Juliet. Ahora iba a tener que ocuparse de *Vidas pasadas* hasta el final. No creía tener la fortaleza suficiente para aguantar a todos esos Tudor, con sus incesantes ajetreos, revolcones en el lecho y decapitaciones.

—Tengo que seguir con lo mío —declaró, abandonando a Daisy con Prendergast, o quizá al revés.

Se lamentaba ahora de haberle dado a Joan Timpson unas uvas de segunda mano. De haber sabido que iba a ser su última comida en la tierra, le habría llevado algo impoluto. Descontando a los miembros de la profesión médica (y quizá ni siquiera ellos), Juliet era probablemente la última persona con la que Joan había hablado. «Qué ricas», comentó al arrancar una uva del racimo. Como últimas palabras, eran agradables.

Juliet volvió al santuario de su escritorio para reflexionar allí. Sobre Godfrey Toby, la señora Ambrose y el flamenco. ¿Podía la desaparición del checo tener alguna relación con la reaparición de Godfrey?

El flamenco había volado, pero ¿dónde se había posado? ¿Los flamencos volaban? Tenía la impresión de que no, pero sus conocimientos de ornitología no habían mejorado desde los intentos de Perry Gibbons de instruirla.

¡Y ahí estaba él! Como si solo pensar en su nombre lo hubiera hecho aparecer de la nada. Cruzaba ante la puerta abierta de su despacho acompañado por Daisy Gibbs. ¿Qué hacía en su acera? ¿Andaría buscándola a ella?

Los fantasmas de antaño se estaban reuniendo. Perry, Godfrey, la señora Ambrose. Una congregación del pasado. ¿Quién sería el siguiente? Confió en que no fuera Ciryl.

Ni Daisy ni Perry miraron hacia ella. Juliet se sintió ofendida pero aliviada. Era curioso que una pudiera abrigar dos sentimientos opuestos a la vez, en una discordia emocional perturbadora. Notó una extraña punzada al verlo. Le tuvo cariño a aquel hombre. Ella fue su chica. «Léase: no me casé con él», se dijo.

Unos minutos más tarde Daisy regresó por el pasillo, sin Perry. Llamó a la puerta.

—Te estoy viendo —dijo Juliet secamente—. No hace falta que llames.

—Tengo una serie de cartas, de los maestros, ¿quiere que conteste?

—Sí, por favor. Pensaba que ya habíamos quedado en que lo harías. ¿Qué hace aquí Perry Gibbons?

—¿El señor Gibbons? Oh, el señor Prendergast lo ha tomado prestado de *La hora de los niños* para que nos haga un capítulo de *Nuestro comentarista*. Julio César cruzando el Rubicón, *alea iacta est* y todo eso. La suerte está echada...

—Sé latín, Daisy, gracias.

La asaltó un repentino recuerdo, el de una de las «expediciones» de Perry a Saint Albans (a Verulamium, que al principio le pareció que tenía algo que ver con los gusanos), una tarde lluviosa, para ver una villa romana. «Tiene un suelo de mosaico muy bien conservado —le contó—, que cubre el hipocausto. Viene de *hypocaustum,* que a su vez procede del griego clásico...»

Ella estaba enfadada con él por algo, pero no lograba recordar qué era.

—¿Ya conoce al señor Gibbons? —preguntó Daisy.

Juliet captó el respeto en sus palabras. *¿Puedo presentarle a Perry Gibbons?* Habría sido un tema bastante interesante para el programa.

—Lo he visto un par de veces.

—¡Ese hombre es un erudito!

—Hay veces en las que uno sabe demasiado, Daisy.

—Por cierto, el funeral de la señorita Timpson es el lunes. El Departamento manda una corona. —Daisy se quedó donde estaba; Juliet esperó—. Contribuimos todos.

—¿Con cuánto? —quiso saber Juliet.

—Cinco chelines cada uno.

Le pareció un montón, pero supuso que no había que regatear cuando se trataba de una corona fúnebre. Exhaló un suspiro, abrió el bolso y dejó dos medias coronas en la palma tendida de Daisy, tan rosada y limpia como la pezuña de un gatito.

—¿Sabe de qué murió? —preguntó Daisy con aires de sí saberlo.

—No. ¿Tú sí?

—Sí —respondió Daisy—. El señor Lofthouse me lo ha contado.

—¿Charles? —Juliet esperó, pero no hubo más—. ¿Piensas decírmelo o no?

«Ay, por favor —pensó—, no me digas que se ahogó con una uva.»

—Sí. Tenía tumores, por todo el cuerpo. —«Rima con rumores», pensó Juliet—. Pero seguía al pie del cañón.

—No utilices clichés, Daisy. Es indigno de ti.

—Tiene razón.

—Sea como fuere —dijo Juliet—, voy un momento enfrente, al Departamento de Copias.

Su ciclostil Roneo había dicho basta. «Oh, Roneo, Roneo, ¿dónde estás que no te veo?», decía una de las secretarias (con demasiada frecuencia, quizá), y Juliet se preguntaba enojada por qué la gente malinterpretaba aquel verso. Con el paso de los años, llegó a tener la sensación de que había adquirido derechos sobre él.

Desde hace ya unos días tenían que cruzar a la Casa de la Radio cada vez que querían copiar algo. A todos les gustaba el pequeño respiro que aquello suponía. Podrían haber mandado a uno de los chicos de los recados, por supuesto, pero ¿por qué deberían pasárselo bien solo ellos?

—Puedo ir a la Casa de la Radio por usted —se ofreció Daisy—. Estoy segura de que tiene cosas más importantes entre manos.

—No, la verdad es que no. Ya voy yo.

—Oh, deje que vaya yo.

—No.

Daisy parecía a punto de forcejear con ella para arrancarle el fajo de papeles que llevaba en la mano. La mayoría estaban en blanco. En realidad Juliet no se dirigía al Departamento de Copias. Iba al auditorio para escuchar una grabación de la Orquesta de Baile de la BBC. Conocía al productor. Una chica les traía el té, pero ellos evitaban las galletas, pues preferían el bizcocho de frutas que la mujer del productor le preparaba a su marido. Él estaba muy harto del mundo, pero lo cierto era que Juliet también. Se besaron una vez, brevemente, más como un acto de solidaridad que por lujuria.

Cuando volvió del auditorio, Juliet notó mal rollo en el ambiente.

—¿Ha pasado algo? —le preguntó a Daisy.

—Han despedido a Lester Pelling. Es un buen palo, aún no nos hemos recuperado de la noticia sobre la señorita Timpson.

—¿Que lo han despedido?

—Le ha caído una buena bronca. Resulta que el señor Fairbrother, el que era molinero, primer siervo y cocinera suplente... ¿se acuerda de él?

—Sí.

—Bueno, pues soltó algunos tacos durante la emisión del programa. —Daisy bajó la voz para añadir en un remilgado susurro—: Dijo una palabra especialmente fea.

—¿Joder?

Daisy parpadeó.

—No fue culpa de Lester —dijo Juliet—. Y no hay pruebas de que nadie haya dicho ningún taco. El disco no existe, literalmente.

—Bueno, pues Lester ha admitido saberlo —repuso Daisy, y se encogió de hombros en un gesto un tanto sentencioso.

—Oh, por el amor de Dios.

—¿Ha visto a Lester? —le preguntó Juliet a Charles Lofthouse.

—¿A quién?

—A Lester. Lester Pelling. El chico al que han despedido.

—¿Era un chico de los recados? Pensaba que era técnico auxiliar de programación.

—Sí, era eso —repuso ella pacientemente.

—Se ha puesto a llorar —dijo Charles Lofthouse—. Pero a alguien había que echarle la culpa, supongo. El chico ha sido nuestro chivo expiatorio.

—Tiene un nombre —espetó Juliet.

«Se llama Lester y quiere ser productor. Y su padre es un cabrón. Y se ha puesto a llorar.» Juliet sintió una punzada de dolor al pensar eso. *Huis clos*. A puerta cerrada. «No está muerto», se recordó.

—Prendergast ha intentado salvarlo, por supuesto —prosiguió Charles. («El bueno de Prendergast», pensó Juliet.)—. Ya sabe qué dice Walpole.

No, era evidente que Juliet no sabía qué tenía Walpole que decir sobre el tema de un técnico auxiliar de programación. «Menudo avispón estás hecho —pensó—. Un bicho malévolo y tullido.» Le gustaría blandir un matamoscas y acabar con su existencia. Supuso que debería tenerle lástima, por la pierna y esas cosas, pero él sobrevivió cuando otros no lo hicieron. Alguien a quien antaño estuvo muy unida murió en el Café de París aquella noche y Juliet presenció las repercusiones de la carnicería en la morgue, de modo que una pierna parecía un pequeño precio que pagar.

—No, ¿qué dice Walpole, Charles? —preguntó con tono cansino.

—Que el mundo es una comedia para quienes piensan y una tragedia para quienes sienten —declaró él en un pomposo alarde de erudición.

Fräulein Rosenfeld se acercó a ellos arrastrando los pies y aferrando el curso de alemán como si fuera un bote salvavidas.

—¿Es verdad que la pobre Joan ha muerto?

—Se nos ha ido para nunca volver —repuso Charles Lofthouse.

Un chico de los recados esperaba cerca de ellos.

—¿Señorita Armstrong?

—Sí.

—Ha llegado esto para usted.

Le tendió un pedazo de papel, sin sobre siquiera esta vez, pero Charles lo interceptó. Lo arrancó de las manos del chico y leyó en voz alta:

—«Te espero fuera». Firmado: «RH». Desde luego, lleva una vida bien misteriosa.

—No, ni mucho menos, se lo aseguro —repuso Juliet.

—Deje que la acompañe hasta la puerta —sugirió *Fräulein* Rosenfeld.

Juliet comprendió que se sentía sola, que agradecía cualquier clase de compañía.

—Quizá podríamos tomarnos una copa alguna tarde después del trabajo, *Fräulein* Rosenfeld —dijo.

—Oh, me encantaría, señorita Armstrong. —*Fräulein* Rosenfeld sonrió de oreja a oreja—. Sería maravilloso.

«Qué poco se necesita para hacer felices a unos —pensó Juliet— y cuánto para hacer felices a otros.»

—¿Se marcha temprano, señorita Armstrong?

Juliet echó un vistazo al reloj.

—Un cuarto de hora antes, Daisy.

—Igual tiene cita con el dentista —sugirió Daisy.

—Igual no.

Hartley la esperaba en la acera, con un pitillo en los labios y una insufrible expresión de indiferencia en la cara.

—¿Qué quieres? —preguntó Juliet.

—Pensaba que a lo mejor te apetecía salir a la caza del flamenco.

¿Cazaba flamencos la gente? Era un ave a la que nunca le había prestado mucha atención, pero que ahora parecía posada en cada esquina. No, posada no. Los flamencos no se posaban, ¿no? Probablemente eran demasiado grandes y tenían las patas demasiado largas; para posarte hace falta tener patas cortas o perderás el equilibrio, sobre todo si sientes predilección por plantarte sobre una sola pata. Juliet soltó un suspiro y se preguntó si algún día iba a matarse de tanto pensar. ¿Era posible algo así? Y ¿sería doloroso?

—Volveremos sobre los pasos de nuestro amigo —dijo Hartley mientras entraban en el Palace Strand.

«Los fantasmas no dejan huellas», se dijo Juliet, pero olvidaba que Hartley siempre parecía conocer muy bien a todos los miembros del personal de cada hotel y restaurante de Londres, una útil consecuencia de su insaciable cordialidad y su correspondiente esplendidez, suponía. «No hay nada que un camarero al que has dado una propina exorbitante no vaya a revelarte. Mi regla de oro es darles tres peniques por chelín. El *pourboire,* como dicen los franchutes.»

—Me imagino que no somos los únicos que lo andamos buscando.

—Hay controles policiales en las carreteras. Y agentes secretos y del Cuerpo de Operaciones Especiales por todas partes. Tenemos vigilados los aeropuertos, las estaciones de tren y los puertos. Lo habitual. De momento no tenemos ninguna pista. Buscan al flamenco por aquí y por allá; por todas partes. Por cierto, quieren hablar contigo para que des el parte. Les he dicho que no has cometido infracción alguna, que eres inocente.

—Lo soy.

—Ya, y eso les he dicho.

Hartley empezó por el portero. Los dos hombres de gris y su relleno de flamenco no se evaporaron, ni siquiera subieron a un coche que esperaba, sino que salieron andando por la puerta para dirigirse «calle abajo, señor», según informó el portero, y luego «entrar en el Savoy».

Su homólogo en el Savoy saludó levantándose el sombrero.

—Bienvenido de nuevo, señor Hartley.

Todo el personal del hotel parecía figurar en la lista de informantes de Hartley y como tales habían observado atentamente la exfiltración del checo. El portero recordaba «un trío bien curioso» y el conserje del vestíbulo señaló hacia la sala que daba al río. Según él, obligaron a la presa a bajar por las escaleras de mármol hasta allí. Un botones bien dispuesto («Menudos tipos tan raros, esos amigos suyos») los dirigió hacia los ascensores.

—Trabajé una vez de camarera en un hotel —comentó Juliet mientras recorrían el Savoy—, aunque no era tan lujoso como este.

—Yo celebré mi banquete de boda aquí —dijo Hartley. Por incongruente que pareciera, estuvo brevemente casado con una condesa polaca. Ninguno de los contrayentes dejó claras sus razones.

—He ahí la diferencia entre tú y yo —dijo Juliet—. Tú nunca has tenido que trabajar por los *pourboires*.

Se abrió una puerta, de una habitación de servicio, y Juliet entrevió fugazmente el mundo entre bastidores: una pared combada y con la pintura desconchada y una alfombra raída y sucia. Alguien se apresuró a cerrar de nuevo la puerta.

El rastro de miguitas de pan los llevó hasta la chica del guardarropa, que los dirigió a las escaleras de bajada, pasando ante el salón de baile, hasta la entrada del río, donde rondaba otro portero, de categoría algo inferior que la de sus colegas defensores de las barricadas del frente. Aun así, la ridícula generosidad de Hartley con su billete de diez chelines le sonsacó la suficiente información para determinar que no hubo coche alguno esperándolos en la parte trasera del hotel y que «sus amigos» entraron en los jardines del Victoria Embankment.

—Parecían tener mucha prisa por llegar a algún sitio —añadió.

«Qué eficaces resultaban todos esos testigos», se dijo Juliet. Establecían una pulcra coreografía de la gran escapada. Casi parecía que la hubiesen ensayado.

—Bueno… —dijo Hartley cuando ya estaban en los jardines, tratando de imaginar los sucesos de la víspera.

Observaba con rostro inexpresivo el monumento a sir Arthur Sullivan, con su erotismo un tanto morboso.

—Las cosas rara vez son como parecen —murmuró, y cuando Juliet lo miró con expresión inquisitiva, añadió—: Su ópera, *El Pinafore*. «A veces la leche desnatada se hace pasar por nata.» Les tengo cariño a los viejos Gilbert y Sullivan. Mi madre…

De repente se quedó sin habla, con la vista perdida en un punto a media distancia, como un médium que se comunicara con los muertos en el escenario.

—¿Qué pasa? —quiso saber Juliet, irritada ante aquel número dramático, digno en sí mismo de una ópera cómica.

Hartley la agarró para sacarla a rastras de los jardines y plantarla en el Embankment, en la margen del río.

—¿Qué ves?

—¿El Big Ben? —sugirió ella—. ¿Las cámaras del Parlamento?

La mole achaparrada del Festival Hall, a medio construir, se alzaba en la margen opuesta del Támesis. Por lo visto, Londres iba a volverse ahora de hormigón. Juliet pensó en el arquitecto de la otra noche en el Belle Meunière. Decía ser un «brutalista» y ella creyó durante un instante que se refería a su carácter.

—No, no me refiero a los edificios —repuso Hartley—, sino al río. Deben de habérselo llevado en barco desde uno de los muelles del Embankment. Por eso no lo interceptaron en ningún control de carreteras. Ni en los puertos. Lo habrán llevado hasta el estuario y una vez allí deben de haberlo trasladado a otro barco. Con destino a Francia u Holanda. O al Báltico. Se ha esfumado hace mucho. —Y añadió con aire taciturno—: Supongo que han sido los rusos.

—Bueno, es una teoría —repuso Juliet—, pero no una conclusión.

Así desaparecía la gente en la historia, ¿no? No los borraban del mapa, sino que se buscaba una explicación para esa desaparición. ¿Y si huyó voluntariamente? Quizá decidió que no quería pertenecer a ninguno de los bandos.

Ambos guardaron silencio un rato mientras contemplaban las aguas marrones del Támesis. Cuántas cosas habían visto esas aguas a lo largo de los años.

—O los estadounidenses —sugirió Juliet—. Nos habrán robado la iniciativa porque no se fiaban de que lo entregáramos. Lo cual no deja de tener su justificación.

—¿Los yanquis? —reflexionó Hartley—. Oh, no consigo imaginarlo, y tampoco hay pruebas de que sea así, ¿no? Aunque se puede conseguir que cualquier cosa parezca una prueba, si uno se empeña, por supuesto. Hablando de los yanquis, ¿qué tal si nos tomamos una copa en el American Bar? El sol ya está sobre la verga del trinquete, llegó la hora del primer trago.

—No es esa hora ni mucho menos.

—Ya, pero en alguna parte sí lo es —repuso Hartley—. En Moscú, por ejemplo.

—¿Perry trabaja todavía para la Agencia de Seguridad? —preguntó Juliet cuando ya estaban instalados ante sus copas; les dieron los mejores asientos del local y el camarero se mostró tan deferente con Hartley como si fuera un personaje de lo más importante.

—¿Perry? ¿Perry Gibbons? No sabría decirlo. Aunque en realidad nadie se marcha nunca del todo, ¿no?

—Yo sí lo hice.

—No me digas. Y sin embargo, aquí estamos.

—Y todo ese rollo de *La hora de los niños* sería una buena tapadera —añadió Juliet, ignorando el comentario de Hartley.

—Bueno, todos tenemos una fachada. ¿Tú no?

Tras cierta vacilación, Juliet decidió enseñarle a Hartley la nota. Necesitaba hurgar en el archivo y Hartley era la única persona a la que conocía capaz de hacerlo.

—Alguien me ha dejado un mensaje.

—«Pagarás por lo que hiciste» —leyó Hartley en voz alta, y miró a Juliet con interés—. ¿Qué hiciste?

—Vete a saber. Nada, que yo sepa. —(¡No era verdad!)—. Creo que podría tener algo que ver con la reaparición de Godfrey.

—El viejo Toby *el Cojeras*. ¿Le debes algo?

—Nada, en absoluto. Pero pensé que tal vez sus informantes… ya sabes… Me preguntaba si habrían descubierto lo de nuestra operación y querrían vengarse de alguna manera.

—No seguirás dándole vueltas a lo de los quintacolumnistas, ¿verdad?

—Pues sí. ¿Puedes buscar por mí en el archivo y comprobar si tienen sus direcciones?

—¿Por qué no se lo pides a Alleyne? Puedes preguntarle también por Perry y el viejo Toby *el Cojeras* y por esta tontería —respondió él devolviéndole el pedazo de papel—. Fuiste la chica de Alleyne, ¿no?

—No. Más bien todo lo contrario.

—No mires —dijo Hartley una vez fuera del Savoy, mientras se abrían paso por el Strand hacia Trafalgar Square—, pero creo que alguien nos sigue.

—¿Es un hombre de aspecto raro? —quiso saber Juliet—. ¿Bajo, con marcas de viruela y un ojo más caído que otro? ¿Y con un paraguas? ¿O una mujer con un pañuelo para la cabeza y que lleva una bolsa de la compra?

—No —contestó Hartley—. No es así, en absoluto.

Mientras recorría el pasillo de vuelta a su despacho, Juliet oía a alguien cantar «I know where I'm going» con una voz de contralto un tanto forzada; supuso que ensayaba para *Cantemos juntos*.

—Cuando oigo esa canción, siempre pienso: «¿Y yo, sé adónde voy?» —dijo Daisy materializándose a su lado; como ayudante de un mago sería excelente.

—¿Y lo sabes?

—Por supuesto —repuso Daisy—. La verdadera cuestión es si sabe de dónde vengo.

—¿Y de dónde vienes?

—De ayudar a Perry con *Nuestro comentarista*. —(Juliet reparó en la familiaridad con que hablaba de él. Perry se había conseguido otra chica)—. Hemos estado ensayando. «Y hoy, los idus de marzo, estamos aquí en el Senado esperando la llegada de Julio César. Ah, ahí está Bruto, y un poco más allá veo a Marco Antonio.»

—Madre mía, qué emocionante.

—Lo dice con sarcasmo.

—Sí.

—Bueno, pues a mí me entusiasma hacerlo —repuso Daisy.

Siguió a Juliet hasta su despacho y la observó ponerse el abrigo.

—Y por cierto, ¿adónde va usted, señorita Armstrong?

—Tengo que hacer ciertas averiguaciones para *Observar las cosas*.

—Vaya, ¿y qué es lo que va a investigar? —preguntó Daisy con cierta impaciencia.

—Una tienda de lanas.

—¿Para un episodio sobre una tienda de lanas? —preguntó Daisy sin mucha convicción.

—Sí.

—¿Puedo ir con usted?

—No.

«Tengo una listita —se dijo Juliet— de infractores contra la sociedad que bien podrían estar criando malvas y a los que nadie echaría nunca de menos.» ¿Debería figurar en ella la señora Ambrose? ¿Decía la verdad? ¿Era cierto que regentaba una inocente tienda de lanas y era pura coincidencia que se hubieran encontrado en Finchley? ¿O formaba parte del grupito de conspiradores del pasado que ahora la acosaban? «Toda la pandilla está aquí.» Esa mañana la perturbó tanto la repentina reaparición de la señora Ambrose que no se le ocurrió preguntarle si sabía quién podía haberle dejado aquella nota. «Pagarás por lo que hiciste.» Estaba bastante segura de no deberle nada a la señora Ambrose.

Efectivamente, en Ballards Lane había una tienda de lanas y el letrero del escaparate decía que en efecto pertenecía «a las Eckersley». Juliet pasó un rato observándola a hurtadillas. «Como *Nuestro comentarista*», se dijo. Entró una mujer. Al cabo de unos minutos volvió a salir. De momento, todo en orden.

La campanilla sobre la puerta tintineó alegremente al entrar Juliet, justo como se debía recibir a una clienta en una tienda así, aunque detrás del mostrador no había nadie para atenderla.

«Era sin duda una tienda de lanas», pensó Juliet observando a su alrededor el panal de celdillas de madera que cubría las paredes, ocupadas por ovillos como abejas de dos, tres y cuatro hebras. Supuso que sería un gran aislamiento acústico. Era la clase de sitio al que acudiría Philippa Horrocks, si dicha persona existía, a comprar lana para tejerle al pequeño Timmy un jersey con dibujo nórdico.

Había agujas de todos los tamaños y formas. «¿Hasta qué punto era mortífera una aguja de tejer?», se preguntó. Había una caja registradora, grande como un órgano de iglesia, y un mostrador de cristal con el aspecto exacto que se imaginaba que tendría el ataúd de Blancanieves. Pero no contenía jovencita atribulada alguna ni manzanas envenenadas, sino que sus entrañas consistían en estantes de madera poco profundos con hilos de bordar, botones y un montón de artículos de mercería.

Juliet abrió y cerró la puerta varias veces más para llamar la atención. La campanilla, sin alegría ya, se estremeció violentamente en respuesta a semejante asalto.

Aquel sitio era el paraíso de los ladrones, si uno era la clase de ladrón que andaba buscando agujas circulares y estambre de cuatro hebras. Lo cierto era que había mucho que ver en una tienda de lanas. Podía dar para un programa de la Sección Educativa sorprendentemente bueno. Se podía empezar por las ovejas, con la esquila y esas cosas. Y corderitos; a Prendergast le gustaría eso.

—¡¿Hola?! —exclamó.

¿Era posible que no hubiera nadie? ¿O tal vez la señora Ambrose yacía muerta en la trastienda? Una gruesa cortina de felpilla formaba una barricada ante ese reino misterioso, y Juliet se estaba preguntando si debería investigar qué había al otro lado cuando se corrió para revelar a una mujer con una permanente de rizo muy prieto. Una madeja de lana le rodeaba los antebrazos como si llevara unas esposas. Juliet se acordó de Houdini. Soltando una risa atolondrada, la mujer tendió los brazos ante sí como si quisiera que Juliet la arrestara y preguntó:

—¿Puede?

—¿Que si puedo qué?

—Devanarla por mí.

Juliet suspiró. Supuso que hacer eso, como mínimo, le proporcionaría una cautiva a la que interrogar.

—¿Es usted Ellen? ¿Ellen Eckersley? —preguntó mientras empezaba a devanar la lana para formar un ovillo, sin mucha maña porque llevaba mucho tiempo sin hacerlo.

—Sí. ¿Cómo lo ha sabido?

—Me parece que conozco a su tía… la señora Eckersley. Florence.

—¿La tía Florrie?

—¿Está aquí?

—No, ha salido.

—¿Adónde?

—Oh… pues a algún sitio —fue la vaga respuesta de Ellen Eckersley.

«Menuda novata —se dijo Juliet—, ni siquiera mencionaba una cita con el dentista como excusa.»

La madeja de lana se transformó finalmente en ovillo y Ellen Eckersley quedó libre.

—¿Quería comprar algo? —preguntó.

—Me llevaré esto —contestó Juliet echando mano del ovillo más cercano, uno de estambre de lana aran que sacó de su celdilla, y una vez que lo hubo pagado, añadió—: Bueno, pues ya me voy. Dígale a la señora Eckersley que he pasado por aquí.

—¿Quién le digo que ha preguntado por ella?

—Oh —repuso Juliet como quien no quiere la cosa—, solo dígale que era alguien de su pasado.

No parecía que hubiera vida en la antigua casa de Godfrey. Las ventanas parecían mirarla sin ver tras las decorosas mosquiteras. Esa mañana Philippa Horrocks le había parecido sobreactuada y tensa. Quizá podía pincharla un poco para ver si se le caía la careta. Sin embargo en esta ocasión, cuando llamó con la aldaba de cabeza de león, no acudió nadie a abrir.

Pero en la casa contigua salió por la puerta un hombre bastante anciano.

—Hola, querida, ¿puedo ayudarla? —preguntó.

Llevaba unas tijeras de podar en la mano y empezó a recortar un seto sin ton ni son.

—Estaba buscando a la mujer que vive aquí... Philippa Horrocks.

Él paró de podar.

—Creo que ahí no vive nadie que se llame así, querida.

«En aquel cuadro viviente particular, ese era el personaje del anciano amable», pensó Juliet. La joven ama de casa agobiada, la empleada algo despistada de la tienda de lanas... estaban todos presentes y muy correctos en su papel. («Es importante no dejarse llevar por delirios y neurosis», decía Perry.)

Un hombre con un perro, un inofensivo spaniel, saludó al pasar levantándose el sombrero ante ella y el anciano amable. Siempre había un hombre con un perro, era un componente crucial de la escena.

«¿Y cuál es mi papel en la trama? —se preguntó Juliet—. ¿El de joven heroica en peligro? ¿O soy la mala de la obra?» Hurgó en el bolsillo del abrigo y tocó la afilada punta de una pequeña aguja de tejer calcetines, liberada de su ataúd de cristal. Pensó que se le podía sacar un ojo a alguien con ella.

—Esa casa lleva varios meses vacía —añadió el anciano amable.

—¿Recuerda que haya vivido aquí alguien llamado Godfrey Toby?

El viejo negó con la cabeza.

—No, lo siento, nunca he oído ese nombre.

—¿Y qué me dice de John Hazeldine?

—¿John? —Se le iluminó la cara—. Buen tipo, ese John. Solía cortarme el césped. Los Hazeldine se mudaron después de la guerra. Creo que se fueron al extranjero. A Sudáfrica, me parece.

—Gracias.

—Ha sido un placer, querida.

«Habría podido ser un encuentro casi perfecto, plausible en todos los sentidos», reflexionó Juliet cuando se alejaba. Y sin embargo...

Se quedó merodeando en la esquina otra vez. La casa del anciano amable y su jardín esquinero estaban rodeados por un robusto seto de alheña, perfecto para que una mujer se ocultara tras él y observara a Philippa Horrocks acercarse atropelladamente por la calle empujando un gran cochecito donde se encontraba Timmy mientras dos colegiales corrían detrás para intentar seguirle el ritmo. Juliet supuso que esos serían Christopher y Valerie. Cuando llegó a su puerta, Philippa Horrocks estaba sin aliento.

El anciano, menos amable entonces, seguía plantado ante su verja.

—Llegas tarde —soltó—. Ella ya se ha ido.

—¿Qué le has dicho?

El viejo debía de haberse acercado más a su casa, porque Juliet solo captó un fragmento de lo que decían, aunque quedó claro que discutían sobre quién había dicho qué a quién. Al menos se podrían haber aprendido bien sus papeles. Había aficionados por todas partes. Aguzando el oído, le pareció captar las palabras «extranjero» y «librarse de ella».

«¿Dice que se ha librado de mí? ¿O que van a librarse de mí?» Dos frases con significados muy diferentes. O quizá había oído mal y era de Godfrey Toby de quien se habían librado. O que era Godfrey quien se libraría de ella. Aquello parecía una complicada partida de ajedrez, pero Juliet no conocía todas las reglas ni dónde estaban los demás en el tablero. Era obvio que pretendían que fuera un peón en aquel juego. «Pero soy una reina —pensó—, capaz de moverme en todas direcciones.»

Su ruta hacia el metro la hizo pasar de nuevo ante la tienda de lanas. El interior estaba a oscuras y en el escaparate había un letrero escrito a mano que decía: «Echamos el cierre. Liquidación total».

La Sección Educativa ya había cerrado cuando Juliet regresó, pero el enorme barco de enfrente seguía navegando valientemente, con todas las luces encendidas.

—¿Sigue aquí Perry Gibbons? —le preguntó a la recepcionista en el vestíbulo grande como una catedral de la Casa de la Radio.

La chica consultó el libro de registro.

—Creo que sí —contestó, no muy dispuesta a facilitar información.

Su cara lucía una expresión estirada, como si todo el que entrara por la puerta defraudara sus expectativas. ¿Incubaban a esas chicas tan altaneras en algún criadero especial?

Juliet esperó a que le revelara más. («A veces, no decir nada puede ser tu arma más potente».)

La chica cedió.

—Está todavía en el estudio de *La hora de los niños*. ¿La espera?

—Sí.

No la esperaba, por supuesto.

La recepcionista hizo acudir a un chico de los recados para que la escoltara hasta la tercera planta, pese a las protestas de Juliet de que conocía el camino. Esperaron el ascensor junto a la estatua de *El sembrador* de Gill, que diseminaba sus semillas bajo la gran dedicatoria bañada en oro a aquel «Templo de las artes y las musas». La corporación había tenido siempre un tono cuasirreligioso. La Casa de la Radio en sí estaba dedicada a «Dios Todopoderoso», como si Él observara con benevolencia los transmisores desde las nubes. ¿Era todo aquello también una fachada?

Llegó el ascensor.

—¿Señorita? —preguntó el chico—. ¿A qué estudio vamos?

Había una luz roja sobre la puerta, de modo que Juliet entró en silencio en la cabina para espectadores, que quedaba muy por encima del estudio. Solo había una persona allí, una mujer a la que Juliet no había visto nunca y que le hizo una breve inclinación de cabeza cuando entró.

Debajo de ellas, una compañía de actores se hallaba en plena lectura de lo que parecía una dramatización de los *Caballeros de la Mesa Redonda*. A Juliet la sorprendió comprobar que uno de los actores era el deshonrado Roger Fairbrother. Por lo visto, allí no estaban al corriente de su metedura de pata, aunque a lo mejor sí lo estaban, porque la mujer sentada junto a Juliet, con pinta de aguerrida, observaba atentamente como un halcón dispuesto a abatirse sobre su presa. Juliet le ofreció un pitillo a aquella mujer rapaz y fumaron juntas en silencio durante un rato. Finalmente llegó el momento de desear buenas noches a todos los niños y Juliet preguntó:

—¿Perry?

La mujer se encogió de hombros y señaló hacia lo alto con el cigarrillo.

Juliet enarcó una inquisitiva ceja («A veces, no decir nada...», y esas cosas) y la mujer habló por fin.

—En la fonoteca.

—Gracias.

Juliet subió por las escaleras hasta la cuarta planta, aunque la cosa no fue tan sencilla. La distribución de la Casa de la Radio era muy compleja y uno se encontraba a menudo internándose en tierra desconocida al salir de un ascensor o una escalera. Ella estaba ahora ante un estudio de teatro en la sexta planta, sin tener ni idea de cómo había ido a parar allí.

—¿Has visto a Perry Gibbons? —le preguntó a un chico de los recados que pasaba, pero ya eran más de las seis y parecía totalmente absorto en marcharse a casa.

Otra escalera desierta la llevó más arriba incluso. «Las chicas de los cuentos de hadas, o en los laberintos, deberían ser un poco más sensatas», pensó. El aire parecía inmóvil, pero creyó oír algo o a alguien... el eco de unas pisadas en los peldaños de piedra. *Toc, toc, toc.* Un miedo repentino se apoderó de ella y abrió una puerta para salir a toda prisa a un pasillo. «*Muerte en la Casa de la Radio*», pensó; era una de las peores películas que había visto nunca. Val Gielgud, el director de producciones dramáticas, la escribió y protagonizó en 1934. Estrangulaban a un actor durante una emisión en directo. Era una buena idea para una trama (Juliet pensó en Roger Fairbrother), pero la interpretación resultó exagerada y carente de naturalidad.

El angosto pasillo estaba desierto y describía una espiral interminable en torno al núcleo central de estudios. Juliet empezaba a preguntarse si acabaría volviendo por el otro lado. *Toc, toc, toc.* ¿Eran unos zapatos? ¿Podría tratarse de un bastón? ¿De uno de nogal con empuñadura de plata? *Toc, toc, toc.* El sonido se hizo más audible, más insistente.

Llegó a otra escalera y se encontró de forma inesperada ante la sala de frecuencias en el último piso del edificio. *Toc, toc, toc.* Ahora se oía más cerca. «Algo malévolo se acerca.»

«Me temo que debemos acabar con ella.»

No había ninguna luz roja en el exterior de la sala de frecuencias, de modo que Juliet entró y cerró la puerta sin hacer ruido. La habitación estaba insonorizada, así que si alguien iba a por ella, no podría oírla ahí dentro. Aunque tampoco la oiría gritar nadie, claro. Presa del pánico a esas alturas, forcejeó con el cierre del bolso y justo cogió con mano temblorosa la pequeña culata de la máuser cuando la pesada puerta del estudio se abrió. Despacio y con un crujido, como si la puerta fuera también un intérprete sobreactuado en una película policíaca de segunda fila.

—¿Señorita Armstrong? ¿Juliet? ¿Se encuentra bien?

¡Perry! Qué inesperado, qué consuelo tan abrumador le producía verlo. Gracias a Dios que no había sacado la pistola del bolso. Habría creído que era una chiflada. Y no quería que pensara eso de ella. Comprendió que, incluso después de tanto tiempo, todavía le importaba mucho la opinión que él tuviera de ella.

—Juliet —dijo Perry asiéndole ambas manos—. Cuánto tiempo. Oí decir que había regresado a Londres. Qué contento estoy de verla.

«Caramba —se dijo Juliet—, ¿cuándo había empezado a tocar a la gente?» Parecía verdaderamente encantado de verla, captaba la calidez en su preciosa sonrisa. Había sido un hombre herido, deshecho, y ahora parecía curado.

—¿Se ha perdido?

—Un poco —admitió ella.

—Ya, lo entiendo, este sitio es una pesadilla —repuso él, riendo—. Yo me pierdo constantemente. ¿Estaba buscándome?

Fueron juntos hacia el ascensor, y con su presencia, los pasillos y las escaleras se volvieron entonces inofensivos. Y sin embargo se oyó el *toc, toc, toc*. Juliet miró a su alrededor con nerviosismo. A lo mejor sí que estaba chiflada.

—¿Ha oído eso?

Perry señaló en silencio a un hombre que recorría despacio el pasillo, dando golpes en la pared con el bastón blanco que llevaba en la mano. Pese a las gafas oscuras, la opacidad de sus ojos fue visible tras los cristales cuando se acercó.

—¿Puedo ayudarle? —preguntó Perry tocándolo en el codo con suavidad.

—No, gracias, estoy bien —contestó el hombre con cierta brusquedad.

Pasó de largo y siguió avanzando con su *toc, toc, toc*.

—Lo abatieron y cayó al Ruhr envuelto en llamas —explicó Perry en voz baja—. Pobre hombre. Trabaja en *El diario de la señora Dale*.

Perry la llevó al Mirabelle y tomaron *raie au beurre noisette* y una *tarte aux pruneaux*. Y una botella entera de borgoña. Él llevaba un traje de tres piezas de raya diplomática gris, hecho a medida, caro y bien cortado, y estaba muy guapo. La mediana edad le sentaba bien. «Debería haberme casado con este hombre», se dijo ella mientras brindaban. Habría comido bien, por lo menos; aunque ese «por lo menos» habría estado a la orden del día.

—Qué agradable verla. Esta tarde he ido en su busca al edificio de enfrente. Estoy cruzando el Rubicón con una chica suya bastante entusiasta.

—Daisy.

—Sí, y por lo visto sus hermanas también tienen nombres de flores: Marigold y Primrose. Todo un ramo —añadió riendo—. O quizá solo un ramillete.

Juliet se fijó en que reía mucho más ahora que no había guerra. O a lo mejor porque se sentía más cómodo consigo mismo. Le parecía que para ella bien podía ser al revés, en ambos sentidos.

—Ya, bueno —repuso—. Yo intento no hablar demasiado con Daisy, porque con eso no hace sino crecerse. ¿Perry?

—¿Sí?

—Quería hablarle de una cosa.

—Claro, ¿de qué?

—Hace un par de días vi a Godfrey Toby.

«Si me dice "¿a quién?" —pensó Juliet— o "Ah, el bueno de Toby *el Cojeras*", pienso tirarle el poso del borgoña por la cabeza.»

Perry se salvó de tan profano bautismo.

—¿A Godfrey Toby? Madre mía, ese sí que es un nombre del pasado. ¿Cómo le va? Pensaba que lo habían trasladado. A las colonias o al trópico.

—¿Al trópico?

—O a Egipto, quizá.

—Yo había oído que a Viena —repuso Juliet.

Perry se encogió de hombros.

—Bueno, da un poco igual, ¿no? A algún otro lugar que no es Inglaterra.

Juliet sacó la nota del bolso y la empujó por encima de la mesa. Perry la leyó en silencio y luego le dirigió una mirada inquisitiva.

—Esta no es la letra de Godfrey.

—No, claro que no. ¿Sabe de quién es?

—No, lo siento.

—Me la dieron en recepción, con mi nombre en el sobre. Es de un hombre que creo que me sigue. De hecho, también me sigue una mujer. Me parece que trabajan en tándem. Me pregunto si tendrán algo que ver con los informantes de Godfrey.

—¿Con los vecinos? —preguntó Perry. Sonrió ante aquella palabra y ante el recuerdo, como si el paso del tiempo lo hubiera vuelto inofensivo—. Seguro que no. ¿Cómo iban a saber ellos quién era usted o dónde está ahora, ya puestos? Usted era anónima para ellos, ¿no?

—Simplemente me parece una coincidencia —explicó Juliet—. Haber visto a Godfrey de esa manera y luego recibir la nota. Usted me dijo que no me fiara de las coincidencias.

—¿Eso le dije? —rio—. No me acordaba. Pero me preocupa que crea que alguien la sigue. ¿Qué aspecto tiene ese hombre?

—Es bajo, cojea, tiene la piel picada de viruela y un ojo más caído que otro.

—Madre mía, parece el malo de una película. Tiene un toque de Peter Lorre.

«Ahora iba al cine, por lo visto, y conocía los nombres de los actores. Cómo habían cambiado los tiempos. ¿Qué otras cosas haría últimamente?», se preguntó Juliet.

—Y en cuanto a la mujer, me preguntaba si sería Betty o Edith. Nunca les vi la cara.

—Parece poco probable. Si fueran a hacer «pagar» a alguien, sin duda sería al propio Godfrey. Al fin y al cabo, usted era solo una mecanógrafa. —(«Vaya, gracias», se dijo Juliet.)—. Godfrey era un buen tipo —continuó Perry, pensativo—. Un hombre íntegro, como se suele decir. Siempre me cayó bien.

—Ajá, a mí también.

—¿Qué tal está?

—No lo sé, se negó a hablar conmigo.

—Vaya por Dios, y ¿por qué?

—Ni idea. Pensaba que a lo mejor usted lo sabía.

—¿Yo? Llevo diez años sin ver a Godfrey, desde que dejé la agencia.

Ambos guardaron silencio ante aquel recuerdo. «Me temo que voy a abandonarla, señorita Armstrong.» Perry extendió las manos sobre el mantel, como si fuera a hacer levitar la mesa.

—Siento lo de aquella época, Juliet —dijo en voz baja—. Ya sabe, todo lo que pasó.

Ella cubrió las manos de Perry con las suyas.

—No pasa nada, lo comprendo. ¡Cielos! —añadió Juliet riendo brevemente—. La pura verdad es que si escasearan los hombres como usted, la BBC se vendría abajo.

Perry se estremeció y quitó las manos de debajo de las de Juliet.

—¿Los hombres como yo? —Torció el gesto y añadió en voz baja—: La mayoría no tiene siempre la razón, ¿sabe? Solo cree que la tiene.

—Bueno, si supone algún consuelo, yo misma nunca me he sentido parte de una mayoría.

Juliet se sintió molesta con él. Tampoco era que ella hubiera tenido la culpa de cómo acabó la cosa.

—¿Tomamos un whisky? —preguntó él, y volvieron a ser amigos.

Perry dijo que ahora vivía en Holland Park, de modo que compartieron un taxi hasta Kensington.

Él le abrió la puerta del taxi a Juliet.

—Deberíamos hacer esto más veces —dijo, y le dio dos cariñosos besos en las mejillas.

Ella tuvo que apoyarle una mano en el hombro un instante para sostenerse en pie y se sintió triste.

—Puedo preguntar por Godfrey por ahí —añadió él—, pero la verdad es que ya no estoy en contacto con nadie.

—¿Entonces ya no trabaja para la agencia? —preguntó Juliet, intentando que su tono fuera de broma.

—Claro que no. ¿Qué la hace pensar algo así? —La idea pareció divertirle sobremanera—. No quieren «hombres como yo», como usted ha dicho. O por lo menos no a los que se dejan pillar. El taxista se está impacientando. Despidámonos ya. Que pase un agradable fin de semana. ¿Tiene algún plan?

«Madre mía —se dijo Juliet—, ha aprendido el arte de la charla intrascendente.»

—Voy a ir a la costa.

—Qué bien, espero que lo pase de maravilla.

«El aire parecía distinto», pensó Juliet al entrar en su piso, como si alguien lo hubiera perturbado con su presencia, pero todas las pequeñas precauciones que había tomado esa mañana seguían en su sitio: el hilo de algodón entre la puerta de entrada y la jamba; el pelo dejado sobre un montón de libros; el diminuto alfiler de modista que habría caído al suelo de haber abierto alguien el cajón de la mesita de noche. Aun así, tenía la inconfundible sensación de que alguien había estado allí. «Me estoy devanando los sesos», pensó. Como si fueran una madeja de lana.

Fregó los cacharros del desayuno y se preparó una taza de cacao. Cuando todo lo demás fallaba, lo mundano permanecía.

Pescado, patatas, guisantes, pan con mantequilla y té: comió todo eso sentada a una mesa cubierta por un mantel de algodón a cuadros en una cafetería con vistas al mar embravecido del canal de la Mancha un día ventoso y soleado. Una bandada de gaviotas alborotadas volaba ruidosamente en lo alto, casi tan realista como solían serlo los chicos de efectos especiales en Mánchester. El aire estaba impregnado de los aromas de la costa: aguas residuales, vinagre, algodón de azúcar. «Esto es Inglaterra», se dijo Juliet.

Hablaba en serio cuando le dijo a Perry que se iba a la costa. Llegó a Brighton antes de la hora del almuerzo. Era sábado y el buen tiempo sacó a la gente a la calle, pese a que todavía hacía un frío terrible si no te refugiabas del viento cortante que venía del mar. Cuando el tren escapó de las sombrías garras de la capital, Juliet se sorprendió de lo bien que sentaba fugarse de Londres.

Hasta entonces había hecho lo que hacía todo el mundo: pasear por el muelle y por la playa de guijarros, vagar por las tiendas del barrio de Lanes y contemplar boquiabierta el Royal Pavilion. Solo había estado allí antes una vez, durante la guerra, con el piloto de la RAF que la había cortejado antes de meter la cabeza en el horno de gas de su madre a causa de la pierna perdida. Era lo más cerca que Juliet había estado jamás de la normalidad del matrimonio. Se habían registrado en una casa de huéspedes como marido y mujer, al igual que cientos, si no miles, antes que ellos. Brighton era un destino un tanto sórdido, pero pasaron dos días enteros felices. Corría el año 1943 y la guerra llevaba en marcha tanto tiempo que habían olvidado cómo eran los tiempos de paz y valía la pena aprovechar cualquier retazo de felicidad.

—¿Ya ha terminado? —preguntó la camarera retirándole el plato.

—Sí, gracias, estaba delicioso.

La camarera, que se acercaba a los cincuenta años, arrugó un poco la nariz. Juliet supuso que «delicioso» era la clase de palabra que empleaban las malcriadas mujeres de clase media llegadas de Londres. Al fin y al cabo, solo era pescado frito con patatas, pero de excelente calidad. Juliet era la única clienta en la cafetería. Abrían todo el día, pero en ese momento estaba sumida en la calma chicha de la tarde.

—¿Más té? —ofreció la camarera levantando hacia Juliet una enorme tetera de esmalte marrón. No era de allí. Su acento tenía un deje nasal típico de la zona del estuario del Támesis.

—Sí, por favor —contestó Juliet. El té era horroroso, denso y con un poso marrón como el del río que había dejado atrás en Londres—. Está muy bueno.

La camarera vivía en una de las muchas hileras de casas adosadas un tanto sórdidas que quedaban apartadas de la orilla. Se llamaba Elizabeth Nattress, pero antaño había sido Betty Grieve. «De Betty, Dolly y *Dib*», pensó Juliet mientras daba sorbos al té. Contuvo un estremecimiento, pero no supo decir si lo había provocado el té o aquel recuerdo.

Betty Grieve se había divorciado de su marido durante la guerra y un segundo matrimonio había cambiado su identidad, pero seguía siendo la misma mujer a la que Godfrey Toby le había concedido antaño una condecoración de guerra de segunda clase, una *Kriegverdienstkreuz,* por sus servicios al Tercer Reich.

Hartley asaltó el archivo en busca del paradero actual de los informantes de Godfrey, accediendo a la petición de Juliet con insólita docilidad. Lo bueno de Hartley era que no actuaba siguiendo las normas. Por supuesto, esa era también una de las cosas malas que tenía. Juliet suponía que debía de estar metido en un buen lío con Alleyne por lo del flamenco fugitivo.

Resultó que el MI5 sí había mantenido vigilados a los informantes de Godfrey. Walter se había plantado ante un tren exprés en la estación de Didcot dos años atrás. («Parecía perfectamente normal cuando salió a trabajar esta mañana», dijo su mujer en la investigación.) Edith se había trasladado a una comunidad cristiana en Iona. A Victor lo habían llamado a filas y había muerto en Tobruk. El resto de miembros de la amplia red de simpatizantes parecían estar incluidos en el archivo, todos ellos derrotados y sumisos a esas alturas. Juliet conjeturó que la mujer del pañuelo de loros para la cabeza podía ser Betty Grieve, pero ahora se percataba de que era una idea ridícula.

Betty le servía el té de bastante mala gana; quizá confiaba en descansar con los pies en alto antes de la hora punta en lugar de tener que atender a una clienta finolis.

El hombre tras la freidora aprovechaba el paréntesis en la faena para limpiar un poco. Era Stanley Nattres, el marido de Betty, el hombre que la alejó de su pasado. Tanto Betty como su marido iban envueltos en monos blancos como en pañales. El de Stanley lucía manchas grasientas. «SOLO UTILIZAMOS GRASA DE TERNERA DE LA MEJOR CALIDAD», rezaba un letrero encima de la freidora.

—Parece que hay ajetreo para esta época del año —comentó Juliet por dar conversación.

—El sol los trae a todos aquí —repuso Betty, como si seguir el sol fuera indicio de bajeza moral.

—A diferencia de la guerra, supongo —dijo Juliet—. Aquí tenían todas esas fortificaciones que debían de desalentar a la gente.

—Pues no lo sé, yo no estaba aquí durante la guerra, sino en Londres.

—Vaya, yo también —contestó Juliet alegremente—. Aunque no es que estuviera muy de acuerdo que digamos, ¿sabe? Con la guerra y esas cosas. Gracias a Dios que ahora una puede decirlo sin que la gente trate de encerrarte por tus creencias.

Betty dejó la tetera con estrépito sobre la barra y miró con suspicacia a Juliet.

—La guerra se acabó —declaró—. Nunca pienso en esos tiempos. —Frunció el entrecejo—. Tenemos que trabajar durante todo el día para ganar dinero suficiente con este sitio. Y tenemos nuestros propios problemas.

—Perdone, no pretendía insinuar nada —contestó Juliet con expresión arrepentida, aunque no lo estaba ni un poco.

Captando la angustia de su mujer, Stanley rodeó la barra.

—¿Estás bien? —le preguntó a Betty.

La rodeó con el brazo. Fue conmovedor presenciar esa demostración pública de afecto por parte de un hombretón como él.

—Estábamos hablando de la guerra —explicó Juliet.

—Todo eso pasó —dijo él. La miró un buen rato y añadió—: ¿No?

«¿Cuánto sabía sobre su esposa?», se preguntó Juliet.

—Sí, claro que sí, y gracias a Dios —repuso ella poniéndose en pie—. ¿Qué les debo por el pescado con patatas? Ah, y ¿hay lavabos de señoras en el local?

Betty soltó un bufido ante semejante idea, pero Stanley respondió:

—Hay un retrete en la parte de atrás que puede utilizar.

En el patio trasero, una niña un tanto hosca de trece años —según el archivo, la sobrina de Betty, que quedó huérfana en los bombardeos y vivía con los Nattress— estaba preparando patatas. (Menudas criaturas tan útiles eran las sobrinas.) La niña cogió una patata de un cubo galvanizado, la peló y la dejó caer en otro cubo. Tenía las manos cubiertas de mugre y de vez en cuando utilizaba la manga para limpiarse los mocos. El pescado frito con patatas que había tomado Juliet ahora le parecía menos delicioso.

Un niño de seis años, sentado en el suelo de hormigón del patio, golpeaba repetidamente un viejo camión de hojalata con un martillo de madera. Betty pasaba ya de los cuarenta años cuando se casó con Stanley y tuvo aquel crío inesperado. Le caían hilillos de baba de la boca abierta y la niña dejaba a ratos de pelar patatas para enjugársela con un trapo. El niño se llamaba Ralph y, según la ficha de Betty en el archivo, era «retrasado». Ser gente corriente tenía su precio.

Betty apareció en el patio con los brazos en jarras y ganas de trifulca.

—¿Todavía está aquí? —le espetó a Juliet. Bullía de resentimiento—. ¿Por qué no se ocupa de sus puñeteros asuntos?

La sobrina observó la patata a medio pelar que tenía en la mano con los labios apretados.

—Sí, haré justo eso, Betty —respondió Juliet, y, por si acaso, añadió—: Señora Grieve —y salió por la puerta trasera del patio sin volverse siquiera para ver cómo reaccionaba Betty a que la llamaran por su antiguo nombre.

«Tengo mi listita», se dijo Juliet en el andén de la estación mientras esperaba el tren para volver a Victoria. Tachó a Betty de ella. Esa mujer no pretendía que Juliet pagara por otra cosa que no fuera el pescado frito con patatas.

Cuando salía de la estación Victoria, Juliet reparó en que un coche se detenía a su lado. Alguien bajó la ventanilla del copiloto.

—He oído decir que has ido a Brighton a chapotear en la orilla —dijo Hartley—. ¿Quieres que te lleve?

—La verdad es que no. —Subió al coche.

El vehículo de Hartley era un Rover; todo madera, cuero y comodidad. Era un coche de abogado y parecía una elección un tanto sobria para él.

—Antes te gustaba llamar la atención —comentó Juliet.

—Vivimos en otros tiempos. Has localizado a tu presa, ¿no?

—Sí. Es inofensiva.

—Ya te lo dije.

Hartley cogió una botella de vino medio vacía de entre los asientos donde la había embutido y se la ofreció.

—Château Petit-Village. De 1943. Una cosecha excelente, pese a la guerra. Me lo consigue Pierre Auguste de Le Châtelain.

—No, gracias.

—Estás dejando un rastro, ¿sabes? —dijo Hartley—. Los mandamases podrían empezar a preguntarse por qué de pronto hay tanto interés en los informantes de Godfrey.

—¿Tú crees que les importa? Seguro que ya les da igual.

—Ya, pero quizá sí les importa el viejo Toby *el Cojeras*. ¿De verdad que no quieres una copa? ¿Y qué me dices de una cena?

—No. Gracias.

—Bueno, pues entonces será mejor que te lleve al hospital —concluyó Hartley.

—¿Es usted pariente?

—Soy la ahijada de la señora Hedstrom. No tiene parientes consanguíneos.

—Ya, es una pena —repuso la enfermera del Guy's Hospital—. Desde que ingresó no ha venido nadie a verla. Si hace el favor de seguirme, la señora Hedstrom está por aquí.

Si hubiera tenido que buscarla por sí sola, Juliet no habría reconocido a Trude. Antaño había sido imponente, una mujer robusta, pero ahora yacía inconsciente y con la piel amarillenta en la cama de un hospital, consumida y encogida hasta la insignificancia. De no ser por el levísimo subir y bajar de su pecho, podría haber estado ya cadáver. Juliet acercó una silla y se sentó. No tenía intención de quedarse hasta el final del horario de visitas, pero la enfermera jefe de la sala se acercó, crujiente de tan almidonada, y preguntó:

—¿Cree que podría quedarse?

—¿Quedarme?

—El final está muy cerca. Nos gusta que haya alguien conocido con ellos cuando se van. Es lo que querríamos todos, ¿no? Y la pobre señora Hedstrom no parece tener a nadie. —Ya estaba corriendo las cortinas verdes en torno a la cama.

«Ay, Dios», se dijo Juliet. Parecía una grosería rechazar la petición de quedarse velando a una moribunda, aunque en su caso preferiría escabullirse como un gato y morir sola en algún rincón que acompañada por un desconocido.

Trude no se había casado nunca y había pasado los años posteriores a la guerra en una habitación de alquiler sobre una tintorería en Houslow y trabajando en las oficinas de una planta de embotellado. Debía de parecerle banal, tras toda la actividad en tiempos de guerra. No había mantenido contacto con nadie desde la paz, hecho sorprendente tratándose de alguien tan decidido a establecer vínculos durante el conflicto. Juliet imaginó que llevaría una existencia llena de amargura, aislada en su habitación, sobreviviendo a base de comidas precarias cocinadas en un hornillo.

Trude parecía resistirse a morir. Juliet suspiró y, a falta de otra diversión, sacó del bolso las notas de Joan Timpson para *Los Tudor*. Las llevaba encima porque habían sido su lectura en el tren a Brighton. La dinastía cubría una parte tan grande de la historia que no podía embutirse en un único episodio. Era un relato con buen ritmo: Enrique Tudor arrancaba la corona de manos de la Casa de York; nacía Enrique VIII, que se casaba con Catalina de Aragón y se divorciaba de ella. Los chavales disfrutarían con una ejecución. Pobre Joan, con las ganas que tenía de ocuparse de los Tudor.

Juliet había llegado hasta Ana de Cleves (siempre un misterio: ¿qué tenía de malo exactamente la pobre mujer para que la repudiaran de manera tan imperiosa?) cuando la respiración de Trude sufrió un repentino cambio y se volvió muy ronca y audible. ¿Había llegado el momento? Abrió la cortina para llamar a una enfermera, pero un pesado sueño se había abatido sobre la amplia sala en penumbra y no vio a ningún miembro del personal.

Retornó a su vigilia. Trude parecía perturbada; la muerte inminente la hizo recobrar una especie de consciencia temerosa.

«A esto nos vemos reducidos todos», pensó Juliet. ¿Importaba acaso qué creencias hubieras tenido, qué actos hubieras cometido? («¡Sí!») La respiración de Trude encontró un nuevo tono más áspero incluso, una especie de gruñido gutural, y empezó a mover la cabeza de un lado a otro como si tratara de huir de algo. De las fauces de la muerte, quizá, ya decididas a devorarla. No pronunció unas últimas palabras, ni siquiera en noruego. Juliet se acordó del «Qué ricas» de Joan Timpson. Se preguntó qué diría ella al final.

Habría hecho falta tener un corazón muy duro, más incluso que el de Juliet, para no sentir un poco de lástima por Trude, pero entonces Juliet se acordó de *Fräulein* Rosenfeld, que perdió a todas sus hermanas más guapas que ella en los campos de concentración. Se levantó.

—Bueno, adiós, Trude —dijo, y se fue, dejándola morir sola.

«Una menos», pensó Juliet mientras recorría los interminables pasillos de linóleo para salir al frío aire de la noche.

Cuando despertó, tuvo la sensación de que algo había cambiado. Oía un furgón de reparto de leche traqueteando por las calles y el barullo habitual de motores de autobús, bocinas de coches y pisadas de transeúntes, pero todo sonaba amortiguado, sordo. «¿Habría nevado?», se preguntó. Pero cuando miró a través de la ventana, no fue nieve lo que vio, sino una niebla nada propia de aquella época que se había abatido durante la noche. «Solo me faltaba eso —se dijo Juliet—, ambientación.»

—Buenos días. —Una nueva recepcionista consultó un bloc de notas—. Es la señorita Armstrong, ¿no?

Esbozó una sonrisa dentuda, satisfecha de sí misma por ser tan eficiente. Parecía proceder de una partida distinta y más agradable que sus predecesoras. Una delicia para el minotauro.

—Sí, soy la señorita Armstrong.

Daisy entró por la puerta principal arrastrando volutas de niebla al interior del edificio.

—Madre mía, llega temprano, señorita Armstrong. ¿Ha pasado un buen fin de semana?

—He estado en Brighton —respondió Juliet. «Como si fuera una persona normal», pensó.

Un chico de los recados entró con un trotecillo muy profesional y dijo alegremente a nadie en particular:

—Dicen que va a volverse más densa que una sopa de tuercas.

Los chicos tendían a hablar con clichés.

Prendergast entró tras él.

—Ya estoy aquí —anunció sin que hiciera mucha falta.

—Porque donde dos o tres se reúnen en mi nombre... —oyó Juliet que murmuraba Daisy.

Prendergast parecía más indeciso de lo habitual.

—¿Va todo bien, señor Prendergast? —le preguntó Juliet.

—Oh, sí, señorita Armstrong, es solo que me tiene un poco nervioso el episodio de *Relatos ingleses para menores de nueve años*. Tengo a Carleton Hobbs en el estudio leyendo *El cuento del bulero*.

—Lo hace muy bien. No debería preocuparse mucho por él, ¿no?

—El funeral de la pobre Joan es a las nueve y quizá llego tarde.

Juliet había olvidado lo del último viaje de Joan Timpson.

—No pasa nada —tranquilizó a Prendergast—. Ya me ocupo yo del señor Hobbs.

—No, por Dios, señorita Armstrong. Usted tiene que ir al funeral. La pobre Joan le tenía mucho cariño.

¿De veras se lo tenía? Y aunque así fuera, ya no podía importarle gran cosa la presencia o ausencia de Juliet. «Soy demasiado dura», se dijo, y se volvió hacia Daisy.

—Daisy... ¿podrías ocuparte de *Relatos ingleses para menores de nueve años?*

—Por supuesto que puedo.

Por supuesto que podía.

—Confiamos a nuestra hermana Joan a la misericordia de Dios...

Estaban bajando a Joan Timpson a su lugar de reposo definitivo. («Pesa más de lo que parece, me temo. Vamos a levantarla a la de tres... Uno, dos, ¡tres!»)

Solo un puñado de personas siguió al ataúd para las exequias y el entierro en el cementerio de Kensal Green. *Fräulein* Rosenfeld era una de ellas. Iba vestida con un curioso surtido de prendas negras, como si se hubiera limitado a asaltar el armario en busca de cuanto tuviera de ese tono y luego se lo hubiera puesto todo encima. Parecía un gran murciélago afligido.

—Los funerales me gustan —le confesó a Juliet en el taxi de camino a la iglesia.

—Oh, a mí también —repuso Prendergast—. Con un funeral sabes a qué atenerte. Y hace el tiempo ideal para asistir a uno. Siempre pienso que sería una lástima que te enterraran con sol. En Inglaterra hay tan pocos días de buen tiempo que nadie querría perderse uno.

—«Polvo eres y en polvo te convertirás...»

Aquellas palabras adquirían un timbre distorsionado y atenuado en la niebla, como si surgieran de debajo del agua. Había tan poca visibilidad en Kensal Green que apenas se veían unos a otros a ambos lados de la tumba. Una solitaria corona decoraba el sencillo ataúd y esperaba ahora pacientemente a un lado a que se llenara la fosa. «De tus amigos y colegas de la Sección Educativa», se leía en la tarjeta. Era extraordinariamente deprimente pensar que una vida consistiera solo en eso. Juliet pensó en Trude, sin nadie para llorarla, y ahí estaba la pobre Joan (reducida a aquel epíteto insatisfactorio en la vida y en la muerte), que solo tenía a la Sección Educativa para lamentar su marcha.

—«Con la plena y segura esperanza de la resurrección a la vida eterna...»

Los pocos dolientes que quedaban se dispersaron tras haber musitado «Amén» y Juliet se alejó despacio junto con Prendergast y *Fräulein* Rosenfeld.

El funeral parecía haber sumido a Prendergast en un estado de desdichada extravagancia.

—«Pues aún debemos oír buenas nuevas y contemplar cosas hermosas —declamó— antes de llegar al Paraíso a través de Kensal Green y sus fosas».

Parecía a punto de lanzarse a bailar una giga entre las lápidas.

—¿Perdone? —preguntó *Fräulein* Rosenfeld.

—Es de G. K. Chesterton.

— Mucho me temo que nunca he oído hablar de él.

—Ah, pues es muy bueno. Tiene que permitirme que le preste un ejemplar de alguna obra suya.

Se encontraron sin nada que hacer, sin un refrigerio fúnebre al que asistir. La pobre Joan no parecía muerta del todo sin una copita de jerez y una rebanada de bizcocho de pasas y almendras con las que hacerla emprender la travesía del Estigio.

—Calle arriba hay un saloncito de té muy agradable —propuso un esperanzado Prendergast.

—O podríamos ir al pub —terció *Fräulein* Rosenfeld, más sensata.

—¡Pues al Castillo de Windsor y que no se hable más! —exclamó alegremente Prendergast.

—Vayan ustedes —dijo Juliet— y luego los alcanzo. Me gustaría quedarme un ratito más. Es que mi madre está enterrada aquí.

—Ay, Dios mío —soltó un afligido Prendergast como si la madre de Juliet acabara de morir—. Lo siento muchísimo, por supuesto que debe visitar su tumba.

—¿Le gustaría que la acompañara? —preguntó *Fräulein* Rosenfeld posándole una compasiva mano en el brazo.

«Es amiga de los muertos», se dijo Juliet.

—Qué amable por su parte, pero me gustaría hacerlo sola, si no le importa.

Su madre no estaba allí, por supuesto. Estrictamente hablando, no estaba en ninguna parte, aunque la habían enterrado en Saint Pancras y en su lápida se leía la inscripción: «EN LA CASA DE DIOS», que una Juliet de diecisiete años había elegido con la vana esperanza de que esas palabras fueran ciertas y su madre estuviera sentada con Él en amigable compañía, escuchando la radio por las noches o quizá jugando a la canasta. Juliet aún recordaba la risa alegre de su madre cuando se abría con una mano de cartas ganadoras. Parecía poco probable que Dios jugara a la canasta. Al póker, tal vez.

La niebla entorpecía la búsqueda de la tumba. Era una tumba modesta en un cementerio muy grande, y cuando por fin dio con ella, estaba rendida.

La parcela estaba descuidada; la sepultura en sí, abandonada. Eso pasaba cuando nadie sabía dónde estabas enterrado, cuando ni siquiera sabían que habías muerto, de hecho. Juliet pensó que debería acercarse en otra ocasión y adecentarla un poco, y quizá plantar unas campanillas de invierno, aunque sabía que no lo haría. «Soy sistemáticamente negligente», se dijo.

La inscripción en la lápida rezaba: «IVY WILSON. 1922-1940. AMADA HERMANA DE MADGE». Era un epitafio simple, pero estaban en plena guerra y el funeral se hizo con prisas. «He sido demasiadas personas», pensó Juliet. La espía Iris Carter-Jenkins, una chica desenfadada y valiente; la «amada hermana» Madge Wilson, quien fingió identificar a la pobre Beatrice; la mismísima Beatrice, que se descomponía ahora en la tumba ante ella bajo un nombre falso. (¡Qué extraño le resultó resucitar a Madge en su visita a Philippa Horrocks en Finchley! «Amada hermana.») Lució otras identidades, aunque nunca las reconoció en público. Y luego estaba Juliet Armstrong, por supuesto, que algunos días parecía la más ficticia de todas pese a ser la Juliet «real». Pero ¿qué constituía lo real? ¿Acaso no era todo, incluso la vida misma, un juego de engaños?

«La tumba es un lugar agradable y privado», pensó Juliet. Para la pobre criada de la señora Scaife no lo era. Beatrice no estaba sola en su lecho de tierra fría. No le quedó otra que compartirlo con una absoluta extraña, por no mencionar un perro. Ahí dentro estaban un poco apretados. La inocencia y la culpabilidad, ambas entrelazadas a regañadientes para toda la eternidad. «Dos tachones en la lista por el precio de uno», se dijo Juliet. Uno y dos.

Algo pasó fugazmente por un extremo de su campo visual, interrumpiendo su contemplación. ¿Había imaginado un destello de verde y amarillo en la niebla? Se giró, pero no vio a nadie. Se dispuso a salir a toda prisa del cementerio, con la terrible sensación de que algo horroroso estaba a punto de ocurrir a sus espaldas. Casi esperaba que las tumbas se abrieran de par en par y los muertos la persiguieran Harrow Road abajo.

Cuando hubo conseguido salir del cementerio y encontrar el pub Castillo de Windsor, Prendergast y *Fräulein* Rosenfeld ya se habían marchado. El tipo al otro lado de la barra no tuvo problemas para acordarse de ellos. («Se ha tomado media pinta cada uno en la salita.»)

Paró un taxi para que la llevara a Tottenham Court Road y luego se fue andando hasta la calle Charlotte. Volvió sobre sus pasos varias veces y recorrió a toda prisa diversos callejones y calles laterales con la intención de quitarse de encima a su invisible perseguidor. Cuando se sentó a una de las sucias mesas del café Moretti, estaba agotada.

Entre la maltrecha clientela habitual, Juliet se tomó un sándwich de carne en conserva un tanto cuestionable. No pudo evitar pensar en las tostadas con queso del señor Moretti, un *pain perdu* en muchos sentidos, ahora existenciales en su mayoría. La muerte de Trude, seguida tan de cerca por el funeral de Joan Timpson, le había generado una especie de malestar. Ese día los muertos estaban por todas partes: se salían de la caja del pasado para morar en el mundo de los vivos. Ahora le tocaba el turno al señor Moretti, por lo visto.

Debió de asustarse muchísimo cuando el torpedo alcanzó el *Arandora Star*. Se produjo una velada acusación de cobardía contra los internos italianos, como si se hubieran podido salvar de haberlo intentado con mayor ahínco, pero habían acabado en el agua en cuestión de minutos, al parecer apartados a codazos por los prisioneros de guerra alemanes. (Si bien ¿realmente se podía culpar a alguien por el instinto egoísta de sobrevivir a costa de otros?)

Cuando se enteró de que el *Arandora Star* se había ido a pique, Juliet le pidió a Perry que averiguara si el señor Moretti figuraba en la lista de embarque y al cabo de unos días él le dijo: «Lo siento mucho, señorita Armstrong, pero por lo visto su amigo es uno de los muertos». Entonces no lloró, pero ahora notaba el ardor de las lágrimas en los ojos. Encendió un pitillo para contenerlas.

—¿La cuenta, por favor? —le preguntó con tono enérgico al armenio, que pareció irritado ante aquella petición.

«Pagarás por lo que hiciste.» Quizá iba a pasarse el resto de su vida mirando por encima del hombro, preguntándose cuándo iban a presentarle la factura. El ajuste de cuentas de los muertos.

El guion para *Los Tudor, primera parte,* esperaba a Juliet, un tanto amenazador, sobre el escritorio cuando llegó de vuelta a Portland Place.

No era de Morna Treadwell, gracias a Dios. «En algún punto de mi vida pasada he debido de tomar un desvío equivocado», se dijo. ¿Por qué si no iba a estar sentada allí? Giselle apareció en sus pensamientos. Pese a haber muerto a manos de los nazis, nunca mereció el apelativo de «pobre». Cabía preguntarse qué era mejor, si acostarse con una larga lista de hombres (y algunas mujeres, por lo visto) interesantes (aunque posiblemente malvados), ser glamurosa y decadente, ingerir cantidades excesivas de drogas y alcohol y sufrir una muerte horrible pero heroica siendo relativamente joven o bien acabar en la Sección Educativa de la BBC.

Cuando dieron las cinco, fue un alivio.

Para llegar a Pelham Place, Juliet solo tenía que desviarse un corto trecho en la ruta a casa. No había vuelto allí desde que la señora Scaife fuera arrestada en el verano de 1940 y se le hizo extraño encontrarse una vez más en la acera ante el imponente soportal y la magnífica puerta principal. La pintura negra de la puerta ya no brillaba; el pórtico blanco ya no relucía, debido a la guerra o al abandono, o a ambas cosas.

Si alguien quería exigirle un desagravio a Juliet, sería sin duda la señora Scaife. Juliet había desempeñado un papel decisivo a la hora de arruinarle la vida, de destituirla de su trono de damasco salmón y de mandarla a la cárcel durante el resto de la guerra. Su cómplice Chester Vanderkamp había pasado un año en prisión en Estados Unidos y ahora daba clases de matemáticas en un instituto de secundaria de Ohio. El FBI «pasaba a verlo» de vez en cuando, según un hombre al que Juliet conocía en Washington. Había tenido una breve aventura con ese hombre poco antes del Día D, cuando él era comandante en la 82.ª División Aerotransportada. Juliet no esperaba que sobreviviera a la Operación Overlord y se llevó una sorpresa cuando reapareció en el Gobierno después de la guerra. Mantuvieron el contacto, aunque la distancia era un gran incentivo para la amistad. Aquel hombre era bastante útil.

Junto con el resto de simpatizantes fascistas, a la señora Scaife la habían liberado tras las hostilidades y había vuelto a su casa de Pelham Place con su marido el contraalmirante. Cuando este murió en el 47, apareció un obituario ambivalente en el *Times*. Al fin y al cabo, había sido un héroe en la primera batalla de la bahía de Heligoland y sus desagradables creencias posteriores ya eran historia, o eso se esperaba.

La niebla era ahora más densa. El chico de los recados tenía razón: era una auténtica «sopa de tuercas», por trillada que estuviera la descripción. Los transeúntes surgían de repente de la niebla, que luego se los volvía a tragar. Era la tapadera perfecta para quien fuera que la estaba siguiendo.

—¿Puedo ayudarla?

Una voz aguda interrumpió sus pensamientos. Tenía un acento áspero, de clase alta.

—¿Perdone?

—¿Quería algo?

Había una mujer de pie en el umbral de la casa de la señora Scaife, sacudiendo un plumero. Llevaba un mono de trabajo y el cabello cano recogido bajo un pañuelo, pero su actitud patricia y su acento, por no mencionar su piel, bronceada y curtida por el sol, indicaban que no era una señora de la limpieza.

—Si quiere quedarse ahí plantada mirando, no hay ley que lo impida, pero preferiría que no lo hiciera. Ya tenemos unos cuantos «buitres» que vienen a fisgonear.

—Disculpe —repuso Juliet—, no estoy fisgoneando, es que conocía a la señora Scaife y me preguntaba qué tal le iría.

La expresión de la mujer se volvió más dulce y se le quebró un poquito la voz cuando preguntó:

—¿Conocía a mamá?

Juliet reparó en que utilizaba el pasado.

—Oh —soltó la mujer como quien tiene una repentina inspiración—. ¿Es usted Nightingale?

—Bueno, yo... —murmuró Juliet, momentáneamente desconcertada.

—La criada de mamá. —(Claro, Nightingale, la pálida sustituta de la pobre Beatrice Dodds. Cómo iba a olvidarla.)—. Mamá hablaba de usted con mucho cariño, ¿sabe? Era una de las pocas personas que la visitaba cuando... se nos fue.

«A la cárcel —se dijo Juliet—. Llamemos a las cosas por su nombre.»

—Fue muy buena conmigo —dijo humildemente, añadiendo un nuevo papel a su repertorio.

—Entre un momentito, ¿quiere? Hace un tiempo horrible ahí fuera. No consigo imaginarme viviendo otra vez en este país. Me temo que la casa está hecha un desastre. La estoy arreglando para ponerla a la venta.

—¿La señora Scaife ha...?

—¿Muerto? No, no, qué va. He tenido que ingresarla en una residencia en Maidenhead. Aunque sí se le va un poquito la cabeza. Pobre mamá.

En el vestíbulo, tras una breve vacilación, la mujer tendió una mano.

—Soy Minerva Scaife, pero todos me llaman Minnie.

Juliet reparó en que no preguntaba si Nightingale tenía otro nombre.

Juliet siguió a «Minnie» escaleras arriba hasta el precioso salón donde la mayoría de las cosas —las «mejores piezas» de la señora Scaife, supuso— se habían cubierto con fundas para protegerlas del polvo. Los sofás de damasco salmón ya no estaban. Casi todos los cuadros estaban descolgados y apoyados contra el piano de cola. Sus pálidos y geométricos fantasmas seguían en las paredes. Las ventanas estaban desnudas y las pesadas cortinas formaban ahora un montón polvoriento, como un telón en desuso, en un rincón de la habitación. Juliet se dijo que, para la señora Scaife, el telón cayó en más de un sentido.

Lamentó reparar en que no había rastro de la porcelana de Sèvres. Confiaba en reunir la tacita con su platillo, pero por lo visto iba a seguir aislada y solitaria toda la eternidad.

—Voy a venderlo todo —explicó Minnie Scaife—. Tanto la casa como lo que contiene van a salir a subasta. Últimamente vivo en el extranjero, en Rodesia del Sur. Un nuevo comienzo después de la guerra. Mi prometido murió en Changi y, claro, Ivo tampoco está ya con nosotros. —Al ver la cara inexpresiva de Juliet, añadió—: Mi hermano. Era comandante de un Lancaster. Resultó muerto en combate en Berlín, junto con toda su tripulación. Pero usted ya sabe todo eso, por supuesto.

—Por supuesto.

—Mamá nunca se recobró de eso.

«Qué curiosa ironía», se dijo Juliet. El hijo de la señora Scaife combatiendo contra la gente con la que ella se había aliado. Recordaba a la señora Ambrose comentando que él era «más bien de izquierdas».

—¿Podría echarme una mano con el Constable? —soltó Minerva—. Quiero bajarlo de la pared, pero es un trasto.

Juliet suspiró para sus adentros. Cuando una era criada, lo era para siempre, por lo visto. Pero, en su papel de Nightingale, contestó:

—Por supuesto, señora.

El Constable estaba asqueroso y pesaba una tonelada.

—Vale una fortuna —comentó Minerva—. He decidido comprar una granja en África. Con ganado.

—¿Ganado? Qué buena idea —repuso Juliet.

¿Qué compraría ella de disponer del dinero que iba a sacar por el Constable? Vacas no, eso seguro. Un coche, quizá. Un barco o un avión. Lo que fuera que se la llevara de allí muy deprisa.

Cuando acabaron de pasear el Constable por la habitación («¿Lo dejamos ahí? No, espere, mejor allí, que no le dé la luz»), la hija de la señora Scaife dijo:

—Oiga, ¿qué tal si le doy un pequeño recuerdo de mamá? A ella le gustaría. ¿Hay algo en especial que le gustaría tener?

Juliet se preguntó qué diría si se agenciaba el Constable, pero Minnie Scaife ya le ofrecía otra cosa:

—¿Un pañuelo, quizá? Tiene algunos de seda muy buenos.

—Sí, los tenía. Es un gesto muy generoso por su parte.

Minnie Scaife se alejó a toda prisa y volvió unos minutos más tarde con un pañuelo para la cabeza.

—Es de seda —anunció—. Y de Hermès... muy caro, ya sabe.

Lucía el clásico estampado de *jacquard* en tonos chillones, pero al menos no llevaba pájaros, ni exóticos ni de otra clase. Y no habían ceñido el cuello de nadie con él para acabar con su existencia. («Estrangulada, con un pañuelo para la cabeza.» La pobre y olvidada Beatrice.) O, por lo menos, Juliet confió en que no fuera ese el caso. Desdobló el pañuelo, liberando al hacerlo el aroma de la señora Scaife: a gardenias, polvos de Coty para la cara y el olor medicinal que ahora reconocía como alguna clase de crema balsámica. El cóctel era tan intenso que Juliet tuvo un vívido recuerdo de aquella tarde en Pelham Place cuando había descendido por la hiedra de Virginia. La parra seguía ahí: veía sus ramas leñosas y desnudas bordeando una de las ventanas del salón. Más allá, la niebla ocultaba la vista. La hiedra sobreviviría a la señora Scaife.

Y Juliet aún era capaz de evocar el rostro de la pobre Beatrice Dodds, paralizado de terror, cuando la señora Scaife entró en la casa, canturreando como un ser malévolo en un cuento de hadas. Juliet se metió el pañuelo en el bolso y, tras una serie de «gracias» y «no debería llevármelo», dijo:

—Tengo que irme ya, debo volver al trabajo. Hoy no es mi tarde libre.

—Oh, ¿y para quién trabaja ahora? —quiso saber Minerva Scaife.

«Eso, ¿para quién trabaja últimamente la pobrecita de Nightingale?», se preguntó Juliet. Para alguna viuda gruñona en Eaton Square, sin duda.

—Llevo ya tiempo trabajando en la casa de lord Reith —contestó. (¡La pura verdad!)

—Vaya, creo que no lo conozco. Pero lo cierto es que últimamente estoy muy desconectada.

«Otra menos en la lista», pensó Juliet mientras la magnífica puerta se cerraba con un concluyente chasquido a sus espaldas. La señora Scaife no reclamaría compensación alguna en el futuro inmediato. Tiró el pañuelo en el primer cubo de basura que encontró.

Un enfermizo crepúsculo amarillo se había cernido en las calles mientras ella estaba dentro. La niebla parecía ahora grasienta y gaseosa y amortiguaba tanto los sonidos que una no podía estar totalmente segura de nada. Juliet la notaba colándose en sus pulmones, en su cerebro. Se abrió camino con cautela, sabedora de que por allí había explotado una bomba que dejó una zona llena de escombros y baches con los que podían tropezar los transeúntes desprevenidos. Volvió a pensar en el arquitecto que estaba reconstruyendo Londres. Deseó que se diera prisa.

Toc, toc, toc. El siniestro sonido dio comienzo casi en cuanto Juliet salió de Pelham Place. «Igual he quedado atrapada en algún horroroso drama radiofónico», se dijo. En *Jack el Despstripador* o algo histriónico de Poe. *El corazón delator,* quizá. *Toc, toc, toc.* Pensó que iba a volverse loca si aquel ruido la seguía todo el camino hasta su casa, de modo que decidió plantarse y no ceder terreno. Se giró para enfrentarse con tenacidad al muro de niebla y a cualquier malévolo efluvio que estuviera a punto de manifestarse.

Toc, toc, toc. Dos colegiales ociosos surgieron del miasma. Uno de ellos llevaba una regla de madera con la que percutía las vallas metálicas a su paso. Los críos se quitaron la gorra y musitaron:

—Buenas tardes, señorita.

—Corred a casa, chicos —contestó ella—. Más vale que no estéis fuera con esta niebla.

Unos metros más allá captó otro sonido acercándose a sus espaldas, no el *toc, toc, toc* que le infestaba la mente, sino unas pisadas muy ruidosas y pesadas. Y luego, sin previo aviso, los pies aceleraron el paso, arrastrándose, acompañados por un chillido de alma en pena, y algo la alcanzó con mucha fuerza en la espalda. El golpe bastó para hacerla salir disparada, y cayó hacia delante para acabar a cuatro patas en la acera como un gato torpe.

El impacto contra la acera fue brutal, un tremendo topetazo que le estremeció todos los huesos del cuerpo, pero Juliet se puso rápidamente en pie, dispuesta a defenderse. El bolso, con la máuser dentro, se le había soltado de la mano para perderse en la niebla. La única arma que tenía disponible era una aguja para calcetines, pero sus invisibles asaltantes parecían haber huido.

Tras mucho buscar, consiguió encontrar el bolso en la alcantarilla. Mientras lo hacía, casi tropezó con un gran paraguas negro. Estaba plegado y era muy pesado, y se preguntó si sería lo que habían usado para golpearla. La contera era metálica y recia. Parecía lo bastante puntiaguda como para

atravesar la carne. («Me temo que debemos acabar con ella.»)
Se parecía mucho al que llevaba el hombre del café Moretti,
pero ¿no eran parecidos todos los paraguas?

Juliet evaluó los daños mientras proseguía, cojeando. Le
dolían las rodillas —al día siguiente iba a tener unos cardenales horribles— y tenía las palmas raspadas y despellejadas.
¿Podía haber sido sin querer? ¿Se habría tropezado alguien
con ella por culpa de la niebla? Una vez, en uno de los apagones, un hombre se la había llevado por delante cuando corría
para coger un autobús. Y sin embargo...

La estación de metro de South Kensington surgió entre la
niebla, tentadora con su halo de luz reconfortante. En circunstancias normales no le habría costado mucho recorrer a
pie el trayecto entre Pelham Place y su casa, pero las calles
envueltas en niebla parecían demasiado peligrosas.

Y entonces, justo cuando empezaba a bajar por las escaleras hacia la estación de metro...

¡Pam! Alguien se le abalanzó por detrás, más mono que tigre.
Su agresor debía de haber saltado desde tres o cuatro peldaños
más arriba para aterrizar en su espalda. Juliet cayó cuan larga
era, pero varios transeúntes horrorizados, creyendo que había
sido un accidente, se apresuraron a ayudarla. El mono, que era
la mujer del pañuelo de loros (de algún modo, no le sorprendió
que lo fuera), se había puesto en pie y chillaba en una lengua extranjera. En húngaro, si Juliet no se equivocaba. Lo reconocía
del café Moretti, donde se refugiaban algunos húngaros.

—Es extranjera —oyó musitar a uno de los testigos.

La mujer, con un atisbo de locura en los ojos, se puso en
guardia y empezó a rodear a Juliet como si estuviera en un
ring de boxeo.

—*Lily* —siseó—. Tú mataste a mi *Lily*.

Nelly Varga. La húngara loca. Viva y coleando. No se había hundido con el *Lancastria,* al fin y al cabo. Juliet experi-

mentó una punzada de paranoia. ¿Había más gente que no estaba muerta? («Diría que ahora está definitivamente muerta, señor Toby.» ¿Y si no lo estaba? ¿Y si las tumbas se habían abierto realmente en el cementerio de Kensal Green?)

No era posible que Nelly Varga le guardara rencor desde la guerra, ¿no?

Juliet sintió una ira repentina, agarró a Nelly Varga de las solapas y la agitó como si fuera una muñeca que se portaba mal. Era menuda y bastante flaca, como de paja. Le empezó a sangrar la nariz y la sangre salió despedida al sacudirla Juliet.

La multitud las rodeaba, no muy dispuesta a interrumpir el altercado. Apareció un policía, que trató de dispersar a la gente.

—A ver, a ver, señoras. ¿Qué es todo esto? ¿Se pelean por un caballero o qué?

«Ay, por el amor de Dios», se dijo Juliet.

—Ella mató a mi *Lily* —le dijo la mujer al policía.

—¿Conque han matado a alguien? —preguntó el agente, más interesado entonces.

—Era una perra —le contó Juliet—. *Lily* era una perra y yo no la maté. Y eso pasó hace años, por Dios.

—El MI5 prometió que cuidaría de *Lily* si yo espiaba para ellos —le dijo Nelly al policía—. Y no lo hicieron.

—¿El MI5? —repitió el agente arqueando una dudosa ceja—. ¿Espías?

Prefería la idea de que le ofrecieran un asesinato.

—¡La espía es ella! —exclamó Nelly señalando con un dramático dedo a Juliet—. Debería arrestarla.

—¿Lo es, señorita? —preguntó el agente no muy convencido.

—Claro que no. Menuda idea tan ridícula. Trabajo en la BBC.

Juliet entrevió al hombre del Moretti, el de los ojillos como guijarros, abriéndose paso entre la multitud para acercarse a ellos. Cogió a Nelly del brazo y le dijo algo que pareció conciliador, pero ella se liberó de malos modos.

—Es mi esposa —le dijo el tipo al policía con cierta timidez.

El agente soltó un suspiro al pensar en esposas, o en húngaros, o en ambas cosas. Para entonces la gente ya había perdido el interés y se había dispersado.

—Bueno, vamos a ver —dijo el policía como si fueran críos en el patio del colegio—. Esto no puede ser.

—Tiene que pagar por haber matado a mi perra —insistió Nelly—. Tiene que pagar por lo que hizo.

—Pero ¿cómo quiere que pague? —terció Juliet, enfadada—. Esto no tiene ningún sentido.

—Quizá podría darle unas monedas a la señora —sugirió el agente— y que luego se vaya.

Juliet dudaba mucho de que lo hiciera. Sabía qué quería Nelly. No quería dinero manchado de sangre, ni siquiera un kilo de carne, quería que Juliet comprendiera el dolor que le había supuesto perder a la perrita. «Pero lo comprendo», se dijo.

—Todo esto es absurdo —le respondió al policía—. Fue hace diez años, a estas alturas la perra habría muerto de vieja de todas formas.

Ay, qué duras sonaban esas palabras. Juliet había querido a aquella perrita con todo su corazón.

Sintió alivio cuando el hombre de ojos como guijarros convenció a una reacia Nelly de que se fuesen de allí. Por encima del hombro, ella le gritó a Juliet algo en húngaro que sonó tremendamente a maldición.

Toda su paranoia, todo el temor a que la observaran y la siguieran, sus sospechas con respecto a los «vecinos», por no mencionar su confusión ante la reaparición de Godfrey en su vida, no tenían el menor fundamento. Qué ridículo parecía que, entre todas las personas que podían desear hacerle daño, quien lo intentaba resultara ser la demente y vengativa Nelly Varga, una mujer a la que Juliet ni siquiera conocía. «Y por el único crimen del que soy del todo inocente», se dijo. «Nadie es enteramente inocente», le había dicho Alleyne.

«Debería haber tenido más cuidado», pensó. Ese sería el epitafio en su tumba, ¿no? Nada de «Amada hermana» ni «En la casa de Dios», sino «Debería haber tenido más cuidado».

En su piso, las defensas seguían en su sitio. La hebra de lana aran de las Eckersley (muy práctica) que puso entre el dintel y la puerta de entrada aún estaba ahí, pero el piso en sí continuó a oscuras cuando Juliet encendió la luz.

¿Habría olvidado poner monedas en el contador? Pero el día anterior sin ir más lejos había echado varios chelines en su ávida boca, ¿no? Esperó unos segundos a que sus ojos se acostumbraran a la penumbra, un truco aprendido durante los apagones, y luego cruzó la habitación hasta el contador. Hurgando en el fondo del bolso dio por fin con un escaso chelín.

—Hágase la luz —murmuró, pero aunque se oyó un chasquido prometedor y un ronroneo en el contador, la luz no volvió.

Notó un pequeño desplazamiento en el aire. Un levísimo susurro, como el de un pájaro al arrebujarse en su nido. Una respiración. Un suspiro. Distinguió apenas la silueta de alguien sentado a la mesa.

Con sigilo, Juliet sacó la máuser del bolso y avanzó con cautela hacia la figura. Parecía imposible y sin embargo...

Era la persona que más derecho tenía a reivindicar para sí su alma. Un súbito terror hizo que se le encogiera el corazón.

—¿Dolly? —susurró—. ¿Es usted?

1940

Aquí está Dolly

GRABACIÓN 3
20:15

VICTOR saca un mapa. Ruido tremendo del mapa al desdoblarlo.

V. Unas cinco millas al este de Basingstoke. Nada puede pasar a través de ahí. Por orden del Gabinete de Guerra.

G. (varias palabras inaudibles) Ya veo.

V. Es un maldito engorro.

G. Tengo que agradecerle este mapa y los planos de Farnborough.

V. Lo puse en aquella nota. Creo que las notas son de mucha ayuda.

G. Sí, sí.

V. Y estos son emplazamientos de las baterías antiaéreas (señalando, obviamente)

G. Resultarán muy útiles. Gracias.

V. (más crujidos) Mire... (susurros del papel) aquí.

G. Sí. ¿Qué es eso que está señalado?

V.	La central eléctrica. Y esto de en medio son fábricas.

G.	Me gustaría que pudiera conseguirlo con más detalle.

V.	Sus mapas ya estarán anticuados (inaudible) antes de la guerra. Fábricas o hangares. Los están montando...

G.	¿En las fábricas?

V.	Sí, y luego los aparcan en este viejo aeródromo de aquí.

G.	¿Son cazas?

V.	Y algunos cazabombarderos. Wellington, me parece. Los pilotos de pruebas acuden ahí a recogerlos.

—¿Le parece muy aburrido esto, señorita? Después del suceso tan emocionante con la señora Scaife.

—Para ser franca, Cyril, prefiero esto.

—Pero hizo bien con lo de encerrarlos a todos, ¿no?

—Sí, desde luego que sí.

—¿Hasta dónde ha llegado?

—Ay, prácticamente a ningún sitio, solo a Victor y sus eternos mapas. Me falta un montón para ponerme al día.

Hacía ya cuarenta y ocho horas que habían arrestado a la señora Scaife y Chester Vanderkamp en el piso de Bloomsbury. A Juliet la hicieron prestar declaración a puerta cerrada, al igual que a Giselle y a la señora Ambrose, pero apenas vio a Perry en todo ese tiempo. «Señora de Peregrine Gibbons», escribió repetidas veces en su cuaderno para entretenerse mientras esperaba en el exterior de la sala del tribunal. No importaba cuántas veces practicara la firma, no tenía la sensación de que pudiera llegar a pertenecerle. Ella era Juliet Armstrong y no había que darle más vueltas. El modesto zafiro seguía en un cajón del escritorio de persiana, donde lo dejaron mientras Iris hacía su última aparición en el piso de Bloomsbury. Perry parecía haberse olvidado de él y Juliet se esforzaba en hacer lo mismo.

En Dolphin Square el ambiente era soporífero. Hacía una tarde calurosa y en el interior del piso el aire sofocaba. Los senderos de piedra del jardín parecían arder y las flores en los arriates, tan frescas unos días atrás, se marchitaban ahora bajo el furibundo resplandor del sol. *Lily* estaba dormida bajo su escritorio y Juliet deseó poder hacerse un ovillo junto a ella y echarse también una siesta. ¿Cómo podía la gente estar en guerra con un tiempo como aquel?

—¿Va a venir el señor Gibbons? —quiso saber Cyril.

—No, ha dicho que no volvería hasta mañana. Está encerrado en algún lugar del campo con Hollis y White, celebrando alguna clase de cónclave sobre la crisis del gabinete... sobre qué hacer si Halifax se sale con la suya.

En Dunquerque, la playa se estaba llenando de tropas. Eran trescientos sesenta mil soldados y todos debían volver a casa. El mapa de Europa estaba en llamas, pero, en la Cámara de los Comunes, lord Halifax luchaba por conseguir un acuerdo de paz con Hitler. («Me desespera —comentó Perry—, es una locura absoluta.») Europa ya se había perdido; luego vendría Gran Bretaña. («Nos hemos quedado solos», declaró Perry como si citara para el futuro.)

—Hitler marchará derecho a nuestras costas, señorita —repuso Cyril—. No respetará ningún tratado.

—Sí, ya lo sé, es horroroso. Tenemos que seguir en la brecha, supongo. ¿Quién va a venir hoy?

Cyril consultó el gráfico semanal que había trazado Godfrey.

—Dolly, a las cuatro, seguida por Trude y Betty a las cinco.

«Un aquelarre de brujas», pensó Juliet. Estarían nerviosas por la votación en la Cámara de los Comunes, sabedoras de que un acuerdo de paz con Hitler no valdría ni el papel en que se hubiera redactado. Tendrían el camino despejado, ellos y los de su calaña. Si los nazis marchaban por el Mall, quizá lo mejor sería pegarse un tiro con la máuser. Juliet casi era capaz de ver el desfile: los tanques, los soldados con su paso de la oca como chicos del coro, el espectacular desfile aéreo, los quintacolumnistas vitoreándolos desde las aceras. Qué engreídos y triunfadores iban a sentirse Trude y sus colegas.

—Voy a poner a hervir agua —dijo Cyril—. Se nos hace tarde para el té.

—Gracias, Cyril.

*

Después —y fue un después muy largo— Juliet nunca supo muy bien cómo llegó a ocurrir. Tal vez se volvieron descuidados, quizá la rutina del trabajo les llevó a relajarse y el día a día les hizo bajar la guardia. O a lo mejor fue el calor, que los amodorró tanto que no prestaron atención. Quizá el reloj se adelantó, aunque Juliet lo comprobaría más tarde y no le pasaba nada. Tal vez fue el reloj de Dolly el que no estaba en hora. Fuera como fuese, el caso es que los pilló completamente desprevenidos.

Juliet se llevó el té al cuarto de Cyril, donde él estaba enfrascado desmontando algo para luego volver a montarlo (su actividad favorita).

—¿Un paréntesis para comer galletas? —propuso ella.

Ambos rieron; se había convertido en una de las bromas compartidas.

Se comieron las tres últimas galletas; una para cada uno y otra para *Lily*, que se había despertado. Charlaron sobre la hermana de Cyril, que trataba de obtener una licencia especial para casarse antes de que su prometido tuviera que zarpar hacia un campo de instrucción del Ejército. Cyril estaba preguntando si Perry podría ayudarla de alguna manera cuando *Lily* empezó de pronto a gruñir. No era su gruñido habitual, poco más que un ronroneo juguetón a modo de protesta cuando fingían querer quitarle uno de sus muñecos de trapo. Aquello era un rugido furioso y atemorizado que le brotaba de la garganta, un vestigio del lobo ancestral.

La perra miraba fijamente la puerta de la sala de estar y Juliet dejó el té para averiguar qué era lo que tanto la inquietaba.

¡Un intruso! Era *Dib*, el decrépito caniche de Dolly.

—¿*Dib*? —lo llamó Juliet, desconcertada.

El animal reconoció su nombre con el desdeñoso movimiento de una oreja.

—¿Qué haces aquí?

—¿Cómo sabe el nombre de mi perro?

¡Dolly!

—Me cago en la leche —oyó Juliet murmurar a Cyril a sus espaldas—. Ahora sí que estamos apañados.

Dolly estaba plantada en el umbral de la sala de estar. Juliet advirtió que la puerta principal se había quedado entreabierta; debía de haberse descorrido el pestillo de alguna manera, y *Dib* había entrado a investigar y Dolly lo había seguido para recuperarlo.

Dolly entró en el salón con cautela, como lo haría un animal salvaje en un claro. Miró alrededor con cara de perplejidad.

Juliet se imaginó viendo el piso con los ojos de Dolly: los archivadores, la enorme máquina de escribir Imperial y los dos escritorios; toda la parafernalia que constituía una oficina. Había más gente en Dolphin Square que trabajaba en sus casas, el propio Godfrey incluido, así que en ese sentido no era algo tan peculiar, ¿no? Por otra parte, el resto de la gente no tenía una habitación llena de lo que era, a todas luces, material de grabación. Tampoco tenía aparatos para reproducir lo grabado, ni auriculares ni, lo más incriminatorio de todo, archivadores diseminados que anunciaban su pertenencia al

MI5 o carpetas en las que se leía en grandes mayúsculas rojas trazadas con plantilla: «Alto secreto».

Dolly observaba todo aquello boquiabierta y en silencio absoluto. Julliet casi podía ver cómo se movían los engranajes de su cerebro.

—Dolly —dijo con tono conciliador, intentando desesperadamente dar con una explicación razonable, pero solo fue capaz de añadir con un hilo de voz—. Ha llegado antes de hora.

Dolly frunció el ceño.

—¿Antes? ¿Cómo que antes? ¿Saben a qué hora debería llegar?

Todos los engranajes encajaron finalmente. Dolly miró furibunda a Cyril, que había adoptado una pose un tanto pugilística ante el escritorio de persiana de Perry.

—Son del MI5 —declaró con una voz teñida de repulsión—. Han estado escuchando todo lo que decimos.

Se adentró en la habitación y empezó a levantar papeles de un montón sobre el escritorio de Juliet. Leyó en voz alta el primero de ellos:

—«Grabación 3. 19:38. Reunidos de nuevo: Godfrey, Trude y Dolly. D. Quería enseñarles lo que me parece más importante en este caso. Hay que cruzar Staines, por la Great West Road». D... Esa soy yo, ¿verdad? Recuerdo esta conversación de hace un par de días. —Dolly negó con la cabeza, sin dar crédito a lo que veía.

Retomó la lectura de la transcripción.

—«T. Hay un embalse, en medio del bosque. D. Hay muchos soldados allí. G. ¿Soldados? Sí.»

«Madre mía —pensó Juliet—, ¿va a leerlo entero?» Parecía hipnotizada.

—Vale, ya es suficiente, Dolly.

—No me llame por mi nombre como si me conociera.

«Oh, pero es que sí te conozco», pensó Juliet.

Con un violento gesto, Dolly tiró al suelo todo lo que había sobre el escritorio de Juliet y bramó:

—¡Malditos sean, malditos cabrones! Todo lo que hablamos con Godfrey... ¡lo han oído todo!

Dib empezó a gruñir y enseñar los dientes; al igual que su dueña, parecía al borde de un ataque. Con el rabillo del ojo Juliet vio cómo una de las páginas que Dolly había movido flotaba silenciosa como una hoja hasta posarse en el suelo. Las palabras parecieron saltar del papel, incriminatorias: «Informe de Godfrey Toby, 22 de mayo de 1940. Me encontré a solas con Victor, mi informante, a las 7 en punto de la tarde. Victor quería hablarme sobre un nuevo modelo de motor de avión del que había tenido noticias. Le pregunté si sería capaz de conseguir detalles...». «Ay, por favor, Dolly, no baje la vista —rogó Juliet—. No descubra la verdad sobre Godfrey porque entonces sí que estaremos apañados de verdad.»

Pareció que alguien había escuchado su plegaria, por lo menos por ahora.

—¡Godfrey! —exclamó Dolly con un grito ahogado, más para sí que para Juliet—. Él me la presentó, ¿verdad? —Señaló a Juliet con un dedo acusador—. Lo engañó para que creyera que usted no era más que una simple vecina. Estará al caer. Debo advertirle sobre ustedes. Corre un gravísimo peligro.

—Cálmese, Dolly —la instó Juliet—. ¿Por qué no hablamos de todo esto mientras tomamos una taza de té?

—¿Una taza de té? ¿Cómo que una taza de té?

—Bueno, a lo mejor no —admitió Juliet.

Era una idea absurda, evidentemente, pero ¿qué demonios iban a hacer con ella? La puerta de entrada seguía abierta y media Nelson House debía de estar oyendo la barahúnda que armaban Dolly y *Dib*. Juliet trató de indicarle en silencio a

Cyril que cerrase la puerta, pero parecía paralizado por la presencia de Dolly.

De todas formas, ya era demasiado tarde, pues en ese preciso instante Godfrey tamborileó como de costumbre con el bastón en la puerta abierta y entró en el piso diciendo con considerable nerviosismo:

—¿Va todo bien ahí dentro, señorita Armstrong? Parece haber bastante barullo.

—Dolly está aquí —le anunció Juliet con un entusiasmo disparatado; se sentía al borde de la histeria.

—Sí, sí, ya veo —murmuró él, más para sí que para Juliet.

—¡Nos han estado espiando! —le gritó Dolly a Godfrey—. Corra, Godfrey, huya de aquí. ¡Deprisa!

Dolly se irguió en toda su estatura, con el sacrificio heroico grabado ahora en la cara, dispuesta a luchar por el alto mando alemán personificado en Godfrey Toby, con sus propias manos de ser necesario.

A Godfrey no lo habían desenmascarado aún, y quizá podría explicarles a los miembros del grupo que había resuelto el problema hablando. El MI5 siempre andaba capturando a quintacolumnistas para interrogarlos y luego los volvía a soltar. La propia Trude había alardeado ante Godfrey de que «uno de los cabecillas» la había sometido a un interrogatorio y se había mostrado «muy simpático» hasta que se percató de que ella era de una clase superior de persona. «Le di sopas con honda», declaró. Juliet se preguntó si sería Miles Merton. Nadie era capaz de engañar a Merton; desde luego, Trude no. «Solo necesitaba hacerle las preguntas adecuadas.»

Y quizá podían eliminar del juego a Dolly, meterla en prisión e inventarse para los demás la historia de que se había marchado. Aún no estaba todo perdido.

Juliet suponía que Godfrey también le estaba dando vueltas en la cabeza a esas tácticas, y de ahí su indecisión, pero, entretanto, por desgracia Dolly se fijó en el informe de Godfrey, que la miraba desde el suelo, condenatorio.

Se agachó para recogerlo y leyó:

—«Edith llega poco después de que Victor se haya ido. Cháchara habitual de Edith sobre las vías marítimas. No es una mujer muy inteligente y cuesta saber si entiende lo que está viendo. Dolly nos informa de que tiene una chica nueva, Nora, con muchas ganas de ofrecerse voluntaria».

Dejó de leer y miró en silencio a Godfrey. Juliet supuso que la discrepancia entre lo que Dolly había creído y la verdadera situación era asombrosa.

—Godfrey —murmuró; era una mujer traicionada; con lágrimas en los ojos, como si la hubiera plantado un amante, y con voz temblorosa, añadió—: Usted es uno de ellos.

—Me temo que sí, Dolly —repuso él. Parecía lamentarlo.

El hechizo se rompió. Con la sangre hirviendo de rabia y frustración, Dolly empezó a soltar gritos en un registro tan agudo que habría podido hacer añicos una vitrina entera de Sèvres. *Dib* asumió su propia tarea y se puso a soltar ladridos estentóreos y monótonos. Con el sonido que producían entre ambos podría haberse torturado a alguien hasta volverlo loco.

Cyril también volvió a la vida y corrió hasta la entrada para cerrar de un sonoro portazo. Dolly estaba furibunda en ese momento y siseaba y escupía como un gato montés. «Ay, Dios —pensó Juliet—, Trude y Betty van a llegar en cualquier momento.» La cosa iba a convertirse en refriega. Toda la operación estaba a punto de irse a pique de la manera más incendiaria posible.

Dolly recuperó por fin la voz.

—Será traidor... Maldito traidor, Godfrey... ¿Es ese siquiera su verdadero nombre? ¡Espere a que les cuente a los demás lo que ha hecho!

—Me temo que no va a contárselo a nadie, Dolly —repuso Godfrey con tono tranquilo. «Había que admirar su sangre fría», pensó Juliet. Controlaba los nervios, a diferencia de ella.

—¿Y quién va a impedírmelo? —espetó Dolly.

—Bueno, pues yo mismo —respondió Godfrey, muy sensato—. Como agente del Gobierno británico, tengo autoridad para arrestarla.

»Cyril —añadió volviéndose hacia el chico—, ¿crees que podrías encontrar un trozo de cable o algo así con el que atar las manos de la señorita Roberts?

Obediente, Cyril fue a hurgar en su armario y volvió sosteniendo en alto un pedazo de cable eléctrico.

Por desgracia, Dolly se las había apañado de algún modo para acercarse al escritorio de Perry y se abalanzó hacia la única arma que tenía disponible: el pequeño busto de Beethoven. Fue evidente que no esperaba que pesara tanto, pues a punto estuvo de dejarlo caer y durante un instante pendió pesadamente de su mano, pero luego recobró el ímpetu y lo arrojó contra Godfrey justo cuando él se lanzaba a sujetarla. El busto lo alcanzó en un hombro y lo desequilibró por completo. Le fallaron las piernas y cayó, dándose un tremendo topetazo con el otro hombro contra el suelo.

Consiguió incorporarse hasta quedar de rodillas, aturdido, pero Dolly ya aferraba el busto por la base y, blandiéndolo en alto, como un trofeo, les gritó a Cyril y Juliet:

—¡No se acerquen o le aplasto la cabeza con esto! ¡Les prometo que lo haré!

Juliet contempló horrorizada aquel cuadro viviente y luego hizo lo único que se le pasó por la cabeza: le pegó un tiro a Dolly.

El ruido de la pequeña máuser resultó ensordecedor en el reducido espacio del piso y los sumió a todos durante unos instantes en un silencio horrorizado. Dolly cayó al suelo como un ciervo herido, aferrándose el costado. Juliet dejó la pistola sobre el escritorio y corrió hasta Godfrey, ignorando los aullidos de dolor de Dolly. Cyril ayudó a Juliet a llevar a Godfrey hasta el sofá, aunque este no paraba de decir:

—Estoy bien, de verdad que sí, solo me falta un poco el aire. Tienen que ocuparse de Dolly.

—No está muerta, señor Toby —dijo Cyril.

—Claro que no lo está —terció Juliet—. Solo quería herirla, no matarla. No queremos tener que vérnoslas con un cadáver.

Dolly empezó a avanzar por el suelo a cuatro patas, dejando un rastro de sangre como un caracol. Su objetivo parecía ser llegar a la puerta principal. *Dib* daba brincos a su lado con un ataque de ladridos que habría despertado a los muertos. «Debería haberle disparado también al maldito perro», se dijo Juliet.

—Los demás no tardarán en llegar —le dijo Godfrey a Cyril.

¿Interpretó Cyril aquello como alguna clase de orden? (Quizá lo fue.) Cogió la máuser de encima del escritorio y le pegó otro tiro a Dolly.

—¡Ay, por Dios bendito, Cyril! —exclamó Juliet—. No tenías que hacer eso.

—Sí, tenía que hacerlo, señorita Armstrong —contestó Godfrey; suspiró profundamente y echó la cabeza atrás para apoyarla en el sofá como si fuera a echarse un sueñecito.

—Todavía no está muerta —anunció Cyril.

El chico tenía muy mal aspecto; había palidecido por completo y la mano que aún sostenía la pistola le temblaba violentamente. Juliet se la quitó de los resbaladizos dedos. Era la primera vez que Cyril disparaba una pistola, por supuesto, y había apuntado a Dolly sin ton ni son, y tan solo había conseguido darle en el brazo. No bastó para impedir su avance y, de algún modo, seguía moviéndose, aunque ahora se arrastraba en círculos, maullando como un gato enfermo. Finalmente se detuvo y se desplomó contra la pared, todavía entre lloriqueos y gemidos. Estaba hecha de acero. Era como lidiar con Rasputín, no con una mujer de mediana edad de Wolverhampton.

¿Cómo se les había ido la situación de las manos tan deprisa? Literalmente, apenas habían transcurrido unos segundos desde que Dolly comprendiera el alcance de la trampa que le habían tendido hasta ese momento en que Godfrey se levantaba con esfuerzo del sofá para decir:

—Me temo que debemos acabar con ella.

Como si fuera un animal y se tratara de un acto compasivo.

Juliet se sintió intranquila. No sabía si sería capaz de cometer aquel acto. Le parecía algo que uno haría en el matadero, no en el fragor de la batalla. Antes de que pudiera tomar una decisión, Godfrey hizo algo que ella nunca habría podido prever. Todavía un poco vacilante, se inclinó para recoger su bastón, que había caído al suelo en el curso de su combate con Dolly.

Toqueteó la empuñadura de plata para abrir alguna clase de pasador y liberar así el estoque que, sin que nadie lo supiera, había estado oculto todo ese tiempo en el interior del bastón de nogal. Y luego atravesó el corazón de Dolly con él.

Tras lo que pareció una eternidad de silencio, durante la que incluso *Dib* se quedó mudo de asombro, Cyril dijo:

—Me parece que ahora sí está muerta del todo, señor Toby.

—Creo que así es, Cyril —coincidió Godfrey.

D. Fui muy cautelosa con lo que conté sobre la guerra. Me limité a decir: «Bueno, parece que vamos tirando, ¿no?», y ella desde luego no mostró mucho entusiasmo.

G. ¿Sobre la guerra?

D. Sí, sobre la guerra.

G. ¿Y ella no mostró entusiasmo?

D. Exacto.

G. Ya veo.

T. Debería escribirle.

G. Sí, sí.

Sigue una charla desganada de la que se entiende muy poco. *DIB* ladra y hace que cueste mucho pillar lo siguiente.

T. Y qué pasa entonces con la liebre (¿?) la fiebre (¿?) no me cae bien (¿no me sale bien?) no siempre se puede (cuatro palabras)

Varias palabras inaudibles por culpa de *DIB*. Parecen estar hablando de la tinta invisible.

D. Bueno, la cosa se entiende bien, es verdad, pero... bueno, no me gusta... (cuatro palabras) una palabra encima de otra. (Inaudible) Fue una lata (¿? ¿«pata» o «rata»?)

O mata, nata, plata, cata o trata, y eso contando solo palabras de dos sílabas. El problema no eran el perro y sus ladridos, porque el perro ni siquiera estaba allí. El problema era la falta de atención de Juliet. Pero ¿cómo podía estar atenta con todo lo que había ocurrido?

—¿Señorita Armstrong? —Oliver Alleyne estaba apoyado con indolencia contra el marco de la puerta, muy consciente al parecer de su mala prensa—. ¿La he asustado?

—No, en absoluto, señor. —Pues sí, le había dado un susto de muerte.

—¿Va todo bien por aquí, señorita Armstrong?

—Perfectamente, señor.

—¿Cómo están sus vecinos?

—Oh, como siempre, señor, ya sabe.

—¿No tienen problemas?

—No, señor. Ninguno.

Juliet veía un churrete de sangre en el zócalo detrás de él. De hecho, si se fijaba bien, había manchitas y salpicaduras de sangre por todas partes. Tendría que limpiar otra vez y otra más. «Fuera, mancha maldita.» Limpiar el caos sangriento dejado atrás por la muerte de Dolly había sido una tarea terrible y Juliet no deseaba alargarla.

Tras determinar que Dolly estaba muerta o «muerta del todo», en palabras de Cyril, Godfrey dijo:

—Debemos actuar con normalidad, señorita Armstrong.

Los tres miraban sin saber qué hacer el cuerpo de Dolly espatarrado en el suelo. La falda se le había subido y dejaba expuestos los bordes de las medias y los muslos pálidos como flanes sobre ellas. De algún modo, aquello parecía más indecente que la muerte en sí. Juliet tiró de la falda para bajarla.

—¿Con normalidad? —le preguntó a Godfrey; sin duda ya nada iba a ser normal después de eso, ¿no?

—Como si no hubiera ocurrido nada fuera de lo corriente. Acudiré a la reunión como de costumbre. Podemos salvar esta operación si mantenemos la calma. ¿Cree que podría encontrarme una camisa limpia... quizá una del señor Gibbons?

La de sarga blanca de buena calidad no era en absoluto de su talla y tuvo que embutirse en ella, pero una vez que se limpió la sangre de la chaqueta con una esponja, se anudó la corbata y se irguió bien, quedó decente. Se frotó el hombro y sonrió.

—Creo que mañana tendré un buen cardenal como resultado de todo esto —dijo un tanto compungido—. Ahora debo ir al piso de al lado antes de que lleguen Trude y Betty.

—Pero ¿qué pasa con...? —Cyril señaló con gesto de impotencia a Dolly en el suelo.

—Iré todo lo deprisa que pueda... Acortaré la reunión, les diré que tengo que hablar por radio con Alemania. Y luego nos ocuparemos de este... problema. Pero por el momento debemos seguir en nuestros puestos. Cyril, habrá que grabar esta reunión. Y señorita Armstrong, quizá podría empezar por limpiar un poco aquí.

Ella se preguntó por qué eran siempre las hembras de la especie las que tenían que ocuparse de adecentarlo todo. «Imagino que Jesús salió de la tumba y le dijo a su madre: "¿Podrías limpiar un poquito ahí dentro?"», pensó.

Godfrey fue fiel a su palabra. Se quitó de encima a Trude y Betty en menos de una hora y volvió con ellos. A Juliet no se le había pasado antes por la cabeza —no le había hecho falta—, pero Godfrey era un líder por naturaleza, un general, y ellos eran sus tropas y creían sin reservas en sus dotes de mando.

Siguiendo sus instrucciones, quitaron la colcha de chenilla de la cama de Perry.

—Ahora, pónganla encima.

Juliet vaciló, pero Cyril, un soldado raso leal, dijo:

—Vamos, señorita, podemos hacerlo. Usted cójala de la cabeza y yo la cogeré de los pies. El señor Toby no debería levantarla, con el hombro así.

Pero Godfrey insistió en hacerlo, aunque esbozó una mueca de dolor cuando trasladaron el cuerpo de Dolly a la colcha. Pusieron a su lado el pequeño bulto cubierto por la toalla y los envolvieron a ambos juntos como si fueran un paquete.

Cuando recordaba aquel día, Juliet solía excluir a *Dib* de la versión que recreaba para sí. Le pareció el elemento más difícil de digerir de todo el relato.

Tras el numerito con el estoque, el perro de Dolly había sido presa de un frenético ataque de gruñidos amenazadores, dispuesto a hacerlos pedazos a todos a mordiscos. Era un perro pequeño, más o menos como *Lily*, pero parecía peligroso.

—¿Puedes distraerlo, Cyril? —preguntó Godfrey.

Cyril le arrojó a *Dib* uno de los ositos tejidos por su abuela. Quedó hecho trizas en cuestión de segundos, pero le dio a Godfrey la oportunidad de agarrarlo por el collar. El perro soltó un gañido cuando Godfrey lo levantó y lo sostuvo con el brazo estirado, y quedó ahí colgado moviendo en vano las patitas en el aire, con los ojos muy abiertos de sorpresa. Godfrey lo llevó al cuarto de baño, donde se detuvo en la puerta para decirles:

—No entren aquí.

Siguió una buena serie de chillidos y chapoteos tras la puerta cerrada y Godfrey salió después con algo envuelto en una toalla. Más tarde encontraron a *Lily* encogida de miedo debajo de la cama de Perry. Tuvieron que pasar varios días para que confiara totalmente en ellos otra vez.

Utilizaron cordel grueso que encontraron en el escritorio de persiana de Perry para perfeccionar el paquete. El resultado fue una especie de momia de chenilla. Movieron los escritorios para liberar la alfombra del centro de la habitación y trasladaron a Dolly y su fiel compañero hasta ella.

—Pesa más de lo que parece, me temo —dijo Godfrey—. Vamos a levantarla a la de tres... Uno, dos, ¡tres!

—Lleva un envoltorio doble —comentó Cyril cuando enrollaban a Dolly en la alfombra.

«Como Cleopatra —pensó Juliet— o un panecillo de salchicha.»

—Mucho me temo que en la muerte no hay dignidad, señorita Armstrong —murmuró Godfrey.

Cuando acabaron, estaban todos sudando. Juliet se fijó en que Cyril tenía varias manchas de sangre en la cara. Sacó el pañuelo, lo lamió y le dijo:

—Venga aquí, Cyril. —Y le limpió la sangre.

—¿Y ahora qué, señor Toby? —quiso saber el chico—. ¿Qué vamos a hacer con ella?

—¿La carbonera de Trude, quizá? —sugirió Godfrey.

—No es la época adecuada del año —respondió Juliet pensando en lo poco que habían tardado en encontrar a la pobre Beatrice.

Cyril asintió prudentemente con la cabeza. Los tres guardaron silencio mientras consideraban la logística para deshacerse de un cadáver, pero entonces Juliet dijo:

—¿Y si le organizamos un funeral y la enterramos en un cementerio?

*

Llamaron por teléfono al departamento de Hartley, donde estaban acostumbrados a que les socilitaran un medio de transporte a cualquier hora.

—El señor Gibbons necesita un coche, por favor —dijo Juliet—. El punto de recogida es Dolphin Square. Le daré el destino al conductor cuando llegue.

Les mandaron un coche, como correspondía. Juliet bajó a esperarlo en la entrada de la calle Chichester. Era bien pasada la medianoche cuando vio acercarse unos faros con visera, unas rendijas de luz en una noche muy oscura y sin luna.

Cuando el chófer se apeó, Juliet le tendió cinco libras (proporcionadas por Godfrey), una suma lo bastante generosa como para aplacar la curiosidad de cualquiera.

—El señor Gibbons está en una misión de alto secreto y va a conducir él mismo —dijo.

El chófer estaba acostumbrado a las excentricidades del MI5, de modo que cuando ella añadió: «¿Podrá llegar a casa sin problemas?», se metió en el bolsillo el billete de cinco libras y, riendo, contestó:

—Diría que sí, señorita.

Llevaron la alfombra a rastras hasta el ascensor, demasiado concentrados en la tarea que tenían entre manos como para abrigar cualquier clase de sentimiento. Hubo un momento de alarma mientras sacaban la alfombra del ascensor en la planta baja, pues se encontraron con una anciana residente que esperaba para subir.

—Buenas noches —le dijo Juliet alegremente—, vamos a llevarle esta alfombra a la hermana de Cyril, aquí presente, como regalo de boda. («Si va a contar una mentira», y esas cosas.)

Cyril fue presa de un ataque de risa un tanto frenética. La mujer entró en el ascensor con evidentes ganas de huir de ellos. Probablemente creyó que aquellas tres personas tan dispares estaban beodas.

—Lo siento —le dijo Cyril a Godfrey—, es que todo esto es un pelín excesivo. Y a la señorita Armstrong se le da tan bien mentir que me ha pillado desprevenido.

Godfrey le dio unas palmaditas en el hombro.

—No hay de qué preocuparse, muchacho.

Metieron a Dolly, envuelta en su alfombra, en el asiento delantero del coche, casi de pie. Era la única forma —y probaron varias— de que cupiera. Cyril y Juliet ocuparon el asiento trasero, con *Lily* entre ambos. El animal olisqueó la alfombra con nerviosismo y luego no quiso saber nada más de ella. Juliet supuso que un perro era capaz de reconocer el olor de la muerte.

Godfrey sabía conducir, lo cual era una suerte puesto que ni Cyril ni Juliet sabían. Puso en marcha el motor y dijo:

—Allá vamos.

Cada vez que doblaban una esquina, Dolly se escoraba un poco, como si siguiera viva dentro de la alfombra. Al igual que en Bloomsbury, Juliet tenía la sensación de formar parte de una comedia, aunque no fuera especialmente divertida; nada divertida, de hecho.

—¿Adónde íbamos? —preguntó Cyril sosteniendo la alfombra cuando tomaban a toda velocidad la curva para entrar en Park Lane.

Godfrey era un conductor sorprendentemente intrépido.

—A Ladbroke Grove —contestó Juliet.

Godfrey llamó por teléfono a alguien. Juliet no sabía a quién y se preguntó si sería el hombre del cuello de astracán. Fuera quien fuese, tenía una influencia considerable, pues dos hombres con mono de trabajo les esperaban cuando llegaron a la funeraria en Ladbroke Grove y el director en persona los condujo a su depósito de cadáveres. Los tipos con mono trasladaron a Dolly al interior con las habituales advertencias de los empleados de mudanzas: «Cuidado, viejo Sam», «Ojo con ese extremo, Roy», y esas cosas. Ninguno de ellos hizo preguntas ni pareció sorprendido en lo más mínimo por aquella entrega, y a Juliet eso le hizo plantearse qué harían el resto del tiempo los hombres con mono (y el director de la funeraria, ya puesta). ¿Consistía en eso su empleo, en deshacerse discretamente de cuerpos asesinados?

Juliet no quería ver cómo abrían el ataúd de la pobre Beatrice y metían dentro a Dolly, pero aun así se quedó y observó sin decir palabra. Toda aquella empresa tenía algo absolutamente grotesco, aunque hubiera sido idea suya. A *Dib* lo metieron el último y Godfrey comentó:

—Esto recuerda a los faraones egipcios, que se iban a la otra vida con su ajuar funerario. Gatos momificados y esas cosas.

Se quedaron observando hasta que le pusieron la tapa al ataúd y martillearon el último clavo. El funeral tendría lugar a la mañana siguiente.

—Nadie se va a enterar de que haya algo inapropiado —dijo Godfrey.

«Pero nosotros sí», pensó Juliet.

Llevaron a Cyril a casa, recorriendo todo el trayecto hasta Rotherhithe en pleno apagón, una auténtica hazaña por parte de Godfrey. Cuando lo dejaron ante la casa de su abuela, ya eran las tres de la madrugada. Se llevó a *Lily* a modo de consuelo. Una vez que estuvo dentro y a salvo, Godfrey preguntó:

—¿Y si se viene a mi casa en Finchley, señorita Armstrong? Creo que deberíamos asegurarnos de cantar el himno con la misma partitura, por así decirlo.

—¿Se refiere a que contemos la misma historia?

—Exactamente.

Un espléndido amanecer iluminaba el cielo cuando aparcaron ante la casa de Godfrey en Finchley. Un nuevo día, aunque en realidad era todavía el mismo para ambos.

Junto a la verja de entrada había una gran hortensia, que aún no había florecido del todo.

—Si se la deja crecer por sí sola, las flores serán de color rosa —explicó Godfrey tranquilamente, como si no acabaran de matar a una mujer a sangre fría—. El truco para asegurarse de que sean azules es añadir unos peniques a la tierra. La hierba cortada y los posos de café también ayudan. Les gustan los suelos ácidos.

—Vaya —repuso Juliet.

¿De verdad le estaba dando consejos de jardinería? Pero en eso consistía comportarse con normalidad, ¿no?

Había una aldaba de latón con forma de cabeza de león en la puerta, que era de roble. ¡Cuánta lujosa respetabilidad!

Cuando Godfrey abrió la puerta, a Juliet le llegó el olor a cera para muebles Mansion House y limpiametales Brasso.

—Ah, la asistenta ha estado aquí —anunció Godfrey cruzando el umbral y olisqueando el aire como un perro delicado.

Colgó el abrigo de Juliet en un armario en el recibidor. Su mujer —«Annabelle»— estaba visitando a su madre, según dijo. ¡Annabelle! Qué íntimo resultaba conocer su nombre. Juliet imaginó perlas, zapatos buenos y escapadas a las tiendas de Londres, seguidos por un almuerzo en el restaurante Bourne and Hollingsworth.

—Venga, pasemos al salón —propuso Godfrey, y cuando ella lo siguió, obediente, añadió—: Siéntese.

Señaló un sofá enorme; ahí no había damasco salmón, sino una muy sensata felpa gruesa. El sofá era del tamaño de un barco. «Voy a la deriva —se dijo Juliet—, por Finchley.»

—¿Puedo ofrecerle una taza de té, señorita Armstrong? ¿Serviría de algo? Hemos pasado un buen susto.

—Sí, gracias.

—¿Quizá necesita utilizar el… —una breve vacilación— los servicios, señorita Armstrong?

—No, no, gracias, señor Godfrey.

—Es que tiene… —le señaló las manos.

Todavía había sangre en ellas, ya reseca. Formaba una costra en sus cutículas.

—Primera puerta a la izquierda, al final de las escaleras. Me temo que no tenemos lavabo en la planta baja.

En el frío cuarto de baño, las toallas estaban recién lavadas y dobladas, y había un jabón de manos con aroma a fresia. Ambas cosas parecían verificar la existencia de Annabelle. Al igual que el edredón de satén rosa en la cama y las lamparitas de lectura con pantallas de pergamino floreadas que entrevió a través de la puerta abierta de un dormitorio. Cuando se lavó las manos con el jabón de fresia, el agua se volvió rosa por la sangre de Dolly.

Cuando volvió a bajar, Juliet oyó a Godfrey todavía trajinando en la cocina. Parecía sorprendentemente cómodo en los dominios de Annabelle.

No había fotografías visibles en el salón y solo un par de inocuas acuarelas en la pared. Varios ceniceros, un encendedor, una caja de cerillas de madera. Una radio Murphy. El *Times* estaba abierto sobre una mesa de centro. Godfrey debía de haberse sentado allí aquella mañana, leyendo sobre Dunquerque, fumando sus cigarrillos de olor acre. Había una colilla en un cenicero junto al periódico. «La asistenta no es muy eficiente», se dijo Juliet.

Godfrey volvió por fin, cargado con una bandeja. Sirvió té en las tazas y le tendió una a Juliet.

—Dos terrones, ¿verdad, señorita Armstrong?

Tomaron el té en silencio.

Al cabo de largo rato, cuando Juliet empezaba a temer que iba a quedarse dormida, Godfrey se espabiló y dijo:

—Creo que deberíamos mantenerla presente durante un tiempo, hasta que consigamos escribir una versión de la historia sin ella.

—¿A Dolly? Sí, buena idea —contestó Juliet.

Se quedó en Finchley durante lo poco que quedaba de noche, en el sofá de la sala de estar de Godfrey Toby, tras declinar educadamente su ofrecimiento de la habitación de invitados. Le habría parecido descabellado meterse en la cama de la habitación contigua a la de Godfrey e imaginarlo al otro lado de la pared en pijama bajo el edredón de satén rosa. Él también pareció aliviado cuando Juliet se decidió por el sofá de felpa.

Un par de horas más tarde, despertó y se encontró a Godfrey (totalmente vestido, gracias a Dios) de pie junto al sofá con otra taza con su platillo en la mano, como un mayordomo paciente.

—¿Un té, señorita Armstrong?

Dejó la taza sobre la mesa de centro con cautela, como si temiera despertar a alguien en la casa, aunque la noche anterior había afirmado que no había nadie más.

—Dos terrones —dijo con una sonrisa, seguro ahora de sus hábitos en lo tocante al azúcar.

Godfrey se fue de nuevo a la cocina, donde ella lo oyó silbar algo que sonaba muy parecido a *Thanks for the memory*. Tal vez no fuera la canción más indicada para la mañana siguiente a un asesinato. Volvió con un plato de tostadas.

—Con mantequilla auténtica —dijo alegremente—. La hermana de Annabelle vive en el campo. Me temo que la mermelada que nos quedaba se acabó hace unas semanas.

Después Godfrey la acompañó a la estación de metro, donde Juliet cogió la línea Northern hasta King's Cross, luego la Metropolitan hasta la calle Baker y finalmente la línea Bakerloo. Se quedó dormida en el tercer trayecto, y así habría seguido de no haberla despertado un hombre en Queen's Park.

—Perdone, señorita... Temía que se pasara usted de parada.

Era un hombre paternal y amistoso, con grandes botas de trabajo y las manos grasientas.

—Acabo de salir del turno de noche —explicó, por lo visto con ganas de hablar tras una noche de aburrimiento. Cuando bajaron juntos del tren en Kensal Green, preguntó—: ¿Va de camino al trabajo?

—No, a un funeral —contestó Juliet.

No pareció que eso sirviera para librarse de él, y Juliet empezó a sospechar que podría tener segundas intenciones, pero al llegar ante las puertas del cementerio, el tipo se quitó el sombrero con gesto respetuoso y dijo:

—Ha sido un placer hablar con usted, señorita. —Y siguió plácidamente su camino.

Tenía previsto asistir de todas formas por Beatrice, como testigo, aunque fuera silencioso, de su vida y de su muerte. Pero ahora podía asegurarse además de que los impuros compañeros de la criada, que se habían apuntado al viaje al más allá, pudieran emprenderlo sin despertar sospechas.

El MI5 había pagado el entierro de Beatrice, si bien resultó bastante mezquino, no mucho mejor que el de un indigente, y los únicos asistentes fueron la propia Juliet y, un poco para su espanto, el agente de policía alto.

—Señorita Armstrong —saludó levantándose la gorra—. Pues sí que se toma molestias por una persona que está muerta. Me sorprende verla aquí.

—Sentía una extraña conexión con ella... ya sabe, por la forma en que nos confundieron.

—Ya veo que la muchacha ya tiene nombre.

—Sí, Ivy. Ivy Wilson.

—La identificó su hermana, tengo entendido. Y sin embargo su hermana no está aquí. Es curioso, ¿no le parece?

—Sí. Quizá.

—Supongo que es complicado estar en dos sitios al mismo tiempo —dijo él.

¿Qué quería decir con eso? Juliet lo miró fijamente, pero el agente contemplaba el cielo con expresión inocente.

Pese a las tostadas con mantequilla en Finchley (que le parecieron deliciosas), Juliet se sintió mareada por la falta de sueño, de pie en el borde de la poblada tumba de Beatrice. «Beatrice, Dolly y *Dib*, un cargamento lo bastante pesado como para hundir el bote del barquero», se dijo.

—¿Se encuentra bien? —preguntó el agente alto mientras se alejaban tras las brevísimas exequias—. Está muy pálida, señorita Armstrong. Durante un momento he temido que fuera a caerse en la fosa.

—Oh, no, estoy bien, de verdad. —Lo tranquilizó echando mano de la primera excusa que se le ocurrió—. Es que mi prometido, Ian, está en la Armada, ¿sabe?, en el *Hood*, y estoy preocupada por él.

¡Mal hecho! Acababa de confundir su identidad con la de Iris. Supuso que tenía que acabar pasando en algún momento. ¿Importaba? ¿Había algo que todavía importara?

Hacía una mañana preciosa, eso sí. Cuando se alejaban de la tumba, un árbol en flor del cementerio dejó caer sus pétalos sobre el pelo de Juliet y el agente alto se los quitó con suavidad.

—Como una novia —comentó, y Juliet se ruborizó pese a las desafortunadas circunstancias.

Pero la vida era así, ¿no? Flores entre las tumbas. «En la plenitud de la vida ya moramos en la muerte.» Y esas cosas.

Volvió a Dolphin Square un poco antes de la hora del almuerzo. El piso estaba desierto. Ya hacía tres días que nadie había visto a Perry y Juliet se preguntó si debería preocuparse. Probablemente estaba vinculado de un modo u otro con la evacuación. No sabía muy bien qué iba a decirle respecto a la camisa y la colcha desaparecidas. Lo de la camisa tendría fácil arreglo, diría que la había perdido la tintorería, pero la ausencia de la colcha sería más difícil de explicar. Como le había dicho a Godfrey la noche anterior, en Finchley, ¿no sería mejor confesar? Dolly los había atacado, ellos habían cerrado filas en defensa propia y, por desgracia, ella había muerto.

—En este país aún imperan las leyes, ¿no? ¿No es esa la diferencia entre nosotros y el enemigo?

Una investigación a puerta cerrada y todos quedarían absueltos. Supuso que las cosas no eran tan simples; nunca lo eran. Godfrey se echó a reír de manera inesperada.

—Pero imagínese el papeleo, señorita Armstrong.

Lo que estaba protegiendo Godfrey era la operación, por supuesto. Juliet se preguntó si años más tarde, en retrospectiva, parecería tan crucial que hubiera requerido un sacrificio humano.

Alleyne seguía allí, al parecer decidido a conversar.

—¿Y nuestro amigo Godfrey? —preguntó—. ¿Qué tal está?

—No tengo nada de que informar sobre él, señor.

—Pero un chico me trajo un mensaje en el que decía que quería «hablar» de algo conmigo.

«Ay, por Dios», pensó Juliet. Había olvidado aquella nota, y que pretendía sacar a la luz los encuentros de Godfrey con el hombre del cuello de astracán. Ahora ya no estaba dispuesta a hacerlo. Eran cómplices en algo espantoso, compartían algo demasiado sangriento como para traicionarse unos a otros por pecados menores.

—Del té, señor —soltó.

—¿Del té?

—Sí. La calidad del té que nos proporcionan es infame.

—Quizá debería recordarle que hay una guerra en marcha, señorita Armstrong.

—No paran de decírmelo todos, pero una operación se sostiene a base de té.

—Veré qué puedo hacer. Intercambio de favores y esas cosas. Procure no volver a hacerme perder el tiempo, señorita Armstrong.

—Lo siento, señor.

—Por cierto, supongo que le gustará saber que la crisis del Gabinete ha pasado. Churchill ha sabido manejar a Halifax. No vamos a negociar la paz, sino que continuaremos con nuestra lucha por la libertad. —Hizo que sonara quijotesco, divertido incluso.

—Sí, señor, lo sé. ¿Qué pasa con nuestros soldados?

—Seguimos esforzándonos sin descanso por sacarlos de Francia.

—Son muchísimos.

—Pues sí. —Alleyne se encogió de hombros.

A Juliet no le gustó aquel gesto.

—¿Y Nelly Varga, señor?

—¿Quién?

—La dueña de *Lily*. La perra —añadió Juliet señalando a *Lily*, que estaba debajo de su escritorio.

Alleyne miró a la perra con rostro inexpresivo durante unos instantes.

—Ah, eso. No, nada.

Había sido muy importante y ahora ya no lo era, pero en eso consistía la guerra, supuso Juliet.

Alleyne paseó la vista por la habitación; era un ejemplo perfecto de cómo tomarse las cosas con tranquilidad.

—¿No falta algo aquí? ¿Solía haber una alfombra, verdad?

—Sí, señor. Está en la tintorería. Derramé tinta en ella.

Los hombres del mono de trabajo se habían deshecho de la alfombra, así como de la colcha de chenilla ensangrentada.

Beethoven, metido en cintura, volvía a ocupar su lugar habitual sobre el escritorio de persiana. Alleyne le dio unas palmaditas en la rizada melena.

—¿Cree que esto se hizo a partir de un modelo vivo? ¿O muerto?

—No tengo la menor idea, señor.

—Bueno, debo irme ya. —Se detuvo al llegar a la puerta, una costumbre suya que resultaba de lo más molesta.

—Tengo entendido que ha asistido a un funeral esta mañana.

—Sí. De Beatrice Dodds, la criada de la señora Scaife. La han enterrado con un nombre falso, Ivy Wilson. Me he hecho pasar por su hermana.

—Mmm —murmuró Alleyne, sin siquiera molestarse en fingir interés por lo que Juliet le estaba contando.

—Supongo que no han arrestado a nadie... por su asesinato, señor.

—No, y dudo que lo hagan jamás. Era una pequeña parte de algo mucho más grande. Estamos en guerra.

—Sí, señor. Eso ya lo ha dicho.

—Bien —concluyó Alleyne—. Manténgame informado.

—¿Sobre qué?

—Sobre todo, señorita Armstrong. Sobre todo.

*

—¿Señorita?

—Hola, Cyril.

—¿Quién era el tipo con el que me he cruzado en las escaleras, señorita?

—Oliver Alleyne. El jefe de Perry.

—¿El jefe del señor Gibbons, señorita? Yo pensaba que el jefe era él.

—Me temo que hay muchos rangos por encima del señor Gibbons, Cyril. El MI5 es como la jerarquía de los ángeles. Dudo que lleguemos a conocer a los que están arriba del todo… querubines, serafines y demás.

—Sí, pero ¿sospecha algo el señor Alleyne, señorita? Acerca de… ya sabe.

—No, no lo creo. No hay de qué preocuparse.

Juliet volvió a centrar la atención en la transcripción con mayor pesar incluso que antes.

(cont.) Las voces se extinguen. Hay un problema técnico, faltan dos minutos.

G. (varias palabras inaudibles) ¿Qué pasó, algo relacionado con el odio hacia los judíos?

D. Los autobuses van llenos de ellos. Creo que ella estaba en Golders Green, que es donde se reúnen (tres o cuatro palabras inaudibles). En masa (¿? Tres palabras inaudibles por culpa de *DIB*). Esta conocida mía me contó que iba en un autobús y que había un judío en la plataforma que hablaba con alguien en la acera y que ocupaba todo el sitio. Y entonces subió una chica grandota, de esas muy corpulentas, ¡y lo sacó de un empujón!

(Risas)

G. ¿Del autobús?

(Paréntesis para comer galletas)

Era todo falso, por supuesto. Las palabras de Dolly las había pronunciado Betty. Se trataba de la transcripción de la reunión que había tenido lugar justo después del número digno del Grand Guignol del asesinato de Dolly. Sencillamente borraron a Betty de aquella grabación en concreto y la sustituyeron por Dolly. Juliet incluyó a *Dib* para volverla más verídica. («Todo se basa en los detalles.») En esa nueva vida después de la muerte, Juliet le concedió además un nombre en mayúsculas.

Quizá podría servirles de coartada. «¿Cómo demonios podíamos haber asesinado a Dolly Roberts si estaba viva y coleando aquella tarde, hablando de judíos y de tinta invisible?» Debería destruir la grabación para que solo quedase la transcripción, no fuera que alguien la escuchara y se preguntase por qué Dolly había decidido de repente hablar con un fuerte acento de Essex. Pero la única persona que escuchaba las grabaciones era la propia Juliet. Aun así, no haría ningún mal eliminar todas las pruebas.

Juliet le sugirió a Cyril que comieran en el restaurante de abajo. Tras aquellos sucesos tan dramáticos, ambos estaban alicaídos.

—Y hoy tienen ese pastel de carne de cordero que te gusta tanto —le dijo—. Aunque no sé cómo se atreven a decir que es de cordero. Esa carne no sabe ni qué es una oveja.

Eran pasadas las dos cuando volvieron al piso. Victor tenía que llegar a las cinco.

—¿De verdad vamos a continuar como si nada? —quiso saber Cyril.

—¿Qué otra cosa podemos hacer?

366

Acababan de instalarse de nuevo —Juliet con la transcripción, mientras que Cyril se ofreció para revisar el piso de arriba abajo en busca de cualquier posible resto de sangre— cuando alguien llamó a la puerta con un único y perentorio golpe. Juliet abrió y se encontró con dos oficiales del Cuerpo de Operaciones Especiales, los mismos que habían acudido a ver a Perry unos días antes. Detrás de ellos iban dos agentes de policía uniformados. Uno de los agentes llevaba en la mano una hoja de papel que parecía oficial. Juliet reconoció el documento: una orden judicial. Se acabó el juego. Sabían lo de Dolly y estaban allí para arrestarlos. A Juliet empezaron a temblarle las piernas, tanto que temió que fueran a fallarle.

—Estamos buscando al señor Gibbons —dijo uno de los policías.

—¿A Perry? —preguntó Juliet con voz ronca.

—Peregrine Gibbons, sí.

Estaban allí por Perry, no por ella y Cyril.

—No sé dónde está. —Sentía tanto alivio que facilitó el posible paradero de Perry de buena gana—. Podría estar en cualquier parte: en Whitehall, en el Scrubs. Tiene una casa en Petty France. Les daré la dirección.

Se marcharon, no muy satisfechos.

—He estado a punto de vomitar —dijo Cyril—. Creía que venían a por nosotros. ¿Por qué cree usted que buscan al señor Gibbons? Parecían muy serios.

—Llevaban una orden de arresto.

—Me cago en diez, señorita. ¿Para el señor Gibbons? ¿Por qué? ¿Cree que lo pescaron en aquello del Club de la Derecha? ¿Piensa usted que es uno de ellos?

—Francamente, no lo sé, Cyril.

Llamaron a la puerta de nuevo y Juliet creyó que sus nervios ya no daban para más, pero entonces reconoció el familiar repiqueteo de Godfrey con el bastón.

—Ando por aquí esperando —dijo cuando Juliet abrió la puerta—. Victor debe de estar al caer.

—Lo sé.

—Solo quería asegurarme de que usted y Cyril están bien.

—Sí, señor Toby. Lo estamos.

¿Qué otra posible respuesta había, en realidad?

—¿Le ha pasado algo a Perry? —le preguntó Juliet a Hartley.

—¿Que si le ha pasado algo?

—Llevo varios días sin verlo. Pensaba que estaría relacionado con la Operación Dynamo, pero los del Cuerpo de Operaciones Especiales también lo andan buscando. Creo que tenían una orden de arresto. Tú tienes amigos en ese cuerpo, ¿verdad?

—Tengo amigos en todas partes —declaró él con tono sombrío—. No lo sabes, ¿verdad? No, claro que no lo sabes. Eres muy ingenua para ciertas cosas. Lo han arrestado por andar por la otra acera. Por mariposón, vamos.

¿Por mariposón? ¿Qué demonios significaba eso?

Sonaba encantador. Juliet podía imaginarse fácilmente a Perry, un apasionado de las expediciones, observando en el campo las distintas especies de mariposas, catalogando y evaluando sus virtudes: la delicada belleza de sus alas iridiscentes, sus vistosos colores...

—No tiene nada que ver con eso —dijo Hartley.

—¿Con qué entonces?

—«Importunar a hombres con fines inmorales», de eso lo acusan. De entrar en aseos públicos y, bueno, ya sabes... ¿Voy a tener que deletreártelo?

Tuvo que hacerlo.

—Ha caído en desgracia con los mandamases —continuó Hartley—, aunque la mitad de ellos, claro está, son invertidos o pervertidos de un modo u otro. Personalmente, me importa un bledo quién haga qué y con quién. Y lo sabía todo el mundo.

—Todo el mundo menos yo.

—¿Tú lo sabías? —le preguntó a Clarissa.

—Oh, cariño, todo el mundo sabe que Perry Gibbons es marica. Pensaba que te habías dado cuenta. La mitad de los hombres que conozco lo son. Pueden ser tan divertidos... bueno, quizá Perry no, pero ya sabes. Lo que pasa con Perry es que, en su posición, eso lo vuelve vulnerable. Al chantaje y esas cosas. El truco consiste en que a uno no lo pillen, claro. Y a él lo han pillado.

Perry acudió a Dolphin Square a despedirse.

—Me temo que voy a dejarla, señorita Armstrong —dijo.

Estaba sola en el piso, pero ninguno de los dos mencionó su «deshonra». Juliet no estaba de humor para perdonarle; él la había usado como tapadera, como un accesorio que llevar en el brazo. Todavía estaba muy impactada por la muerte de Dolly y suponía que eso la volvía poco compasiva con él, aunque en realidad debería haberla vuelto más compasiva. Porque tampoco ella era precisamente inocente.

Perry no iba a ir a la cárcel ni lo juzgarían; los cargos contra él se retiraron discretamente. Conocía a mucha gente y todos tenían secretos, y él los conocía. Iría a parar al Ministerio de Información.

—Me han desterrado —dijo— al extrarradio del infierno.

Nominalmente, Oliver Alleyne se convirtió en el oficial superior de Godfrey, pero apenas lo veían y continuaron trabajando sin supervisión real. Alleyne perdió el interés en la quinta columna y en las actividades de Godfrey también. Tenía carne más importante en el asador.

Dos semanas después de Dunquerque, Alleyne envió a un chico de los recados con una nota. Nelly Varga había conseguido subir a bordo de uno de los barcos que formaban parte de la Operación Ariel y que estaban evacuando tropas y a cierto número de civiles que habían quedado atrás más hacia el sur. Nelly había muerto junto con miles de personas más cuando el *Lancastria* fue alcanzado frente a Saint-Nazaire. «Así que el maldito perro es todo suyo, a no ser que quieran que me deshaga de él.»

Siguieron adelante. Los informantes acudían a Dolphin Square. Godfrey hablaba con ellos. Cyril los grababa. Juliet transcribía sus conversaciones. Se preguntaba si alguien leía todavía las transcripciones. Godfrey les dijo a los informantes que conocían a Dolly que se había mudado a Irlanda, pero seguía de algún modo presente, como un fantasma, en las transcripciones, porque de una forma u otra Juliet no conseguía pasar página y seguía inventándose palabras para ella, fueran inaudibles o no. *Dib* seguía ladrando en su existencia espectral. Godfrey también mantenía viva a Dolly y la mencionaba en sus informes. Cyril anotaba su nombre a lápiz en el calendario semanal. Dolly había ido a Coventry después del bombardeo y había informado de que la moral «estaba muy baja». Había reclutado a varias «personas» y había trazado un montón de mapas que servían de muy poco. Una fachada. La realidad y la ficción se fundían. Lo cierto era que había muy poca diferencia entre que Dolly estuviera viva o muerta. Excepto para Dolly, claro está.

*

El horror no había acabado, todavía estaba todo por llegar. El tiempo pasa rápido durante una guerra. Poco después de Dunquerque tendría lugar la batalla de Inglaterra sobre los estivales campos de Kent y, en cuestión de semanas, daría comienzo el bombardeo alemán de Londres.

El Salón de Té Ruso, la señora Ambrose, la señora Scaife, incluso Beatrice y Dolly se desvanecieron rápidamente de la memoria de todos, sucumbiendo ante acontecimientos de mayor calado. La supervivencia superó al recuerdo. Había una matanza mayor que la de Dolly con la que lidiar.

Iris también quedó olvidada, aunque Juliet le dedicó un pensamiento al prometido de su *alter ego,* Ian, cuando el crucero de guerra *Hood* fue atacado en mayo del 41. Casi mil quinientos hombres murieron al irse a pique el barco. Solo tres sobrevivieron; Ian no fue uno de ellos. Sin embargo, Juliet estaba convencida de que había sido un héroe.

El MI5 tuvo que abandonar el Scrubs a causa de los bombardeos y la mayoría de las chicas de administración se trasladaron a Blenheim Palace, pero la Operación Godfrey se quedó en Dolphin Square. Los tres sospechaban que los habían pasado por alto, incluso que se habían olvidado de ellos. En Dolphin Square tenían su propio refugio, así como una defensa antiaérea y un puesto de primeros auxilios. Aquel lugar gozaba de una independencia admirable. Lo bombardearon muchas veces. Juliet estuvo de guardia contra incendios durante el primer ataque aéreo en Pimlico en septiembre de 1940 y fue una suerte, puesto que alcanzaron de lleno uno de los refugios y mucha gente quedó enterrada. Fue lo más cerca que estuvo nunca de una bomba. Fue aterrador.

Clarissa murió en el bombardeo del Café de París. La señorita Dicker se acercó a Dolphin Square para decírselo a Juliet en persona.

—Lo siento muchísimo. Era amiga suya, ¿verdad, señorita Armstrong? ¿Podría ayudarnos a identificarla?

Y fue así como Juliet había vuelto a la morgue pública de Westminster, donde había identificado el cuerpo de Beatrice. Entonces el lugar había estado tranquilo y ahora estaba a rebosar y lleno de sangre.

—Tiene suerte, sigue de una pieza —le dijo con despreocupación un ayudante mientras levantaba la sábana—. Últimamente ha habido extremidades y cabezas por todas partes.

Cuando nadie miraba, Juliet se agenció el collar de perlas que rodeaba el perfecto cuello de cisne de Clarissa y, al volver a casa, le limpió las manchas de sangre y se lo puso al cuello. Le quedaba bastante arriba; un verdugo las podría haber usado como referencia para cortarle la cabeza. No sentía remordimiento alguno. Estaba convencida de que era un regalo que le habrían hecho con mucho gusto.

Cyril y su imponente abuela sobrevivieron a los terribles días del bombardeo alemán del East End, pero murieron en marzo del 45, cruelmente cerca del fin de la guerra, por el ataque del cohete V2 en Smithfields. Su abuela le había pedido que la acompañara, había oído decir que tenían una remesa reciente de conejos. La Operación de Dolphin Square se había clausurado para entonces, por supuesto, en noviembre de 1944. A Godfrey lo mandaron a París a interrogar a oficiales alemanes capturados. Alguien dijo que estaba en Núremberg y después de aquello desapareció. A Juliet le asignaron otro puesto. Miles Merton la reclamó para que fuera su secretaria y Juliet trabajó para él hasta el final de la guerra y, después, como a tantos otros, la despidieron rápidamente de la Agencia de Seguridad. Encontró refugio en Mánchester, en la BBC.

Nadie volvió a saber nunca de Giselle. En cierta ocasión, años después, a Juliet le pareció verla caminando por la Via Veneto. Iba vestida muy elegante y acompañada de dos niños, pero Juliet no la siguió porque le parecía muy improbable que fuera ella y, en cualquier caso, no quería que la verdad la decepcionara.

Lily se escapó durante un bombardeo, aterrorizada por el ruido. Juliet estaba con ella en Hyde Park cuando sonaron las sirenas, inesperadamente temprano. Fueron seguidas al poco por el ruido espantoso del fuego antiaéreo, que siempre había aterrorizado a la pobre perrita. La llevaba sin correa y, antes de que Juliet pudiera impedirlo, echó a correr y desapareció.

Cyril y Juliet pasaban muchos ratos imaginando la vida a la que habría huido: una gran casa en Sussex, montones de huesos de la carnicería y niños con los que jugar. Se negaban a creer que su cuerpecito hubiera quedado aplastado por los escombros en algún lugar o que anduviera vagando por las calles, perdida y asustada. A la muerte de Cyril, Juliet tuvo que continuar sola con aquella fantasía y ahora *Lily* y Cyril estaban juntos, jugando a la pelota en un campo verde y perfecto antes de regresar a casa, cansados pero contentos, para tomar una cena opípara preparada por la abuela. «No se deje llevar por su imaginación, señorita Armstrong.» Pero, ¿por qué no hacerlo, cuando la realidad era tan horrible?

Y eso fue todo. Así fue la guerra de Juliet.

El agente alto se presentó en su casa una noche un par de semanas después de que se encontraran en el cementerio de Kensal Green. Juliet no le había dado su dirección, pero supuso que saber esas cosas formaba parte de su profesión.

—¿Señorita Armstrong? He pensado que a lo mejor le gustaría tomar una copa.

Ella supuso que se refería a que fueran a un pub, pero él sacó de repente una botella de cerveza de gran tamaño y dijo:

—Se me ha ocurrido que podríamos tomárnosla aquí.

—Vaya —soltó ella.

—¿Puedo pasar? —insistió el agente alto. («No soy tan alto, por cierto. De hecho, mido uno ochenta y seis.») Tenía nombre, además: Harry; un buen nombre patriótico, siendo como era diminutivo de Enrique.

—«¡Clama a Dios por Enrique, Inglaterra y san Jorge!» —exclamó Juliet.

Él se rio y contestó:

—¿De nuevo en la brecha, señorita Armstrong?

Y ella pensó: «Gracias a Dios que sabe algo de Shakespeare».

Entonces el agente alto —o Harry, como supuso que debía empezar a llamarlo— la estrechó entre sus fuertes brazos de policía y al cabo de un tiempo sorprendentemente corto se estaba quitando la ropa, con el ímpetu propio de un nadador a punto de lanzarse al mar, antes de meterse en faena, como quien practica un deporte. Desmitificó el acto sexual, proporcionándole a Juliet una traducción rigurosa al inglés de la *éducation sexuelle*. Resultó que en efecto era una actividad como el hockey o el piano, y que si practicabas lo suficiente, podías llegar a ser sorprendentemente competente.

Como era de esperar, aquello solo duró unas semanas. Él se alistó como voluntario en el Ejército y, pese a que Juliet recibió un par de cartas suyas, los sentimientos entre ambos se fueron apagando. Tras la caída de Francia, la Francia Libre se mudó a Dolphin Square, que convirtieron en su cuartel general, y cuando le llegó la última misiva del agente alto, Juliet tenía una aventura con uno de los oficiales franceses apostados en el umbral.

—*Oh là là,* señorita —dijo Cyril.

1950

Regnum defende

Juliet pasó una mañana agobiante leyendo los informes de los maestros sobre el programa *Remontarse a la historia.* («Como si una pudiera remontarse al futuro, a menos que fuera Casandra.») Se trataba de otra de las series de Joan Timpson que le habían tocado en suerte. Ver a *Fräulen* Rosenfeld, que con el Langenscheidt pegado al pecho cual coraza se colaba en su despacho y le decía que «buscaba a Bernard», fue todo un alivio.

—¿Bernard? —preguntó Juliet con educación, pero perpleja.

—El señor Prendergast.

A Juliet nunca se le había ocurrido que Prendergast pudiera tener nombre de pila.

—No, no lo he visto en todo el día. ¿Le sirvo yo de ayuda o lo busca para algo en particular?

—No, para nada en particular —repuso *Fräulein* Rosenfeld sonrojándose.

«Caray —pensó Juliet—. *Fräulein* Roselfeld y Prendergast. Quién lo habría dicho.»

Juliet se acercó hasta la National Gallery y se comió el sándwich del almuerzo sentada en la escalinata mientras atacaba con desgana el crucigrama del *Times*. El sándwich estaba relleno de una pasta deprimente que con toda probabilidad habría horrorizado a Elizabeth David, y con razón. La escalinata de la National Gallery era una buena atalaya desde la que vigilar a los húngaros locos.

Y sin embargo, la niebla se había disipado y ahora Juliet veía los capullos que empezaban a asomar en los árboles y alcanzaba a oír, incluso con el ruido del tráfico de Londres, a los pajaritos que cantaban a voz en cuello preparándose para la primavera. «Son todo plumas», pensó.

Consultó el reloj y después dobló el periódico, dejó las cortezas para las palomas de Trafalgar Square y entró en el edificio. Avanzando por las silenciosas galerías, permanecía impasible ante las paredes de sufrimiento religioso, las heridas sangrantes y los ojos alzados en suplicante agonía. También pasó de largo el siglo XVIII inglés, con sus caballos y sus perros y sus vestidos a la moda, así como a los aristócratas franceses, alegremente ajenos al Terror que se avecinaba. Juliet los dejó a todos atrás muy resuelta.

Tenía un objetivo distinto.

La ronda de noche. Enfrente del cuadro había un asiento que le permitió a Juliet meditar sobre lo que, según ella, era un ejercicio sobre la oscuridad, aunque tal vez al cuadro, como a todo después de la guerra, solo le hiciera falta una buena limpieza.

—Tenebrismo —declaró Merton sentándose a su lado y observando el cuadro.

Podrían haber sido fieles en una iglesia en la que, por casualidad, ocuparan el mismo banco. Rembrandt no les gustaba a ninguno de los dos. Miles Merton era un admirador de Tiziano; Juliet seguía fiel a sus fríos interiores holandeses.

—¿Tenebrismo? —preguntó Juliet—. ¿Oscuridad?

—Oscuridad y también luz. La una no puede existir sin la otra.

«Jekyll y Hyde», pensó Juliet.

—Claroscuro, si prefiere —continuó él—. A los *tenebrosi* les interesaba el contraste. Caravaggio, por ejemplo. Rembrandt era un maestro, por supuesto. He querido encontrarme con usted aquí porque en una ocasión me dijo que Rembrandt le gustaba especialmente.

—Le mentí.

—Lo sé.

—Y, de todos modos —dijo Juliet, incapaz de contener el fastidio que le producía Merton—, esto no es un Rembrandt, es una copia de Gerrit Lundens. *La compañía del capitán Frans Banning Cocq*, basado en un cuadro de Rembrandt. Lo pone.

—Exacto, la cosa me pareció deliciosamente irónica. El original está en el Rijksmuseum, por supuesto. Es inmenso, mucho mayor que la copia de Lundens. ¿Sabía que, poco después de su creación, cortaron el cuadro de Rembrandt para que cupiera en cierto lugar del ayuntamiento de Ámsterdam? Vandalismo burocrático al servicio de la decoración de interiores. ¡Maravilloso! —murmuró, como si semejante idea lo divirtiera.

Juliet dejó su ejemplar del *Times* entre los dos, sobre el asiento. Últimamente prefería que entre Merton y él mediara un poco de espacio.

—Pero lo que tal vez no sepa —continuó él— es que, en otro vuelco irónico todavía más delicioso, Lundens pintó la copia antes de que los buenos burgueses de Ámsterdam recortaran el original. Y, así, ahora es el único vestigio de *La ronda de noche* tal como fue pintada, como Rembrandt la concibió. La falsificación, aun sin ánimo de engaño por parte de Lundens, es en cierto modo más auténtica que *La ronda de noche*.

—¿Qué trata de decir exactamente?

Merton se echó a reír.

—Nada, en realidad. Y en el fondo, mucho.

Siguieron observando el cuadro en silencio.

—Ha tardado bastante —dijo Merton finalmente—. Empezaba a pensar que se había fugado.

—He tenido algunos problemas. —Juliet sacó una nota del bolso y se la tendió.

—«Pagarás por lo que hiciste.» —Merton frunció el entrecejo.

—Me siguen.

Merton se encogió de pura aprensión, pero no miró alrededor.

—¿Aquí? —preguntó en voz baja.

—Pensaba que era algo siniestro, pero resulta que son los muertos, que han vuelto a la vida, nada más.

—¿Los muertos?

—Nelly Varga.

—Ah, ella —repuso Merton; parecía aliviado—. Ay, la recuerdo. Uno de nuestros primeros agentes dobles. Una loca. Menudo escándalo montó con lo de su perra.

—Me dijeron que había muerto en el hundimiento del *Lancastria*.

—Sí, eso pensábamos. Pero en Saint-Nazaire reinaba el caos. Un caos absoluto. Y no hubo una lista de embarque como es debido, claro está. Volvió aquí después de la guerra.

—¿Con un hombre?

—Su marido. Su nuevo perrito faldero, tengo entendido. Se lo agenció en un campo de refugiados en Egipto.

—Quiere matarme.

—¿Por alguna razón en particular?

—La encargada de cuidar a su perra era yo.

—¿En serio? No lo sabía.

—La perra murió estando a mi cargo.

—Pero eso ya será agua pasada, supongo —repuso Merton.

—Para Nelly Varga, no. Admiro su tesón, en cierto modo. O el tesón de su amor.

—¿Cómo sabía que era usted? ¿Cómo la localizó?

—No tengo ni idea —contestó Juliet—. Es posible que alguien se lo dijera.

—¿Quién iba a hacer eso?

Juliet soltó un suspiro.

—A veces tengo la impresión de que me han confiscado el alma, ¿sabe?

—¡Juliet! —Merton se echó a reír—. Qué complicada se ha vuelto. ¿Le remuerde la conciencia?

—Cada día. —Después de dejar que su mirada se perdiera en el cuadro, Juliet se puso en pie y añadió—: Tendría que volver. Enrique VIII me espera en Portland Place.

—Sí —repuso Merton—. Yo tengo un Ucello con el que debo reencontrarme. Estaré en contacto.

—¡No! —masculló ella—. No lo haga. Se acabó. Usted dijo que era así.

—Mentí.

—No voy seguir haciendo esto. Dijo que después de esto último quedaría completamente libre. —Le pareció que su voz sonaba malhumorada, como la de una niña pequeña.

—Juliet, querida. —Merton rio—. Nunca quedamos libres. Esto nunca se acaba.

Cuando se iba, Juliet dejó el *Times* en el asiento. Miles Merton siguió donde estaba, como sumido en una admiración profunda de *La ronda de noche*. Al cabo de unos minutos, cogió el periódico y se marchó.

Juliet se había adjudicado el papel de cazadora, de Diana, pero al final había resultado ser el ciervo y los perros estaban cada vez más cerca. «Debería haber tenido más cuidado», se dijo.

La víspera, en un momento de locura, había llegado a pensar que era Dolly quien la seguía, pero no tardó en recobrar el sentido común.

—¿Quién eres? —le preguntó a la figura oscura que la esperaba en su piso en penumbra—. ¿Qué quieres de mí? —Empuñaba la máuser con pulso firme—. Estoy dispuesta a dispararte, en serio.

Y entonces, como si interviniera una mano invisible, volvió la electricidad como por arte de magia y Juliet pudo ver a su visitante.

—¿Usted? —preguntó, perpleja.

—Eso me temo, señorita Amrstrong. Baje el arma. Podría hacerle daño a alguien con eso.

—Le echamos el ojo hace mucho tiempo —dijo el hombre del abrigo de cuello de astracán.

Cuando volvió la luz, Juliet lo descubrió sentado a la mesa con una botella de whisky (que le pertenecía a ella, advirtió) y dos vasos. El suyo estaba medio vacío y Juliet se preguntó cuánto tiempo llevaría a oscuras. ¿Se habría quedado así en busca de un efecto dramático? Aquel hombre tenía un aire indudablemente teatral.

No llevaba el abrigo de cuello de astracán. A diferencia de Godfrey, él sí se había comprado un abrigo nuevo después de la guerra. Le sirvió un whisky a Juliet y dijo:

—Siéntese, señorita Armstrong.

—¿Y usted tiene nombre? —quiso saber Juliet.

Él se echó a reír.

—La verdad es que no. Ninguno que usted pueda conocer.

—Cualquiera me sirve —repuso Juliet—. Da bastante igual, ¿no? Un nombre no es más que un punto de referencia. «El señor Green se comió la cena. A la señorita White le gustaba el sombrero.» De lo contrario, solo sería alguien.

—O nadie. —El tipo se ablandó—. Soy el señor Fisher.

«El pescador.» Juliet supuso que mentía. «El pescador de hombres», pensó. El pescador de chicas.

—¿Quiere algo, señor «Fisher»? ¿O solo ha venido a darme un susto? Porque de verdad que ya he tenido suficientes por un día. ¿Quién es usted exactamente? No parece del MI5. —(Pero si no lo era, entonces ¿qué?).

—Nada es tan sencillo como parece, señorita Armstrong. Sin duda usted lo sabe mejor que nadie. Una misma cosa puede tener muchas capas. Como el espectro de luz. Podría decirse que yo existo en uno de los estratos invisibles. Imagínese que estoy en los infrarrojos.

—Oh, pero qué enigmático —terció ella, enfadada.

Levantó el segundo vaso de whisky que le sirvió y lo apuró de un único y desagradable trago. La hizo sentirse peor en lugar de mejor. Pensó en los Borgia y sus venenos.

—¿Qué quiere exactamente?

—He pensado que le gustaría saber —dijo Fisher— que el flamenco ha aparecido en Halifax.

—¿Halifax? —«¿Por qué demonios iba a aterrizar el checo en una ciudad productora de lana del oeste de Yorkshire?», se preguntó Juliet.

—No en esa Halifax, sino en la de Nueva Escocia. Estaba en tránsito. Lo tenían los americanos, se lo llevaron en avión desde Lakenheath, pero tuvieron que parar a repostar. Ya está a buen recaudo en Los Álamos. Está claro que no se fiaban de que lo entregáramos intacto.

—No tuve nada que ver —repuso Juliet—. Estaba «intacto», como dice usted, cuando lo tenía en mi poder. Y de todas formas, ¿no estamos en el mismo bando que los americanos?

—Hmm. Hay quienes dirían eso. —Le ofreció un cigarrillo que, tras una breve vacilación, ella aceptó—. No se preocupe —dijo con una leve sonrisa mientras le daba fuego—, no está envenenado con cianuro.

Encendió uno para sí y añadió:

—Resulta que nuestro amigo el checo, además de lo que tenía en la cabeza, llevaba consigo documentos de valor. Diagramas, fórmulas y esas cosas. Originales, se ve. De todas formas, creemos que alguien hizo copias después de que aterrizara en Inglaterra.

—¿Copias?

—En microfilm. Me imagino una escena en la que el pobre hombre está agotado tras su viaje hasta nuestras costas. Se encuentra en un piso franco del MI5, con la chimenea encendida y algo de comer, alguna delicia de la sección de alimentación de Harrods, quizá; seguido de algo de beber, un whisky tal vez —dio unos golpecitos en el borde del vaso que tenía ante sí—. Y después, cuando está profundamente dormido, alguien (el señor Green o la señorita White a lo mejor, un nombre es solo una referencia) saca los papeles de su maleta (quizá a ese alguien le han enseñado cómo forzar cerraduras) y después el señor Green o la señorita White los fotografían. Y vuelven a guardar los documentos en la maleta y la cierran con llave de nuevo. ¿Qué le parece? ¿Plausible?

La vida había avanzado a tal ritmo esa última semana que la llegada del flamenco a su puerta parecía algo salido de un sueño. Un hombre menudo y sin sombrero, un peón. Todos eran peones, claro, en el gran juego de algún otro. Ella se creyó reina, no peón. Menuda tontería pensar que algo así fuera posible cuando los Merton y los Fisher de este turbio mundo estaban a cargo del tablero.

—Y después la señorita White (supongo que es una mujer, por alguna razón) pretende pasar ese microfilm a sus jefes para que no se vean privados de toda esa valiosa información. Imagino que fue un acto de bondad por parte de la señorita White no revelarles a sus jefes dónde estaba el pobre hombre, permitiéndole así escapar al oeste. Ser libre. Supongo que usted fotografió lo que había en la maleta del checo porque cree que los soviéticos deberían ser nuestros amigos, que no habríamos ganado la guerra sin ellos y que por qué debería privarlos nadie del mismo saber científico que poseemos nosotros. Es el argumento de Fuchs, ¿no? ¿Fue por eso por lo que copió los documentos para los soviéticos? Dígame, señorita Armstrong: las purgas, los juicios falsos, los campos de concentración… ¿no le preocupan? Por algún motivo no la veo trabajando en una cooperativa rural o en una fábrica.

—Yo no quiero vivir en Rusia.

—He ahí su problema, ¿sabe? El de usted, el de Merton y los de su calaña. Son comunistas intelectuales, pero en realidad no quieren vivir bajo la mano de hierro del sistema.

—Eso se llama idealismo, supongo.

—No, se llama traición, señorita Armstrong, y diría que es exactamente el mismo argumento que utilizaban los informantes de Godfrey. Es usted ingenua hasta el aburrimiento.

—Pues resulta que ya no me creo nada.

—Y aun así está a punto de entregar esos documentos. A Merton. Él ha sido quien la ha tenido a su cargo mucho tiempo, ¿verdad? Me pregunto cuánta lealtad siente por él.

—Sorprendentemente poca.

La suerte había sido echada tiempo atrás. Merton ya contaba con la carta de presentación de Juliet cuando ella acudió a la entrevista con él en los inicios de la guerra. La directora de su escuela de chicas bien —una insólita cazatalentos— se la había recomendado como «la clase de chica que anda buscando». Merton había usurpado durante la tarde el puesto de la señorita Dicker para poder hacerle las preguntas adecuadas. No costó mucho reclutar a Juliet. Creía en la imparcialidad y la igualdad, en la justicia y la verdad. En que Inglaterra podía ser un país mejor. Era la manzana madura y lista para que la arrancaran y también fue Eva deseosa de comerse esa manzana. La eterna dialéctica entre inocencia y experiencia.

Juliet se había alejado de él al final de la guerra, pero Merton la reclamó a su regreso de Mánchester, al igual que hizo el MI5, por supuesto. («Solo un piso franco de vez en cuando, señorita Armstrong.»)

Un trabajo más, dijo Merton, eso era todo y se libraría de él y de los sóviets. Quedaría libre para proseguir su camino y continuar con su vida. Y ella, como una auténtica imbécil, le había creído. Jamás podría escapar de ninguno de ellos, ¿no? Para ella nunca habría un final.

Fisher apuró el vaso de whisky, apagó el pitillo y dijo:

—¿Desearía haberme disparado cuando ha tenido la oportunidad hace un momento? ¿Igual que hizo con Dolly Roberts? —(¿Había algo que aquel hombre no supiera?)—. Godfrey se metió en un buen berenjenal por eso —añadió riendo—. Le tenía un curioso cariño, incluso una actitud protectora con usted. Le pasaba a mucha gente. Supongo que era así como se salía con la suya. Alleyne, por supuesto... —Se interrumpió e hizo un ademán despreciativo como si desdeñara la simple idea de aquel hombre.

—Alleyne sospechaba de Godfrey —explicó Juliet—. Me pidió que le pasara informes sobre él. Lo seguí y los vi a ambos en el Oratorio de Brompton.

—Sí, su presencia fue evidente. Llevaba un perro, creo recordar. Siempre hay un perro, ¿no? —comentó, divertido, y luego, como si acabara de encontrar una pieza perdida del rompecabezas, añadió—: Ah, era la perra de Nelly Varga.

—¿Por qué sospechaba Alleyne de usted?

—Diría que a esa pregunta habría que darle la vuelta, ¿no cree? ¿Quién espía a los espías, señorita Armstrong?

—¿Usted? ¿Era usted quien sospechaba de Alleyne?

—Yo sospecho de todo el mundo, señorita Armstrong. A eso me dedico.

—¿Y qué me dice de la señora Ambrose? ¿Trabaja para usted?

Fisher dio una sonora palmada, como para indicar el final del espectáculo.

—Bueno, ya está bien de explicaciones. No estamos llegando al final de una novela, señorita Armstrong.

—Pero ¿qué pasa con Godfrey? —insistió ella. ¿Existía él también en el espectro de luz invisible?

—¿Qué pasa con él? Lo hicimos acudir a nuestras costas para una caza del topo, aunque yo prefiero la palabra «traidor». Hay muchos aspectos cuestionables en la agencia, estoy seguro de que está al corriente. Sospechábamos que el flamenco podía ahuyentar a uno de su madriguera, si me disculpa la distorsionada imagen. Y teníamos razón, ¿no? Usted es nuestro pequeño topo, señorita Armstrong. Nuestro pequeño topo ciego.

«Hacen limpieza», dijo Hartley. A Godfrey se le daba bien hacer limpieza. Ella había buscado a Godfrey, pero todo aquel tiempo él la había estado buscando a ella.

Llegó a un acuerdo con Fisher. No sería arrestada y juzgada por traición (y probablemente ahorcada) si le pasaba información falsa a Merton.

—Estamos dispuestos a salvarle el cuello, señorita Armstrong. Pero todo tiene su precio, por supuesto.

—¿Quiere que sea una agente doble? —preguntó Juliet con tono cansino—. ¿Quiere que siga trabajando para Merton y al mismo tiempo trabaje para usted? —Lo peor de todos los mundos posibles; una criada con dos señores, un ratoncito con el que jugaban dos gatos.

—Me temo que es la única manera de que pueda salir de este jaleo. Soy el portador de las consecuencias, señorita Armstrong.

El ejemplar del *Times* que debía dejarle a Merton en la National Gallery llevaba oculto el microfilm entre sus páginas, como habían planeado previamente, pero no contendría los documentos que ella había sacado de la maltrecha maleta del checo y fotografiado mientras él dormía en el sofá. Llevaría información falsa.

—Básicamente, jerigonza —dijo Fisher—, pero a los rusos les llevará su tiempo percatarse de ello. Confío en que se vuelen por los aires unas cuantas veces antes de darse cuenta. Y después de eso, por supuesto... —Levantó y abrió los brazos como para indicar un futuro infinito para ella de transmitir información falsa, de actuar de agente doble.

»Bueno, ya es hora de irme —concluyó—. Ya la he retenido suficiente.

—Espero que sepa encontrar la salida —terció Juliet—, visto que ha encontrado tan bien la entrada.

Fisher se detuvo en el umbral y le dirigió una larga mirada.

—Ahora es usted mi chica, señorita Armstrong. No lo olvide.

«Aquella, al fin y al cabo, es la verdadera factura», se dijo Juliet al oír cómo se cerraba la puerta tras él. Y la pagaría para siempre. «No hay salida», pensó.

—Yo creía… —dijo con tono tristón, aunque no había nadie para oírla—. Yo creía en algo mejor. En algo más noble.

Y esa, por una vez, era la verdad. Y ahora ya no creía en nada, y esa era otra verdad. Pero ¿importaba acaso? ¿En serio?

Juliet fue derecha a Portland Place tras su cita con Merton en la National Gallery. La recepcionista agitó un sobre en su dirección.

—Oh, señorita Armstrong, alguien ha dejado un mensaje para usted —dijo.

Pero Juliet pasó a la chica de largo como si no estuviera ahí. Ya había recibido suficientes mensajes. Fue hasta el despacho de Prendergast y llamó a la puerta con los nudillos. Estaba solo, sentado a su escritorio, pero el aroma a nuez moscada e iglesia antigua de *Fräulein* Rosenfeld todavía perfumaba el aire como si acabara de salir de allí.

—He escrito algo —anunció Juliet—. Es una carta de recomendación para Lester Pelling. «A quien pueda interesar: Lester Pelling es un empleado excelente…», y esa clase de cosas. —Le tendió la carta—. La he firmado y me preguntaba si querría usted hacer lo mismo.

Podría haber falsificado fácilmente la firma de Prendergast, por supuesto —tenía talento para las firmas que no fueran la suya—, pero le pareció que traería más suerte no actuar de manera deshonesta. Lester era un muchacho tremendamente decente al que su propia negligencia había hecho caer en desgracia. «Debería haber tenido más cuidado.» Quería ser justa al menos con una persona en su vida.

—Oh, con mucho gusto —exclamó Prendergast con entusiasmo, y estampó su firma con una floritura manchada de tinta—. Qué detalle por su parte. La verdad es que yo mismo debería haber redactado una recomendación sin que me la pidieran. Era un buen chico.

—Lo era. Lo es.

Juliet vaciló en la puerta cuando salía. Le habría gustado decirle algo a Prendergast, algo sobre el idealismo, quizá, pero él habría puesto peros al «ismo». O quizá sería mejor instarlo a casarse con *Fräulein* Rosenfeld. Imaginaba un futuro para ellos, asistiendo a funerales ajenos y leyéndose mutuamente a G. K. Chesterton. Pero se limitó a decir:

—Bueno, tengo que irme ya. A ocuparme de las *Vidas pasadas* de la pobre Joan y esas cosas.

Metió la carta de recomendación de Lester en un sobre y se lo dio a una secretaria.

—Averigüe la dirección de Lester Pelling y haga que el Departamento de Correos envíe esto, ¿quiere?

Antes de entregar el sobre, escribió en el dorso: «Buena suerte, Lester, de parte de Juliet Armstrong».

Se encontró con Daisy en el pasillo.

—¿Señorita Armstrong? ¿Adónde va?

—Al oculista, Daisy. Ya sabes, los dolores de cabeza…

—¡Señorita Armstrong, vuelva!

Captó un tono distinto en la voz de Daisy, un deje autoritario nada propio de la hija de un párroco. Adoptó una postura defensiva para obstaculizar el avance de Juliet hacia la recepción.

«De manera que sí trabaja para la Agencia de Seguridad», se dijo Juliet.

—Ay, por el amor de Dios, Daisy, vas a tener que hacerlo mejor —soltó, y la apartó de un empujón.

Mientras se dirigía a la puerta, oyó la voz de la recepcionista llamándola, cada vez más débil:

—¡Señorita Armstrong! ¡Señorita Armstrong!

*

Juliet tenía un plan para escapar. Una salida. Esa mañana temprano había dejado una maleta en la consigna de equipajes en Victoria. Aparte de ropa, la maleta contenía unas cuantas cosas con valor sentimental: varias piezas bordadas por su madre, una foto de ella con *Lily* y Cyril que les hizo Perry, la tacita de café con su promesa de la Arcadia.

Ahora estaba esperando en el salón de té de la estación Victoria, desde donde pretendía coger el tren nocturno a la Gare du Nord. Compró un billete de primera clase para no tener que bajar del tren y volver a subir en Dover y así no arriesgarse a llamar la atención de la Agencia de Seguridad o de Merton. Desde Francia, se dirigiría a algún lugar neutral —la opción más evidente era Suiza—, algún sitio donde nadie pudiera ser su dueño, donde no hubiera más bandos que el suyo propio.

Planeaba subir al tren en el último minuto. El último minuto llegó y Juliet se abrió paso hasta el andén del tren que enlazaba con el barco, donde la gente todavía pululaba, disfrutando de esa sensación general de expectativa que rodea a una partida al continente. La locomotora soltó una tremenda columna de vapor y el jefe de tren metía prisa a los mozos para que subieran a bordo las últimas piezas de equipaje.

Eran dos. Unos tipos fornidos con trajes que no eran de su talla y que avanzaban hacia ella por el andén justo cuando el jefe de tren cerraba la primera puerta de un vagón.

—Hemos venido a escoltarla —dijo uno de ellos cuando la agarraron cada uno de un brazo.

«Ay, Dios, ahora el flamenco soy yo», se dijo.

—¿A escoltarme adónde? —quiso saber mientras la alejaban a la fuerza del tren.

No tenía ni idea de para quién trabajaban, pero en realidad daba un poco igual. Podían estar llevándola camino de Moscú o de una casa solariega en Kent. O, por supuesto, hacia un final discreto en alguna parte.

En ese momento la locomotora soltó una bocanada de vapor junto con un estridente silbido y, al mismo tiempo, la salvadora de Juliet surgió de la nada y les tendió una emboscada. Nelly Varga; que cayó soltando una lluvia indiscriminada de golpes sobre Juliet y sus perros guardianes. Los dos hombres fueron presa de una momentánea confusión ante la descarga de sopapos de aquella mujer menuda y chiflada que gritaba en una lengua impenetrable. Mientras forcejeaban con Nelly, Juliet aprovechó la oportunidad.

Era el ciervo. Era la flecha. Era la reina. Era la contradicción. Era la síntesis. Juliet echó a correr.

Había conseguido llegar al puente de Vauxhall cuando un coche la abordó rugiendo y se detuvo a su lado con un chirriar de frenos. La puerta del copiloto se abrió.

—Suba —dijo Perry.

—No podía dejar que la atraparan. Son unos lobos, todos ellos.

—¿Es usted un lobo?

—Uno solitario. —Se echó a reír.

La llevó él, y no a Dover, sino hacia el este hasta Lowestoft. Había oscurecido cuando llegaron, y comieron pescado frito y bebieron cerveza en un pub de pescadores de arrastre cerca del puerto.

—¿Cómo ha sabido dónde estaría? —preguntó Juliet.

—Oh, me lo ha dicho un pajarito.

Perry le ofreció un pitillo.

—O sea que sí fuma —dijo ella.

—La he echado de menos, señorita Armstrong.

—Y yo a usted, señor Gibbons.

Había una dulzura entre ellos que parecía insoportablemente conmovedora en ese momento.

—También esto pasará —declaró él, y le encendió el cigarrillo a Juliet.

Decidieron que Juliet subiría a bordo de un pesquero y pagaron por la travesía. Los hombres accedieron a llevarla hasta Holanda al amanecer.

—Espero que sea un buen sitio para vender esos pendientes de brillantes —dijo Perry.

«Yo que creía tener muchos secretos —pensó Juliet— y resulta que todo el mundo los conoce, por lo visto.»

—Soy poco más que una vulgar ladrona, me temo.

—No, vulgar no. En absoluto vulgar, de hecho.

—¿Va a meterse en un lío? Si descubren que me ha ayudado…

—No van a descubrirlo.

Juliet supuso que había algo más allá incluso de los infrarrojos. Una capa tras otra de secretos.

—¿En qué bando está usted, Perry?

—En el suyo, señorita Armstrong. Al fin y al cabo, usted es mi chica.

Era una bonita mentira y ella se la agradeció en silencio. Siempre tuvo muy buenos modales. Suponía que no era en absoluto cuestión de bandos, sino de algo mucho más complicado, probablemente.

Pasaron la noche en una casa de huéspedes, durmiendo con la ropa puesta sobre la colcha. Como efigies, por última vez.

Cuando despuntó el gélido amanecer, Perry la acompañó hasta el puerto. Le tendió un sobre con billetes dentro («Para sacarla de apuros») y luego la besó en ambas mejillas y dijo:

—Valor, señorita Armstrong, esa es la contraseña.

Y Juliet subió a bordo del pesquero. Apestaba a pescado y a gasoil y los hombres no sabían muy bien cómo tratarla, de modo que en gran medida la ignoraron.

Juliet pasaría lejos treinta años, y cuando volviera lo haría a un país distinto del que dejó. Su vida durante esos años en el extranjero sería interesante, pero no en exceso. Sería feliz, pero no demasiado. Así debía ser. La larga paz después de la guerra.

Vivía en Ravello cuando acudieron en su busca. Un día llamaron a la puerta y aparecieron dos hombres de gris en el umbral; uno de ellos dijo:

—¿Señorita Armstrong? ¿La señorita Juliet Armstrong? Hemos venido para llevarla a casa.

Juliet acababa de plantar un limonero y la decepcionó pensar que nunca lo vería dar fruto.

Estaban atando cabos sueltos, según dijeron. La interrogarían incontables veces. Necesitaban su testimonio para hundir a Merton y para «dar carpetazo a las cosas». De algún modo misterioso, él siguió gozando de protección. Era un caballero del reino, una figura de la clase dirigente, pero finalmente los rumores se volvieron demasiado convincentes como para ignorarlos. Había volado alto, había caído. Esa era la única trama.

A ella no la mencionarían, aunque después no la dejaron marchar. «Nos gustaría tenerla vigilada, señorita Armstrong», dijeron. Tampoco le importaba tanto. Matteo tenía la libertad de visitarla, aunque la chica que lo hacía infeliz hizo todo lo posible por impedirlo.

Oliver Alleyne ya había quedado al descubierto para entonces, en 1954. Pilló a todo el mundo por sorpresa, Juliet incluida. Se movió deprisa y se las apañó para escapar del país, seguido por los titulares y buscado por todo el continente. Después cayeron otros dos más: un diplomático de la embajada en Washington y un hombre en un puesto de importancia en el Ministerio de Relaciones Exteriores. Alleyne volvió a salir a la superficie muy públicamente en Moscú, un año más tarde.

Circularon rumores persistentes sobre «un quinto hombre». Muchos creyeron que se trataba de Hartley, aunque a Juliet nunca le pareció probable. Una vaga sombra de sospecha pendería siempre sobre él y, aunque nunca pudo probarse nada en su contra, sí malograría sus progresos.

Perry continuó con su carrera en la radio. Murió en circunstancias un tanto misteriosas en 1961. Para entonces, hacía mucho que Godfrey Toby había vuelto a ocultarse en las sombras. Alguien dijo que se había marchado a Estados Unidos. O quizá fuera Canadá.

El pesquero zarpó del puerto hacia un amanecer grisáceo y neblinoso que contenía la promesa de buen tiempo más tarde. «Estuario de Humber, Támesis, viento del norte rolando más tarde a suroeste flojo de cuatro o cinco nudos, cielos de semidespejados a despejados.» Juliet estaba cruzando el Rubicón. Se alegraba de no haber zarpado de Dover. Ver retroceder esos acantilados habría sido demasiado emotivo, una metáfora de algo que ya no comprendía del todo. Ay, esta Inglaterra… ¿vale la pena luchar por ella? «Sí», se dijo. La verdad, ¿qué otra respuesta había?

El pesquero arribó a la bocana del puerto y se dispuso a abandonarla en sus brazos protectores. «Topos», se dijo Juliet. Había otros animales de la misma familia que se llamaban «desmanes»; una ironía más que le regalaba su tierra. En eso iba pensando cuando, de pie sobre un pantalán, apareciendo lentamente de la niebla matutina, vio con mayor claridad la figura inconfundible de Godfrey Toby a medida que se acercaban.

¿Fue Godfrey el «pajarito» que le dijo a Perry dónde encontrarla? ¿La salvó Godfrey? ¿O la había traicionado? ¿Era Godfrey «uno de los nuestros» o «uno de ellos»? ¿Ambas cosas? ¿Ninguna? Comprendió que las preguntas nunca tendrían fin. El Gran Enigma. ¿Qué había dicho Hartley tantos años atrás? «Toby es un maestro de la confusión. No cuesta mucho perderse en su bruma.»

Godfrey se levantó el sombrero para saludarla. Ella levantó una mano a modo de silenciosa respuesta. Él levantó el bastón para reconocer el gesto. «La vara de Próspero», se dijo Juliet. Godfrey el Mago. El maestro de ceremonias.

Como si fuera una señal, la niebla volvió a cernirse sobre él y lo hizo desaparecer.

1981

La luz invisible

—Ay, esta Inglaterra.

—¿Señorita Armstrong? ¿Me oye?

Se estaba apagando, muy deprisa. Su vida era ya un recuerdo. Deseó poder ver a su hijo una última vez. Recordarle que llevara una vida plena, decirle que lo quería. Decirle que nada importaba y que eso suponía una libertad, no una carga.

Estaba sola. Ya no se hallaba en la calle Wigmore, sino descendiendo los primeros peldaños hacia el túnel largo y oscuro.

—¿Señorita Armstrong?

Una voz en su cabeza, que pudo haber sido su propia voz, dijo: «Buenas noches a los niños de todas partes». Aquello la tranquilizó de un modo inesperado.

—¿Señorita Armstrong? ¿Qué ha dicho?

—Creo que ha dicho: «No pasa nada».

—¿Señorita Armstrong? ¿Señorita Armstrong?

Nota de la autora

En líneas generales, por cada elemento que pueda considerarse un dato histórico en este libro, hay otro que me he inventado, y me gustaría pensar que en la mayoría de los casos los lectores no serán capaces de distinguir entre ambos. Simplemente deseo constatarlo esto para evitar que la gente asegure que he malinterpretado algo. He malinterpretado un montón de cosas a propósito. Tras muchas conversaciones conmigo misma, decidí seguir adelante y me inventé lo que me apetecía; es la prerrogativa del novelista, supongo. Si tuviera que describir el proceso, diría que fue como destripar la historia para luego llevar a cabo una reconstrucción imaginativa. (Y sí, llegué a obsesionarme un poco, sin que me sirviera de mucho, con la naturaleza de la ficción histórica.)

Esto no quiere decir que los orígenes de *La mecanógrafa* no estén arraigados en la realidad. Para empezar, una de las cosas que desató mi imaginación fue una de las cesiones periódicas del MI5 al Archivo Nacional. Los documentos a los que eché el ojo (mis disculpas a Juliet) trataban sobre un agente secreto de la Segunda Guerra Mundial conocido como «Jack King» (y al que en esos documentos casi siempre se alude con el nombre de «Jack»). Tras años de especulaciones, se reveló que la identidad de Jack era la de Eric Roberts, un empleado de banco al parecer «corriente» que vivía con su familia en Epsom.

En ese archivo hay una carta del Westminster Bank en la que se preguntan por qué («por qué demonios», da la sensación que digan) tenía interés la Agencia de Seguridad en un empleado al parecer insignificante: «¿Qué aptitudes particulares y especiales del señor Roberts (que no hemos sido capaces de percibir) lo facultan para algún trabajo concreto de importancia nacional?». (Me encanta esta carta.)

En realidad, Roberts llevaba algún tiempo trabajando para el MI5, infiltrándose en círculos fascistas, y su currículum da a entender que se trataba de alguien en absoluto corriente: su competencia en judo, por ejemplo (era miembro de la Sociedad Anglo-Japonesa de Judo), y los idiomas: español, francés y «nociones» de portugués, italiano y alemán.

La nueva misión para la que lo reclutaron (su responsable era Victor Rothschild) consistía en observar de cerca a la quinta columna y cualquier subterfugio que pudieran planear. Roberts se hacía pasar por agente de la Gestapo y, en un piso de una calle que daba a Edgware Road, se reunía con una serie de fascistas británicos que le informaban sobre simpatizantes de los nazis. A algunos, como Marita Perigoe, les pagaban por sus servicios, pero la mayoría servía al Tercer Reich por una cuestión de principios. Solo que, por supuesto, no servían al Tercer Reich, pues toda la información que le transmitían a Jack se desviaba a la Agencia de Seguridad. Virtualmente cada quintacolumnista en Reino Unido quedó neutralizado gracias a esa operación y se impidió que información importante (entre un tremendo montón de basura) llegara a Alemania, si bien debe decirse que, en el análisis final, la quinta columna resultaría relativamente poco relevante en el panorama general.

Hay transcripciones de las reuniones de Jack King, cientos de páginas, que constituyen una lectura fascinante. Aunque empecé por «Jack», fueron las transcripciones las que cautivaron mi imaginación. En los documentos de dominio público no hay constancia de quién las mecanografiaba, si bien parece ser sobre todo una sola persona (una «chica», obviamente), y como pasé una temporada de mi vida como mecanógrafa de audio, sentía una curiosa afinidad con aquella muchacha anónima, en especial cuando, en alguna ocasión, su propia personalidad asomaba de repente.

En la época de la cesión al Archivo Nacional, yo estaba leyendo la breve autobiografía de Joan Miller (sospecho que no es la más fiable de las narradoras). Joan Miller era una de las agentes de Maxwell Knight que se infiltraron en el Club de la Derecha —más quintacolumnistas— y pensé que sería interesante combinar en la ficción el «caso Jack» con la operación que dirigía Maxwell Knight desde su piso en Dolphin Square, donde Joan Miller trabajaba con él. (También vivía con él, de un modo en cierto sentido poco satisfactorio.) Joan Miller no es Juliet Armstrong, pero sin duda han compartido algunas experiencias.

Eric Roberts, Maxwell Knight, Joan Miller, «la señora Amos» (Marjorie Mackie), Helene de Munck, el capitán y la señora Ramsey, Anna Wolkoff y Tylor Kent fueron las fantasmales inspiraciones que me hicieron emprender este camino ficticio concreto, pero son solo sombras tras los personajes y sucesos de este libro. (Aunque Anna Wolkoff aparece fugazmente y la auténtica señorita Dicker —la «lady superintendente» del personal femenino— tiene un cameo.) Los espectros de los espías de Cambridge acechan también por estos pasillos, y algunos estallidos de Perry están basados en entradas de los diarios de Guy Liddell. Nelly Varga y *Lily* constituyen un pequeño reconocimiento a la agente doble Nathalie *Lily* Sergueiew, cuyo nombre en clave era «Treasure», y a su perro, que llevaba el nombre de *Frisson* o el de *Babs* (prefiero, con mucho, *Babs*) y que murió para ira de Treasure, mientras estaba en manos del MI5. Sergueiew, como tantos en aquella época, llevaba una vida fascinante.

Lo mismo ocurre con la BBC, aunque aquí me he tomado una libertad considerable con la invención por el bien de la novela, y les pido disculpas a los concienzudos pioneros de la Sección Educativa. Algunos —muchos— de los programas mencionados son reales, pero un puñado de ellos son inventados. Gran parte del contenido se basa en mis propios recuerdos de la infancia de cuando los escuchaba. No fue mi intención que la BBC apareciera en la novela, ni mucho menos la Sección Educativa de la radio, pero acababa de leer esa joya de novela que es *Human Voices* de Penelope Fitzgerald, además de haber retomado la autobiografía de Rosemary Horstmann, y de algún modo los «dos grandes monolitos» parecieron encontrar un sitio codo con codo en las mismas páginas. Rosemary fue amiga en sus últimos años de mi madre, y he saqueado su vida; de forma benigna, debo añadir. Después de la guerra, Rosemary entró en la BBC en Mánchester, primero como locutora y luego como productora en *La hora de los niños,* antes de trasladarse a Londres y pasar a formar parte de la Sección Educativa en 1950. Su historia está llena de pequeños datos valiosos que sin duda habrían quedado olvidados de otro modo. (La hemorragia nasal de Juliet le ocurrió en realidad a la pianista Harriet Cohen.) Rosemary se pasó a la televisión en los primeros años de la década de los cincuenta y asistió a un curso de producción en Alexandra Palace. (Uno de sus compañeros en prácticas fue un joven David Attenborough.) Lo que me sorprendió cuando escribía este libro no fue cuánto se había recordado y documentado, sino cuánto se perdió y olvidó; y mi tarea, tal como yo lo veo —otros quizá no lo vean así—, consiste en rellenar los huecos.

Por mucho que lo intenté, el MI5 se negó a hablar conmigo sobre los aspectos técnicos del servicio de transcripción durante la guerra (y es de admirar que nuestros servicios secretos deseen seguir siendo secretos), de modo que «tomé prestado» el equipo de grabación que utilizaban los escuchas de la Habitación M en Trent Park, si bien el de ellos era de mayor escala (en el Archivo Nacional se conserva un inventario detallado).

Las transcripciones en sí, aparte de alguna cita directa aquí y allá, son invenciones mías, aunque reproducen muy de cerca las auténticas en cuanto al tema, la forma de hablar y esas cosas. Los paréntesis para tomar galletas, la cháchara social y los problemas técnicos, y hasta las cruces de hierro, son auténticos, al igual que los interminables «inaudibles». La sugerencia de Trude de que podría ocultarse un cadáver en una carbonera fue de Marita Perigoe, aunque ella no especificó que se hiciera en el Carlton Club. (El Carlton Club quedó destruido durante los bombardeos alemanes, así que podría haber sido buena idea.) Muchos de los detalles técnicos de las grabaciones de la BBC se basan también en las memorias de Rosemary, así como en *The History of School Broadcasting*, y no son necesariamente del todo exactos ni contemporáneos (aunque por poco). Soy una defensora acérrima de la ficción.

Creía que con *Human Voices* Penelope Fitzgerald había acaparado el mercado, por así decirlo, de las novelas sobre la BBC durante la guerra (¿cómo podía cualquier otra mejorarla?), pero entonces Roger Hudson me dio a conocer la maravillosa autobiografía de George Beardmore, *Civilians at War*, y entre ese libro y el de Maurice Gorham, *Sound and Fury*, me di cuenta de que había mucho más material que explotar. (Me encantó especialmente la historia en que George Beardmore cuenta que se sentaba ante la puerta de la Sala de Control de la BBC con una escopeta cargada en las rodillas, dispuesto a defender hasta la muerte el equipo técnico.) Demasiado tarde para mí, por desgracia, pero le recomiendo el Beardmore a cualquiera que esté deseando leer algo accesible y elocuente sobre la vida cotidiana en el Londres de tiempos de guerra. (He añadido a modo de apéndice una bibliografía condensada para cualquiera que esté interesado en el material que me proporcionaron algunas de mis fuentes e inspiraciones.)

Finalmente, una disculpa más al administrador de los apartamentos en Dolphin Square, que me los enseñó con la creencia de que estaba interesada en alquilar uno. Supongo que mi entusiasmo al ver una chimenea original me habrá delatado.

Agradecimientos

———————

Quisiera dar las gracias a las siguientes personas:

Al teniente coronel M. Keech del Real Cuerpo de Señales, Medalla del Imperio Británico.

A David Mattock, por algunas clases de geografía de los condados del este y sudeste de Inglaterra en torno a Londres.

A Sam Hallas y los *cognoscenti* del Telecoms Heritage Group, por su ayuda con los prefijos teléfonicos de la década de 1940.

A Simon Rook, director del archivo de la BBC.

Y a mi agente Peter Straus, a mi editora Marianne Velmans, a Alison Barrow y a todas las personas en Transworld que convierten mis páginas en un libro.

Fuentes

Andrews, Christopher, *The Defence of the Realm: The Authorized History of MI5* (Penguin, 2009).

Fry, Helen, *The M Room: Secret Listeners Who Bugged the Nazis in WW2* (Marranos Press, 2012).

Pugh, Martin, *Hurrah for the Blackshirts!* (Jonathan Cape, 2005).

Quinlan, Kevin, *The Secret War between the Wars* (Boydell Press, 2014) Saikia, Robin (ed.), *The Red Book* (Foxley Books, 2010).

West, Nigel, *MI5* (Stein and Day, 1982).

Carter, Miranda, *Anthony Blunt: His Lives* (Macmillan, 2001).

Masters, Anthony, *The Man Who Was M: The Life of Maxwell Night* (Basil Blackwell, 1984).

Miller, Joan, *One Girl's War* (Brandon, 1986; publicado originalmente en 1945).

Rose, Kenneth, *Elusive Rothschild* (Weidenfeld and Nicolson, 2003).

West, Nigel (ed.), *The Guy Liddell Diaries, Vol. 1: 1939-1942* (Routledge, 2005).

Lambert, Sam (ed.), *London Night and Day* (Old House, 2014; publicado originalmente en 1951 por Architectural Press).

Panter-Downes, Mollie (ed. William Shawn), *London War Notes, 1939-1945* (Farrar, Straus and Giroux, 1971).

Sweet, Matthew, *The West End Front* (Faber and Faber, 2011).

Bathgate, Gordon, *Voices from the Ether: The History of Radio* (Girdleness Publishing, 2012).

Briggs, Asa, *The Golden Age of Wireless: The History of Broadcasting in the United Kingdom, Vol. 1* (OUP, 1995).

Compton, Nic, *The Shipping Forecast* (BBC Books, 2016).

Higgins, Charlotte, *The New Noise: The Extraordinary Birth and Troubled Life of the BBC* (Guardian Books, 2015).

Hines, Mark, *The Story of Broadcasting House* (Merrell, 2008).

Murphy, Kate, *Behind the Wireless: A History of Early Women at the BBC* (Palgrave, 2016).

Palmer, Richard, *School Broadcasting in Britain* (BBC, 1947).

Fitzgerald, Penelope, *Human Voices* (Flamingo, 1997; publicado originalmente en 1980).

Gorham, Maurice, *Sound and Fury: Twenty-One Years in the BBC* (Percival Marshall, 1948).

Horstmann, Rosemary, *Half a Life-Story: 1920-1960* (Country Books, 2000) Shapley, Olive, *Broadcasting a Life* (Scarlet Press, 1996).

Beardmore, George, *Civilians at War* (OUP, 1986) de Courcy, Anne, *Debs at War* (Weidenfeld and Nicolson, 2005).

De los Archivos Nacionales

KV-2-3874 (Las transcripciones de las conversaciones de Jack King con los informantes quintacolumnistas).

KV-4-227-1 (Historia de la operación de Jack King).

WO-208-3457, 001-040 (Inventario del equipo de grabación que se usó en la Sala M).

KV-2-3800 (El caso de Marita Perigoe) KV-2-84, 1-4 (El caso de Anna Wolkoff).

DVD

Death at Broadcasting House (Studiocanal).
BBC: The Voice of Britain, Addressing the Nation (GPO Film Unit Collection Vol. 1, BFI, 2008)